赵柏田 著

万镜楼

历史的纪实及其虚构

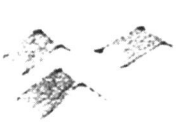

北方联合出版传媒（集团）股份有限公司

万卷出版公司

ⓒ 赵柏田 2018

图书在版编目（CIP）数据

万镜楼：历史的纪实及其虚构 / 赵柏田著. —沈阳：
万卷出版公司，2018.11

ISBN 978-7-5470-5067-5

Ⅰ.①万… Ⅱ.①赵… Ⅲ.①散文集－中国－当代
Ⅳ.①I267

中国版本图书馆 CIP 数据核字（2018）第 226031 号

出 品 人：刘一秀
出版发行：北方联合出版传媒（集团）股份有限公司
　　　　　万卷出版公司
　　　　　（地址：沈阳市和平区十一纬路25号　邮编：110003）
印 刷 者：辽宁新华印务有限公司
经 销 者：全国新华书店
幅面尺寸：145mm×210mm
字　　数：300千字
印　　张：11.25
出版时间：2018年11月第1版
印刷时间：2018年11月第1次印刷
责任编辑：胡　利
装帧设计：范　娇
责任校对：高　辉
ISBN 978-7-5470-5067-5
定　　价：59.00元

联系电话：024-23284442
传　　真：024-23284448
E－mail：vpc_tougao@163.com
网　　址：http://www.chinavpc.com

常年法律顾问：李福　　版权所有　侵权必究　　举报电话：024-23284090
如有质量问题，请与印刷厂联系。联系电话：024-31255233

目 录

寻画记

　　去年冬天，在 S 城召开的历史学年会上，我认识了年轻的大学教师史浩。他很腼腆，见谁都称老师。但他宣读的论文却让与会者大吃了一惊。这篇论文叫《钉进双耳的锥子》，还有一个副题很长——徐渭和他生活中的两个女人。我从这个学科的规范来看，这几乎算不上一篇严格意义上的论文，但我不得不承认，小伙子的身上有一种我暗暗喜欢的东西，我说不清那是什么，但他的惊人之论比那些四平八稳的陈调滥腔无疑要有趣得多。

　　我留神听完了他半个多小时的宣读，发现他对徐渭这个明朝伟大的画家和诗人有着极大的偏见（譬如他称徐渭是一个不折不扣的伪君子），又对徐渭的两个妻子潘氏和张氏有着过火的热情（这在一个历史学者身上出现是多么的不应该）。现今的学术空气不太好，有一些年轻人专门靠为古人做翻案文章来使自己扬名天下，但看他的样子又不太像。史浩个子不高，白脸，额下的一颗小痣上长出的几根胡髭显得格外的黑。应该说说的是他的眼睛，这双眼睛白多黑少，像石头一样沉静，有着不为外界所左右的坚定的信念。我准备在会议的间隙跟他接触一下，他有着这样出色的讲故事的才能，不如索性去做一个小说家，我不希望让陈腐的历史学毁掉一个可能是非常优秀的作家。

我乘电梯上十一楼，史浩就住在这一层。他开门见是我，显出了很吃惊的样子。台灯下散乱地摊着一叠文稿，看得出来在我进来之前他在写些什么东西。他飞快地收了起来。我正猜想他在写些什么，他说："这是论文的全部，今天会上的发言只是一个三千字的梗概。"我称赞了他是一个用功的好青年，关于这篇论文，我告诉他，本人很想知道有关史料的出处。史浩的眼睛活了，里面有鱼一样的东西在游动。根据史浩的陈述，有关徐渭的这些史料出自他的一位远祖的笔记。他的这位先祖和徐渭是远亲，曾跟徐渭学过画，也是一位颇有名望的画家。这些笔记证明了，民间传说中把徐渭描绘成一个促狭鬼和小气精都是事出有据的。一般都认为，徐渭在晚年因癫狂以双锥刺耳，自残躯体，但——史浩说——笔记的记载并非如此，事实上是徐渭把这两支铁锥分别刺进了他的前妻潘氏和继室张氏的耳中。他是一个杀人犯，一个伪善者（关于这一点史浩说以后有机会再谈）。这部叫《不名居丛谈》的笔记在明万历初年就有了扫石山房的刻本，因散布不广很快就湮灭无闻了。民国初年江浙藏书家徐散原曾从书肆购得一部，后徐氏藏书毁于战火，几十年中，就再也没有人见过此书。史浩声称，现在他的手上就有他先祖的这部笔记，不过已经是残页了。他准备在一个合适的时间把这些残页公之于众，今天的会上，他只是投石问路的一个试探性举动。说这些的时候，史浩出神地盯着窗外，就好像他说到的那位远祖在窗外的夜色中闪现。

"历史是来不得半点虚假的，我可以指出你语句中不少的漏洞，但我没这样做，年轻人最要紧的是要学会诚实。"

他在冷笑，"你以为历史是什么？那些一代一代传下来的、人云亦云的就是历史吗？你难道不这样认为，历史需要撒谎者、伪造者和性情乖张者的关照？每个人都有神化历史的冲动？"

"如果你还是一个历史研究者的话，我提醒你，最好以后还是不要再让我听到这样的话。"

话说得有点剑拔弩张了，这不是我的本意。空气里有着丝丝缕缕的盐的气味，那是我发胀的脚在呼吸。我拉开窗帘，这个城市的夜色像一幅巨大的壁画挂在窗外。有一团云久久地停在城市上空，它反射着城市的灯光，竟比白天时还要明亮。

"不过，对你那位先祖的故事，我还是十分感兴趣，我相信，凭你的才能，一定能把这个故事讲得非常出色。"

下面就是史浩讲的故事。他在说的时候，空洞的眼光穿过我盯着窗外，就好像他的先祖真的站在窗外的夜色里。

从那部残缺不全的笔记来看，史生——我这样称呼我那位远祖你不介意吧——在他十九岁那年的春天离开了家乡。在这之前，他已经做了五年乡村画师。史生五岁就能在沙地上画栩栩如生的鸡、狗和其他动物。八岁的时候，邻家的猫抓破了他画着鱼的纸。他画过捉鬼的钟馗、檐下的飞龙、麒麟和门神，在他的家乡，远近十八里都可以看到他的画，这使他很早就有了神童之誉。但在十九岁那年，史生突然发现，他画的东西在墨色未干时就像真的一样，没过几天，他画的那些吉祥的花卉和动物就神秘地消失了，就好像从来没有画过它们似的。他很苦恼，但又说不上来这是为什么。那一年，他为当地一个财主的新宅画壁画。史生画壁画有他的规矩，他要把所有画好的部分用布幔全遮起来，在整个画作完成前，谁也不准看到。终于到了他的画完成的一天，财主和他的家人早早就赶到了他作画的工场，小心翼翼地看着他用墨色淋漓的笔添上最后几笔。哗！巨大的布幔掀了开来，可是粉墙上却什么也没有。财主和他的家人十分气愤，一致认为他是一个浪得虚名的骗子，他们狠狠地给了他一顿羞辱后离开了，只剩下史生一个人孤零零地站在一堵白墙前发呆，泪水从他的脸上滚了下来，他喃喃着，"都是过眼烟云，都是过眼烟云。"

史生背上简单的行囊，他要出发去寻找真正的画道。从前，他非常热爱家乡这块巴掌大的地方，这里的飞鸟、河流和树木他都十分用心地画过。但现在，这一切再也不会让他激动了，因为，这个小地方只会窒息他绘画的天才。他想到了徐渭，说起来还是他一个远房的舅父。那时候，画家徐渭的声望可谓是如日中天，一些巨贾富商不惜花费千金，都以得到他的一幅画为荣。在少年史生的想象中，徐渭这个名字就代表着画道，他默念着这个名字，就有一种甜蜜的晕眩。他决心一定要找到徐渭，做他的弟子，如果不成，为这个伟大的画家研墨铺纸他也乐意。他相信，徐渭一定会教他一种法子，怎样让画永远不褪色，怎样让画永久地留在这个世界上。

顺着那条著名的河流，史生已经走了十几天。南风徐徐，吹得柳絮漫天飞扬，那些落到地下的，都松松软软地抱成一团。他感到自己就像走在一场大雪里。江上的船挂着白帆，南来北往，凭着江风吹来的气味，史生可以辨认出里面装的是茶叶还是糯米。见到徐渭的心情是那么的迫切，在一个叫吴江的地方，史生用仅有的一点盘缠，买舟南下。船家慢腾腾地摇着橹，他的心早就飞向了徐渭，飞向了那个叫山阴的地方。在史生的想象里，这是一个树木丛生的地方，长年下着雨，空气湿润得可以，没有一只鸟的翅膀是干的。伟大的画家就住在山谷里，或者溪边的一间小屋里，邀白云为友，与林中的小动物们友好地生活在一起。

　　太阳渐渐地西斜了，一种叫黄昏的东西在天边铺展开来。它仿佛是有重量的，压得那些鸟都敛着翅膀低低地飞，压得人的心里头一沉一沉的。史生站在船头，听着船剖开水路的哗哗声。他发现，整条江以这水路为界，分成了动静分明的两部分。一边是墨绿的，静得像正午的猫眼。而另一边，半江的水烈烈地燃烧着，一派彤红。他不知道该用什么样的颜色才能画尽这江南的春色。就在他出神的时候，前面出现了一只画舫。他眨了眨眼确信这么美丽的船并不是在梦中。史生的船不紧不慢地靠了上去。前面的画舫传出了一阵叮叮咚咚的三弦弹拨声，史生侧耳倾听，一个摇摇曳曳的声音唱将起来，唱的好像就是这春江的风景："夕鸟几声啊垂滴滴，春空一片啊缀苍苍。"听着这歌声，史生觉得就好像一阵特别清凉的风吹过了他的脸。当他回味这歌声，又发觉它是酽酽的，如同这暮色下凝脂一般的江水。两船交会，史生看到对面船上红红绿绿罗裙的一角，看到一张梨花般白的女人的脸掀开帘露了一下。一会儿，画舫远远地落到了他们的后面，那歌，还在唱，歌声在水波上落下，又弹起，史生的心一阵阵地发怅。

　　晚上，在运河边上的客栈里住宿，史生又遇到了那个女人。客栈是一幢灰暗的双层木楼，楼前的一片空地堆放着草料和木柴。史生进去时，那些黑暗的小窗正透出昏昏黄黄的灯火来。伙计领着他，走上了吱嘎作响的木楼梯。站在长长的走廊里朝外看，那条河现在变成蓝色的了，夜行的船挑着一两盏灯，无声地划过。史生去楼下喝了一杯温酒，上楼来草草洗了一下正要睡下，白天在江上听过的歌，丝丝缕缕地挤进门来。循着声音，他把目光投向窗外，一个白色的人影正顺着河边向客栈走来。她的裙子非常长，看起来几乎脚不着地在走。歌声停歇，那女子已站到了门外。她朱唇微启，史生闻到了一股好闻的香气。"这位公子，长夜孤旅，难道就没有一个可心的人陪伴吗？"史生的舌头像短了一截，"噢……不不……"那女子扑哧地笑了，黑暗的走廊里像亮起了一缕光，"那又为何忙着赶路，江南烟花地，就没有公子留恋的？""我是学画的，但我总画不好，画的东西过不了多久就褪去了，我出来是为了找一个大画家，向他学真正的画道。"女人的眼睛猛地睁大了，"画家，哪个画家？""徐渭，徐文长。"

"徐渭，徐渭……"女人念着这个名字，倚着门框的身子抖了一下。她娇弱无力的样子让史生联想到一株被风吹动的柔草。他不由自主地伸手搀扶，到了半途又缩了回来，他搓着手，羞赧得脸红了大半。

"姑娘，你？"

"我叫梨花。"

"是，梨花姑娘，你怎么啦？"

"你知道这屋子谁住过吗？你知道我为什么每天在江上卖唱吗？"梨花脸上的泪像雨珠子一样淌了下来，"就是那个负心汉啊，他住在这里，听了我七个晚上的小曲，就走了，我天天在这里等，他就是不肯再来会我一面。"

"你是说，徐渭在这儿住过？"史生吃惊得瞪大了眼睛。

"你不信？你听我唱来，月光下你的面容带着忧伤，鸟儿碰动花枝就像将滴的水珠，美人啊，我要隔墙偷窥你的梦……我唱着他写给我的诗等他，都唱了快一年了。"

黑暗把什么都吞没了。现在，窗外的河流也已看不见。一个女子，竟在一个陌生人面前一点也不掩饰她的情史，这让史生有点感到吃惊。原来徐渭并不是想象中的那样，安安静静地住在山阴的家里，画画，作诗，原来他扰乱了一个女子的春心又没事一般走得远远的。他怎么是这样的一个人呢？他为什么要这样做呢？这样的一个人，是不是还值得千辛万苦地去找他，史生心乱了。"梨花姑娘，夜冷雾重，该憩息了。"

"你知道在江上我为什么要掀开帘子看你吗？因为你的身上有那么一种气味，就像他身上的一样，所以我一下就猜中了，你是个画画的。"

"可是我画不好，以后我怕是再也不能画了。"

"我可以告诉你一个秘密，"女人把嘴送到了他耳边，"你在画的时候加进些胭脂、花黄，这样的画一百年也不会褪色。"她握住史生的手，史生几乎要哭了。他脸上的表情让那女子轻轻笑了，"你的画并不缺什么，你只是缺少女人，缺少雨露的滋润，你知道吗，那些风流诗人，那些画家，他们从来离不开女人，来吧，让我来帮助你，把我的什么都拿去吧。"

史生一夜都没有睡好，江上的雾气从没有关严实的窗里挤进来，压在被褥上，他的梦境变得像铅一样沉。他看见梨花的脸像月光一样白。她一件件地剥去衣裳，抚摸他身体隐秘的部位，让他又兴奋，又感到了羞辱。他在黑暗中醒来，大睁着眼睛，慢慢地辨认出屋子里死气沉沉的桌子、橱、床上的帐钩。这是他出家门以来第一个听到徐渭的传说的夜晚，而这个夜晚又是和一个女人一起来的。小女子算什么，世上的所有脂粉加起来又算什么，同真正的画道比起来，世俗的享乐不过是春梦一场。史生很兴奋，原来做一回圣人也不难嘛，美色在眼前不要紧，只要心里头想着别的就行，我拒绝了她，也就是拒绝了世上所有的女人。

在苏州，史生登上了著名的虎丘。在那座看起来有点斜的砖塔下，他认识了一个瘦得像竹竿一样的老头。那人自称姓唐名寅，住在苏州阊门外三十里的桃花坞，虽出生商家，却不喜生意应酬，只想老死在书画诗章中。史生几乎是一下子就喜欢上了这个人。在山下小酒肆里，史生告诉他，自己这次出来是找徐渭学画的。徐渭是谁？唐寅乜斜着眼，一副天王老子也不放在眼里的样子，我怎么从来都没有听说过？他搭住史生的背，兄弟，你知道这世间什么东西最可爱？看史生傻愣愣的样子，他大笑起来，傻瓜，女人呀，有什么比女人更可爱！酒让他的瘦脸挂上了愚蠢的幸福，他告诉史生，自己年轻的时候曾看上一个大户家的丫鬟，那丫鬟年方二八，笑起来能把人的骨头都看酥了去，他卖身为书童，混进那个大户家去，终于把她弄到了手。说起自己光荣的历史，他激动得说话都结巴了，来，来来，兄弟喝。又一杯酒下去，他唱了起来：一千朵的花在我眼前绽放，镜里的我和着春光一同老去，一万场的快乐一千场的醉，我唐某是世上的闲人地上的仙……

酒力泛上来，史生敞着怀，香风就好像一只风情万般的手抚摸他的身体。他摇摇晃晃走着，前头是一个斜着肩挑担大白菜的伙计，一个身着青衣戴着黑色小圆帽的矮胖中年人走上去，和那伙计不知说了些什么，就和他一起抬着一筐白菜走了。然后那伙计要他再去抬另一筐白菜，小圆帽却死活也不肯了，伙计看着分在两头的白菜筐子，急得跳脚大骂。史生摇摇头，这醉醺醺的天气，把人都变得怪怪的了。阊门的太阳悬在头顶，照着林立的酒楼、茶肆、赌场和青楼，桥下的水泛着金子的色泽，哭声、笑声、叫卖声、打嗝放屁的声音像潮水一样涌着他，他想那个叫唐寅的老头真没说错，这吴中阊门乃是人间的乐土啊，生活在这乐土上的人们像粪蛆一样拥挤而又快乐。

一日黄昏，史生来到了山阴城外。路边的水泊，照着他的乱发像一蓬茅草。路的前头一个又一个的水泊，像铜镜，映着西天的云霞。望着暮色中现出的城堞轮廓，史生面对的仿佛是一个梦中之城。城里人家大多临水，屋前屋后种着乌桕和苦楝，两边的店铺，有人在做木工，空气中散发着木头好闻的香气。一个耳朵有点背的老仆，把史生带到了一个女人面前，告诉他这就是要找的徐渭夫人——张氏。史生偷眼看去。这从未谋面的舅母双颊酡红，好像为蓦然闯入一个陌生男人感到一丝慌乱。知道史生的来意，她说："你恐怕要失望了，我家先生有三年不在家了，他去做幕僚了。"史生急忙问："去哪里？""很远，听说是去了海边，跟一个姓胡的大帅。"史生正想告辞，妇人叫住了他，"今日已晚，你又何苦急着赶路，还是吃点东西，先住上一宿吧。"

老仆领着史生吃过饭，上了楼，史生推开窗，夜色中灰灰的屋脊像是烟波中的大鱼。窗外正对着一堵老墙，墙上是腐败的藤蔓。他听到好像有什么在唱歌，侧耳细辨，是风穿过山墙上的瓦缝发出的声音。半夜，一片晃动的烛光惊醒了史生，那光慢慢地移近，门外响起了衣裙摩擦的窸窣声，"谁？"史生翻身坐起，妇人秉着一支摇曳不定的烛，轻盈地飘了进来，"是我，"她把烛台放在桌上，"你千里而来，先生又不在家，妾身这里有他一幅画，不知你是否有兴趣看看？"史生拨亮烛芯，看妇人把画轴一点点摊开，那是一幅雪竹图，他凝神看去，一股寒气扑面而来，他不由得惊叹，"好画！"

"我怎么看不出这画好在哪里？"

"画即心声，这话真是一点不错啊，"史生激动了，"你用心看着这画，就会听出两种声音，这声音从纸里、从运笔的空白处传出来，一种是雪落在竹叶上的声音，像一只猫蹑足在你的窗外走过，还有一种是竹叶和竹叶碰击发出的声音，像蚕咬桑叶一般，又像是情人拥抱衣襟相擦发出的沙沙声。噫，一个人的心如果不是冷寂得像空谷一般，又怎能画出如此雪竹！"

烛光下，妇人的青丝拂着史生的脸，她似乎不胜画中透出的寒意，一把抱住了史生，"夫人，你？"她倒在史生的身上，像是说话的力气都没有了，"这画……要是喜欢你就拿去吧。"她轻轻抖动着，让史生感到抱着的是一只受伤的鸟。终于，她没有关住忍了好久的哭声，"我……我哪是他的夫人啊，我比一个妓女都不如。"

现在，妇人张氏的整个身子都落在了史生身上。由于寒冷，她还在轻轻颤抖。她的手臂搂着史生的头颈，史生的脸碰到了她的泪水，史生感到自己的脸颊一边是冷的，一边火烫火烫。他的心里涌上了一种十分陌生的东西，一浪又一浪，他不由得用力抱紧了那团缠绕着的躯体。这躯体由于他的用力，慢慢地酥软了。妇人似乎变小了，而史生感到自己变得从未有过的强大。事毕，妇人伏在他的胸前娇声说，"你真好，你实在太好了。"

史生不知道说什么好，他对自己刚才的行径感到十分的厌恶，他不知道自己为什么会这样。难道我忘了这次出来是干什么的吗？他暗暗地责问自己。他一把推开妇人，走到窗前，屋外，不知什么时候竟下起了雨，雨打在山墙和草垛上悄无声息。妇人从后面抱住他的腰，轻声说，"别去找他了，好吗？"史生说，"不，我一定要找到他，我要跟他学真正的画道。"

妇人更紧地贴住了他，"带我走吧，带我离开这座城市，离开这让人透不过气来的屋子。"史生不说什么，屋里响起了妇人的抽泣，"你去吧，你一定会后悔的。"

"为什么？"史生奇怪地问。

"因为你说的那个大画家，他是一个伪君子，一个大骗子。"

"夫人为什么说这样的话呢？"

"不要叫我什么夫人，我只是他的继室，"妇人哭得更伤心了，"他的夫人潘氏早就被他害死了，害死了她，为了求得良心的安宁，又假装怀念她。我真傻，居然会听信他的甜言蜜语嫁给他，三年了，他寻花问柳，把我一个人扔在这里，你知道他在朋友面前怎样说我吗，他称我恶侣、雌婆，再这样下去，我早晚有一天也要被他害死。"

天已大亮，雨也已经止歇，张氏带着老仆送史生出城上了向东的大道。此时，他们头顶的云却像被一双巨手推着似的，飞一般向西疾驰，仿佛要把他们这一夜的记忆全部带走。路边横出的柳枝碰落了张氏头上的银钗，张氏俯身捡起，她脸上已变了颜色。很多个日子后，史生还记得张氏当时说的那句话，她说："这不是个好兆头啊。"

这时已经是秋天了，史生从吹来的风里辨出了大海的气息。他的脚下是秋天的枯枝败叶，带着一种灰灰的尘土的颜色。愈向东行，长长的滩涂上出现了三三两两石头垒出的卫和所，这些小城池是抵御倭寇屯兵用的，史生不能肯定徐渭是不是在这里，他只知道，徐渭是和东南抗倭总督胡宗宪大帅在一起。九月的一天，史生来到龙山卫附近。听当地人说，这儿不久前有过一场战斗，在一座叫达蓬的山下死了五百多个官军和一队入侵的倭寇。走近达蓬山，史生听见了海浪拍击礁岩的訇訇声，这声音像是从一口大钟里发出的，他决定爬上山看看整个的大海是什么模样。登上半山腰，眼前却是一片迎风猎猎作响的旗幡，他看见一群将官簇拥着一个人正对着远处的海指点着什么。风把那个为首的人的声音吹了起来，"我军新得大捷，又当如此佳境，怎可无诗。"众人喏喏，有说大帅英明，有说蕞尔小贼怎当我军神威，嘤嘤嗡嗡的一团，却没见谁吟出什么狗屁诗来。一个矮墩墩的中年人推开人群，一下跳到岩石上，风吹动他宽大的衣袍，风也把他的三声大笑送到了史生的耳边。看着这中年人的黑色小圆帽，史生觉得十分眼熟，却又想不起来在哪儿见过。眼前有什么一闪，史生差点叫出声来，他不是苏州阊门外跟一个挑白菜的伙计恶作剧的那人吗？看他那副横睨天下的模样，哪还有半点像在世俗市井里讨生活的？他用力挥了一下手，迎风高诵道：

哦，高高的、正午的太阳！
你就听任烧荒的野火遮没吗？

巨大的蝇飞来飞去寻找血迹，

而那些死者的腐嘴里正长出秋天的蒿草！

　　"徐渭你这算他妈的什么诗，又是血又是死的，真煞风景。"那些本来作声不得的，这时唯恐落了后，一个比一个说得响亮，那个被称作大帅的呵呵笑出声来，"徐先生，好诗啊，好诗，白日作鬼语，我就喜欢你这样子，来人哪，把本大帅的一对白鹇送给徐先生。"

　　史生这是第一次和他神往中的大师靠得那么近，酒在屋角的炉子里温着，帐外走着巡逻的兵卒。同席喝酒的还有一个姓陈的军官，一个姓朱的幕僚。他用心看着徐渭的眼睛，这是一双已显老态的眼睛，有点浮肿，但它无时无刻不发光，这光让史生不敢再看。喝得兴起，军官和幕僚便向徐渭索画，徐渭哈哈一笑，"三斤黄酒，又要来骗我的画了，好吧，喝了三十杯酒，我的指尖像响春雷一般哩，好吧，铺纸，研墨！"不一会儿，画案就摆好了，徐渭跟跄着走到案前，一不小心，一大滴水墨掉落在宣纸上，史生啊呀一声惊叫，徐渭回身一笑，运笔如飞，一枝老藤缀着一串鲜亮的葡萄在纸上跳了出来。军官和幕僚一连声地叫好。徐渭喝了一大口酒，蘸了浓墨，乘着酒兴在画纸的空白处边写边唱："时间飞逝我已变老，秋风掀起我的三茎白发，这笔下的一串明珠谁能看到，一蓬野藤是我最后的归宿！"

　　史生几乎看呆了，好半天才缓过气来。他出神地盯着徐渭那双在宣纸上飞速舞动的手，这双手苍白，修长，像一个女性的手，这双手怎么会像张氏说的害死他的妻子呢？待徐渭掷下笔，他吞吞吐吐地问，这幅画为什么能作得如此的鬼斧神工，并问能不能送给他。

徐渭诚恳地对他说，你问我为什么能作出这样的画，说真的我也不知道，我只是爱纸，爱这雪白的、柔软的宣纸，它是多么的柔软，一个刚出生的小孩子轻轻一团就会留下折痕，落下一滴水就会被溶掉，但它又足以承受我所有的想法，承载我所有对美的创造，当我面对这没有一点瑕疵的纸，就会禁不住全身发抖，就好像在我面前的不是一张区区宣纸，而是一个向我完全开放的处女，我就想把自己的全身都扑上去，我想我已经告诉你了，我为什么会画出这样的画。

这时，挂在墙上朱笼里的那只白鹇叫了起来。这真是一只漂亮的鸟儿，它的尾巴和双翼是纯白色的，全身布满了整齐的黑纹，腹部却是纯蓝黑色。徐渭走过去，抚弄着白鹇的羽毛，长叹一声："唉，我就像这鸟儿，屈身在精致的笼子里，虽不敢说还有什么奢望，却总归心有不甘，"他转向史生，"我已上书总督大人，决定离开军中，难得你千里而来，喝过这杯我们就此别过吧，这乱涂的几笔就留给你做个纪念。"

几个月后，史生旅宿在运河最南端一个叫马渚的小村，就在这一夜，史生梦到了许久不见的张氏。张氏坐在他床前，侧着身，她的另半边脸隐灭在黑暗里。她用一支银钗划开一只柚子，果汁涌出来，空气里芬芳飘动。他要张氏把脸转过来，张氏执意不肯，他再说，张氏就哭了，她一把推开他，郎啊，你我已是阴阳两界，我这半边脸上满是血污，耳中还钉进了一支锥子，怎么好让你再受惊吓？史生握住她的手，手上透出的凉气让他吃了一惊。快说，你这是怎么了？张氏的身影已飘向门外，妾身去矣，望君多加珍重。史生在黑暗中惊悚坐起，当他庆幸这只是一个梦的时候，他看到了烛台旁的一支银钗，他清楚地记得，张氏送他出山阴城那天，这支银钗让路边的树枝碰到了地上，张氏捡起它，还说过一句在他听来莫名其妙的话。现在，史生拿着这枚钗，他的胸口像刺进了一枚针，隐隐作痛。他对着窗外汩汩流动的河水说，亲爱的张，我看见了你老屋墙外的藤蔓，看见雨落下来在你的眼里化为泪水，我看到了你的身子像宣纸一样飘动。

他又到了苏州，阊门内外依旧是那样的繁华，无数的翠袖在楼上向来往的商客招摇着。姑娘们清丽的笑声和着马帮的铃声一起飞扬。迎着金针般的太阳，他不知道自己为什么要流泪，为什么心中会涌上一种很深很深的怜悯，为自己，为卖笑的姑娘，也为那些素不相识的大街上的人们。在苏州城外三十里的桃花坞，曾经谋过一面的唐寅又请他喝了一回酒。唐寅现在已经老得路都走不动了，在桃花茂盛的桃花坞兴建了一处别业，自号桃花仙人，日日在花香酒醉间度日。唐寅告诉了他近日来士林中盛传的徐渭杀妻一案。几个月前，东南抗倭总督胡宗宪被下狱论死，总督府的幕僚树倒猢狲散，徐渭怕受株连，担惊受怕中发了疯病（也有人说是佯装发狂）。有一次病发，他还拿了一把劈柴的斧头狠狠地劈自己脑袋，头骨都打碎了还是没死成。后来不知怎么的，他又怀疑起了妻子张氏有外遇，用一把三寸长的锥子钉进她的耳朵，把她给杀死了。杀妻已是重罪，又因他与胡宗宪一案的牵连，就定了死罪，幸亏翰林编修张元汴先生力救，才改判六年监禁。听到这里，史生的脑袋里嗡的一声，眼泪就出来了，现在他知道了，那一夜在运河边上一个小村里张氏走入他的梦境并不是没有缘由的，她是赶了那么长的路来向他道别的啊。

不知在酒桌上伏了多久，史生睁开眼睛，夕阳已经收去余晖，铜盘一样的月亮在蓝天上凸显了出来，又轻又薄的月华，照着他们身前身后万树盛开的桃花上。风吹花落，飘进了酒杯，唐寅醉眼惺忪看也不看，一饮而尽，把酒杯扔进草丛，摇晃着，边唱边向桃园深处走去，"酒醒只在花前坐，酒醉还来花下眠。半醉半醒日复日，花落花开年复年。但愿老死花酒间，不愿鞠躬车马前。车尘马足富者趣，酒盏花枝贫者缘……"歌声和晚风吹在史生脸上，他怔怔的，一时竟不知自己身在何处了。

他抖开徐渭送他的墨葡萄图轴，月光下，这一颗颗墨色的葡萄竟有着冷冷的亮泽，好像珍珠一样。那次在军营里他问徐渭为什么能画出这样的画，徐渭说是因为他爱这雪白的柔软的宣纸。他一直想不透这话，现在他好像有点明白了，徐渭并不是真的爱惜纸，笔墨纸张都是作画的工具，又没有性情，他真正爱惜的其实只是他自己。他对自己和自己的画爱得太多，他心里已经什么也装不下了。一个没有了爱的人是多么的冷酷无情啊。史生把画揉成一团，画轴里面响起了骨头碎裂的声音。

这一年春天起，史生成了唐寅桃花庵里的常客。他们喝着唐寅自酿的桃花酒，喝醉了就随便找一棵桃树靠着打盹，晒太阳。他自己在姑苏城东门外搭了一处草屋定居下来，娶了一个屠户的女儿为妻。他种了几畦蔬菜，还养了一只看家的小狗，几只小羊羔。他日出而作，日落而息，成了一个快乐的农夫。羊羔长大了，他也不送去屠宰场，老死了，就在屋后挖个坑埋了。有时他想，快快乐乐地活着，让风吹着，让太阳光照着，这多么的好。夜晚挨着妻子睡，她虽然不漂亮，但枕着她健壮的胳膊心里又是多么的瓷实。他几乎忘了自己为什么要离开家乡，为什么要来到这一个陌生的地方。他只在一个人的夜晚就着一盏暗淡的油灯，用简单的线条画下一些进入他眼里的风景，白菜，小虫，山上的柿果，爬树的蝉和水塘里的虾，只有他自己知道，这些小生命是他最好的朋友。他爱它们，就像爱自己身上每一件东西。画它们，成了他十分隐秘而又快乐的一桩事。几乎没有一个人知道他曾经是一个画家。

"故事就这样结束了吗？"

"如果你不是非要一个结局的话，也可以这么说。"

"听你讲故事我有一个想法，你不要生气，我觉得你真是生错了时代，比起现在这样一个乱糟糟的时候，你更应该生活在你的故事中，生活在明朝。"

"哦，明朝。"他的眼睛痴迷起来，"生活在那样一个时代，该有多少的传奇发生！我喜欢明朝，纸醉金迷，放纵而又奢靡，俗也俗到家，还有那么多的才士、美女，唐寅、徐渭这些江南才士，傲也好，狂也好，他们都那么的优秀，恣意地绽放生命的欲望，唐寅爱的是醇酒妇人，徐渭爱的是他自己。他们的生活里有悲哀，有欢欣，但谁也不重复谁的活法。"

"那么你的那位先祖呢，他找到了什么？"

"快乐，"他干脆地回答，"爱俗世间的一切，爱平凡的生活会让人变得快乐。快乐是明朝生活的哲学。"

下面是史浩讲的明朝故事的结尾：

明万历初年，徐渭出狱。经受这一番牢狱之灾，五十出头的他看起来已是一个颓唐的老人。万历四年秋，应宜府巡抚吴兑之邀，他开始了一次北游。在他晚年自撰的年谱《畸谱》里，他记载了这次北游，从中还可以看出他和史生在苏州有过一次会面。年谱里被他称为史甥的肯定是史生无疑。关于两人是如何碰到的，记载里没有说。一般说来，艺术家自述生平的文字应该是比较可信的，但徐渭在写到这一节的时候不知是用了曲笔，还是心中另有隐衷，反正让人听起来颇起疑心。因为他说史生在和他一起讨论画道时突然消失了。记载中，徐渭津津乐道的是自己的一幅得意之作《又图卉应史甥之索》。从中可以推出，他和史生在这次会面中的确讲到了画，应史生的请求他还绘过一幅花卉。但好好的一个大活人怎么会突然消失了呢，徐渭在记载中试图自圆其说，把他还没有说的话补齐全，当时的情形就可以还原出来了：

当两人再次面对，心里头一定是什么滋味都有。离上次的见面，虽然只隔六七年光景，但恍惚中，却像是上一世的事了。他们喝酒，或者没喝，但说到女人那是肯定的。徐渭因杀妻入狱，史生对张氏之死又是那么的铭心，他们的心里都不可能放下，这个话题肯定是绕不过去的。然后他们说到了画道，对于这个问题他们的见解各不相同，或许有过一番激烈的争论也说不定。再后来为了证明各自观点的正确，徐渭就画了一幅花卉，这就是上面说到的那幅画。就在徐渭伏案挥毫时，史生从草席底下随便抽出了一张旧作。史生画的是一个秋天的林子，一个金黄的阳光流淌的树林。徐渭仔细地看画，这样的画他从来没有看到过，也从来没有想到竟然会有这样的画。这幅画那么的朴素，那么的有力，把他心里头的什么东西喀喇喇地打碎了，让他又是难过又是羞愧。当他从画里抬起头，突然发现一直站在身边的史生不见了，他问史生的妻子，那个模样丑陋的女人惊奇地说，史生，他不是和先生一起说着话吗？徐渭的眼睛扫过桌上的画，他隐隐地听到了马蹄声。这声音仿佛是从纸上传出来的。他低下头，看到了画上的那匹马，那匹马驮着一个人跑进了秋天的柿林。他看清楚了，那个人，正是史生。画中的柿果像一个个血红的灯笼，照着史生的脸。他轻轻地叫了一声，史生。

万镜楼

一

我坐在一片秋天的树林里。前几日的一场寒雨，打落了好多山毛榉叶子，被雨水浸染的枯叶现在腐烂了。一片腐烂的海洋。我双腿盘坐着，如同坐在救生筏上。一名童仆站在我身边，不住地打着瞌睡，旁边光滑得如同一面镜子的大青石上，放着一本我青年时代自费刊刻的小说《西游补》，还有两大卷那时候写下的梦境笔记。我老了，步履蹒跚，满身赘肉，如果揽镜自照的话，我都快认不出这张被时间过度伤害的脸是谁的了。没有一个朋友来林中造访我，他们就是想来也找不到路。一日日，我就靠阅读这些早年写下的文字打发余生。在无常这把锋利的镰刀像收割走秋天最后一束莩草一样收去我的生命之前，起码我还可以继续沉浮在这些奇幻仙境中。

秋阳制造出的温暖的假象，让无数昆虫又飞了出来。我最喜欢的是大黄蜂和七星瓢虫。我的大黄蜂朋友，它的翅膀拍击空气的声音深沉而喑哑。在大自然发出的各种各样的声音中，我最喜欢的就是这种深沉而喑哑的声音。倒是树枝头那些小鸟的尖叫声，让我十分地恼火。

太阳落山前，我第三遍读完了这部小说。《西游补》，它真的是我写下的吗？我现在重读这部小说、重读以前的那些梦境笔记，怎么感觉是另一个与我毫不相干的人写下的？这部我二十一岁那年写下的小说，是我被情欲折磨的少年时代的一个宣泄，我让斗战胜佛孙行者迷于情魔，经历了一场场荒诞不经的历险。这部小说是从孙行者三调芭蕉扇，师徒四个走出火焰山后开始的，当时我选择这个故事来续写或许就因为它有着梦幻的气息吧。我那么爱做梦的一个人，平生乱梦三千，写下的一个个故事就是一场场大梦。我是这样想的，既然一切都是寓言，就让这一枕子黄粱梦里幻出个大千世界吧。在写作这部小说的时候，我时常感到的是，我就是孙行者，孙行者就是我。

现在回头看去，这部小说里散布出的不祥气息，正是那时候动荡不宁的天下局势在我年轻的心里投下的一个阴影。就在这部小说写成后的第四个年头，满洲人的铁蹄如同西伯利亚刮来的寒风狂扫落叶，大明亡了。在1660年春天完成的这部小说里，我已经预言了这个结局：

在一个叫踏空村的地方，那里的村民有个本事，男男女女都会驾云飞翔。一群踏空儿，四五百人持斧操斤、抡臂振刀去凿天，把天庭的一个灵霄殿生生给凿了下来。

这部十六回本的小说写到这里时，我扑哧笑了。以斗战胜佛的英雄智慧，让他困于情试试？说干就干，我设置了这样的情节：灵霄殿给凿下来后，天庭不知底里，还以为这事是孙行者干的。孙有过前科，也难怪他们怀疑。于是他们要请佛祖出马，把孙行者重新捉将回去镇在五行山下。行者惊慌无措，撞入万镜楼，他在虚无世界中的历险正是由此开始。

二

刚才转个弯儿，劈面撞着一座城池，城门额上有"碧花苔篆成自然"之文，却是"青青世界"四个字。行者大喜，急急走进，只见凑城门又有危墙兀立，东边跑到西，西边跑到东，却无一窦可进。行者笑道："这样城池，难道一个人也没有？既没有人，却又为何造墙？等我细细看去。"看了半晌，实无门路，他又恼将起来，东撞西撞，上撞下撞，撞开一块青石皮，忽然绊跌，落在一个大光明去处。行者定睛一看，原来是一个巨大的琉璃楼阁。上面一大片琉璃作盖，下面一大片琉璃踏板，一张紫琉璃榻，十张绿色琉璃椅，一张粉琉璃桌子，桌上一把墨琉璃茶壶，两只翠蓝琉璃盅子，正面八扇青琉璃窗，尽皆闭着，又不知打从哪一处进来。行者奇骇不已，抬头忽见屋子的四壁全是镜子。各种大小、形状的都有，团团面面，有上百万面。这些镜子有各种各样的名称：花镜，凤镜，水镜，月镜，冰台镜，鹦鹉镜，我镜，人镜，无有镜，自疑镜，不语镜，一笑镜，不留景镜，飞镜。行者道："倒好耍了，等老孙照出百千亿个模样来！"走近前来照照，却无自家影子，但见每一镜子，里面别有天地、日月、山林。

行者见一方兽纽方镜中，一人手执钢叉，凑镜而立，细一看，是以前从五行山下出来时助过一臂之力的猎户刘伯钦。行者问他，为何同在这里，刘道：如何说个同字？你在别人世界里，我在你的世界里，不同，不同！行者奇怪道：既是不同，如何相见？猎人告诉他，这万镜楼，一面镜子，管一世界，一草一木，一动一静，多入镜中，随心看去，应目而来，故此楼又名三千大千世界。

三

这么说你还是不知道我是谁。叫我董说吧。这个说字，念作"脱"。它的意思不是说话，而是行动迅速的样子。动如脱兔，就是这个意思。如果你觉得这样称呼不习惯，就叫我若雨。若雨，是我的字。

昨夜，那个折磨了我几十年的梦又攫住了我。梦里我架着一把梯子登上天去。梯子断了，我摔下来掉到了白云上。棉花垛一样柔软的白云裹住了我，我撒开脚丫在白云上奔跑，我一口气跑了十多里地还不止。突然，脚下的云层被我不小心踏破，嘎啦一声裂开，露出蓝得发黑的天空。我像一个溺水的人一样双手乱舞，一缕缕风从指缝间滑过，我却什么也抓不住。在接连两次坠落后，我掉落到了一条河边，水草叶子如同妇人柔嫩的手指拂着我的脸。

自从满洲人的铁蹄踏进山海关后，我便时常做这个从云端坠落的梦。改朝换代几十年了，我还常常在梦中高声惊叫。为此还连累妻子落下了久久不能治愈的失眠症。她时常被我从梦中惊起，然后数着念珠度过一个个长夜。解梦师说，这个梦寓意着我和我的家族在新朝的命运，从原先的高高在上沦落到了尘世间。可是我又不是什么华胄子弟，鼎革前也不过是一个除去了青衿的诸生而已。我的曾祖是嘉靖年间的进士，最高的官职做到了吏部左侍郎，到得我爷爷只中得一个万历十一年癸未科的进士，连个外放的机会都没落着，至于我父亲，自我懂事起他就是个抱着个药罐子的病病歪歪的人，他最不擅长的事就是生计营生，在我八岁那年就死掉了。

崇祯十六年春天我生过一场重病。家里请来了一个庸医，差点把我给治死。睡眠就如同一条混浊的河流，把我送入各种各样的梦境。在梦中我上天入地无所不能，与历代妖姬美女效鱼水之欢。现在看来，我一生的嗜梦癖就是从这年春天开始的。

我贪恋名山大川，早些年，老母在堂，想走也走不远，为了能在梦中游赏，我就在房间的四壁挂满了山水画卷。画壁卧游青嶂小，纸窗听雨绿蕉秋。在四壁山水的包围中，在雨打芭蕉声中，悄然入梦，是多么的惬意啊。这些年我梦游所至的名山大川有庐山、武夷山、峨眉山、衡山和雁荡山。这种梦中的旅行既无须为银子不够犯愁，也不必担心身体吃不消。想想这样的美事，我梦里头都要笑出声来。我还采购来了大量木料，在屋上架设了一个亭子，屋上架屋，借从高处遥望青山白云，以更好地卧游。我希望我的梦中有更多的山，为此我还选中了一块风水极佳的地方，想造一个亭子，连名字我都想好了，就叫梦山亭，只因为资金阙如，这个计划才没有付诸实施。

我曾在梦国游历三年，做到了梦乡太史的职位，管理梦乡的国政。我的治国措施中的一项，就是成立一个梦社，由童子们任司梦使，把社友们千奇百怪的梦寄存在浔水之滨，由我集中保管。这些梦都保管在一只一尺见方的大铁柜里，这只柜子叫藏梦兰台。

我对梦国做出的最大贡献是为它编纂了一部历史。在这部叫《梦乡志》的书里，我给这个国度分了七个区域：玄怪乡，山水乡，冥乡，识乡，如意乡，藏往乡，未来乡。

去往梦国的道路有千条万条，但芸芸众生被猪油蒙了心，就是找不见。作为梦国的太史，我想我有责任对他们提供技术上的指导。出世梦的做法：你想象你驾驭着日月，去赶卦诸神的宴会，在你的下面，万顷的白云如同一条澎湃的河，那些传说中的蛟龙就像鱼儿一样游来游去。远游梦的做法：坐在一辆世界上最快的马车上，一刻万里，不到一个星期，三山五岳就走遍了。藏往梦的做法：什么也别去做，就只是坐着，让脑袋像一个搬空的仓库一般，一会儿你就会来到汉唐，运气好的话，也可能到了商周。知来之梦的做法：将会白衣，霜传缟素，法当震恐，雷告惊奇。看不懂吧，看不懂好好看。

为了更便捷地抵达梦国的指定位置，工具的作用也不可忽略。有八种常用的辅助工具不妨一试：药炉，茶鼎，高楼，道书，石枕，香篆，幽花，雨声。如果你想做抱着女人睡的那种艳梦，这些工具就用不上了。

有人说我那么爱做梦是一种癖，一种病，我这样告诉他们，梦是一味药。宋朝有个禅师，把禅当作疗救人生的一味良药，写了一本《禅本草》的书，我虽不才，也写有一本《梦本草》。在这本书里，我开宗明义就说，梦本草这味药的性味与功用是：味甘，性醇，无毒（当然对意志薄弱者来说还是有微毒），益神智，畅血脉，辟烦滞，清心远俗，如果你想长寿，最好天天服用。至于梦本草的采集方法，也十分简单易行，不论季节，不假水火，只要闭目片刻，静心凝神，这味药就算是采成了。根据我多年研究，梦本草的产地不同，功效也不同。最好的梦本草有两种，一种是产自绝妙的山水间，一种是产自太虚幻境。这两种都可疗治俗肠。至于采于未来境、惊恐境的，虽然也有部分功效，但也会带来名利心、忧愁这些副作用，弄得不好还会走火入魔，严重的还会发狂至死。

梦有雅俗，正如人有雅人俗人。我自以为平生做过的梦里，最幽绝的一梦是在一个下着雨的晚上，我穿过两块山石搭成的拱门，又走过一条长长的松荫路，登上了一个石楼。这座楼外表平常，但内里的陈设十分怪异，楼中的几榻窗扉，全都是切得四四方方的石块。更令人吃惊的是石榜上还有七个篆体大字，如龙飞凤舞一般，写的是：七十二峰生晓寒。我现在的楼取名叫晓寒楼，屋前的池塘叫梦石楼塘，就是这么来的。要是微染小恙，喝一点小酒，再在微醉后得一佳梦，游游名山啦，读读这个世界不存在的书啦，与古代的名人说说话啦，那病立马就会好几分。如果做了俗梦，譬如与女子交合之类的，我怕我梦醒后真会大吐一场。

回顾我长长的一生做的梦，那无数的人和事和物，组成的是一个多么庞大的世界呀。但这一些，真的在这个实用的世界存在过吗？它们是存留在我的大脑皮层，在某些个夜晚，如同电波一样短暂，却又像投进湖中的石块激起的水纹永无止息。在我还是一个孩子时，父亲就跟我说过，南方有一个国家，叫古莽之国，这个国家的人以醒着时做过的事为虚妄，以梦中发生的一切为真。我要是真的生活在这个国度是多么的好。这么多年，我一直没有放弃对这个国度的寻找。现在我老了，还没有找到。找不到我就在自己心里造一个吧。

生命在成长，梦也在成长，如果借用诗歌来作个比喻，那么我少年时代的梦是李贺的诗，连鬼神听了都要惊奇。后来的梦，一会儿是李白的风格，一会儿是杜甫的风格，到了我这个年纪，那些梦就是王维的田园诗的风格了，空山不见人来，唯留清泉石上流了。

人生百年无梦游，三万六千日，日日如羁囚。我就是不甘心做一个时光的囚徒，所以我总有那么多梦。

四

行者跳入一面镜子，只见高阁之下有一所碧草朱栏，鸟啼乱花去处，坐着一个美人，耳朵边只听得叫："虞美人，虞美人！"行者顿时把身子一摇，变作美人模样，竟上高阁，袖中取出一尺冰罗，不住地掩泪，单单露出半面，望着项羽，似怨似怒。项羽大惊，慌忙跪下。行者背转，项羽又飞趋跪在行者面前，叫："美人，可怜你枕席之人，聊开笑面！"行者也不作声，项羽无奈，只得陪哭。行者方才红着桃花脸儿，指着项羽道："顽贼，你为赫赫将军，不能庇一女子，有何颜面坐此高台！"项羽只是哭，也不敢答应。行者微露不忍之态，用手扶起，道："常言道，男儿膝下有黄金，你今后不可乱跪了。"项羽道："美人说哪里话来！我见你愁眉一锁，心肺都碎了，这个七尺躯体还要顾他作甚！"

项羽求欢，行者推说身体不适，让他先进合欢绮帐，自己在榻上靠着闲坐一会儿。项羽抱住行者，嘴里说："我岂有丢下美人独睡之理？你一更不上床，我情愿一更不睡。你一夜不上床，我情愿一夜不睡了。"他说多喝了几杯酒，就把平生的事作评话来讲吧，也好给美人解解闷。

后来他们说起了秦始皇。项羽道："咳，秦始皇亦是个男子汉，只是一件，别人是乖男子，他是个呆男子。"行者道："他并吞六国，筑长城，也是有智之人。"项羽道："美人，人要辨个智愚，愚智。始皇的智，是个愚智。"

项羽讲他战章邯、入关中平生一桩桩英雄事，直讲得口干舌燥，行者低声缓气道："大王，且吃口茶儿，慢慢再讲。"项羽方才歇得口，只听得谯楼上鼓响，已是二更了。项羽又说了好一阵话，行者又做一个"花落空阶声"。叫："大王辛苦了，吃些绿豆粥儿，消停再讲。"项羽方才住口。听得谯楼上咚咚咚三声鼓响，行者道："三更了。"项羽道："美人心病未消，待俺再讲。"直讲到五更，项羽也没个消停的样子。

"既是美人不睡，等我再讲评话。"

五

以下，是这些年折磨我的一些杂乱无章的梦境片段，我曾经把它们记入了《昭阳梦史》这本书里。之所以把这本不值一提的小书保存至今，我是把它们看作了我某种意义上的自传。青年时代的我，是一个喜欢背后说别人闲话和传播八卦的人，连梦中都被流言的泡沫包围着，说别人，也被人说。出于传之后世的考虑，这些闲言碎语和一些过分色情、污秽的，我没有记入。所以即便勉强称之为自传，它也是不完全的，读者鉴之。

令人高兴的是我可以在这些梦里信马由缰，比如与我们时代最伟大的诗人斗嘴，与最优秀的剑客过招，与最风骚迷人的女人性交。我曾经这样对朋友说："如果能记住这些梦，那将是一种极大的娱乐，你仿佛被俘虏进另一个世界里一般，让你觉得有意识的世界中的许多责任都非常遥远。"

蔚蓝的天空，纯净得如同水洗过一般，忽然，天空垂下了成千上万只乳房，颜色有红的，也有青的，它们在慢慢拉长，一直垂到了屋瓦上。

我梦见飞云散落空中，一片片都是人脸，天上成千上万张面孔，眼珠转动，唇齿开合，每一张脸样，每一个表情都不一样。

我梦见天上落下了一个个手掌大的黑色的字，它们旋转着飞落，如同纷扬的雪花。一个白衣高冠的男子在下面奔跑。高喊着，真是大奇观啊，天落字啦！我仔细看这满天飞扬的字，乃是一篇陶渊明的《归去来兮辞》。

我梦见幽深的树林里的几间老屋，有白云为门，客人来，云就缓缓推开，客人离开，云就重又合拢。真是太神奇了。

我梦见一场大雨，落下的全是一瓣瓣黄色的梅花。

我梦见我成了一个老僧，精舍的门是一棵老槐树。

我梦见一个叫苔冠的人来看我，他的头颈上长的是一株青草。

我一次梦见采来了一大朵白云赠给客人，一次梦见我吃掉了一盆白云。

我梦见站在高山之巅，放眼看去满眼都是草木，不见一个人影。这样一个草木世界，我的舌头还有何用？我找谁说话去？梦里我哭泣起来，醒来，枕畔还是湿的。

我梦见自己被剃发，头发坠落水池，变成了一条条鱼游向远处。我一边哭一边给朋友写信，弟已堕发为鱼，写到鱼字我突然醒了。

六

宫女向行者描述了大唐风流天子的行乐图：昨夜我家风流天子替倾国夫人暖房摆酒，在后园翡翠宫中，酣饮了一夜。初时取出一面高唐镜，叫倾国夫人立在左边，徐夫人立在右边，三人并肩照镜。天子又道两位夫人标致，倾国夫人又道陛下标致。天子回转头来问我辈宫人，当时三四百个贴身宫女齐声答应，"果然是绝世郎君！"天子大悦，便眯着眼儿饮一大觥。酒半酣时，起来看月，天子便开口笑笑，指着月中嫦娥道："此是朕的徐夫人。"徐夫人又指着织女牛郎说："此是陛下与倾城倾国夫人，今夜是三月初五，却要预借七夕哩。"天子大悦，又饮一大觥。一个醉天子，面上血红，头儿摇摇，脚夫儿斜斜，舌儿嗒嗒，不管三七二十一，二七十四，一脚横在徐夫人身上。倾国夫人又慌忙坐定，坐了一个雪花肉榻，枕了天子的脚跟。又有徐夫人身边一个绣女忒有情兴，登时摘一朵海木香，嘻嘻而笑，走到徐夫人背后，轻轻插在天子头上，做个醉花天子模样。这等快活，果然人间蓬岛！

宫女说完这些又感叹：只是我想将起来，前代做天子的也多，做风流天子的也不少，到如今，宫殿去了，美人去了，皇帝去了！不要论秦汉六朝。便是我朝先天子，中年好寻快活，造起珠雨楼台，那个楼台真造得齐齐整整，上面都是白玉板格子，四边青琐吊窗，北边一个圆霜洞，望见海日出没，下面踏脚板还是金缕紫香檀。一时翠面芙蓉，粉肌梅片，蝉衫麟带，蜀管吴丝，见者无不目艳，闻者无不心动。昨日正宫娘娘叫我往东花园扫地，我在短墙望望，只见一座珠雨楼台，一望荒草，再望云烟，鸳鸯瓦三千片，如今弄成千千片，走龙梁，飞虫栋，十字样架起。更有一件好笑：日头儿还有半天，井里头，松树边，更移也出几灯鬼火，仔细观看，到底不见一个歌童，到底不见一个舞女，只有三两只杜鹃儿在那里一声高一声低，不绝地啼春雨。

七

我曾经有机会成为17世纪中叶南方最大的香料制造商，因为在那个时候，香料有着巨大的市场需求，庙堂之上，青楼椒房，到处都是香烟袅袅的。你在街上随便逮个人看看，他的腰胯下面也总是挂着个鼓囊囊的香袋的。在这样一个以焚香为时尚的时代，人是可以气味来区别的。对一个有着正常嗅觉的人来说，不用睁开眼睛就可以辨认出远处走来的一个熟人。

就像一朵花在开败前总是最艳丽的，大明灭亡之前的最后几年也是这样，各种器玩、诗词、享乐无不尽善尽美，登峰造极，就连秦淮河上的婊子，也一个比一个光鲜，一个比一个顶样。那个绮丽的时代，培育出了我们时代最出色的感官：最出色的舌头，最出色的耳朵，最出色的鼻子和勃起得最持久的鸡巴。我有幸分享文明之果，拥有一个最灵敏的鼻子，可以辨别出空气中上百种的香气，靠着这个鼻子，我无师自通地掌握了制香之法。和一般的香料制造商需用大量名贵的沉香、麝香作引子不同，我就地取材，用自然界最寻常的植物的茎、叶就可以造出各种各样的香。但我固执地认为，铜臭与香气是这世界的两极，所以我的知识永远不可能转换成白花花的银子。

在长期的摸索中，我发现，把杉树叶与松叶集在一起焚烧，有一种仿佛置身天庭的清香气息。把百合花与梅花的花瓣同焚，也殊有清致。这种山家百合香的香气和翠寒香的制作一样简洁。制作过程最烦琐的是振灵香，我采集了七十种花卉的露水、用光了收藏的所有乳香和沉木，花了整整七天才制成了三束线香。不是我吹嘘，闻到这种香就是死人也会活转过来。我给它取这个名字，就是寓意它能振草木之灵，化而为香。

进入 17 世纪 50 年代，我开始尝试一种煮香之法，我把这种改良称之为"非烟香法"。以前焚香，都是把香放在陶制或铜制的熏炉里焚烧，这种炉又叫博山炉，上覆以盖，盖上有镂空的气孔，我们闻到的香气就是从这气孔里散发出来的。但我认为博山炉长于用火，短于用水，对之进行了改造。我在炉体上面那个铸成山峦林树形状的尖顶高盖上凿出一个泉眼，再依着石头的纹路凿出曲曲弯弯的涧道，把水流导引入底下银质的汤池。每每蒸香时，水从上面的泉眼曲折下传，奔落银釜，加以雾气蒸腾，直如一个香的海洋。我又自创了一种蒸香时用的鬲，遇到蒸的是异香，就在鬲上覆以铜丝织就的格、箅，以约束热性，不让汤水沸腾，而香却能袅袅不绝于缕。上面我说到的振灵香，就须用这种"非烟香法"，方能尽臻其美。

我住在南村的时候，走到哪儿总是随身带着一只这样的经过改良的博山炉，春天的玉兰花瓣，秋天的菊花，冬天的梅花坠瓣，我悉数搜集。我把它们放在水格上蒸，水汽袅袅中，不一会儿就香透藤墙了。那个时期，我为自己设想的最理想的境界，就是坐在一只钓船上，瓦鼎里煮着香，船随水西东，没入花海中去。

自从发明了这种非烟香法，我就像一个对世界充满着好奇的孩子，把各种各样的植物的花和叶子放到博山炉里去蒸。

蒸松针，就像夏日坐在瀑布声中，清风徐徐吹来。蒸柏树子，有仙人境界。蒸梅花，如读郦道元《水经注》，笔墨去人都远。蒸兰花，如展读一幅古画，落穆之中气调高绝。蒸菊，就像踏入落叶走入一古寺。蒸腊梅，就像读商周时代的鼎文，拗里拗口。蒸芍药，香味娴静，如一大家闺秀。蒸荔枝壳，使人神暖。蒸橄榄，如聆古琴音，这架琴无价。蒸蔷薇，如读秦少游小词，艳而柔。蒸橘叶，如登秋山望远。蒸木樨，如读古帖，且都是篆体隶书。蒸菖蒲，如蒸石子为粮，清瘠而有至味。蒸甘蔗，如高车宝马行通衢大邑，不复记行路难矣。蒸薄荷，如孤舟秋渡，闻雁南飞，清绝而凄怆。蒸茗叶，如咏唐人曲终人不见，江上数峰青。蒸藕花，如纸窗听雨，闲适有余，又如琴音之间偶或的停顿。蒸藿香，如坐在一只扶摇直上的鹤背上，视其州九点烟耳，穆廓人意。蒸梨，如春风得意，不知天壤间有中酒气味，别人情怀。蒸艾叶，如七十二峰深处，寒翠有余，然风尘中人不好也。蒸紫苏，如老人曝背南檐时。蒸杉，如太羹玄酒，唯好古者尚之。蒸栀子花，如海中蜃气成楼台，世间无物仿佛。蒸水仙，如宋四灵诗，冷绝矣。蒸玫瑰，如古楼阁樗蒲铺诸锦，极文章巨丽。蒸茉莉，就想起了我住在鹿山的时候，站在书堂桥上，望着雨后的云烟，这情境，我未尝一日忘怀。

我时常在想，如果把我放到博山炉上去蒸，会是什么气味呢？这样的念头常会把我惊出一身冷汗。

八

行者回到万镜楼中，寻了半日，再不见个楼梯，心中焦躁，推开两扇玻璃窗，窗外都是绝妙朱红冰纹阑干，幸喜得纹儿做得阔大，行者把头一缩，趯将出去。谁知冰纹阑干忽然变作几百根红线，把他团团绕住，半些儿也动不得。行者慌了，变作一只蜘蛛，红线顿时成了蛛网，行者出不来，变作一团青锋剑，那红线又成了剑匣。行者无奈，只得仍现原身，忽然眼前一亮，出现一个老人。老人一根一根扯断红线放他出来。行者问老者是谁。老人说他就叫孙悟空。行者以为是六耳猕猴，取棒打下，那老人忽然化作一道金光，飞入他自家眼中不见了。行者方才醒悟是自己真神出现，慌忙又唱一个大喏，拜谢自家。这一段下面，还有一段早年写下的批注：救心之心，心外心也。心外有心，正是妄心，如何救得真心？盖行者迷惑情魔，心已妄矣。真心却自明白，救妄心者，正是真心。

九

我收藏有一只小钟，色泽灰暗，缺了个小口子，就像在地底下埋了几百年了。半夜睡不着了，我常常起来敲钟。那小小的钟声啊，清越而久远，它会让空气荡起一圈圈迷人的涡纹。因为喜欢听钟声，早年，我出行到了一个地方就遍地跑着去找寺院。长旅孤馆，听着钟声一下一下传到耳边，真是要喜悦得掉下泪来。我这么喜欢听钟，可能与幼年时对僧人生活的向往有关。说来不信，我三岁时就能像佛教徒一般盘腿而坐，七岁就能读《圆觉经》《金刚经》。听着寺院的钟铙齐鸣，真像前世般亲切。国亡后，繁华不再，寺院都破败不堪，我再也听不到好听的钟声了。

我的癖好越来越深，在世人眼中也越来越怪了。除了前面说的焚香癖、梦癖、听钟癖，我新近患上的还有听雨癖。

我喜欢在窗前听雨，喜欢在秋天的渔笛声中听雨。我最喜欢的还是在船上听雨。你在船上听雨，会觉得雨声是绿的呢。绿则凉，凉则远，在船上听雨，你真会觉得远离了烦恼人世。我经常听雨的那只船叫石湖泛宅（为此我给自己治了一个章叫"月函船师"）。船里装满了书画秘籍，船舱里还挂着小佛像。我常常把船泊在柳塘湖水深处，待上一段时间又游往他处。如果此生还有余暇，我要写下一百首关于雨的诗篇。体例就仿照白居易的《何处难忘酒》，叫《何处难忘雨》。"何处难忘雨，凉秋细瀑垂。小窗佳客在，白豆试花时。渔笛声全合，水村烟正宜。溪山苔上好，雨僻少人知。"这是前些天雨中无聊写下的。如此好的烟雨溪山，却没有人来和我共赏。不过话说回来，身边如果真有一个俗客聒噪个没完，也挺煞风景的不是？这是秋天听雨，暮春天气里下雨也是别有佳趣的。竹阑外柳丝轻飘，那雨珠儿凝在叶尖久久不曾落下，偶尔滴沥一声，却打下了树荫下的一片片花瓣。还有深宵听雨，是我近些年来深深着迷的。雁落秋江，寒夜里拨尽炉灰，听着屋角的雨如沙漏一般落下，真不知今夕何夕了。

康熙十九年起我正式隐身于山水深处，其实更早，五年前我就以山水白云为家了。我栖遁在苕溪、洞庭之间，寻常朋友都找不到，偶尔在村涧溪桥边碰到附近灵岩寺的和尚，就作一日夕谈。1670年冬天，我浮舟在西洞庭山，中流大雪，船都被冻住了，划不了桨，连除夕夜都是在船里度过的。我就是要让你们都找不到我。这像是我为自己刻意安排的一个结局。

我已经想好了，死后留给子孙的应该是一幅什么样的肖像画：我要让最好的画家把我画进一场风雨中，屋外山雨欲来，木叶乱鸣，我坐在寥廓的堂前，手里执着一卷书，神态怡然自若。

十

行者挣脱了缚人红线，来到一处楼台。看到唐僧和小月王对坐在一处水殿中。三个盲女郎，各抱一面琵琶，在唱一出《西游记》。一唱便唱到了万镜楼中的事，行者心中疑惑，这分明是我昨日的事，她们怎么会知道，心头火发，耳中取出棒来，跳在空中乱打，打着一个空，又打上去，仍旧打空。小月王、师父、那些盲女子就好像没有看到他。行者奇怪，难道青青世界中的人都是无眼、无耳、无舌的？

行者乱撞乱走，发现唐僧有了一个女人，叫翠绳娘，长得真是香飘十里，媚绝千年。

不多时，一簇军马拥着一面黄旗，飞马而来。原来是唐僧受封为杀青大将军，行将起兵。翠绳娘见唐僧做了将军，匆匆行色，两手拥住，哭倒在地，便叫：相公，教我怎么放得你去！你的病残弱体，做将军时，朝宿风山，暮眠水涧，那时节，没有半个人看你，增一件单衣，减一领白褡，都要自家爱惜，调和寒冷。相公，你牢记我别离时说话：军士不可苛刑，恐他毒害，降兵不可滥收，恐他劫寨，黑林不可乱投，日落马嘶不可走，春有汀花不可踏，夏有夕凉不可纳。

闷来时，不可想着今日，喜的时，不可忘了妾身。呀，相公，叫我怎么放得你去！同你去时，恐怕你将军令，放你自去，相公，你岂不晓凄风夜夜长，倒不如我一线魂灵，伴你在将军玉帐罢！正闹着，外面紫衣使者飞马走进，夺了唐僧军马，一齐簇拥，竟奔西方去了。

十一

以前我每次出游，都为路上带什么书斟酌再三。掂量来掂量去，什么书都舍弃不下，索性都给带上。一般短途陆行的话，带的书大概有五十担，如果坐船，那就可以带得更多，约有十篚之多。在我还是一个孩子的时候，我对自己一生的构想，就是先三十年读书，后三十年游览天下。这么说吧，我嗜书就像酒徒离不开酒，好色之徒离不开女人，这一辈子从来没有离开过书。云中乍讶声如豹，迎着挑书入屋来。这是途中读书。一床书傍药炉边，这是日常家居读书。五十六岁那年，我在一封写给儿子的家书中说："我除了六年，五十年读书。"这话可一点没有自吹的意思。如果不是有十多年我把时光浪费在了帖括制艺上，我今天的成就岂止如此？所以我对儿子们总是千叮万嘱，切不可让子孙后代再习举子业，读无用书，做八股文，那可真要枉丧光阴了。

其实我这样子过完一生，在大人先生眼里已经是年华虚度了。他们不止一次对我说，本来以你天分之高，用力之勤，要不是给那些胡说乱道的东西迷错了路头，而专在考据编年等学上下功夫，则在学问上面必能于古今来第一等人物中占到一个位置，你那么变态，老发神经，还自己弄些助长神经病的药，结果就成了这么一个半梦半醒的二等学者，可惜啊！对这些人，我总是回之以：去你妈的！

这一辈子我从没有放下过我的笔。笔是我的舌头，我的牙齿。但我也从来没有停止过焚毁我写下的文稿。我就像一个雪夜行走在林中的盗贼，一边前行，一边又把留在雪地上的脚印全部消除掉。有时我刚写下一个句子，就好像已经看到了承载这个句子的纸在慢慢消失。名词消失，动词消失，最后我也消失。不仅焚字，我还焚笔、焚砚。我还写下过一段焚砚誓，其中有这样的句子：今日以后，永绝文字，镂骨铭心，尽未来际，不断绮语，崇高苦因！不断绮语，道岸不登！不断绮语，离叛佛心！

没有人知道我这么做时纠结在心头的苦闷，一方面我是那么的热爱写作，另一方面，禅宗又主张不立文字，直指本性，我信仰的临济宗更是如此。所以我总是一次次地发誓要封笔，戒绝绮语自障，又一次次地冲破戒律，不停地写写写。且悔且做，且做且悔，当老亦然，我这人够没出息透了吧？

1656 年，我三十七岁，准备上灵岩剃度，把余生献给佛门，行前我决心把所有写下的文字全都焚毁。我儿子抱着我的腿苦苦相劝，留下一些诗文刊印于世。我说，我堕文字因缘三十年了，再留下只言片语在这个世界上，那不是再堕落一次吗？我的下半生就在青鞋布袜间了，罢，罢，全都烧了。这是我一生中第三次烧掉自己的文字，也是烧得最多的一次。前两次的焚烧，分别在 1643 年冬天和 1646年秋天。最初的起意是想把应制文章给烧了，烧得性起，把一卷诗稿和一本杂文集也投进了火堆里。看着那些碎纸片像黑蝴蝶一样飞起来，我竟有一种自虐般的快意从心底里升起。能够尽着性子撒一回野是多么快意啊。

我怀念这些已经在这个世界消失的文字，他们都是我散失的孩子。在前些日子的一个梦里，我来到一座深山，山里有一个古穴，洞里飞翔着无数羽毛漂亮的鸟儿。我在洞里见到有数百卷书籍，打开来却一个字也没有。我正奇怪为什么会这样，来了一个人，告诉我说，这都是你写的书呀，这些书已经被焚毁，当然不会有字了，洞穴里那些飞鸟，就是这些书的魂魄，你试着哭出声来，书魂就可招来。我当下就大声恸哭起来，那些鸟遂在洞中惊惊乍乍地乱飞起来。我丢下这些无字书，飞一般地逃出了这个洞。

十二

天已入暮，行者见师父果然做了将军，取经一事置之高阁，心中大乱，无可奈何，只得变做军士模样，混入队中，乱滚滚过了一夜。

一场战役过后，一个坐在莲花台上的尊者前来唤醒行者。

"尊者，你是何人？"

"我是虚空主人，见你住在假天地久了，特来唤你，你的真师父如今饿坏哩。"

尊者告知行者，方才是在鲭鱼气里，被他缠住了。"天地初开，清者归于上，浊者归于下，有一种半清半浊归于中，是为人类。有一种大半清小半浊归于花果山，即生悟空。有一种大半浊小半清归于小月洞，即生鲭鱼。鲭鱼与悟空同年同月同日同时出世。只是悟空属正，鲭鱼属邪，神通广大，却胜悟空十倍。他的身子又生得忒大，头枕昆仑山，脚踏幽迷国，造化有三部，无幻部，幻部，实部，如今实部天地狭小，他就住在幻部中，自号青青世界。"

十三

我的曾祖为官时收藏有许多镜子，有一间屋子专门用来安放这些镜子。各式各样的镜子，青铜的、水晶的、泰西进贡的玻璃的，形状有圆形的、椭圆形的以及带顶饰的矩形镜框的，饰框的材料一式都是名贵的乌木、雪松木和紫檀，还有镀金的黄铜，上面还雕有微型的动物、人像和枝叶连理错落缠绕的图案。这些镜子挂满四壁，直达屋顶，据说一进入镜房，就像进入了一个没有尽头的世界：无数面镜子相互对应，使得门、窗和走廊无尽延伸，生生不尽。

我八岁那年，父亲就是死在这间已经破败的镜房里。家人把他抬出来时，为了避免吓着我们，在他的脸上盖了块白麻布。从此以后，家中长辈再也不允许我们走近这间镜房。它成了我们家族的一个禁忌。但我的记忆中已经永远刻下了向这个神秘的屋子投去的第一眼，那一片炫目的、晃眼的光刺痛了我！我那时深信不疑，父亲就是被镜子里一把把光的剑杀死的。这警示我在成长的日子里一直小心躲避着镜子的诱惑——镜子是危险的！一旦你向镜子看了一眼，就有了幻想、恐惧和欲望。为情所迷，则大千世界不过是镜子生成的幻象。镜子会吸引邪狂的目光，镜子里藏着一个个恶魔。它的表面平滑如缎，它展现的却是谎言和诱惑，让意志脆弱的人陷入疯狂。

我把童年时代的恐惧带进了这部小说。把对女性的憎恶带进了这部小说。行者面对成千上万面镜子的恐惧就是我的恐惧。在我看来，镜子是我们的生活与梦幻之间的无主之地，它乃是进入死亡的通道。我让行者穿过一面面镜子，正寄托着渴望在镜子的另一端得到重生的意愿。

那个曾经显赫一时的大宅已在1644年的兵火中化为一片瓦砾。说来堪奇，我从祖宅唯一带走的一件物事，就是一面镶在乌木框里的镜子。是不是我们越是要逃避的东西，它越要像附骨之疽一样跟定我们？它不再是恶魔隐秘的面孔，它也不再与奢华有关，它只是我们家族的一个纪念，留在我手里的一件信物了。这些年，我出行，它就在船上陪着我，我上灵岩受戒，它在禅房里最早照见我头顶的疤。

我时常拿着这面镜子，把它朝向四面八方，这样便能制造出太阳、月亮和天空中的其他星宿，我也可以制造出动物、植物、家具，但那都是徒有表象没有实质的东西。令人目眩的镜子制造出各种幻觉，它像梦一样提示着看不见的事物。但时日一久，我发现我离不开它了，就像我离不开那些梦。我明知它的虚幻和危险，我就是离不开它。

我有时是董说，有时又成了一个连我自己也不认识的人。镜子让我明白了，人永远是他自己又是另一个人。

人应该关照自己的灵魂，它是人的本质，灵魂正是需要映像来认识自身。但同时又会有一个声音在心底里喊：远离颠倒梦想，那就离镜子远远的！每当这样的时候，我情愿把镜子看作虚构的分身，维护着我的幻觉和谵妄。我就要这样的半梦半醒。

我是把世界都看作镜像，把万物都作为我的镜子了：梦是我的镜子，香料是我的镜子，雨水是我的镜子，钟声是我的镜子，孙行者是我的镜子，小说是我的镜子。

原来这一切只不过是镜像的魔术。不仅虞美人的楼台、唐朝的宫女映照在湖水的反光中，甚至孙行者，甚至这本小说，也可能来自乌有乡，来自秋阳下水藻交横的湖底衍射上来的一缕光线。

镜子是我的欲望、恐惧与内心交战的沉默的见证。

我现在像是明白了，我在镜子里看见的那个人并不是我。我才是影子，镜子里那种人的影子。放下小说，我想进入镜子的背面，换到影子的位置上，逃避沉重而不确定的现实。我轻轻一跃，一头冲入了镜子。额头划开了一道小口子，伤痕难以察觉却足以致命。童仆取下了那面因撞击而碎裂的镜子，进入镜子背面的我看见我被地上镜子的碎片映照了出来，不是一个我，是千千万万个。

那孩子问：你在这一地碎裂的镜子里寻找什么？

心会迷失方向，但时间不会，时间有着一个恒定的方向。我张了张嘴，却什么声音也发不出来。

十四

却说行者在半空中走来，见师父身边坐着一个小和尚，妖氛万丈，便晓得是鲭鱼精变化，耳中取出棒来，没头没脑打将下去，一个小和尚忽然变作鲭鱼尸首，口中放出红光，行者以目送之。但见红光里面现出一座楼台，楼中立着一个楚项王，高叫：虞美人请了。一道红光径奔东南而去。

唐僧：你在青青世界过了几日，我这里如何只有一个时辰？

行者：心迷时不迷。

唐僧：不知心长，还是时长？

行者：心短是佛，时短是魔。

附识：

董说（1620—1686），字若雨，明亡后为僧，更名南潜，号月函，浙江乌程（今吴兴）人。著有《董若雨诗文集》《丰草庵杂著》《楝花矶随笔》等。曾参加复社，系复社领袖张溥弟子。其事迹散见清光绪九年同治本《湖州府志》，民国十一年本《南浔志》等。本文写作资料，一是《董若雨诗文集》（二十五卷），民国三年刘氏嘉业堂刊本，二是董说写下的一部探讨梦境的小说《西游补》，这部小说也被有些评论家视作最早的意识流小说和超现实主义小说。关于董说这部小说的成书时间，鲁迅在《中国小说史略》中说，"全书实于讥弹明季世风之意多，于宗社之痛之迹少，因疑成书之日尚在明亡前。" 学者刘复据此在发表于1927年的《〈西游补〉作者董若雨传》中考订出小说完成于崇祯十三年（1640），是年董说二十一岁。柳无忌等人则认为这部小说是董说"身丁陆沉之祸，不得已遁为诡诞，借孙悟空以自写其生平之历史"，成书当在明清鼎革之后，很可能是在顺治三年至七年（1646—1650）之间的某一年。本文写作中取前一说。本文参考的《西游补》版本为上海古籍出版社1983年版。另一篇对本文写作有贡献的文献是法国历史学家萨比娜·梅尔基奥尔·博奈的《镜像的历史》，她所褐橥的"人注视着镜子，而镜像操控着你的意识"成为本文写作的契机之一。

三生花草

前　身

　　苏堤有一段时间经常做梦。有一次他梦见了杜少牧，杜少牧牵着一头黑驴，走在春风十里的扬州路上。太阳底下，他竹竿一样瘦的身子一晃一晃的，就像风一吹就要消失的样子。还有一次他梦见了坐在一大群姑娘中间吃花酒的柳三变，柳三变讲了一个荤段子，坐在他膝上的一个姑娘笑得全身的肉都动了起来，噗的一声把嘴里的酒都喷出来，洒在柳三变的衣襟上。姑娘正要抬手去擦，这时窗口飞进了伏在井栏上打水的一个老妇的歌声，唱的正是他填词的一支新曲。在最近的一个梦境中，经常出现的是一条宽广的河流，阴沉沉的天空压着河面，气氛十分肃杀，一个瘦高个的男人峨冠博带，满面愁容走在河边，他的内心好像有着说不出的巨大痛楚，不时顿足捶胸，号啕大哭。后来他在一个河湾上蹲下身，捧起一块大石头绑在衣带上，拉了拉，还不放心，又打上了好多个死结。他想起来了，那条河是湘江的一个支流。他刚到长沙实业学堂教书的时候曾经去寻访过，还在河边为那个死去了两千年的人烧了一部自己的诗稿。

苏堤后来对刘三说："我就是转世的杜少牧，我就是那个写通俗爱情诗歌的柳三变，我还是那个把香草比作美人、把美人比作君王的死了两千年的诗人。"

西　湖

临终一刻，苏堤看见了孤山脚下那条通往西泠桥的道路。路面惨白，落满了腐叶和尘土。

一团黑墨般的乌云在天边翻卷，惊雷响过，偶尔露出的几丝光亮愈显得狰狞。风，像是从湖中央生成的一样，发出暴虐的啸声，它就像一只看不见的手掌，追赶耍弄着还在湖上东漂西荡的几只游船。接着，白亮亮的雨点就劈头盖脸砸落下来，打得山道两旁的树叶簌簌响。

苏堤刚从白云庵下来就赶上了这场豪雨。秋天的杭州还会下这么大的雨他可想不到。他一直以为西湖是温婉的。这座城，这座终日熏风如织的南宋遗城是温婉的。他想不到的是第一回到杭州，杭州竟会以这样一种方式迎接他。雨眼见得是越下越大了，密雨骤风里有着隐隐的金戈杀伐之声。他跑进湖边的八角亭，回头望望身后的雷峰塔，已经被一片白茫茫的雨汽遮没了。

他是以一个出家的人的礼节拜会白云庵住持的。他的职业是一个教员，但自从十六岁那年在广州蒲涧寺初次披剃，他内心里一直认为自己是个真正的佛门中人。此次他跑来白云庵是想求住持再度剃度的，但住持说出一句偈语就闭上眼睛没睁开过，那句偈语是：春楼风中雨过墙。他无以应对，住持也一直不对他说一句话。下山的路上他一直在想，这老和尚是不是看我慧根太浅，还要我在人世间再加历练呢？春楼风中雨过墙，这应该是一句不错的诗，但下联在哪儿呢？

苏堤站在湖边的石亭里，雨无论从哪一个方向过来都可以打着他。他想这就像厄运，一个人跑到天涯也避不开一样。古亭的柱子上有联，字迹已然漶漫，苏堤还是一个字一个字读出来了：艳寒宜雨露，香冷隔尘埃。不知怎的他一下就想到了葬在断桥之侧的苏家的小妹，苏小小。青骢马，油壁车，香风轻拂玉人来。他沉吟着，一任雨打在脸上，衣衫尽湿也浑然不觉。雨地里传来一阵笑语喧哗，抬头看时，三两个人影正共着一柄黄布雨伞，大呼小叫着向着亭子飞一般涉水而来。

那时他还不知道，许多个日子后，还有人会提起1905年秋天他初次造访西湖的事来。他站在湖边石亭的情景会被人写进一本书。那一年初秋的雨中，向着湖边石亭跑来的刘三，后来成了苏堤最知心的朋友，就是他，在晚年的回忆录中，这样描绘苏堤当时的神态："那年秋天，我因为写了一本鼓吹立宪的书惹祸上身，在杭州孤山一带避风头。有一天携贱内游湖，遇上了大雨，路过灵隐岩下一个石亭的时候看到了一个束着头发的少年，他外面穿的是出家人才穿的一件衲衣，领口露出的内衣却非常华贵。他好像没有看到大雨似的，好像也没有看见我们。我看他的眉宇之间有一股逼人的悲壮之气，当时我还对贱内说，这肯定是一个奇人。我后来才知道，他就是伟大的诗人苏堤。"

东京（一）

我那年去东京是寻找我的生身之母的，却想不到会陷入一场和艺伎的恋爱。这再一次印证了人生就是在暗夜里行路，你定好的是这个目标，却会走到另一个毫不相干的地方去。我的父亲苏杰生是一个茶商，确切地说是英国茶叶公司在日本国的买办，他干得很卖力，很得英国人的赏识，几年经营下来用攒下的薪金在横滨郊外的山下町置下了一处房产。我成年后，还有许多人对我父亲在日本的那次盛大婚礼记忆犹新。我父亲那次娶的是一个叫河合仙的日本女人。这样，加上结发妻黄氏（我叫她大娘），我父亲就有了两个老婆。但这两个女人谁也不是我母亲。我的母亲是那个叫河合仙的女人的妹妹，他们告诉我她的名字：若子。若子，这真是一个好名字。若子是那一年跟随她出嫁的姐姐一起到苏家的，在苏家做帮佣。我后来知道，我父亲让她怀孕那年她才十七岁。所以你也可以这么认为，我的父亲苏杰生有三个老婆。

我的记忆中一点也没有生母的印象，因为据说她生下我三个月后就离开了我父亲，从此下落不明。我猜想这里面肯定包藏着一个巨大的秘密。我六岁那年就随大娘返回了原籍——广东香山。我的同乡里有一个非常有名的人物你们都知道，他就是孙逸仙。这个人对我的一生产生过非常大的影响，不过那时候我们还没有结识。我在香山待了没多久就到上海去了，是一个游方和尚的一番话使我祖父和大娘下了这个决心。那和尚说我体质羸弱，从小又没有好好调理，恐非长寿之相，应该到有水的地方去。上海不是带水吗，再说祖父在那边也有朋友，于是过不多久我们全家就坐船搬迁到上海了。我就是在上海受的新式教育，我的授业师是个西班牙人，他有个中国名字叫庄湘，最早是上海某个天主教会的教士。我们搬去上海的时候，他已经在这个城市待了十多年，是个地道的中国通了。他后来成了我祖父为数不多的朋友之一，他们经常在一起讨论共同感兴趣的天象和东西方历法。这里还应该提到他的女儿雪鸿，因为在我的生命中她也是一个重要的女性。不过那时她还是一个胖乎乎的小女孩，一点也不漂亮，说中国话还老是咬舌头。和我们不一样的是，她有一双深水一样湛蓝色的大眼睛，她看着我，里面就一汪一汪的，好像要溢出来什么似的。我仔细研究过她的眼睛，可是除了在里面看到变成了小人儿的我自己，我什么也没有发现。

　　在和百助眉史交往之前，我已经写过几十首诗，可是朋友圈子里一直把我看作一个半吊子的诗人。他们认为像我这样一个商家子弟去弄诗只是为了附庸风雅或沽名钓誉。我刚开始学诗的时候，他们一个个的都笑话我，我把彻夜不眠呕心沥血写成的诗句恭恭敬敬递上，他们轻轻地扫一眼就还给我，鄙夷的神情就好像是我递给他们看的是一堆大粪。最初我是跟太炎先生学诗的，可是他从来没有好好教过我，照他的说法，他是看在我祖父的面子上才让我有一个弟子的名分。在东京神田清寿馆和我同住一屋的陈仲甫曾经毫不客气地对我说，你连押韵、平仄都不懂就想写诗，这就好比一个还没满周岁的小孩，没学会走路就想跑了。他们开了一大摊书目让我好好去读，什么《千家诗选》《唐人绝句大全》《漱玉集》《花间词》，可是我每本书翻开过一两页就丢掉了。我还是觉得我是对的，写诗完全是一件个人的事，一点也没有必要去捡古人牙慧，这是一件很自然的事，就像人要吃饭要排泄一样，它并没有像那些人说得多么的高尚。当然这话是对那些天生是诗人的人说的，我觉得我就是一个天生的诗人，我非常偶然地来到这个世界，就是为了写出一首甚至那么一行让人记住的好诗的。

从东京回到上海，我曾经把献给百助姑娘和其他一些歌伎的诗作装订成册，在朋友圈子里流传。我记得他们当时吃惊的神情，就好像吞吃了一只苍蝇，张大了嘴巴好半天也合不拢来，他们太吃惊了，他们对我这样一个所谓的纨绔子弟写出这样清艳脱俗的诗句感到太不可思议了。有人开始小心翼翼地赞美我是一个有前途的青年诗人，还有人则激动地宣称一个天才的少年诗人横空出世了。但他们看着我的眼神还是怪怪的，这就好比平江不肖生写的小说里，江湖上一个没有一点武功的人一夜之间突然成了绝顶尖的高手，他们脆弱的自尊心一下子还真无法接受，他们怀疑我在东京的一段时间也有过什么奇遇。但只有我自己清楚，要说有什么奇遇，那就是百助姑娘，以及她之后在我生活中出现的那一群漂亮艺伎。正是她们，使我死水一样滞住的诗句流动了起来，有了活泛的生气，有了自己的声音。是的，在我的诗歌里，你可以看见她们美艳照人的面容，听见她们说话和呼吸的声音。

前面说过，那年春天我到东京是去寻找我的母亲的。我的朋友刘三和陈仲甫在我来之前半个月已先期抵达。为了节省开支，我也搬到了他们住的神田清寿馆里。偌大一个东京，要找一个人谈何容易，再说我除了母亲的名字别的什么也说不上来。他们陪着我跑东跑西，十几天下来还是没有一点线索。我父亲不知怎么的知道了我来了东京，托人传话要我去看看他们，他说你不来看我没关系，可是你一定要来看看二娘，二娘有话要和你谈。我犹豫不定是不是该去一趟横滨。看我连着几天一直郁郁不振，他们都很担心。有一天刘三提议我们找一家清酒馆去坐坐。路上，刘三神秘兮兮地说，我们去唐昭提寺近旁的一家吧，保证你们不虚此行，听说那儿新来了一个艺伎，像一个玉人儿似的，还会弹一手好筝。陈仲甫说，六指，我们兄弟吃酒归吃酒，找女人干什么？刘三的左手长有骈指，我们都叫他六指，他也不恼。刘三说，夫子你心里怎么想的我又不是不知道，装什么假正经呢？他们嘻嘻哈哈一路打趣着，我知道他们是为了逗我高兴。就这样，我们走进了那家清酒馆，遇见了那个叫百助眉史的姑娘。

　　她身穿和服，恬静秀丽，头发高高束起，梳成两个粉红色的莲花同心结，垂着两条绛红色的丝带。她的眉毛是精心修剪过的，她的脸上只是淡淡地着了点色。天色渐渐暗去，侍仆进来点了支烛，三个人里我坐得离她最近，可以清楚地看到烛光照着她的脸上浅淡的绒毛。在我们的要求下，她调好了筝，手指轻拨，一串清泠的筝乐水珠般在室内四溅开来。烛光无风自动，她的影子也在轻轻晃动。我一眼不眨地看着她，她的脸，她的手指，我从来没有这么近地盯着一个女性看过。我的心好像也被一双素手轻轻弹拨着，近几日身体里面压着的东西突然轻云一般散去，筝乐流淌，在我空空的身体里撞来撞去，我的身体变得很轻很轻，好像被什么带着一样向高处飞升。那一天，大概我看百助眉史弹筝的样子太出神了，有点失态，回来的路上他们两个取笑个没完。刘三说，不得了，和尚动凡心了。陈仲甫说，六指，你难道看不出来，我们的苏堤小弟是情窦初开？我没有申辩，我的心里充满着说不清的喜悦和怅惘，如果我说我在看着百助姑娘弹筝时就好像看见了我母亲，他们会相信吗？我想他们恐怕要笑死。我不说话，他们更认定我是看上百助姑娘了。

很多天里，百助侧着头抚筝的样子总是浮现在我眼前，我按照记忆中她抚筝的形象画了一幅小像，在背后题了一首小诗，吩咐门房送去。隔几日，我一个人去那家清酒馆，她抬眼一看是我，眼底里突地像清水起了涟漪，她一把握住我的手，欣喜地说："淡扫蛾眉朝画师，同心华鬘结青丝，你真是写我吗？你画的那个人真的是我吗？"其实我是在看过她之后，按照我想象中的母亲的样子画的，但看着她那么急切的样子我就不好实说了，我就点点头。她笑了，那是一种发自内心的真正欢快的笑声，像水声一样清越，她红着脸说："她们说，这一行干久了就会有很多人写诗给你，可是我还是第一次读到有人写给我的诗哩。你写得太好了，真是太谢谢你了。"这是我第一次听到有人说我的诗写得好，虽然她是一个艺伎，但是我还是很高兴。我装出很老到的样子说："那都是因为你筝弹得好，人也长得漂亮。"她脸上飞起了两片红晕，低下了头："我是真心地感谢你，想不想听我再弹一曲？"

东京（二）

严格地说，百助眉史是我生命中出现的第一个女性。正如你们现在知道的，我出生在一个很古怪的家庭，它看起来很新式，却包含着许多腐朽、阴暗的东西。在这样一个家庭里，我从来没有得到过那种温暖的、容你有点小小的放任和无赖的爱。六岁以前，我已经对二娘河合仙乖张的举止和性情有了鲜明的记忆，她没有为我父亲生下子嗣，我也算是她名分上的儿子，可是她给予我的不是爱而是说不清的仇恨。她那双柳叶般细长的眼里射出的光总是让我感到寒冷。五岁那年，我玩耍时不小心打碎了一只景德镇花瓶，她竟罚我在地上跪了大半夜。从那以后，我一看到她白得没有血色的脸就会联想到冬天河里结的冰。后来我跟大娘回了原籍，可是大娘的心思全都让大哥和二姐占去了，留下来给我的只是一个极小极小的角落。这样的环境里，我无时无刻不在想念我母亲，我受了委屈，就想扑在她的怀里大哭一场，我有了一点高兴的事，第一个想到要告诉的也是她。可是茫茫天地她在哪里呢？她好吗？她是不是知道我在想着她？我按照内心的愿望一次次地修改她的面容，把跟庄湘老师学的一点西洋画技法也全用上了。在一幅我保存至今的小像里，母亲披着一袭白纱，漫步在河边樱花树下的草坪，她眉头微蹙，就像曹子建曾经梦到过的洛神一样忧郁而又美丽。

很长时间，我对母亲的爱使我忽略了身边所有的女性，我遭遇了她们，可是我好像没有看见她们一样，她们就像你行走时掠过身旁的风，就像雪天落在你身上即刻就融化的雪，我痴顽的心从来没有留意或者钟情过哪一个。我说百助眉史是我生命中出现的第一个女性，这不仅仅是因为她是第一个与我有肌肤之亲的（但也仅止于此），更是因为她让我领略了什么是女性的柔、女性的美。那一天酒馆里很冷清，就我一个客人。听完百助弹筝已经很晚了，起身告辞的时候，我突然很想抚摸百助一下，不管抚摸她身体的哪一个部位，就像抚摸我从来没有见过的母亲一样。我吓坏了，我为自己有这样卑琐的念头感到害怕，但这种欲望是那样的强烈，就好像她光洁的脸，她微启的唇有一股吸力，把我的手指向那里牵拉了过去。是的，我们接吻了。是的，那一刻，那天旋地转的一刻是我生命中最重要的时刻。她是那么的柔软，她的手，她的腰，她整个的身子，她的舌头在我的嘴里像一条小鱼，不知疲倦地游呀游。

那一夜，我不知道是怎样回到旅馆的。我的心里甜蜜而又疼痛。我想我干了什么呀！一连好几天我都没有去见她，我渴望去见她，又怕见她，我的身体里好像有一只老虎，它又挣又跳，暴烈地大叫，让我浑身发抖。我知道那就是情欲，火一样要把人活活烧成灰烬的情欲。我真怕自己接下去会做出什么来。为了关住这只内心里的老虎，我强迫自己坐下来一首接一首地写诗，诗是这只老虎的毒药。为了让这只暴躁的老虎平静下来，我只好不停地写诗。我想不到的是，百助竟会一个人跑到旅馆来。那一天仲甫和刘三正好有事出去了，她穿着素花小袄，突然出现在我面前。她一见我就小鸟一样扑进我怀里，都快要哭了，说，为什么好些天不见你来？我嗫嗫嚅嚅，谎称病了。她伸出小手在我额头上一探，又摸了摸自己的额头，呀了一声，说，是呀，头都发烫了呢。她说，我那儿有去年冬雪化的水，泡上干菊花医头疼最好了，我现在就给你取来。我忙说不用，不用。其实一看到她，我内心里的老虎又苏醒了，它正暴躁地在我身体里转着圈，它的牙齿咬得咯咯响，它的爪子从我的身体里伸出来，好像要把周围的空气都撕成碎片。我拼命抑制着它，不让它撒野，这样我脸上的神色就愈加显得痛苦了。她也更认定我病得不轻。她扶我到床边，要我躺下。我听话地躺下了。她紧紧抱着我的头，我听到她的身体里有一只小鹿在嗒嗒嗒奔跑。我也紧紧抱着她，她卷曲的一绺发丝拂着我的脸，让我的心又是酸又是痛。她光洁的身体是那么的小，那么的小，我轻轻一搂就全在我怀里了。我几乎又酸楚得要掉下泪来。可一转眼，我又听见了那只老虎咻咻的鼻息声。

它使我渴望去践踏，去占领，去摧毁。我听见我的呼吸和它的呼吸合在了一起。我看见我的脸也和它一样变得狰狞。我一个激灵跳了起来，我混沌的脑子里现在只有一处亮光，我只是迷迷糊糊地觉得，我再也不能这样了，我不能玷污她，也不能玷污我自己。她看着我，眼睛里先是充满迷惑，后来是不安。当我穿好衣服，她裹紧被子，肩一耸一耸的，无声无息地哭了。

　　难道真如他们说的，是佛性返照使我悬崖勒马的吗？不是，绝对不是。那一刻，当我离开百助火烫的身体那一刻，我想到的其实是我的母亲。我来找她，遭遇了百助，正是她的柔情使我一直渴望的母爱变得触手可及，我离开了她的身体，我暗暗下了决心要永远离开她。但是到了我抑制住强烈的情欲，决定把她，把以后所有遇到的女性都只是当作姐妹，我才感到女性的美丽是一种多么惊人的力量，它能够抚慰人心，也足以伤人。这种力量就像钝器的撞击，外表不见伤，可身体的里外都痛了。我的眼里因这美丽而流下了泪。她走后，我抚摸着自己的脸，感受着她在我的脸上和手指间留下的爱情的气息，这气息让我的心里像插着一柄刀，一柄缓缓转动着的刀子。

　　自那以后，我和百助再也没有单独在一起过，以后每次去，相陪的除了她，总还是有一些别的艺伎在场。我就是这样认识阿可、国香、阿蕉、柳烟她们的。风和日丽，岁月静好，我也不想去寻找我的生母了。该出现时她自然会出现，她不想见我，我是跑到天涯也找不着她的。日日歌宴升平，我悠游其间，日子过得顺风顺水，那时我自然想不到，过不足月，百助会把我送她的那张小像还给我，一个人悄悄离开，在东京到长崎的船上跳海自杀！那一天得知噩耗，天正下着雨，我淋着雨，像匹野马在城里乱跑乱闯，跑得一点没力气了，让人当作疯子送了回来。他们说，我迷糊着的时候一直在唱着这样一支歌：

> 我是一滴泪水呀
> 在这个世界上流淌
> 我如此孤独地流淌
> 流过谁的脸庞
> 我是一滴泪水呀
> 在黑暗中闪闪发光
> 黑暗中谁的眼睛
> 是我亲爱的故乡
> …………

上　海

1918 年暮春，三十五岁的苏堤在上海广慈医院即将走完他的一生，弥留之际，他对一直守候在床边的好友刘三说："我死后把我葬到西湖的孤山脚下吧，在那儿我可以天天听到白云庵的钟声。"

这年开春，他和刘三又一次去了杭州，住的还是以前经常落脚的白云庵。那些日子正好有一场寒潮侵袭江浙，云团低迷，白云庵的几树寒梅在他们到达的那一天正好开了。雪地红梅，有一股逼人的艳丽，苏堤很高兴，认为这是一个吉兆。那天傍晚，他们在住持陪同下用完素斋，两个人在禅院前的放生池边散步，苏堤兴致很高地吟了两句诗，"斋罢垂垂浑入定，庵前潭影落疏钟"，可能是回廊风呛了嗓子，吟罢他没命地咳嗽起来，竟咯出了一摊血来。刘三慌了神，苏堤反倒过来安慰他，说，没事，真的没事。刘三说，"从来诗人不长命，我们还是安心心做俗人吧，你没看见你的诗稿一天比一天重起来，可你的身子在一天比一天瘦下去？再这样下去怎么得了？"多年以后，刘三翻检苏堤遗作，回想起那一次杭州之行，才明白事情的结局已经提前在他的诗中出现了，那一句诗是：西泠终古即天涯。

听苏堤说完那番话，刘三明白，他或许已经看见了自己一生的终点。有句话他想说，终于还是没有说出来。那句话是：诗人没有一个好下场的，因为他们说出了上天不允许世人知道的东西，你用文字创造出了比自己更崇高的东西，终于导致了自己肉身的毁灭。

苏堤缓缓张开眼睛，看见刘三还坐着，"刘三，我觉得我的一生是在不停地兜着圈子。"

"是的，我们都一样，我们每个人的一生都是在莫名其妙地绕圈子。"

"我小时候，有个老和尚说要往有水的地方走，这样我就到江南来了。我八岁到上海，又到过江南那么多美丽的城市，现在，我又回到上海来等死了。"

"呵，江南……你喜欢江南吗？是的，你喜欢，这里的天空总是水汽迷蒙，永远像没干的油彩，除了这里的冬天太冷，害你老发哮喘，别的看起来还真不错。"

"南京、长沙、芜湖、温州，还有我最喜欢的杭州……想起来真是上一辈子一样远的事了，可惜，我要到下辈子去了。"

"不，等你病好了，我们可以去我们想去的任何一个地方，你说的这些城市，有好些我们还是一起住的呢。"

"不，你不用再安慰我了，时间到底是什么？我想我这一生是参不透了，这二三十年，真的流水一样哗哗地流走了，再也不回来了？真像一场梦啊，我将这些时间的片段，保存在我们到过的那些地方了，有一天这些过去的时间或许会复活呢……"

刘三想，他为什么会有那么多奇怪的念头呢？要在过去，两人早就争了起来，可是现在，只能静静地听他把话说完。

"知道我现在想什么吗？呵，我看见了杭州，看见了雷峰塔、白云庵，看见了孤山脚下通往西泠桥的道路，那条路，积满了尘土和落叶，走上去像踩在棉花垛上一样柔软……"

苏堤不说话了，他合起了眼睛，他的一缕魂，好像悠悠荡荡地正在一个个城市间赶来赶去。刘三犹豫着，自己是不是该轻轻地带上门走开了。

"我早岁披剃，立志把一生献给我佛，可尘世碌碌，学道无成，学诗也无成，现在想想，我这一辈子最对不住的还是那些冰清玉洁的女子。"

"你是说……百助姑娘？"

"哦，是的，还有她们，金凤、花雪南、真真、阿可、小如意……还有雪鸿，我记得在杭州和你说到过她的。"

"雪鸿，那个拿着一束曼陀罗花和含羞草来见你的西班牙女孩，你的老师庄湘的女儿？是的，你说过，你拒绝了她，她伤心欲绝，她回西班牙了是吗？"

"如果老天不是那么急地催着我走，我想写一本小说，把我生命中经历的这些女子的面容和她们说过的话都记载下来。时间会给她们的额头刻下皱纹，她们的红颜皓齿会在岁月的流逝中变换颜色，但在我的小说里在我的记忆中，她们永远停留在生命中最美丽的时刻。我要在这本小说中大声说出一直没有对她们中的任何一个说过的话，我要大声说，我爱你们，我的姐妹们！是你们引领我这污浊的肉身向着光明飞奔，如果上天能够容我再苟活几个月时间，我想，到了冬天我就可以写成这本小说了。我想好了这本小说的题目，《断鸿零燕》，或者是《三生花草》。"

他絮絮叨叨地说着的时候，刘三一直握着他的手。慢慢地，他的手变冷了，变得冰凉彻骨，像一条死去的鱼。下午四时，医生出来告诉病房外守候的人，苏堤停止了呼吸。

今　世

我本来是打算用手头的这些材料写一篇诗人的传记的，可是随着写作的推进，越来越偏离早先定好的这个方向了。我想写到这里，诗人停止了呼吸，这篇东西也应该画上句号了，因为时间也不允许我再无休止地拖下去。我刚刚告诉和我同居了两年的何青青，我已经辞掉了镇上那所中学的工作，过几天就要去上海了，我姐夫在他自己的建筑公司里已经为我留好了一个位置。我喜欢上海。

结束每天的写作，我都要喝点什么，吃几块饼干或者面包。我把窗拉开一条缝，好将烟雾吹散。圆的月亮已经落下去了，楼群里的窗也大多暗了下去。我刚拉开一罐啤酒，突然听到背后躺在床上的何青青呼吸急促，不安地扭动着身子，嘴里还叽叽咕咕地喊着什么。

我给她盖好蹬开的被子，她突然醒了，眼睛睁得大大的，充满恐怖。她扑进我怀里，我说，你一定做噩梦了吧？她急促地、好像置身于一场热病中似的说："我走在一条长长的走廊里，走廊的尽头亮着一盏灯，很亮很亮，灯下有一张雪白雪白的床，床上躺着一个死去的男人，我好奇地想去看看那人是谁，他身上盖着的白布突然被一阵风吹走了，我看见了他的面孔，不不，我看见的是你的面孔……"

我说："真对不起，你好像受了我的胡思乱想的影响。"

何青青瞪大了眼睛："这怎么可能？"

"是的，因为你向我说的那个梦，很像我刚刚写完放在这里的草稿。"

"你说你在写一本小说？"

"小说……唔，就算是小说吧，我想写一个诗人，他非常爱他遭遇到的那些女人，她们也爱他。可是他强迫自己离开了她们。"

"他还活着吗？"

"不，八十年前他就死了，死后葬在西湖边，孤山脚下的西泠桥下。"

何青青说："你这样一说我更害怕了，明天我们去镇东的七磊寺，去卜个吉凶吧，听说那里有个六指头陀，神得很，如果不去，我心里头总不踏实。"我笑话她太迷信了。何青青说："没有这个梦，在你动身去上海前也是应该去的，问问你的前程，再问问我们的将来。"

想不到第二天是个微雨的天气。七磊寺离镇子七八里远，还要翻过一道小山坡，山路让雨水泡得发了软，我们自行车的前后轮都裹满了泥，两人累得气急，才赶到那个破败的小寺庙。

何青青跪在蒲团上很虔敬地叩拜，同时嘴里还念念有词，鬼知道她在许什么愿。完了她还要我也跪着，向上面黑咕隆咚看不清面相的佛像行礼。拜完了，住持过来给了我一只黑漆漆的竹筒子，我抖了抖，一支竹签啪地掉落地上。

住持口宣佛号，问占什么。我看见他左手小手指边上长了一个骈指。

何青青抢着说，"就问前程吧。"

他定定地看着我。他的眼里好像有一股说不清的力量，吸引着我也看着他的眼睛。就在这时，他缓缓开口道：春楼风中雨过墙，我心向天几度香。那一瞬间，屋顶和寺外的雨声消失了，身边的何青青消失了，那两潭不见底的深邃里就像翻卷着无数时间的烟云。我想要么是幻觉，要么就是我灵魂出窍了。何青青扯扯我，他拗里拗口地都说了些什么呀？我一定神，他的眼里又像石头一样宁静了。

三天后，我一个人悄无声息地爬上了去上海的火车，临走没有跟任何一个人打一声招呼。很多个日子后，何青青写来一封信，对我的不辞而别还是耿耿于怀。信里说，既知今日，何必当初，当初你为什么要跟我好呢？

风雪引

——一个雪夜的遭遇

　　船工阿福解下缆绳，长篙一撑，船就箭一般在水面上射了开去。这时，天已经阴沉下来，不远处的山峦上铅色的云层愈压愈低，西北风从水面上吹过来，把我那件玄色的大氅吹得呼呼作响。

　　"呀，下雪了。"阿福抬起头，惊讶地说。

　　是真的下雪了。现在下的还只是雪粒儿，像撒开去的盐粒，又白又密，落在水面上沙沙直响。要不了一会儿，就要下大了。

　　"少爷，我们还去觉渡山庄吗？"阿福吸溜了一下冻得通红的鼻子。

　　"去，既然出了门怎么不去？"

　　河道边，光秃秃乌桕树上几只寒鸦，听到响动，它们都哇地飞向远处的屋舍。这样的鬼天气，江上连一艘船也见不着了，那些船家大概都躲到屋里喝酒、赌博、抱女人去了。船头剖开水面。两岸的树木和村舍渐次往后移去，我自己也不知道，我是在进到一个精心设计好的故事里去。

进入冬天以来，我住的这地方老是下雨，一般我就很少出门了。城里那帮热爱诗歌和女人的朋友就时常赶来陪伴我打发时间。他们在我家的客厅里高声喧哗，一会儿谁得意忘形地朗诵诗作，一会儿谁又抱住一个歌伎狂吻乱摸弄出一阵阵的尖叫。说实话，我不太喜欢我那些被世人称为名士的朋友，因为他们虽然看起来都一本正经，但总给人一种全身透着假、在演戏的感觉。比如说胖子袁竹，他的出名就在于他是一个酒虫，喝醉了就在当垆卖酒的老板娘身边睡得呼噜直响，谁也不知道他是在吃老板娘的豆腐还是真的醉了。更可笑的是那个叫嵇小康的，原来他根本不叫这个名字，因为特别崇拜前朝被斫了脑壳的大名士嵇康改了这个名，还有事没事地在屋门口的树下开了一个铁匠铺子叮叮当当打铁（因为传说中的嵇康是一个铁匠）。我们有时去找他，这个冒牌的铁匠头也不抬，还煞有介事地说，你们来是听到我什么了呀？你们现在又看到什么了呢？让人听了牙根都要发酸。还有那些患有露阴癖的，成天在屋里不穿衣服光着屁股走来走去，那些吃丹药吃得通身发绿的……好了好了，不说这些了，总之他们虽然是我的朋友，是世人心目中比较有名气的一群人，但我一点也不喜欢他们的做派，可以说是从心底里看不起。因为在我看来他们都是浪得虚名之辈。

正因为这样，那个下午我一点也没有想到他们。我是一个正派青年。你要记住你要做一个正派青年。我父亲——忘了告诉你，他是一个著名的书法家——就是这么说的。正派就是要有真才实学，要有用，所以我要趁年轻多读一点书，而不能像他们那样肚里没多少货硬要咋咋呼呼。那天下午西北风一直呼啸着，我睡了个午觉起来，看到风推着大团的云飞快地跑过天边，然后我喝了点热酒暖暖身子，翻开了我父亲要我读的《招隐诗》。这是好几百年前一个叫左思的人写的，里面的大概意思是说农村是一个广阔的天地大有作为，这里有蟋蟀和鸟鸣，有在别处找不着的自由。我不知道为什么会一下子想到了戴安道。我仔细想了一下，原因可能有三个，第一，我现在是在用一个正派青年的标准严格要求自己，要努力让自己变成一个脱离了低级趣味的人，变得博学一点有用一点，而戴安道正是这样一个高尚博学的人（而且还风雅）；第二，那首诗是讲隐居的，戴安道就是一个隐士，他曾在京城做过一任小官，他曾经说做官是为了让父母高兴，让父母看到儿子出息了，其实是一点意思也没有的，所以当他有一天醒悟到自己是在为别人活着时，就把官印挂在梁上偷偷地跑回了剡溪边上的老家。第三，自从去年在觉渡山庄有过一次宴集，我的确是有好久没见到他了。所以当侍仆把一封戴安道来的信札交到我手上的时候，我禁不住笑出了声来。

这封信的开头，照例是用一些我们这个时代流行的四六骈句描绘了冬天的景色，然后由自然界的一些物象引申出对朋友的思念，这是戴安道来信的惯常笔法。要不这样开头才奇怪了。信的后面出现了一个我第一次听说的名字——娇蕊。戴安道在信里说娇蕊如何如何的娇气，如何如何在他弹琴的时候一下一下地蹭他，不无炫耀的意思。我猜想娇蕊可能是他新买的一个歌伎，而且还有几分姿色，不然他老兄也不会这样得意地向我卖弄了。王兄，你不想一夜之间扬名天下吗？在信的末尾，戴安道突然显得神秘兮兮的。我有一个绝妙的办法，能使你一夜成名，天下无人不识，接信请速来一晤。我认定这又是戴兄和我开的一个玩笑，但这封书札却也使我起了去觉渡山庄的兴致。

雪眼见着是下大了，四望茫茫一片，都是白蝴蝶一样扑落的雪片，连一只鸟的影子也找不着了。雪落在河面上，落在岸边枯败的苇秆上，这声音细细的，但十分清晰，像春蚕在桑叶上爬动，更显出笼罩天地的寂静，这寂静像一只白色的大包把我们包在里面了。一主一仆，一江一舟，要是我在自家楼上的窗口看见这样的雪中景致，我肯定是会吟几句诗的，可是现在我只是冷得直打哆嗦。出门时还带了个火盆，现在火盆里的灰已经冷了，我裹紧那件大氅还是牙齿直打架。船篷外撑篙的阿福倒好，衣服愈脱愈少了，脖子里还腾腾地往外冒热气。

"阿福，还是我来撑几篙吧，这冷冰冰的舱里真他妈不是人待的。"我钻出船篷。

阿福把篙交给我。我立在船头舞动那支长竹竿，不知怎么搞的，船只是在江心溜溜打着转。

"少爷，你要是实在冷得受不了，就回舱去把我那件布褂子生火取暖了吧。"

其实这时候回去还来得及，这样我就可以中止这次心血来潮的旅行，这样我就远远地离开了那个设计好了的故事，但那时候我的脑袋好像让这铺天盖地的雪给塞住了，用后来的话来说我是中魔了。

阿福那件满是汗渍的布褂子在火盆里一点点地变成了灰烬，我僵硬的手指放在火盆上好受多了。我想起刚认识戴安道那会儿，也是一个下雪天。那是在我父亲发起的一个以赏梅饮酒为名的宴集上，刚刚辞去了官职的戴兄穿着一身白布袍，自信而又轻松。酒喝到一半，他先是弹了一支琵琶曲，弹罢又即席赋了一首诗，然后又耍了一会儿剑舞，一边耍还一边高声吟唱他新赋的那首诗。当时我看着眼前那团舞动的白影子，心想这真是一个狂放不羁的人。宴席快散时，戴安道再一次让我父亲他们瞠目结舌，他走出亭子，站在雪花飞舞的庭中，摘下枝头的梅花大口大口吃了起来，还津津有味的样子。客人都忍不住笑了，他们看着戴安道就像看着一个疯子，我父亲关心地问他是不是没有吃饱，戴安道说："不，先生，我是想让天地的清气长久地留在我的肺腑里。"正是这句话，使我从内心里把他认做了一个朋友。

天一点点暗了下来，如果在家里，这时该是掌灯时分了。照平常的行船，这时候应该离戴兄的觉渡山庄不远了。可今天，大片大片的雪落到河里，还来不及化，上头的雪又盖了下来，弄得河水都黏稠稠的。我好几次催促阿福，他都说："少爷，实在没法子再快些了，你看这河都快要结冰了。"

我着急起来，"照这样子行船，什么时候才到呢？"

"后半夜吧，后半夜我看差不多可以到了。"

真没想到这鬼天气一下子会变得这么冷，早知道这样我宁愿猫在家里也不要什么风雅了。现在我只能靠想象到了以后的情形来给自己打气，我想象戴兄一定早早就在河边的码头等着我了，因为我的冒雪赴约，他一定会为我们伟大的友谊感动得流下热泪，然后我们会一起就着火炉喝酒，念他最新写的诗歌，各自诉说分手以来的思念之情。而那个娇蕊（我真想看一看这小娘们到底长什么模样），在一边摆动着小柳腰给我沏上碧绿的茶……

船到觉渡山庄不知什么时辰了。静静的山庄像是一只玉色的狮子蹲伏着。抬眼看山是白色的，石是白的，水也是白的，在黑夜里闪着幽光。总算是到了，我长长地吁了一口气。

仆人把阿福带去歇息，把我一个人领到戴兄的书房里，看得出戴兄十分激动，他一连声地说没有想到实在没有想到，眼里都噙着隐隐的泪光了，我一下子感到如沐春风。刚才因为他没有亲自来迎接的那点不快，一下就烟消云散了。仆人端上了酒水，他陪我吃了一点。等到四肢暖和了过来，我的眼睛开始四处搜索打量。

"王兄是不是在找什么？"他笑吟吟地看着我。

"没，没有。"

"王兄喝酒无味，我给你弹琴解解闷吧。"

他走去抚了一下琴弦，向里厢喊了一声"娇蕊"。

"娇蕊？"

我的眼前一花。一只大白猫噌噌地跑了出来，忽地一跳，就跳到了他的腿上。有一会儿我以为自己看错了，我揉了揉眼，没错，是一只猫，这只猫狭长的脸看起来就像是一只狐狸。

琴声铮铮地响着，我一点也没有听进去。我勾着头想，这就是你说的娇蕊？那一刻我感到了说不出的失望，它就像冷风一样渗进了我的身子。

"王兄从琴里听出什么来？"

我报以苦笑。

那只猫喵地叫了一声，很解人意的样子，一下一下蹭着他的主人撒娇。戴安道刚才还在抚琴的手现在梳理着它茂密的毛。

"你还是问你的娇蕊吧，它比我更懂你的琴。"

他要么没有听出我话里揶揄的味道，要么就是故作不知。

"王兄真的没有听出我琴里传出的那种无奈？"他踱了几步，

就像在自言自语，"夫人之相与，俯仰一世，……况修短随化，终期于尽，古人云，死生亦大矣，岂不痛哉！"

我记起来了，这是我父亲《兰亭集序》里的句子。"想不到戴兄你也是一个贪生怕死之辈，活着就活着，死了就死了，生死都是造化，这也值得长吁短叹的？"

戴安道说我并不真正懂得他的意思，他真正在思考的是一个关于永恒的问题。他说这个问题已经困扰了他整整三年。他新近得出的一个结论是，在永恒面前，人的生命都是脆弱的，跟蜉蝣差不多。为了向我说明这一点，他举了一个例子，时间就像是一条河流，而永恒则是大海，我们生活在时间这条河里，而大海则在离我们十分遥远的地方（说到这里他指着空气中虚无的某处伸手一点，好像那就是他说到的大海），它包围着我们，但谁也控制不了它，"所以，"他这样总结上面的这番话——

"人永远不能穿过时间的河流到达永恒的大海，这是我们最大的悲哀。只有一个办法能让我们摆脱蜉蝣的命运，消解掉这种悲哀，那就是成名。"

"成名？"

"是的，成为一个名人，做一个明星，这样当你在世的时候，就有数不清的美女和钱物来追逐你，而当你的肉体生活的时间消失了，在另外的时间里，你的名字还将留在人们的口头上，那也就跟永恒差不多了。"

"想不到这样一个大雪的夜晚，你找我来竟是为了讨论这样一个枯燥的哲学问题。"我跺了跺脚，"我是想睡了。"

屋外响着大雪压断树枝的咔嚓声。戴安道双眼炯炯发光，脸上一点也没有倦意。"你就不想成名？我现在突然有了一个办法，可以使你我一夜之间名扬天下。"

我想到了那些变着法子想出名的朋友，嘴角不知不觉挂上了讥讽的笑，"说来听听。"

"那就是请王兄即刻回去。"

我一听跳了起来。

"什么，要我马上回去，你这是什么意思？你没看见天这么暗了，外面还下着大雪吗？"

戴安道走过来，附着我的耳朵轻轻说了几个字，然后拍拍我的肩膀。

"王兄，只要你照我说的去做，我担保你很快就能出大名。"

我沉默了。我承认他说出的是一个绝妙的主意，他附在我耳边说的那几个字更是只有高人才说得出来，我这么做了肯定会让我那帮朋友对我刮目相看。但现在屋外正是大雪纷飞，天又冷又黑，又怎么回去呢？我犹豫起来。

"王兄，我知道这样做这个夜晚你太辛苦，但要成名又怎么能不付出点代价呢？其实这个晚上的你只是乘兴去看一个朋友，然后兴致尽了，你又过朋友家门而不入，连夜回来了，说出去那是何等风雅的事啊，这样风雅的事发生在你王兄身上，发生在这样一个下雪的晚上，又有谁不仰慕呢？此事天知地知、你知我知，又有谁会想到是我们合演的一出戏呢？"

我去叫醒了阿福，说要马上回去。阿福没有听清，他揉着惺忪的眼，说少爷这黑咕隆咚的，我们是回哪儿去呀？回家，我大声对他说。

戴安道没有送我，这是我们在书房里就说定了的，雪下得愈加大了，船篷上都有厚厚的积雪。归途中，阿福一路都是嘟嘟囔囔的，骂姓戴的不是个东西，他还以为我和戴安道吵了一架才连夜往回赶的。我也懒得跟他说什么。

船滑行在落满了雪的江面上，几乎没有声息。江两边的山影，也无声地向后滑去，这情境就像在梦里一般。奇怪的是我一点也不感到冷，我的身体里面好像燃烧着一团火，这团火烧得我痒痒的，又想唱歌又想大笑几声。我对阿福说："烧掉的那件布褂子，回去我会给你买件新的。"

到家时天色已显出了鸡蛋清一样的白。昨天城里的那帮朋友来找我，我已经坐船走了，他们就在我家里等着我，几乎玩了一个通宵。对于我在这样一个雪天的清晨出现，他们都感到了十万分的惊讶，还以为发生了什么事。这一点从他们张得好大的嘴巴里能够看到。我吹着呼哨，尽量装着没事一般走进去，我边走还边轻快地和他们打招呼。

嵇小康结结巴巴地说，"你……你昨天夜里不是到觉渡山庄，去……去找戴安道了吗？"

"是啊是啊，几十里路呢，怎么一大早就看见王兄回来了？我们哥几个都以为看花眼了呢。"

我努力把脚步迈得从容些，因为这毕竟是我第一次当着那么多人撒谎。好了，我终于说出那句憋了好久的话。这句话戴安道对着我的耳朵说了后，就像某种会膨胀的东西一直留在我的身体里，让我堵得慌。

"我本来就是乘兴而行，到了戴安道的家门口忽然兴致尽了，我就连夜赶了回来。"

说出了这句话，我浑身彻底轻松下来，"好了，这一来一去的可把我累的，我要好好睡一觉了，你们请便吧。"

胖子袁竹不相信地瞪大了眼睛，"你是说，你没见戴安道就回来了？"

我想那时候我的脸上一定很无耻。

我是这样对他说的："乘兴而去，兴尽而返，我为什么一定要见他呢？"

"王兄请，王兄请。"一夜狂欢之后的他们眼睛又红又肿，然而现在都是那么专注地看着我，他们对我的父亲也从来没有这样的恭敬过。他们的眼睛告诉了我，因为我做了一件让他们吃惊的了不起的事，我已经成为一个了不起的人了。

那一觉不知睡了多久。我醒来的时候看到大雪已经停了，无力的阳光照着窗外的积雪，闪着刺眼的冷光。我刚刚翻身坐起，就听见前厅喧喧嚷嚷的声音传了过来，然后我看见我的父亲带了一大群人走了进来。我父亲的眼里闪动着喜悦的光，我现在看清了，跟在他身后的有胖子袁竹和嵇小康他们，也有谢安、孙绰这些当世名士。"贤侄，贤侄。""王子猷，王子猷。"他们叫喊着向我的床边涌来，就好像我是一个英雄。唉，这就是我们这个时代的风尚。

我就是王子猷。我就是那个在大雪的夜晚跑来跑去的王子猷。欺世盗名之徒王子猷。许多年后，一个叫刘义庆的把我那个晚上的事写进了一本有趣的书里，那本书叫《世说新语》。书里写的与我跟父亲和朋友们说的那些没有多大出入。至于那个雪夜到底发生了什么，我不说，戴安道不说，我相信谁也不会知道。不知你是不是听说过"雪夜访戴"这句话，说的就是我。是的，这里我的名字消失了，真正出了名的人物是戴安道，自从我在那个大雪的夜晚上了路，我就一步步地走进了他给我安排好的故事里去，是的，这是一个残损的句子，因为它没有主语，主语被省略了。我就是那个被省略了的主语王子猷。

纸镜子

我的哥哥赵临安是个作家，最近他正在写一部关于我们的祖先的小说。在这篇题为《纸镜》的小说里，他说我们的祖先赵考古因时运不济，屡试不第，在万历十四年离开家乡，来到贸县海边的一个小村大篙村设馆授徒，后来与女扮男装的门下弟子邱淑真相爱，双双逃离大篙村。我说这纯粹是瞎编，与史实一点儿也不符。众所周知，我们的祖先赵考古是明朝天启三年的进士，在海南琼崖县做知县，他怎么会出现在地处东部的贸县那个海边小村呢？

赵临安笑话我不懂小说，他说小说的真实不等于生活的真实。我说，既然你这个小说写的赵考古这个人，就要以历史事实为依据，你歪曲了我们的祖先的本来面目，怎么还说我不懂小说呢？赵临安说，你说的不就是族谱上记载的东西吗？你怎么能断定这些东西都是真的？我说，一般，人们都相信这些留传下来的文字是真实的。赵临安叫了起来，有谁真的见过赵考古？你没有见过他，怎么断定我们不是他跟那个姓邱的小姐的后代呢？我说，照你这么说，就不要历史了？赵临安说，历史是要的，但历史的写法各个不同，为什么不能用写小说的方法来写历史呢？我把想象的写在纸上，我写出了它们，你就会相信它们是真的。

在这部小说里，赵临安还写道，有一次，他为了核实小说写到的地名，趁一次出差到贸县的机会顺便去造访了大篙（这时的大篙已经是一个以旅游观光出名的东部小镇了）。他说，到了那个地方，看了那里的河流、房屋，听到那儿的人说话的口音，他感到一种说不出的亲近，好像自己几百年前就生活在这个地方似的（读到这里，我想小说家实在都是一些很矫情的家伙）。更让我不能容忍的是，他说他一进大篙镇，那里的人似乎都跟他很熟，老远地就招呼他，他们喊他，喊的却是我那个祖先赵考古的名字。

这怎么可能？我又提出了疑问。这一回赵临安没有争辩，他笑嘻嘻地看着我，说，我发现你是抱着很大的成见在读这部小说，你把所有的疑问放到最后读完了这部小说再向我提吧，不过这件事你既然现在提出来了，我就告诉你，这是一件千真万确的事，它就发生在夏天，我写这部小说的那段时间。

赵临安说，今年夏天，他应贸县文联的邀请，赴贸县做过一次关于小说创作的讲座。他说，讲座是在文化宫的一个俱乐部里举行的，那天同时在那儿还有一个人在讲证券。赵临安说，那天下午来听我谈小说的寥寥无几，坐在下面的那些听了也没有什么反应的人里，几乎找不出一个稍有姿色的女孩子，而隔壁那个讲证券的会堂里，进进出出的都是一些很帅的小伙儿和漂亮的女孩儿，会场气氛热烈，还不时响起伴随着尖叫、跺脚、拍掌的大笑。那边的热闹和这边的冷清形成了鲜明的对比，一阵阵的笑声好像是在嘲讽我。"在这样一个地方谈小说，我觉得自己实在是傻瓜一个，"赵临安指着脑袋对我说，"如果不是我这里出了问题，就是他们都出了毛病，你怎么也想象不出，我是怎样硬着头皮讲完的。"

赵临安继续说：结束讲座，还只三点多钟，我住进了他们安排的贸城饭店。一开房门，我就迫不及待地冲进了卫生间，肚子痛得厉害，可能是中午吃多了海鲜的缘故。房间里找不出什么读物，就一张《贸县日报》。我翻着报纸，突然一行黑体标题跳了出来：大篙镇发挥资源优势加快旅游产业化进程。这则消息之所以引起我的注意，原因不说你也知道了，是因为大篙这个地名。我正在写的小说《纸境》的主人公，四百年前我们的祖先赵考古，就曾经生活在这个地方。在小说里我不止一次想象过的地方，想不到现在就在眼皮子底下。而且我知道，大篙离县城也就半小时的车程。这样，当我走出卫生间，就打定了主意去大篙走一趟。我估算，一来一去，再加上在那儿逛个把小时，回到这儿正好赶上晚饭。

车子在驶向大篙的途中遇到了一场雨。这场雨来得很急，事先一点儿没有预兆。豆大的雨点打得车窗铮铮作响，四下的田野白茫茫一片，几乎什么也看不见。车子开亮了前灯，继续在雨中行驶，就像在风雨大作的海上漂啊漂。同车的人一点儿也不惊慌，他们说，夏天，海边经常下这样的大雨，一会儿就会停的。果然，车到大篙，天上又出起了太阳。奇怪的是大篙的街道干干的，一点也不像下过雨的样子。

从赵临安的叙述里，我看见了这个海边小镇：咸涩的海风打着呼哨，在一幢幢漂亮的、贴着白色小方砖的商品楼之间窜来窜去。街道很整洁，盛夏季节也没多少游人，边上的行道树还没人高，看样子还刚种上去。这是一个新兴的海滨小镇，它的历史至多不会超过三年。以一条河为界，河那边是老镇，灰灰的屋脊，旧墙门，老树和破败的老街，一些闲散得几乎生活在时间之外的人在街角走来走去。从他们斜拉在地上的影子来看，我断定时间是下午四点左右。临河的一溜平屋里走出人来，扛着桌子、凳子、煤气灶，纷纷在河边支起了尼龙袋织成的棚子，张罗开了海鲜小吃摊。就在这条长长的小吃街上，赵临安出现了，形迹可疑，东张西望，在每一个小吃摊前都要停上好一会儿，他这模样既像个好奇的旅行者（但他光着双手），又像是东嗅西闻的小报记者。他走来的方向正对着西斜的太阳，光线的缘故，他的脸上凹凸着一块块的明暗。赵临安说，他就是走在河边的这条小吃街上时突然感到心里被什么撞了一下，眼里滚出了泪花。他看着波光跳跃的小河，看着这充满着油烟味和鱼腥味的老街；一个中年男人在河边磨刀，霍霍霍，石头已经让刀刃吃出了一个月牙。那一边，一个妇人蹲着在洗一条剖开了的鱼，她俯身下去，胸前的两只白晃晃的奶好像要跳出来。还有一个老头，敞着怀，坐在树荫下，喝一口酒，闭一会儿眼，悠闲自得的样子。赵临安心里呻吟了一下，里头好像有一枚刺缓缓转动着，他对自己说，这一切为什么这么眼熟呢？就像昨天刚刚来过，就像一辈子就住在这里，厮混在这群街坊们中间一样。赵临安接下来的描述辞藻繁缛，就像一篇时下报纸上流行的散文：

　　这时，西沉的太阳正放射着最强烈的光，它就像一个注定失败的勇士在最后一刻突然爆发出惊人的力气，变得像刚出炉的钢汁一样灼目。阳光跳跃在河面上像一只只金色的旋转的酒盅，阳光照耀着街角的古槐树，上面的叶片像一只只振翅欲飞的金色小鸟。是的，整个旧镇是金黄金黄的，井口，石阶，草垛，烟囱，甚至跑过的狗都是黄灿灿的。那些人也是，他们的脸泛着黄铜的光泽。整个的画面就像是一张年头已久远的照片发了黄，但它又没有那么昏暝、模糊，这里的光线是明亮的、几乎透明的。

赵临安说，当他快要走到这条街的尽头，开始有一些人三三两两地招呼他。我插嘴说，那是开小吃摊的招徕顾客，他们都是人来熟，不认识的也可以哥哥大爷叫得很亲热。但赵临安坚持说这些人好像都认得他，听他们的口气不像在拉客，再说招呼他的不全是开店的，不可能人人都来拉他的生意。"他们不光认得我，而且看到我出现很吃惊。"赵临安说，"他们的口气都一个腔调，他们问我的第一句话几乎都这样的，你又回来啦？还有一些人在我走过去后对着我的背影指指戳戳，我没法听清他们在说些什么。"

作家赵临安有一阵子感到了强烈的虚无，他觉得自己走入了自己想象出来的世界。他在想象中创造了这条老街和街上的人们，现在，这条街上的生活（它就像一面镜子）映照出了他内心的惶惑。这不是没有可能的。他怔怔地立在当街，想着，现实和想象哪一个是真的。他还努力地回忆，自己到底什么时候来过这里。他越是回忆，大脑里越是空白。最后他故作轻松地对自己说，他们可能是认错人了，把我认作了另一个相貌相像的人。但另一个人，那个相貌和自己相似（酷似）的人是谁呢？他突然感到一阵晕眩。

赵临安抬头看天，突然感到有点异样。那一轮白花花的大太阳，不知什么时候竟不见了。西下的天空没有云，它不可能被云遮住的。原本悬着太阳的那个地方，好像有一张巨大的吸墨纸，把所有的光线都吸了去。再看看旁边，树木、房屋和人都变得影影绰绰的，好像黑夜一下子提前降临了。再接下去，他看见镇上的人们都和自己一样，抬头看着天，有的还戴着墨镜，举着涂黑了的毛玻璃。哦，是日食。他对自己说。他奇怪自己怎么从来没有听说今天会有一次日食。现在唯一的解释是，当他踏上此地，时间有它自己的秩序，这里会发生些什么外界没法猜测。他在黄昏般的昏暗中走进了路边的一家小酒店。

赵临安的叙述里出现的那个小酒店，我可以想象它的模样，它们一般都临着街，门面逼仄，而且肮脏，里面很暗。他一掀开竹帘进去，酒保就点头哈腰地迎上来，问他要什么，他其实只是渴得厉害，想讨一点水喝，但酒保一脸的期待让他很难开口。酒保突然拍了一下自己的脑门子，哎呀了一声，说，我该死，我怎么可以忘了赵先生你每次只喝糯米清酒的呢。他朝着内间扯着嗓子喊：一碗糯米清酒，一盘凤翅！酒菜很快端将上来，赵临安喝了一大口，好像吞进了一只火球，身体里火辣辣地烧灼起来。他拼命地咳嗽，背都弓了，四下里响起了窃窃嘎嘎的笑声。原来那些暗不溜秋的地方，坐的都是酒客。

一个脸上有刀疤的酒客拍拍他的肩，挤着眼说："赵考古你好功夫，说是来教书的，带着我们大篙最漂亮的妞儿跑了，这大半年的，你们在哪里做神仙夫妻？"

还有一个面相猥琐的，从墙角摇摇晃晃凑过来，一张嘴就是呛人的大蒜味和酒臭："怎么样，邱小姐不错吧，听说你把她肚子都闹大了？真有你的，兄弟佩服，佩服！"

这当儿，黑暗里跳出来一个声音："他拐跑了邱家的小姐，害得老太爷两脚一蹬归了西天，还好意思和我们坐在一起喝酒，我们要不要揍他？"

"揍他！揍他！揍他！"

"不，拿酒灌他，一定要把他灌倒！"

酒顺着他的嘴巴流下来，胸口全湿了。他两手护着脸，蹲在地上，喊："放开我！你们一定搞错了，我不是赵考古，我不是你们说的那个人！"

他的舌头好像大了一圈儿。他自己都没听清在喊什么。他倒下了，身下全是吃剩食物的残渣。那些人拍着手喊："他醉了，醉了！"

真真，我的欲念之火，我生命中的灵光，我的爱。在你十六岁之前大宅院的生活中，你是邱淑真，是邱老太爷的掌上明珠，是下人们口里的大小姐。但当你拿着素花描金小笺上的一卷诗第一次出现在我面前，你是我唯一的真，真——真。赵临安这个叫《纸境》的小说是以这样一种奇怪的方式开头的。在小说的前面两大张纸里，他一直用第一人称的方式，疯疯癫癫地叙说着主人公赵考古对邱小姐的爱情。同时在纸上出现的还有春天到来时的景色描绘，教馆里凄清苦闷的生活的描绘，和每次赴考落榜后的绝望心情。字里行间充满着一个不得志的士子对社会的不满，对未来不切实际的幻想，和对女性近乎病态的迷恋。

小说写到落第士子赵考古与邱淑真的第一次见面，有一种陈腐气息的浪漫。赵来到大篙教书，像一个真正的名士一样倨傲，他有一个习惯，每天给童子们散了学，就一个人来到海边，像一个疯子一样念念有词。后来，邱出现了，邱是大户人家的小姐，虽然这里是乡风淳朴，但一个女孩子家是断断不好与陌生人交往的，于是她扮成了一个俊俏的后生。邱是携着一卷诗稿来找赵切磋诗艺的，照她自己的说法是来拜师。但那卷素花描金小笺差点儿暴露了邱真正的身份，幸好赵没有注意，只是以为这是一个有点儿脂粉气的男人。

在小说篇幅过半时，邱表明了自己真正的身份。这时他们已经撮土为香，义结金兰，彼此以兄弟相称。可以想象赵在最初得知这一消息时的惊愕、惊喜。邱小姐还填了一首《钗头凤》表明了自己非君不嫁的决心。随后情节的转折也在我们料想之中，他们遇到了顽固的邱的父亲的坚决反对。这个以吝啬出名的乡绅认为把女儿许给一个穷教书的，实在是辱没了门庭。在幽会、偷欢、要挟、寻死觅活、鸡犬不宁后，这一对为爱情疯狂的男女终于在一个大雪的晚上双双逃离了大篙村。

他们逃亡的路线先是向南，南边是赵考古的老家，然后在快要接近时突然折向西行。之所以这样，小说隐隐约约写道，是赵考古担心邱家一得知消息就会找到他老家要人。为避耳目，他们昼伏夜行，终于在杭州湾边一个叫临山卫的地方，找到一个废弃的砖窑暂时安顿下来。这时已经是春暖花开的三月了。河面上再也没有了丝丝缕缕的薄冰，路边的野花也已在招蜂引蝶。小说竭力渲染他们在破窑里的生活的欢乐气氛，把布衣粗食的日子描绘得像世外仙境一样，叙事在这里显得跳跃而又明快。但好景不长，照赵临安在小说里写的，终止他们这一时期生活的，是倭寇的一次大规模的入侵烧掠。倭寇放火烧毁了整个村子，他们躲在窑外的草丛中，才捡得了性命，但邱淑真从家里带出来的一点儿首饰和用剩的银两被洗劫一空。

这时的邱淑真已经有了身孕。吃了那么多苦，这个打小起就娇生惯养的大户人家的小姐变得蓬头垢面，跟一个农妇差不多。她腆着一天比一天大起来的肚子，跟着赵考古过着那种动荡不安的日子。要命的是，破窑洞里的那段生活使她得了严重的风湿，发作时几乎走不了路。有时，赵考古看着她臃肿不堪的身体和虚胖的脸，会为自己和她厮守在一起觉得荒唐，甚至会生出逃离她的念头。一当这样的念头闪过，他就在心里骂自己是个畜生，是个没情没义的卑鄙小人，在一种噬咬着内心的罪恶感中，他一遍遍地祈求神明的原谅。为了挣几个小钱，赵考古做过割稻客，在鼓吹班里吹过唢呐，还做过为死人装殓的活。随着邱淑真的肚子一天天大起来，他愈加为钱犯愁了。小说写道，邱淑真分娩的日子将近，他终于下定了决心去找邱老太爷。他把邱淑真安置在了一家客栈里，托客栈的嬷嬷照看，自己连夜向大篙村进发了。这时的叙事变得像一个热病患者的梦中谵语：

我已经走了七天了。这七天里，我的衣服和头发里全是尘土。现在我终于闻到了从大篙方向吹过来的大海的气息。我知道，顺着这咸涩的气味的指引，要不了两天我就可以到大篙了。大篙，那是我们的爱情生长的地方，那里有我的教馆，有跟我学诗的童子，大半年前我憎恶这地方，现在我却在马不停蹄地赶向那儿，人生就是这样一次次无奈的出逃与返回，细细想来，这整个的世界和人生充满着荒诞。马不停蹄的忧伤啊，你能告诉我前面等着我的是什么吗？

这一天，我走入了一个黑树林。且慢，树林怎么会是黑的呢？那是因为暮色将至，整个天地都已被黑色的帷帐笼罩。但适才我还在树林外时，太阳还有一竿子高，难道那么几脚路时间一下子就到了晚上？头顶夜枭哇哇地叫，像夜啼的小孩。一株株树立得笔直，像晃动的人影，由于辨不清方向，我在树林里乱窜，脸让树枝划破了，汗水一渍，痛得钻心。我听到远处传来敲打铜锣和脸盆的声音，当当当，天狗吃太阳啦——！我循着声音的方向找去，可是它好像一只鸟一样扑棱棱地张着翅膀在树林子里飞，我累得直喘气也找不到树林的出口。我觉得我是在一只扎紧了口子的袋子里瞎忙活，再这样下去，出不去不说，我可能还要累死在里面。真真，那一刻我知道了什么是绝望，那是一只追赶着你的巨兽呀，你越是害怕，它越要逼近你。真真，我从来没有比现在这个时刻更需要你，我念着你的名字，你的面容就像一盏光明的灯在我脑海中升起。我说，老天，难道我赵考古真的要葬身在这个黑树林里吗？如果不是，神灵啊，你就显灵，让我找到出口走出这个黑树林吧。如果我能活着走出去，我一定会跪在邱老爷的面前，求他原谅我们，求他收留我们，如果他不答应，我会一直跪下去，我会一遍遍地磕头，直到磕出血，如果他打我这边脸，我会把另一边的脸也转过来让他消气。我不断地祈祷，以我们神圣爱情的名义，以我们还没有出世的孩子的名义。我的喉咙冒烟了，声音也越来越微弱。奇迹出现了！无边的黑暗像一缕烟似的消去了，我发现自己站在一个官道的岔口，西斜的阳光照在尘土飞扬的官道上，像涂上了一层黄灿灿的金箔。啊，真真，你不会知道那一刻我是多么的狂喜，我流下了感恩的泪水，我们得救了！

大篙，久违了！你的河流、房屋、树木，你高高的土坎和灰色的墙院一次次在我逃亡时的梦境中出现。我走在大篙的土街上，海风吹来，我汗湿的身子都快成了一条咸鱼干。我实在是渴坏了，我多想喝一杯水酒或者吃一个西瓜，但我捂紧口袋里最后几枚小钱不舍得把它们用出去，那是我和真真的活命钱呀。我看到临街过去常

去的一个小酒馆里，一伙酒客正揪住一个人，拿酒拼命灌他。他挣
扎着，酒四溅开来，空气里的酒香像一条条小虫子钻来钻去。后来，
他没命地吐了，软倒在桌子底下。这恶作剧，这狂欢的气氛我太熟
悉了，在大篙教书的日子里，一年中有大半时日，我过的就是这种
醉醒不分的生活。我突然发现，我还是喜欢这种平常的、有着很重
的烟火气的生活的。这条街快到尽头，突然拥过来好多人。他们白
衣白帽，举着白幡，哭声震天，不知哪一家死了人在出殡。长长的
队伍走过我面前，那是一队沉默的面孔。突然人群中一个声音喊道：
就是他，气死了我家邱老爷，抓住他！揍死他！那一队没有表情的
面孔突然转向我，无数的眼睛像一把把锋利的刀子向我刺来。我像
被他们撵着的一只狗，没命地跑起来，真真，我们完了，老天惩罚
我们了，这就是我们一段孽缘造成的呀！我一边跑，一边止不住的
眼泪像断线的珠子落进草丛里，我不知道是为死去的邱老爷哭，还
是为我们暗淡无光的前景而哭。我就这样跑呀，跑呀，我现在只有
一个念头，那就是快快回到你的身边，回到我们栖身的客栈里。

　　可是……可是我看到的是什么呀？那幢高大的木头房子难道被
一阵风吹走了吗？我的真真呢，客栈里的嬷嬷呢？难道我又走入了
一个梦境？遍地的瓦砾堆里，那些烧焦的木头还在冒烟。我没命地
跑过去，一边双手乱扒着，一边哭着喊：真真，我的真真呀！手指
头流血了，露出了白森森的骨头，可是我一点儿也感觉不到痛。一
定又是倭寇干的，这帮狗娘养的！我骂啊，哭啊，心里充满了仇恨，
可又找不到落下去的地方，一双手只是在灰堆里扒呀，扒呀。真真，
我发誓，如果你死了，我也不活了，那个烧焦了的门框上挂一根绳
子刚好合适。感谢上天，在我快要绝望的时候又把你送回到了我身边，

我看到远远的土墙外走来了你们，你和嬷嬷，嬷嬷搀着你，你抱着我们刚出世的孩子，你那模样真像一株草一样纤弱。我没命地跑过来，我抱抱你，又抱抱我们的孩子，我都不知道抱哪一个好了。我的眼泪和鼻涕全都涂在了我们孩子红红的小脸上。

　　我虚构了赵临安这个家伙，让他来讲述这个故事，是基于这样一种考虑：今天写小说，再也不能像过去那样，让主人公信心十足地讲述自己的故事。这种老套的讲故事方法已经过时了。我找到了作家赵临安来做故事的叙述者，就把自己放到了读者的位置上去，这个位置无疑要安全得多。但现在，我发现赵临安在叙事的中途迷失了方向，当他把现实中的大篙之行写进故事，和小说主人公为了爱情的逃亡并置在一起，整个小说变得云山雾罩，讲故事者和小说里的人物有时好像是各行其道的两个人，有时又好像是行走在不同时空里的同一个人。现在该是我出场的时候了。

　　和虚构出来的赵临安一样，我也是一个小说家。只不过我不太赞同赵临安对小说的那种看法，他认为小说就是一个人叙述自己的想象，并且讲得像真的有那么回事一样（我把想象的写在纸上，你就会相信它是真的）。我不这样，我依赖经验，就像一个哺乳期的女人离不开孩子一样。而且我可以告诉你，我写作这个小说的两个直接的来源，一是纳博科夫的中篇小说《吻》，一是光绪年间修的《余姚县志·乡贤篇》的赵考古条。我现在要续写这个小说，有一个现成的偷懒的方法，相信这一点你也看出来了，这个托名赵临安叙述的故事就像一棵树，它在往上长的时候形成了无数个新的生长点。我现在要做的只需让那个小酒馆里睡死过去的家伙醒来。如果我现在让赵考古和讲故事的人在时空的某一个交叉点上相遇，让他们合二为一，相信你是能接受的，而且会认为这是一篇还不错的小说。但这样的小说不是我喜欢的那种（理由前面已经说了），这样的小说充其量只是一个二流之作。

　　我面临着一个选择，要么把这些纸揉烂了扔进纸篓去，要么在一张白纸上重新开始讲这个故事。那么现在能做的只能是重起炉灶了。我拿一块橡皮擦，在纸上一点点地擦去赵临安，他脸上的五官，他的手、脚，他坐的车子，途中的大雨，一次次的争论；我还擦去了那个叫大篙的海滨小镇，那儿黄铜般的太阳，那儿的老街和人群，还有那儿发生的一次日食。最后剩在纸上的是四百年前赴试不中的赵考古，一次次的考场失意使他面色如灰，但他一双深凹的眼里燃烧着狂热和倔强的火焰。在纸页的翻动中，他垂着头，骑着一匹南方的小黑驴，正在赶往一个叫大篙的海边小村。天空低迷，秋风乱草，他生命中注定要出现的那个女子，此时还在数十里外的闺楼上绣一对戏水的鸳鸯。命运已经安排了她，要在三个月后的一个大雪之夜与一个教书的开始他们的逃亡之路。但她现在还不可能看得我那么远，那么清楚。她听到窗外有嘻嘻的声音，还以为谁在笑她的活儿做得不好呢。她撩开帘子，风吹过纸张，像一声叹息那样轻，吹开了她的红色帐帏。这时，我让那个骑驴的男子及时地出现在她的视野里……

　　那么谁是我，我又是谁呢？

刺客时代

咯嘣一声，屋顶的瓦碎了一片。那个要杀我的人来了。

我连眼睛都懒得睁一下，翻了个身，向里侧睡。

他像只大鸟一样从墙头翻下，衣袂破空，弄出的动静有点大。落地的时候还踩坏了我种的一畦韭菜。

满院的落叶带出了他的脚步声。沙啦，沙啦。他近了，然后，立住。像在察看有无陷阱，犹豫着到底要不要跨进门来。

我闻到了他剑上的寒气。

其实他根本犯不着这样小心。知道他要趁夜前来，临睡前我就吩咐妻子把院门打开，房门也敞开着。

白天我去参加了一场酒宴，我的一个朋友死了，我去送最后一程。在丧席上，我遇见了从齐国来的号称东海第一勇士的椒丘䜣。他坐在我对席，眇一目，愈发显得脸相凶狠。我听他吹嘘说，来的路上途经淮津渡口，他的马在河边饮水时被水怪吞噬了，他脱光衣服跳入水中，与水怪大战三天三夜，不分胜负，他的右眼就是与水怪搏斗时受伤的。客人们都一迭声地恭维他。他更加趾高气扬，走路时两个睾丸几乎都要碰在一起叮当作响呢。我实在看不惯他那副不可一世的鸟模样，把酒碗一顿，正色说：

"我听说真正的勇士作战，和太阳战不待日影移动，和鬼神战脚跟动也不动，和人战不出一点声音，活着去，死了回，丝毫不能受对方的侮辱。你跳入河中和水怪搏斗三天，丢了马夫，还被弄瞎一只眼，马也没要回来，都形残名辱了还在这里自吹勇士，可笑啊可笑！贪恋自己性命，不当场死在对方手里，在这里装哪门子勇士呢！"

闹哄哄的酒宴顿时鸦雀无声。椒丘祈气得脸色铁青，厚嘴唇抖动着，却一句话也说不出口。他一步步向我走来，按着剑柄的手神经质地发着抖。但那把剑好像锈住了一般没拔出来。他顿一顿脚，连招呼都不打一声就走了。

现在，他来了。

剑气直逼喉咙。他的呼吸鼓满了整个屋子。我索性不再装睡，翻身坐起。黑暗中，他见披发僵卧着的一个人突然坐起，大大吃了一惊。但他马上就镇定了下来，一步跨前，一手揪着我的头发，手中的剑抵着我的咽喉。

"你犯下了三条该死的罪状，你知道吗？"

"不知道哇。"

"你白天在大庭广众下羞辱我，这是第一条；你知道我会来，故意大咧咧开着门，轻视我；这是第二条，你睡觉时竟然一点也不设防，这是第三条。"

看着他又羞又恼的模样，我决定再烧把火，把他彻底激怒。

"我没有你说的这三条该死的罪状，相反，你倒有三次不够勇士的表现，你难道一点不知道吗？"

他一脸懵懂："我不知道哇。"

"白天在丧席上，我在众人面前公然侮辱你，你却不敢回击我，这是第一次；我都为你留好门了，你进门不敢咳嗽，进了堂屋不敢出声，有偷袭的嫌疑，这是第二次；你的剑都抵住我咽喉了，手揪住我头发，还在这里大言不惭，证明你心虚，这是第三次。你有这三次不够勇士的行径，却来威吓我，难道还不够卑鄙吗？"

剑尖垂下。椒丘䜣叹了口气，"唉，你才是真正的勇士，我如果杀了你，岂不遭天下人笑话？可是我如果不死，我自己都要笑话自己了。"

说罢，他横过剑，在床前化成了一摊水。

王请我去宫里吃饭。王一直想找一个真正的勇士，去帮他办一件事。有人讲了我杀椒丘䜣的故事后，王派人找到了我。

他是下了很大决心，才请我这个职位低贱的人单独吃饭。

王是一个有心病的人。王最大的心病是他的王位。两年前，王派一个刺客在一场酒宴上暗杀了他的堂弟僚，才夺得了王位。僚死了，可是他的儿子庆忌还活着呢。

那是一个真正的武士，长得筋骨刚劲，有万夫不当之勇，传说他经常在旷野上追逐奔跑的野兽，跳起来就能抓住空中的飞鸟。他现在躲到了卫国，正在积聚力量，王做梦都担心他反攻回来报仇，常常觉也睡不好，吃东西也不香。

王请我吃烤鱼，同时嘟囔着一件怪事，早上起来，他那柄湛卢宝剑不见了。他派人找遍了宫中都没发现那把剑，就差把地全给翻起来了。我小心地把鱼刺剔出去，却一点也吃不出鱼味，就好像嚼着的是一段木头。

"真是奇怪，难道它长了翅膀飞了不成？"

我漫不经心地说，"也有可能它遁入水下，游到别处去了。"

"只听说金子长着脚跑来跑去，没听说剑也会跑。"

我顾自埋头吃鱼，不搭理他。我想着的是另一把剑，鱼肠剑。听说它们都是同一个冶剑名师造的。王派人刺死僚，用的就是这把剑。我从没见过那个刺客，只听说他长得高额深鼻，一怒就有万人之气。他死的时候前胸都被卫士用戟整个豁拉开了，可是那把剑还是没有停下，刺穿了僚的三重盔甲。

"我听说，这把剑还没到您手上的时候，越国有一个巨商出价一千匹骏马、三十个有集市的乡、两个人口万户的城邑都没有得到它，它吸取了太阳的精气、天地的英华，早就成精了。"

王脸上那种鄙夷的神情收起了，他瞪着我，"你是干什么的？"

"我是国都以东千里地方的人，别看我长得细小无力，迎风就僵卧，背风就趴倒，但如果您有什么事要我去办，也不是办不到。"

"你知道我要你来干什么？"

"您要我去杀一个人。"

王一声叹息，"唉，你杀不了他的。你长得那么瘦小，他那么勇武有力，你凭什么去杀他？他拍拍屁股就能一跑几百里地，我曾经追他到江边，四匹马驾的车都赶不上他，用弓箭射他，他伸手一捞就把箭接住了，你连他一半的气力都没有。"

"杀人靠的不只是气力。您想要他死，我就能杀了他。"

说实话，我也不知道怎么去杀死传说中的那个勇士。我长得这么瘦小，力搏肯定不能得手。但我知道，要猎杀一个目标，首先得去接近他。

我请求王砍断我右手，杀掉我的妻子和儿子。王大惊，以为我后悔了，说你就是想打退堂鼓了我也不会怪罪于你，我不会杀害你的家人的。

我说必须要杀，不杀我就拒绝执行这项任务。

于是王派人杀了我的女人和儿子，杀死还不够，还把他们的尸体放到烈火中焚烧，丢弃到街市上。

按照设定的计划，我越狱后抱着砍断的右手，开始游说各国。他们同情我的遭遇，一致谴责王的暴虐，但没有一家愿意发兵助我去讨伐。本来我就对他们不抱希望，我只是个渺小的人，没有谁值得为我出手。等到那截断手风干成了鸡爪的模样，我就去了卫国。

于是我见到了那个让王胆战心惊的男人——公子庆忌。他果然长得英武，双眼炯炯，身子壮得如同一头牛。他冷冷地打量了一眼我的断臂，我就觉得心里的秘密全给他看去了。

但他还是收留了我。

后来我听说，我一投奔公子庆忌，就有人向他建议杀了我。庆忌哈哈大笑："你们是怕他像专诸杀我父王一样来刺杀我吧？第一，自从先父遭遇不幸，我已不再吃鱼；第二，这个人的右手已经废了，再也不能使剑，何况天下也没有第二把鱼肠剑了！"

这话传到我耳朵里，我不由得对他暗暗钦佩。我甚至暗生懊恼，为什么他不是王，而王是那个买凶杀人的公子？

但我还是要把这种莫名其妙的念头压下去。我担心真到了有机会动手的时候，这种念头会妨碍我出手。这期间我只梦见过一次我死去的女人和儿子，他们在火光中，丝毫没有痛苦的模样。他们当然不会感到痛苦，放到柴堆上焚烧的时候，他们的血早就流干了。

公子庆忌走到哪儿都带着我。也不能说他对我全无防备，但他相信，只要我时刻都在他眼皮子底下，就不怕我做出什么对他不利的事来。看得出他在慢慢喜欢我，他把我的沉默看作是对王的仇恨。他甚至愿意跟我谈起这些年他东奔西逃的生活。他认为我们两个都是身负血海深仇的人，共同的仇恨应该让我们惺惺相惜。

他开始把我视作心腹。

备战一直都在进行。卫国虽然答应帮忙，但他们看中的是战后割得几个城邑的好处费，真正的死士还得靠自己训练出来。整整一年，公子庆忌都在训练士卒，修治战船，准备时机成熟就大举进兵。

如是又过了三个月，机会来了，公子庆忌准备向暗杀他父亲的主谋、他的伯父动手了。进攻发动前，他问我，愿意留下还是随他一起行动？

我的眼泪一下迸出来，那是喜悦的泪水呵。我说，王的无道，公子应该比我还清楚，我的妻儿何罪？却被他杀害，我恨不得食他的肉吸他的骨髓才甘心！王城的防御我太熟悉了，公子如果愿意带上我，我一定助你擒获此贼。

我说这番话的时候，江上突然起了一阵大风，差点把我吹落。公子庆忌一把拉住我，我才没有掉下去。他看看我，笑了。

出征前，我领取了武器，一柄短矛。

那阵怪风到第二天早上出发的时候还没有歇下去，这意味着，战船在江上的行进速度要大为减慢，而且士兵们都要以楫击水，损耗大量体力。公子庆忌犹豫着要不要等风停了再出发，但他担心这次行动的消息走漏，还是准时发船了。

船队一到江心就被大风吹乱了队形，我们坐的指挥舰本来是在船队的前面三分之一处，前后都有护卫舰。但我们船大，行进缓慢，竟然落到了最后。

为了赶上船队，公子庆忌和我们一起划动巨桨。他脱掉战袍，露出了水牛背一样宽阔的脊梁。他看我气力小，被风刮得东倒西歪的模样，一把推开我："去，到上风口去！"

上风口的船桨要小得多，划动起来不那么费力。

那支短矛就躺在我的脚边，像一条乌黑的、僵死的蛇，矛尖如同蛇芯子，吐着寒冷的光。

它突然动了，那支矛！它好像是反卷上来抓住我的左手，借着风势向坐在下风口的公子庆忌扑去。庆忌没有想到我会发动，只来得及把头一偏，铛的一声，矛尖击中的是他的钢盔。我收矛，再刺，电光火石间，我连刺三次，每次都被他躲开。边上的士兵早就惊呆了，他们张大了嘴巴，都木掉了。

我几乎要完全死心了，我怎么会是水牛一般的公子庆忌的对手？一个巨浪拍来，船体如同发着疟疾一般颠簸起来，我一个站立不稳，整个人都失去了重心，向着船后重重摔去。但那把短矛，它好像有着自己独立的生命，依然执拗地卷住我的左手，借着风势，借着我飞起来的惯性，向着公子庆忌撞去。

我听到了铁器撞断骨头的咔嚓声。我感到肌肉和纤维裹住矛尖减缓了它的速度。公子庆忌低下头看着胸前长出来的这支短矛，不相信似的，笑了。

我撞在他石墙一般的身体上，却没有撞翻他。他一手揪住我头发，借着船体的侧倾，一把把我按入水中，接连按了三次，好像要报复我三次击打他的头盔一样。我连喝了好几口水，几乎要憋过气去。他又一把抓起我，横放在膝上，让我把肚子里的水都呛出来，

"嘻嘻，没看出来，真他妈是个勇士，竟敢来行刺我！"

随从们这时才反应过来，执着兵刃拥上来，要把我捣为肉酱。公子庆忌大喊一声："且慢！这个人是天下勇士，怎么可以一日之内连杀两个勇士呢，放他走吧！"

说完，他一头栽倒，死了。

士兵们不再鼓噪前进。他们是公子庆忌豢养的死士，是他准备攻打都城的复仇的火星。庆忌一死，这些火星子也准备随风四散了，做工的做工，种田的种田，游侠的继续游侠。船过一个沙洲，他们把船靠了岸，他们把我扔在岸边，一个脱掉铠甲的士兵还友好地拍拍我的肩膀，"回去吧，公子庆忌死了，你可以去领你的赏去了。"

我说："我没有脸面活着了。"边说边向河中心走去。

他们把我捞了上来，嘻嘻哈哈地走远了。

我趴在河边的沙地上，像一条濒死的鱼大口大口呼吸着。我突然对自己引以为豪的身份感到了深深的厌倦。是的，我倦了。我杀了自己的女人和儿子，杀了视我为朋友的庆忌，成全了自己的勇，我现在唯一能做的，只有把自己杀了。我作为杀手的一生应该结束了。

我的目光搜寻到了草丛中的一把剑，那是他们丢弃的。我把刃口向上，把柔软的颈脖伏上去。最后进到我眼里的，是哗哗的河水，是倾斜着、广大得有点寂寞的天空。

我在天元寺的秘密生活

夜里，我踏着月光去山房打坐。树林里有狼的嗥叫，这声音一会儿远，一会儿近。念慈跟在我的身后，他说，师父，我怕。我说，你看看月光吧，月光透过槐树叶，在你面前出现了一个个灰色的光斑，你好好看，就不会害怕了。我这么说，其实自己也有点心神不定好多天了，不知道这不安来自哪里。有时林间的一声鸟鸣，也会让我心惊得打一激灵，无论如何，一个有道高僧是不该这样的。

我推开山房虚掩的门，影子跌进里面，惊起了两三只蝙蝠，它们吱吱地叫着飞出来。念慈惊叫一声抱住了我，我恼怒地甩开他的手，没出息。念慈嘤嘤地哭出声来，他抽噎着点亮了蜡烛，我在蒲团上坐定，闭起眼睛，向他挥了挥手。他没有动，我能感觉到，他深凹的眼眶在一动不动地望着我。我的声音把我自己也吓了一跳：快滚，你为什么还不滚？

念慈瘦瘦的身影在我眼前消失了，他的布鞋一下一下拍打着冰凉的月光。这个大脑门、深眼眶的孩子，长得越来越像我三十年前认识的一个孩子了。他的黑眼珠子盯牢我，似乎要把我在天元寺这三十年的日子看穿。十三年前，云游的我，从一个刚刚遭受瘟疫的荒村里把他抱来的时候，无论如何是想不到这一点的。那时的他蜷着身子，还没有一只小猫大。是的，我抱养他的心情跟养一只猫也差不了多少，佛门清净地，没有活物陪伴我会老得更快。

这些日子，我晨暮的课诵变得口是心非。风吹着僧房外的槐树叶，哗哗地响，这声音好像是马在浅河里踏过。我闭起眼睛，就看见那匹红马，那匹我乘过的红马，打着响鼻向我跑来。跟那匹马同时出现的，是一个孩子，一个皮肤黝黑的孩子。一个声音在心里边说：快了，快了，我想可能是我老了，天元寺周遭的草木，都已经历了三十个春秋，我能不老吗？春天的时候，一个烧香的士子哭着告诉我皇帝被掳到北方的消息，我古井一样的心里没有一丝波动，这世界的事，离我已经像天边的云一样远。后来，山下跑过了成群结队啼哭的难民、跑过了马队（马蹄踏击大地，扬起的尘土遮没了太阳）。再后来，改朝了，百姓都穿上了北人骑射的胡服，但天空还是三十年前的大伞。黑色的云团吞噬着太阳，又把太阳吐出来。

那匹马肯定成了一堆朽骨。那个多年以前的孩子，如果他不死，一定还会来找我。我要在他找到我之前，做完回忆的功课。

嘘，你听，马蹄声在响……

黄土驿道向着南方延伸，风声呼呼，像是打铁匠的风箱，吹干了我身上的血渍，它们摇动道旁的树，红叶纷飞，如同一只只残破的手掌。我打马在秋天的驿道上急急南驰。在这之前，我是帝国戍边的一名军士，现在，我是一个信使。

进入秋天，边境的战事呈现了胶着状态。在最近的一次战斗中，我们吃了轻敌的亏，十万大军被围困在瓦喇子山，胡人切断了我们的水源。一天晚上，胡人突破了中军大营，我们只有数十骑突出重围，但都已血染战袍。将军选中我做信使，把这个不吉利的消息送到京师，只能解释为他对我的报复。谁让我在大战前讥笑他不懂兵法，现在，他终于让我知道了厉害。谁都知道，我们帝国那个八岁的皇帝是多么热切地盼望着好消息。那些送去捷报的信使，得到了数不尽的钱财，有些还封官荫子，而那些送去坏消息的，都被他砍了脑壳，因为他相信，正是他们给帝国带来了晦气。

扬起的灰尘打在汗湿的身子上，我的衣衫变得又干又硬。三天的奔驰后，驿路上红色枝干的松树少了，代替它们的是一汪汪泛着水色的稻田，葱茏的小山包。这里已是江南地界，离京师不远了。明朗的天空像一个巨大的虚空，高悬头顶。现在我时时感到背上的锦盒透出的凉气，砭人肌骨的凉气。我知道，当我把这个锦盒交到皇帝手上，离死期也就不远了，但如果我回去，还是逃脱不了军规的惩处，我的脑壳还是要离开我的身体。将军总这样说，人都是要死的，一个军士，他最好的死法是血溅黄草，马革裹尸。那么一个倒霉的信使呢，是不是交卸了差使还要把自己的性命交卸出去？说实话，我不喜欢这样的死法，一点也不喜欢。

我放慢了马的脚程，抬头望着山冈前滑翔的鹞鹰，我的模样十分悠闲，就像一个从京师应考回来冶游的书生。鹞鹰，我心里面默念着。有时做一只鸟的确要比做人更快乐些。它从这个山头飞向那个山头，它凶猛地扑向草丛里的猎物，那么的自在，谁也对它们没有办法。我这样想着的时候，眼前就仿佛出现了我们帝国处死人犯的刑具，一绢白绫，或者一碗鸩羽划过的酒，那还是有名望的大臣才有福气得到的，等待着我的更有可能是磨得飞快的刀刃，一根绳索，击顶的瓜锤。一阵凉气从脚底下直往上蹿。

山回路转，一群山羊蹿了出来。红马长嘶一声，抬起了前蹄，山羊炸了群，跑进了路边的林子里。羊倌挥舞着柳条丝编的鞭子，东赶西围，但受了惊的羊再也不听他的。现在，他沉着脸，一步一步走到了我的脸前，我看清了，他其实还只是个孩子。

"你要赔我的羊。"

"明明是你的羊挡了我的道，怎么反倒要我来赔你的羊？"

"你一定得赔。"他固执地坚持着。

"如果我说不呢？"

这孩子深凹的眼里闪着一种疯狂，"反正我回去也要被主人打死，现在我也可以死给你看。"

这孩子的胆真大。我的心动了一动，"我可以帮你把羊找回来，但你必须答应给我做一件事。"

"凭什么要我答应你？"

"就凭它，"我拍了拍马背，"如果你答应了我，这匹马就归你了。"

他的眼里掠过了一丝喜悦的光，"说明白，要我做什么事？"

我解下背上的包裹，一层层解开，露出了里面的锦盒，"你把它送到京师，有人会带你去见皇上，记住，一定要交到皇上手里。"

当那孩子骑上马，摇摇晃晃地向南行去，马蹄嘚嘚，在我听来成了这个世界最美妙的音乐。现在，他代替我成了信使，代替我走向了我们帝国喜怒无常的皇上。他代替我去死了。我没有想到，解下这个包裹竟这样容易。这些天，这个小小的、要命的锦盒实在把我累坏了。突然而至的轻松，让我有了一种迷迷瞪瞪的幸福感。放眼身边的山和树，我发现江南的秋天还是可爱的，那些成熟的浆果散发出的气味。让我想到了女人的身体。

傍晚，我在一个林子里迷了路，黑暗中的林子什么也看不清，我一次撞在一棵树上，额上鼓起一个大包，一次掉进猎人挖的陷阱，吓得魂都掉了。当我费了好大的劲爬上来，我再也走不了了。我的脚崴了，靠着树干迷迷糊糊打了一会儿盹，天色就在树梢上显出了桌布一样的白色——天亮了。

或许是听到了我的呻吟，一个灰色僧袍的老和尚发现了我。我告诉他我是一个猎人，追赶一只受伤的鹿，在这林子里崴了脚。慈悲为怀的老和尚二话没说就背起了我，蹚着草尖上的露水来到天元寺。后来我才知道，他就是天元寺的住持智藏上人。

说实话，在林子里的那个早晨，当我看到一角被风吹摆的僧袍向我飘近。我就知道了余下来的日子该怎么度过了。我已再也回不到我熟悉的市井，去杀羊，去屠狗，去娶妻育女，但我还年轻，还不想死，天元孤寺可以说是我最好的归宿了。因此当我在天元寺养好脚伤，智藏上人好几次暗示我该走的时候，我都没有吱声。我卖力地干活，挑水、劈柴、洒扫庭院、擦拭香炉，一刻也不让自己闲着。反正我年轻的身体里有的是使不完的力气。我努力要给上人一个好印象，好让他收留我。

一天，上人在蒲团上闭目打坐的时候，我跪在了他的面前，恳求他给我剃度。灰色的光线落在上人的僧袍上，就像是一座石像。上人沉吟片刻，睁开了眼睛，说："施主，你身上有隐隐的血光，我不敢收留你，你本是红尘中人，还是返回红尘中去吧。"

"不，大师，我真的是一个猎人，我心仰佛法已久，恳请大师成全我的夙愿。"

"施主顶上的血光如此之强，如果我猜得不错，你不是一个刽子手，就是一个军士，现在你已然疗好伤，还是速速离开小寺的好。"

上人没有给我剃度，但也不再急着赶我上路，有时出外做佛事也还带上我。我在天元寺的生活过得像寺门前的池水，清心寡欲，没有一点动荡。除了头上没有剃去发，没有烧上香疤，日子过得和佛门中人没什么两样。起码在表面上看来是这样。一天，我跟上人做完法事回来，在集市的一个摊上看到了一把剃刀。上人已经走远了，我还盯着这把刀。在西斜阳光的照射下，剃刀的刀片闪着锈红的光，这光芒让人激动。我数出五文钱，买下了那把剃刀。摊主是一个身姿丰满的徐娘，她笑吟吟地说："小师父是个俗家弟子吧？"

智藏上人的一脸胡子，三天不刮就长得老长。上人常常用手去拔，这样他的腮帮就密布着坑坑洼洼，自从我来到天元寺，给上人修脸的事就归我做了。上人的脖子上围着白绸布护襟，惬意地闭着眼，剃刀滑过他的脸，他的下巴泛着青色。我在给上人刮胡子的时候，看见了上人上下滚动的喉结，好几次，我都管束不住手上的刀片向他的喉结滑去。这一次，活儿快要做完的时候，大师睁开了眼睛。

"你听，那是什么声音？"

我以为大师看出了什么异样，慌乱地把眼睛移向大殿中央的香炉。香烟袅袅，撕得细细的，就像那远远传来的声音。

"好像是城里吹响的号角吧。"

"不，城里的号角传不到这儿，它更像是有人在吹埙。你听，这声音真凄清。"

"凄清？是的……这声音听起来让人止不住想哭，不过生命里美好的东西不就是让人流泪、让人悲喜交集的东西？"

上人的眼里流露出了嘉许的神色，但只是一瞬间的事，他又闭起了眼。看得出来，响在上人心里的埙声越来越激越了，他的眉角一会儿紧皱，一会儿又舒展开来。当他的眉宇间再次出现平坦和明朗时，剃刀像一条鱼一般脱开了我的手，锈红的光抹向了上人脖子上的喉结，并深深进到了里面。我听见四面的墙发出了一声叹息，这叹息像穿过大殿的风一样悠长。我吓了一跳。

上人青筋暴胀的手指着我，看样子他想说什么话，他的眼珠也凸了出来。他终于没有说出话来。他摇摇晃晃地站了起来，又倒了下去，就像一株被蚀空的树一样倒了下去。血喷溅出来，我的眼前闪现出了一片红光。

我披上智藏上人的袈裟。现在我成了天元寺的住持，我的法号慧寂。

这就是我来到天元寺的秘密经历。

昨晚的风刮了一夜。早晨，透过僧房的花格子木窗，一地都是吹落的槐树叶，寺门前的放生池也冻得发了白。远处相量岗的山顶，影影绰绰的是一片雪色。我到佛殿里焚香。一手敲击钟磬、口念观音经……妙者皆悉断环，即得解脱，若三千大千，国土满中，怨贼有一，商种将诸商人，齐持众宅，经过险路，其中一人作是唱言？诸善子……

佛殿前响起鸟扑棱棱飞过的声音，我看见念慈走出放生池对岸僵直的青松林，在池边玩冰。他一只脚踩在池岸的岩石上，另一只脚在冰面上小心翼翼地移动。他捡起一块断瓦，扔出去，看着它刨下一小块白色的冰屑然后滑远，他是那么用心地做着这一切。然后，他抓住了池边的一根松枝，悬空一只脚，在冰上荡来荡去。这孩子长大了，但我也越来越猜不透他的心里都在想些什么。他白多黑少的眼珠子盯牢我，就好像要把我在天元寺三十年的生活看穿。

一整个上午我都在山房里打坐，看不见的风，拂弄着头顶长长的经幡，上下翻飞。长久地盯着寺门外阴沉沉的天空中的一个点，我看见窗口闪过了一道红光。那是一匹马的背。我立刻开窗探头去看。

外面什么也没有，只有风卷着槐树叶。念慈指着墙角草丛一点零星的白，欣喜地说，"师父，夜里你有没有听到下雪？你看，草都白了！"

"我没有听到下雪的声音，昨夜我听见一匹马在山下跑，真奇怪，它围着我们寺转圈，好像要一直转悠下去。那是一匹红马，好像在许多年以前发生过。"我告诉他。

当我闭上眼睛，它又来了，它红色的鬃毛在风中飞舞。我说，"念慈，快去看看，它又来了，它正在撞僧房的板壁。"

念慈走到门口四处张了张，回来说，"师父，那不是马，是风撞动匾发出的声音。"

黄昏时分，橘红色的光影穿过瘦瘦的老槐枝干，在我面前的地下投下一个个光斑。这光斑刺疼了我的眼睛。我又听见了什么东西在撞击僧房的门。或许，那只是我的幻觉？我推开门，看见了它滑圆的屁股。它已经过去了。

"它跑列山那边去了，你快出去看看，或许草地上会留下它的脚印。"

念慈看着我，他的脸上有着一种奇怪的神色。

一炷香的工夫，念慈回来了，"师父，我找遍了前山后山，都没有找到你说的那匹马，倒是有一个游方的和尚，现在寺门外要求见你。"

那匹马简直要让我发疯了，总有一天我要抓住它。因为有远客登门，我一下子变得笑容满脸，一直走到僧房与山门之间的走廊迎接。

游方僧只有一只手臂，风灌满了他空荡荡的僧袖，他走了进来，他的脸被日光晒得红红的，老远我就闻到一股北方尘土的气味。念慈在他前面几步的地方洒水扫尘，这是天元寺迎接方丈的礼节，我正要呵斥念慈。游方僧已一步一步跨进了大殿，在佛祖像前行完了三跪拜礼，然后，他好像才记起天元寺有我这个住持，缓缓地向我转过身子。

我双掌合十，"大师如何称谓？"

"贫僧慧寂。"

听他的话好像暗藏机锋："慧寂乃是老僧的法号啊。"

游方僧哈哈笑了起来，"你我皆非红尘中人，又皆生于俗世，你叫得慧寂，贫僧就叫不得慧寂？当然我不是你，就如同你不是这天元寺本来的方丈。"

我心中暗惊，念出一段偈语："前面是三，后面是三，问和尚共是几人？"

游方僧不语，他鹰一般的眼光割开了空气，好像让我置身于旷野之中。风吹动袈裟的皱褶，我的腋窝在流着冷汗。他凹陷的眼眶的深处像是有一团火，这团火，唤醒了三十年的记忆。无数蜜蜂从我的耳朵里飞出来，我的心低低呻吟了一声。

"好，好，你终于来了。我认出你了，你是那个放羊的孩子。"

游方僧的笑声听起来像哭，"是耶，非耶？多少年了，我已忘记太多的事，我只是一直在找你。"

"这么多天，我一直在等。我不知道，我等来的会是什么，一匹马，还是一个人？等待的滋味太不好受，我都快要发疯了。"我飞快地说着，"不对，不对，你不是那个人，那孩子给皇上送信，他已经死了。你是鬼，你是一个鬼！"

游方僧说，"我不是那个孩子了，但我不是鬼，你掐掐我的脖子，你就知道我是不是鬼了。"

我的双手搭上了游方僧的脖子，虎口紧紧地卡住。他满是污垢的领口冲出了一股臭气，手越掐越紧，他的胸膛急剧起伏着，"你再用点力吧，你现在知道了，我是人，还是鬼？"

双手怅然垂下。他呼哧呼哧喘息着，冲到我的面前，"你看清楚了，我是鬼。"他的眼里有一点泪光，"这么些年，我的日子连鬼都不如。"

今夜，山房的烛光一直亮着，我和游方僧坐地对弈。我们的赌约是，连弈三局，胜者可以问对方三句话。边上的桌子，摆着绿茶和几样素食糕点。念慈在一旁伺候。

游方僧棋艺精湛，我不是他的对手。第一局终了时，游方僧说，"你能告诉我为什么让我去送死吗？"

我沉吟片刻，缓缓说道："凡人皆有求生之欲。"

他脱去僧袍，露出了断臂，"皇上没有砍我的脑袋，倒是砍下了我一只手。"

念慈吃惊地掩住嘴。烛光无风自动，把三人的影子投向大殿的角落深处。游方僧的断臂，结着紫色的血痂。我看着它，仿佛面对的是我的一段罪恶。

"阿弥陀佛！"

"皇上砍下了我的手，又不让我死了。他让我陪他捉蟋蟀，斗蟋蟀，乔装后到闹市上去斗鸡，去玩女人。他玩得高兴，就更加离不开我，我，一个冒牌的信使，变成了皇帝的宠臣。我位极人臣，享尽了人间荣华。"

念慈听得双眼发光。

"他不是一个好的皇帝，但我感激他，因为他给了我无数的钱财，享用不尽的漂亮女人，他让我明白了什么是做人的滋味。所以，皇上被胡人掳到北方，我也跟着去了北方。皇上白天给胡人放马，夜里在钟楼打钟，他白生生的手长满了冻疮。皇上对我说，你快逃命去吧。我流泪了，我说，陛下，微臣有幸遇上你，才知人间还有富贵，不然，我还只是乡下放羊的一个羊倌。皇上什么都知道。他说，我早就看出来了，只是没有点破，你不是真的信使，那个理应受死的信使，在半路上逃走了。我大惊，陛下请恕微臣欺君瞒上之罪。皇上说，你不是已经死过一回了吗，现在的你，早就不是本来的那个羊倌了，你速速离去，找到了那个信使，就捎口信给他，让他到这儿来找我，我离开没几天，就传来了皇上驾崩的消息……盘缠用尽，世事亦已看穿，我就成了现在这样子，一个东游西荡的野和尚。"

听得入神，落错一子，我又全盘皆输。他开始问第二句话了。

"三十年前相遇，我和小和尚一般大小吧？"他指了指一直站在边上的念慈。

念慈的眼里又闪过我熟悉而又陌生的光。

我喝了一口茶，称诺，"他是一个奇怪的孩子，老是沉默寡言，十几年前我从一个荒村把他抱来。"

第三局，棋势突变，游方僧不时撩起僧袖去擦汗渗渗的脑门。他裸着的断臂如同一截枯枝，似乎不觉夜寒，我一抬头就能看见断臂上陈年的紫痂。有一刻，我自己消失了，恻隐之心让我觉得坐在对面的是另一个我。他冒过险，享受过人间的富贵。现在又回来了。电光影里斩春风，喜得人空法亦空。三十年在天元寺的生活，我从来没有像现在这样感到通体透明，薄如清风。我怜惜地看着他，看着边上的念慈，我从来没有像现在这样爱他们。

游方僧手执白子，踌躇良久，在棋盘上轻轻叩了三下。

一条黑狗似的影子飞快地向我的脚边扑来，我的肋骨感到一阵剧烈的疼痛。那是念慈，他的手上不知什么时候多了一把剃刀，他把剃刀插进了我的腹部。这把小刀好像要立刻置我于死命似的，从胃部左旁使劲地向上移动，直向心脏奔去，鲜血往外喷射。我摇摇晃晃站起来，向前迈了两三步，想抓住游方僧的身子。游方僧侧身避过，我双手抓着一把虚空，无力地扑倒在地，带翻了棋盘，黑子白子，滚得大殿上满地都是。

"你输了，"游方僧冷冷地说，"现在你该回答我第三句话了。"

风越刮越猛了，夜光下。僧房和大殿前的建筑物，在土灰色的院墙中寂静地挺立着。我撑身坐起双手捂着没入腹部的刀柄，感到又黏又热。那匹马又来了。马粗重的鼻息，喷在我的手上。

"我刚进寺门时你问我，'前面是三，后面是三，问和尚共是几人'，现在你能告诉我答案吗？"

我张了张嘴，发不出声音，血沫随着嘴角流了下来。我盯着他的脸，眨了一下眼。

游方僧耸然变容，向我稽着一拜，"大师，我悟了，万物归一，一即三，一即天地。"

我扑通栽倒。

那匹马飞快地游入我的胯下，我紧紧抓住它的鬃毛，那鬃毛多么温暖，像一团跳跃的火。风声呼呼，我又奔驰在三十年前秋天的驿道上了。道旁的山和树我十分熟悉，就好像这么多年来，我一直没有离开过，没有停止过在这条路上的奔跑。道路的终点，坐着我们帝国英明的皇帝，他一身金黄的龙袍，脚边，是一只黑色的促织罐。

纵横四海

——海盗布兴有事迹考

一、绿壳

在 19 世纪中叶的中国东海岸，"绿壳"这个词肯定会引起某种不愉快的联想：一群群海盗打着尖厉的呼哨，杀人越货，无恶不作。从那时候起，"绿壳"在东南沿海地区的方言中就成了形容一个人很凶狠的样子的专用词。比方说，你这个人像绿壳，或者，你这个人眼神像绿壳一样凶。横行于浙闽沿海的海盗船之所以有这么古怪的一个名字，是因为这些船形如蚱蜢，船身漆以绿漆。大概是世纪初的时候，广州、香港周围的海域是这些绿色蚱蜢的天然牧场，以凶猛好斗出名的广东海盗们，一手提着酒壶、一手提着刀剑火枪在南中国海域上呼啸来去，追逐着货物和女人，孱弱的清朝水师拿他们一点办法也没有。到了 19 世纪 40 年代，这些绿色蚱蜢沿着漫长的海岸线曲折北上，蔓延到了长江口外，他们的巢穴集中在浙江沿海一带。这些广东海盗比起四十年前他们的祖先装备更精良，也更凶狠、更狡诈、更贪婪，比如臭名昭著的海盗头子"阿爸"的海盗船队。①

"阿爸"的本名叫布兴有，和他一起从事冒险事业的是他的弟弟布良泰，人称"阿郎泰"。传说布氏兄弟手下有一千多号人，上百艘"绿壳"，还有一艘装备有重吨位火炮的"金宝昌号"。这样一支武装船队的战斗力是积贫积弱的政府军望尘莫及的。他们成群结帮抢劫商船、渔民，有时也对落了单的洋人下手。1847年，美国北长老会教士娄理华在从乍浦回宁波的途中被海盗抓住后淹死。②1855年，传教士丁韪良从宁波去普陀与在那里度假的妻子会合时，也遭到过海盗的袭击，他们抢走了牧师的鞋子和手表。正当他

---

① 有关海盗布氏兄弟的事迹，见段光清的《镜湖自撰年谱》(《镜湖自撰年谱》，[清]段光清撰，中国科学院安徽分院哲学社会科学研究所历史研究室点校，北京：中华书局，1960年版。)和董沛的《明州系年录》(《明州系年录》，[清]董沛著，俞福海、方平点注，北京：当代中国出版社，2001年版。)。前者是一个退休官员的回忆录，后者是清代宁波的一个历史学家写的编年体的地方文献，记述了自周元王三年(公元前473年)至清同治二年(1863年)两千余年间宁波历史上建置、兵戎、灾害、贡市等史实。19世纪50年代初，段光清自浙江江山县任上调到宁波任职，历署鄞县县令、宁波知府、宁绍台兵备道，直到1856年调到杭州升任浙江盐运使(三年后升任按察使)离开。段光清经历了开埠后的宁波五洋杂处、海盗纷扰的景况，作为直接当事人和见证者，他在退休后的回忆录《镜湖自撰年谱》中记述了这些事件。

② 美国北长老会海外传教团教士娄理华被海盗淹死的事来自于19世纪50年代初生活在宁波城的英国领事馆见习翻译罗伯特·赫德的日记(《步入中国清廷仕途——赫德日记(1854—1863)》，[美]凯瑟琳·F.布鲁纳、费正清、理查德·J.司马富编，傅曾仁、刘壮翀、潘昌运、王联祖译，北京：中国海关出版社，2003年版)。1855年2月3日，赫德在宁波城外一块荒地里找到了娄理华的坟墓，墓碑的一侧刻有一行字："我是这土地上的一个陌生人"。赫德这样写道他看到娄理华墓碑的心情："这话再次引我的思想回归正道，我们应该看重的是下一辈子，这一辈子对我们来说只是手段，愿上帝帮助我摆脱那种把它看成是目的的看法。"那个时候他还在读《娄理华回忆录》。像那个时代任何一个来到东方的狂热的年轻人一样，赫德那时的理想是成为一个娄理华式的传教士，为传播上帝的福音殉身。他后来成了权倾一时的大清海关总税务司，直至1911年卸任回国。

们要劈开牧师的脑壳时，上帝保佑——这帮水手中一个听过布道的认出了他，不然也就没有日后的京师同文馆总教习了。发了善心的海盗们在详细询问了如何看手表刻度的问题后，留给他一只较小的船和一坛酒，靠着这些，他在海上漂荡了三天后回到了陆上。

二、招安

咸丰元年（1851年）9月，"阿爸"带着这群海盗入侵浙江海门，直逼至黄林洋。定海、黄岩、温州三镇清军水师抵挡不住，海门被占十日。污水一般涌入的海盗洗劫了所有商铺，放了一把火，带上俘获的女人和物品，又向宁波府的石浦港开进。浙江巡抚常大淳命令宁波知府罗镛急赴象山县剿灭海匪。罗知府故意慢腾腾地上了路，如他所料，等他赶到，海盗们已经潮水一般退去了。于是罗知府奏报大捷，谎称自己如何如何卖力，如何如何想尽办法募船募勇，总算把海盗打败了。以善良出名的巡抚相信了，下拨给他一大笔银子劳军。可事实上，知府大人连海盗的毛都没碰上一根呢。

巡抚善良到了什么地步？他不杀海盗，不杀囚犯，有《清史稿》为证：

常大淳，字兰陔，湖南衡阳人。道光三年进士，选庶吉士，授编修，迁御史……出为福建督粮道，署按察使。晋江县获洋盗三百八十余人，总督欲骈诛之，大淳力争，全活胁从者近三百人。司狱囚满，大淳曰："囚不皆死罪，狱无隙地，疫作且死。"乃分别定拟遣释，囹圄一清。历浙江盐运使、安徽按察使。母忧归，服阕，授湖北按察使，迁陕西、湖北布政使。三十年，擢浙江巡抚。

没过多久，"阿爸"的海盗船卷土重来，且来势更猛，罗知府那个蹩脚的谎言就穿帮了，巡抚想不到鼻子底下都有人敢骗他，震怒之下，严责宁波知府尽快消灭海盗。可闹了几十年的"绿壳"那么容易消灭吗？罗知府进退两难，有个高人指点他，海盗头子布兴有其实早有归顺朝廷之心，他这次闹得这么凶，其实也是为自己作一个晋身之阶，抚台大人催得这么紧，眼下不妨先请个中人和布氏兄弟谈谈招安的事。

海盗开出一个很大的价钱才肯投降，这笔价钱有多大？反正宁波府出了不够，还要省里出。布兴有还要求给他一个官职，常巡抚也同意了。巡抚大人本就是以善良出名的，能不动兵戈把为祸海疆多年的"绿壳"平下去，再大的价钱他也肯出的。布兴有得到了承诺，如果他带着他的船队归降，他将会被授以六品顶戴。受降仪式在十月份举行，巡抚大人也专程从杭州赶来。布兴有带着浩浩荡荡1000人的船队开到宁波海域，他的坐船"金宝昌"顺着甬江一直开到了府城。这艘时人称作"活炮台"的大海盗船让朝廷的正规水师可开了眼，这艘船和英国的500吨级船一样长、一样高，船身漆成黑色且带有一道红线，装载有大批火炮和人员。布兴有上得岸来，伏地请罪。巡抚大人自然不免安慰一番，经过烦琐的仪式正式授以六品顶戴。于是闹了多年的"绿壳"海盗一转眼成了政府武装，编入大清海军的正式序列。受降仪式上一件小小的意外是，巡抚大人带着大群随从登舟时，前海盗们发炮相迎，把他吓得差点儿掉下海去。

布氏兄弟纵横四海多年的"金宝昌号"后来分配给了定海水师，这就像自己的女人被人家抢去，"阿爸"恨得牙都痒了，却又毫无办法。定海水师久不出海，船上的器具都朽坏了，这些老爷们又不会修，就一直搁着。布氏兄弟又抢了回来，修饰一新。官司打到省里，巡抚怕惹急了广东人，最后不了了之。

三、捕盗

"阿爸"的船队都泊在宁波近郊的内河，部下放任惯了，积习难改，常常上岸骚扰，做些打家劫舍的勾当。他们在宁波城内盐门附近有一家大商行，转手赃物。直到新任鄞县知县段光清到任，此人手段厉害得紧，前海盗们才不得不收敛了些。段知县怕他们在岸上再惹出什么事来，命令布兴有带着他的船队，开到海上为商船护航。就像骑手想念草原，前海盗们也想念大海多日啦。

这是一支120人的小型护航船队。每名兵勇月给口粮12两银子。开始的时候省里的巡抚不同意这么做，因为这要花去一大笔银子。我们知道，咸同时代的大清水师都是些吃干饭的，省里每年拨给水师十万元的巡洋经费，可是他们的舰艇从不出洋，空领库款，从没有抓获过一个海盗。无奈之下浙江巡抚规定，实行监督制度，以后水师出洋，移知该管各县，用船几艘、带兵丁多少，一定要县里查验，开具清折，方能领到经费，捕到了海盗另行奖励。话说布兴有带着他的缉查小队，出洋十余日，就抓获了十七名海盗，两艘盗船，还火炮打死多名海盗头目，己方只是损失了几名兄弟。这怎不让抚台大人喜煞，拨给口粮的事也不反对了。就这么着这些从了良的海盗们终于吃上了军饷。不久，鸦片商人、怡和洋行在宁波的代理人丹·帕德里奇船长的"宝得来号"船被舟山的一帮海盗劫走了，布兴有带着他的船队赶去，因对方是舟山海盗，他们一点情面不留，一阵狠扁，夺回了商船。他们也为道台带来了四个人头和七八个犯人。这些犯人都被钉在木板上，钉子钉在拇指和食指之间的肉上，像抬猪猡一样抬进了宁波城。

四、恶棍来了

如果你是一个旅行者来到1853年前后的宁波港，无法不为这样的景象所打动：无数满载货物的帆船停泊在那里，它们有的刚从北方抵达，有的将远航南方的福州、广州等港口。摆渡船在其间来往穿梭。时时响起的鞭炮声和锣鼓声，不是欢迎一艘货船到港，就是祝愿一艘即将起航的船一路平安。附近的海域上大群地游弋着挂着葡萄牙国旗的三桅帆船，这些葡萄牙水手——腰间插着左轮枪和酒瓶子、全世界都臭名昭著的恶棍——是被当地商人雇来护航的（顺便他们也在公海上做些敲诈勒索的勾当），他们的头目之一是一个曾经让人劈开过脑袋的叫恩卡纳考的水手，他直接听命于后来担任葡萄牙驻宁波领事的J.F.马奎斯船长。

源远流长的海盗传统，使得一种护航系统应运而生。本来嘛，国家出钱养着军队，捕盗这样的事，水师自然责无旁贷，但他们自己几乎也像强盗，以鄞县知县署理宁波知府一职的段光清就这样说：从前水师巡洋，商贾往来平安，渔人出洋捕鱼亦蒙其惠，每年渔人孝敬水礼，所以报其功德，然营中援以为例，竟成陋规。如果真的能让盗匪绝迹，即便每年要交巡洋费数万串，老百姓也就认了，可是夷祸中国以来，水师之势日衰，钱还照拿，活儿却不给你干了。海盗横行，清朝的水师又不顶用——你总不能请另一个强盗给你管家门吧，商家便出钱雇用广东水手或外国武装帆船护航。

最早的时候这笔业务是隶属于英国皇家海军的，当然也有别的国家配备有火炮的商船参加，像"斯派克号""孔子号"等英国商船都接过这样的生意，护航需要收费，他们每和海盗打一仗就要索取一笔不菲的费用。后来这业务就有些走样了，一些没有商业信用的家伙把普通商船宣布为海盗船，横加勒索，把那些船上的货物说成是合法的掳获物予以瓜分。大概到了 1848 年后，此笔业务基本上落入了葡萄牙人之手。大批亡命之徒、走私贩子、强奸犯、性倒错者、敲诈勒索者蜂拥而来，他们有的来自葡萄牙本土，有的来自果阿或马尼拉。

编入了大清帝国海军的"阿爸"的船队，为商人和商船保镖、护航正是其业务，这难免与葡萄牙人的生意构成竞争，官府解决冲突的态度是"以贼制贼"，支持布兴有与葡萄牙人进行竞争——说白了，你们都不是什么好鸟，去争个你死我活吧。东西方的海盗在北纬 30 度线附近的海上狭路相逢，其结果不难预料。

下面的事，用当时在宁波城里的丁韪良牧师[①]的话来说，是"一场充满血腥味、没有任何高尚行为的戏剧"。

五、火拼

1854 年 4 月，宁波渔民以每个汛期五万元的高价，雇用了葡萄牙人的三桅帆船为他们护航和保卫渔场。"阿爸"手下的广东水师

---

① 丁韪良被劫事见他的自述：《花甲记忆——一位美国传教士眼中的晚清帝国》，丁韪良著，沈弘、恽文捷、郝田虎译，广西师范大学出版社，2004 年版。

为了从对手那里夺回这笔有利可图的生意，发动了一系列火拼。

先是有一个葡萄牙人被暗杀，随即，两个广东人被报复性杀害，尸体几天后被海浪送回了岸边。不久，葡萄牙人悄悄地从澳门派来一艘科尔维特式轻巡航舰，该舰于 7 月 10 日抵达宁波，它得到的命令是消灭广东人的水师舰队。为了躲避攻击，布兴有的平底帆船退入了内河，停泊在宁波城的盐门附近。攻击者无视这种庇护权，强行逼近，短距离开炮，要将它们轮番击沉。

炮弹嗖嗖地飞过沿河人家的屋顶，一瞬间人们都以为葡萄牙人炮击宁波城了。死神离人们是如此之近，一个在街上行走的姑娘被炸断了腿。一颗二十四磅重的炮弹落到了道台衙门，幸运的是没有爆炸。有消息说，"阿爸"的手下要抓城里所有的欧洲人为人质，或者杀了他们复仇。恐慌笼罩了在宁波的外国人社群，他们在英国领事馆的枝形吊灯下通宵研究对策，却拿不出一个可行的办法。传教士们和领事馆官员找到了这座城的最高军政长官宁绍道台，道台大人否认了这一说法。马奎斯船长要求中国人对打死的葡萄牙水手作出赔偿，同时提出以后不得为难葡萄牙的三桅船，并要布兴有画押具结。

"阿爸"手下的这些前海盗们找到了另一种报复方式，等到科尔维特式轻巡航舰结束炮击，他们集合起残部，尾随而至。葡萄牙人把三桅帆船停泊在葡萄牙领事馆前面的一个河湾摆开阵势。布兴有带着那些如狼似虎的部属乘着潮水上涨靠近了敌船，拔刀跳上了敌船的甲板。这下葡萄牙人的大炮再也发不出威力。士兵们被赶到了河岸上的一个坟场，他们在那里负隅顽抗。他们在逃跑时不是被砍死，就是被子弹击中后背。有三四十人被俘虏，双手缚住后扔进了河里。还有一些人被驱赶回他们的三桅船，船被拖到沿江上游一些的地方，前海盗们架起一把火，把他们烤成了人干。葡萄牙领事馆也遭到了洗劫，前海盗们爬上屋顶降下了葡萄牙国旗，幸亏一艘前来调查这一冲突的法国战舰"卡布里休斯号"驶来，才使葡萄牙人免遭灭顶之灾。

"卡布里休斯号"离去后，葡萄牙双桅船"蒙德哥号"带着12艘三桅船溯江上驶，向道台要求归还被俘的船只，及解决其他事宜。得到的答复还是老一套，就是要求两个护航船队自行解决争端。于是广东人和葡萄牙人又摩拳擦掌，准备继续战斗。后来因为英国海军出面干涉（他们当然也是为了保护本国利益），葡萄牙人才不得不起锚前往上海。

如果追溯历史，这并非是葡萄牙人在宁波港遭到的第一次大屠杀。一次更为可怕的复仇行动曾于三个世纪前降临在位于甬江口的葡萄牙人居住地上。那时候，葡萄牙人在一种虚假的幻觉中以为自己是全世界海洋的主人，从马六甲海峡到远东，到处都是他们的三桅船。在宁波，葡萄牙人也从事着贸易和海盗的双重职业，巧取豪夺加上敲诈勒索，两者都生意兴隆，赚得钵满盆溢，直到某个月黑风高的夜晚，一群有着绝顶武艺的蒙面人把他们统统消灭。

六、与福建水手争斗

有三个广东海盗，一个姓温，一个姓陈，一个姓郑，他们看到布氏兄弟吃上了军饷，也来投诚。道台很犯难，不收吧，正规水师无用，三个海盗头子都是广东人，布兴有碍于同乡情面也不一定肯去捉拿，收了吧，养不起。三个盗首一商量，把三艘大船缴上去，每艘留几十名水手，其他都遣返了去。于是他们也入了朝廷水师。道台养不起那么多人，禀告上司批准，让他们去金陵大营帮着打南京城里的太平军。可是金陵大营那边又以口粮太重，把他们打发了回来。前海盗们成了一个踢来踢去的皮球，回宁波途中忍不住手痒又做了一票生意。这次他们打劫了一个福建商人，连船带人扣了起来，等拿到了赎金才放他走。这个福建商人后来也到了宁波，冤家路窄，在一次宴会中，他认出了这三个水师头目就是打劫自己的海盗。这个精明的商人没有当场发作，回去后他告诉所有福建商人，要注意这些广东水师，那可是一群不折不扣的饿狼。

东门一带福建水手最多，福建商船大多泊于桃花渡江中，这儿是他们的地盘，他们和广东人结下了梁子，一看到广东人踏入他们的地盘，总是不放过凌辱的机会。有一次，布兴有的一个手下出东门办事，被福建水手一阵乱棒赶了出去。福建水手说，我们闽商八帮，再加家丁一帮，共有九帮，在宁波城里加起来有好几千人，他们广东人在城里的不过几百人，何不一鼓作气把他们赶出去，烧了他们的船，这样我们的气出了，海上也太平了。于是他们各执器械蜂拥入城，驱逐起了广东人。我们知道广东水师可都是海盗出身，一个个都不是省油的灯，这些骄悍的前海盗操起兵器冲出城门，两相猛斗，一会儿就有几个福建水手被砍翻在地。道台大人出衙弹压，但见广东人放炮，福建人放枪，烟火弥天，对面不能辨人。还有好多人在街上哄抢。道台命令部下抓人，总算止住了抢劫。

福建商人一纸诉状告到了巡抚大人那里，新任的浙江巡抚是他们的同乡。他们说：我们说起来算是大人的同乡，却一点好处也没有沾到，现在的海盗，大多都是布氏兄弟的党羽，除去了布氏党羽，那么海盗也就绝迹了，大人为什么厚于布氏兄弟，薄于同乡？巡抚把信交与道台看，让布氏兄弟停止与福建水手交火，着布兴有来省。道台担心布兴有不知官场礼仪，跟上级顶牛，让一个典史陪着去省城，也好有个提醒。新来的巡抚问了投诚经过，布兴有都一一直言相告。巡抚说，你是个实在人啊，这就回宁波吧，不要再与福建水手争斗了，日后我还要保举你。布兴有回到宁波，把手下招进了内河北斗河。道台对客商们说：水师既不堪用，广东人你们又不信任，以后商船护航一事，我们就自己筹划吧。后来，走南线和北线的商号各出三万吊钱，雇用洋人兵船护洋（走北线的商号还打算出钱买一艘洋船护航）。福建水手看沾不到什么好处，也就回去了。行至石浦，他们的船遇上了一艘护航的洋船，正一口鸟气没处出，就开足了马力进攻。福建人的船炮位很大，击中洋船，打断了一个外国水手的脚。洋人从最初的打击中反应过来，迅速校正炮位，对准盗首座船开火，一下把它击沉了，其他船呼啦一下跑得干干净净。洋船到了宁波，道台上船检阅，一圈看下来，道台叹道：妈妈的，夷人船炮，其在水面，真无与为敌也。

七、捕杀九丁

广东海盗，随布兴有招降的称"旧帮"，后来的又叫"新帮"。新帮的人特别横，因为商号雇了洋船护航，他们在海上断了生路，就都来到了宁波。他们的头目是一个叫高成的惯盗，此人还有个大号叫九丁。

开埠以后的宁波，五方杂处，商船辐辏，货船入港，九丁的海盗船也常常混入。把船停泊在三江口后，九丁的人就上岸作案。开始的时候，他们把窝做在妓院里，控制了老鸨和妓女，然后讹诈嫖客。那些游春者不敢声张，只好吃暗亏。后来他们就胡天胡地起来，三五个人一小队，怀揣短刀，大白天的公然在大街上掳掠人口，私刑勒赎，多者千金，少者数百贯。一时间搞得人白天也不敢上街。原先担任捕盗任务的布氏兄弟，此时为了防堵太平军，被调到杭州驻防去了，九丁的人马更加胡作非为起来。

驻扎在宁波的浙江提督陈世章，也是广东人，九丁不知通过什么渠道打通了关节，认他做了义父，这样他就可以时常出入官衙了。外人奈何九丁不得，恨九丁，更恨提督。告状纸雪片一样飞到了总督和巡抚的案头，总督责问巡抚，巡抚责问道台，此时的宁绍道台张景渠是巡抚王有龄从苏州带来的，信上的话也骂得凶：提督糊涂，难道你做道台的也袖手旁观？你快拿了我的信给提督看，让他赶紧把九丁办了，如再狐疑，我先参了你这个道台，再加他提督。

道台拿了信像拿了块烧红的烙铁，给提督看吧，如果他真的是九丁的后台，那城中不就乱了套了？不给他看，又怎么捕获九丁？

在宁波筹措军饷的浙江按察使段光清——杭州失陷，布氏兄弟拼死护着他杀出重围——参谋道：不把信给提督看，总督巡抚那里也交不了账，要他看了信就把九丁抓来，恐怕也不太现实，姑且不论提督是不是九丁的后台，就是他手下的兵丁，恐怕也早就被九丁收买了。还是先拿总督和巡抚的信去探探虚实，看看提督是什么态度，提督虽然是个武人，不太知道检点，但也是个在官场混久了的，武官中他还算是个要脸的，想来会有一个态度，然后，不让他手下的营官知道，以免通风报信，差布氏兄弟率领二三十个兄弟把九丁抓了来。

张道台不放心：布氏兄弟不也是广东人吗？会不会走漏了风声。段光清说：布氏兄弟与九丁面和而心不相洽也。

张道台虽是个理财好手，与武人打交道总有点怵，再说提督是省里的官，话说重了说轻了都不行，就请按察使大人能否走一趟。

按察使大人带着巡抚的信去见提督，闲谈了一会儿，让提督摒去手下官兵，说有要事相商。按察使大人问：城中有个叫高成的，大人认识吗？提督答：都是广东人，怎么会不认识？按察使说，高成在外面做下的事，大人不可能都不知道吧，可是因为大人和高成有来往，外面说你什么的都有，现在总督和巡抚大人都有信写给道台，你不妨一看。提督看完信，汗流浃背，咬牙顿足骂道：高成就是我老子，我他妈的成了高成的儿子了，我不杀高成，我不为人！按察使大人劝他尚要忍耐，不要走漏了风声，否则狗急了跳墙，就不好收拾了。他咬着提督的耳朵说，你只要依计如何如何，说得提督一个劲点头。

到了中秋，九丁来到提督署拜贺，提督不露声色，一边和他吃着茶果一边赏月，酒吃到半晌，布兴有带着手下兄弟来了，提督陡地变了脸色，指着九丁高声责骂：你在宁波的名声太坏了，搞得我也难以做人，你做下的丑事连总督和巡抚都惊动了，你自己去跟道台大人说清楚吧。是夜一更时分，月亮在宁波城中洒下银子般的光泽，布氏兄弟押着九丁送入道台衙门，城中尚有赏月不归的，都不看月亮来看杀人，并且说，这个人老早该杀了！高成被杀后，他的手下都逃散了。

八、攻城

世界上最具灾害性的内战在帝国南方的长江流域打了十五年（从1850年打到1864年），十五年的屠杀和饥馑，使这个国家减少了一千万到两千万人。如果你是一个旅行者，穿过昔日富庶的长江以南省份，你看到的就只会是腐烂的庄稼、冒烟的村庄和四处游荡让死尸喂得眼睛发绿的野狗。1861年宁波被占领期间，也成了一座死城，许多河道里充斥着污物和尸体。没有任何迹象表明，它曾经是一座拥有五十万居民的富庶的城市。

占领宁波的太平军是首王、戴王的数万部队，这些被称为长毛的反政府武装在东北门外沿江筑起了石头工事。与他们在三江口外对峙的，是清朝水师、英法联军的炮艇以及一些忠于政府的书生带着的乌合之众。1862年4月，布兴有——此时已升为游击参将——带着他的船队为前锋，从三江口直攻和义门，其余各部跟进。法军在舰艇上连放炸子炮，城堞上碎石飞扬。首王和戴王带着部众打开西门和南门向余姚和慈溪方向逃窜。清理战场，缴获炮械无数，粮食数万斤，把俘虏和来不及逃走的伤兵都砍了头。

九、结局

太平军逃到了慈溪县，游击布兴有带着他的广济军继续进剿。久攻不下，新任道台史致谔给江苏巡抚李鸿章发去一封十万火急的信，请求调华尔的常胜军协同参战。美国人华尔自1859年来到上海，因战功卓著，已由一个名不见经传的水师炮船雇员升任副将，赏戴四品顶戴花翎。9月17日，华尔带着一千人的洋枪队自上海抵达宁波，迅即开往前线。先是在鹳浦和首王的部队打了一个遭遇战，然后追着溃退的太平军到达慈溪城下。

当华尔带着随从登上一个土坡对着城墙指指点点时，一发太平军打来的炮弹不偏不倚在他脚下炸开。一块弹片正中华尔的前胸，绽开了一个大洞后又从后背穿出，华尔被救回到船上不一会儿就死了。爆炸的气浪把站在土坎边的布兴有高高地掀了起来，他从空中落下时，看见了城头升腾的黑烟，看见了满地黑压压的人群就像蚂蚁一样厮杀着、搂抱着滚作一处。他的手下兄弟挥舞着雪亮的马刀、一个个大张着嘴巴怒吼着向城墙发起攻击，但他什么都听不见。

庸人列传

　　无一例外地，他们穿的朝服前襟上都绣着一只代表官阶的野鹅，脖子上挂着两串珊瑚或琥珀做成的朝珠。这不容小觑的装束表示他们在上海担任着要职。他们抱拳作揖。他们颐指气使。酒足饭饱之后，他们喜欢旁若无人地使用鼻烟壶和牙签。不管他们来自北京、广东或者别的内陆省份，到了上海，都学会了一口蹩脚的英语，学会了社交舞、使用银饰餐具、品尝葡萄酒和咖啡。他们的身上有着官场中人常有的傲慢、偏见与愚蠢，庸俗的面相流露着自以为是的精明。他们留着长指甲的手，常常无聊地捻动着脖子上珊瑚和琥珀的珠子。以前，这些手要么是握着刀把的，要么是数鹰洋的。

一、地点

　　许多当事人能够证明，上海，这个到处都是柱子、圆屋顶的豪华建筑物弧线形的城市——马路上成天穿梭着汽车、马车和人力车，河面上也是一派活跃景象，满载货物的帆船、渡船、拖轮、小汽艇或者沙船上，到处窜动着黄皮肤的人群——在1848年之前还是荒无人烟的。"它那平庸的外貌有着一种令人可怕的单调乏味的气氛"。看不到几棵树，到处是坟堆，散发着刺鼻气味的污水沟和小河汊纵横交错。低矮肮脏的茅屋，全是用竹子和干泥搭成的破棚子。在苏州河北边的低洼泥泞的棚户区里，每年春夏之交的潮汛总是把河底的淤泥带上来。这个阴沉肮脏的街区是犯罪的高发地带。只有在苏州河、洋泾浜、黄浦江围成的英租界内，已经生长出了一些欧式建筑，意大利式的、希腊式的或者中世纪式的，这些宫殿一般的房子出现在这个地方是如此突兀——就像是从荒漠中突然涌现出来似的。

二、被欺骗的林则徐

对于那些从水路来到东方的最初的冒险家们来说，中国是球形的。一个法国海军军官在写给他未来妻子的信中说，当他们的船从马赛港起航，穿越大洋，一路经科伦坡、新加坡、香港来到吴淞口外，"环绕着球形的中国肥大的腹部缓缓地坚定地向前航行，仿佛温情脉脉地抚摸着一个美丽成熟的果实的表面"。这一标准的殖民者心情——"我是多么贪婪地想榨出这个果子的汁啊！"——在他未来妻子那里激起的回应，是她建议把他们不久将要举行的婚礼放在中国沿海的美丽城市，上海或者广州。"亲爱的，你不是在信中告诉过我吗，生活在中国是奇妙的，因为人们在那儿与逝去的几千年时光频频接触，我希望我们的新婚生活就从那个古老的国度开始。"

三个月后抵达的邮轮，捎来了那个浪漫的法国女人的这番话。

此时的上海，自然不再是那个被人不屑地称为"沪渎"的小渔村了，自16世纪晚叶伟大的意大利耶稣会士利玛窦在这个城市的一些高级官员中传教，"SHANGHAI"这个词，已越来越频繁地出现在传教和贸易使团的正式文件及教士们的私人信札中。到了19世纪前叶，欧洲尤其是英国的商人因为不满意于广州贸易制度的限制，试图打开在中国北部的贸易，当他们的船沿着海岸线上"球形的中国肥大的腹部缓缓地坚定地向前航行"时，贪婪的目光肯定一次次地抚摸着这个黄浦江边的城市。陆续有一些贸易使团的船只抵达这个城市的港口，但就像他们在中国沿海的其他城市厦门、福州、宁波等处遭受的一样，无一例外都是拒绝登岸。这个肥美多汁的水果，就像外面套着一个金属的罩子一样，想咬一口都无从下嘴，这怎不让人急煞。此时有个叫胡夏米的家伙，此人是东印度公司的商业代表，乘坐"阿美士德勋爵号"从澳门前往中国北方，从上海这个商埠，他终于像一只远道而来的蚊子一样挤进了帝国没有合严实的大门，前去拜会了道台大人，一个叫吴其泰的河南人，1820年的老翰林。据他后来写下的报告《船行中国北部商埠的过程》，在1832年7月他抵达这个商埠期间，平均每周有四百条载重在一百至四百吨的中国平底船入港。这个精明的英国商人推断说："这里是长江的出海口，是东亚的主要商业中心，外国人从这里的自由贸易中将会取得极大的利润。"他在街上贴出了邀请中国商人前去"阿美士德勋爵号"购物的告示。靠着贿赂，这个获准进入道台衙门的英国人终于得到了一杯茶水的礼节性款待，但也仅止于此。当他提出开展贸易的请求时，道台大人不置可否，只是端起杯子吹了吹浮在上面的茶叶。随从们知道这是道台大人送客的暗示，于是催促胡夏米应该告辞了。他回到船上没多久，道台大人一手漂亮书法的批示就送达了，催促他遵照旧例继续回广州一带做生意，"令行驳饬，原呈掷还，即行开船"。据时任江苏巡抚的林则徐后来报告说，胡夏米一行已在水师统领关天培的严密监视下返回南方，但事实上，"阿美士德勋爵号"并没有向南航行，而是经由山东半岛后去了朝鲜。众所周知，林则徐是一个诚实的官员，他不可能杜撰这么一份欺骗性的报告送交给皇帝，那么只剩下一个解释，那就是他的属下苏松太兵备道（又称上海道台）吴其泰报告给了他错误的消息。他没有把收受英国人的精美礼品一事向上级报告，更隐匿了与胡夏米的私下会面。

三、十年后

大概是胡夏米来访十年后，另一艘英国船在一个黑暗而又狂风大作的夜晚来到了上海。这一天是 1842 年 6 月 11 日。"纳米西斯号"上乘载的不是商人和商品，而是能发射 32 磅重炮弹的崭新火炮，还有枪弹和刺刀，以及由蒙哥马利上校率领的第 55 团的英国军队。

几天内，第 55 团在海军副帅威廉·帕克所率船队支援下，迅速占领了吴淞口要塞，击沉了大量中国战船。尽管遭到了英勇的陈化成的拼死抵抗，但训练有素、装备精良的英国军队还是占领了上海，并在十日后撤离这个城市向江苏省的镇江和南京进发。这场战争结束的标志性事件是两个月后在英国军舰"康威利斯号"上《南京条约》的签订。按照条约，从那以后，上海，以及广州、厦门、福州、宁波这四个城市的大门，要随时随地向英国人敞开了。

四、宫慕久

于是一个叫宫慕久的人开始登场。关于此人的面貌和性格没有更多的记载，我们只知道他出生于山东省东平州一个传统的文人学士家庭，经过无数次考试后成了一个精通经典的学者和西南边陲云南省的一名基层行政官员。宫慕久是1843年3月来到上海出任这一东南地区最重要的职位的。但这一职位的重要性，宫道台本人，甚至中央政府的要员们都没有引起足够的重视。这一点从宫慕久的官阶就可以看出来，作为管辖二府一州——苏州府、松江府（上海只是本府下辖七县中的一个县）、一个直隶州（太仓州）——及下属20个县的最高行政长官，他穿的是前襟绣着一只野鹅的正四品朝服。也就是说，中央政府并没有意识到，需要派一位高级的地方大员驻扎在上海城里，专事这五个南方口岸城市与"番鬼"的交道。

作为一个内陆省份的官员，宫慕久此前从没有涉及过外交事务——官方文件中称之为"夷务"。但眼下已不是这个职位刚设立时的1645年，他只须像任何一个地方官员一样负责辖区里的民政与防务，甚至也不同于后来的1725年，又加进了一项管理江海关、必要时采取军事行动打击海盗的任务，作为进入条约体系后第一个到任的上海道，他还要学会与狐狸般狡猾的外国领事打交道、处理上海口岸的所有对外事务。

当宫慕久从他任职的云南省走陆路赴上海履新时，英国派驻上海的首任领事，马德拉斯炮兵部队的乔治·巴富尔上尉也正从水路昼夜兼程赶来。为了对付即将到来的"外夷"，这个由《论语》和《朱子》

培养出来的道台认真地承担起了他的新职责，布置了沿海的防御工事（尽管如豆腐渣般不堪一击），并对底层官员的人事安排做出了调整。为了与巴富尔谈判贸易和居住问题，宫慕久在心理上和行政上都做了大量充分的准备。但不久他发现，上海的商人们在对待外国人的问题上与他有着严重的分歧，一部分商人，尤其是福建省和广东省的买办，他们连做梦都想着与外国人做生意。有一件小事很说明问题：巴富尔想在城内寻找一个居留地，遭到了宫道台强硬的拒绝，但一个来自香港的商人站了出来，他把自己位于城市主要街道旁的一幢住宅租给了巴富尔。值得附记一笔的是，这幢住宅有 52个彼此相通的房间，并配备有豪华的家具。

当然对外国人的猜疑和反对始终是存在的，特别是这年冬天发生了一桩美国水手在乡间打猎时误伤围篱后的两个男孩的"狩猎事件"后，民间的排外呼声尤为强烈了。而英国式的傲慢再加上从他们的印度殖民地那里继承来的粗暴与无理，更使道台与领事之间的关系变得微妙而紧张。另一起涉及外交的事件发生在 1844 年 8 月，它可以用来说明宫慕久作为一个管理条约口岸的道台所承受的压力。一位现代史学家对这一冲突作过如下清晰的叙述：

"事情是这样发生的：同知和知县等下层官员给领事送去一封信，其中的文字是以不合礼仪的风格写的。同时，他们还抓了一个姓姚的中国教徒，此人在战争期间帮助麦都思做过翻译。下午八点，巴富尔送麦都思去衙门，宣称姚某必须在一个小时内释放，否则领事将登上一艘英国船离开上海。随即姚某被释放。第二天早晨六点，巴富尔拜访道台，留下一份要求同知和知县道歉的备忘录……下午三点，没有得到道歉，麦都思再一次造访道台，要求道歉。晚上九点，原信件经过修改后送到，但没有道歉。午夜，巴富尔为此写信给道台，说他打算关闭使馆。道台在凌晨一点回复，要求推迟做出决定。黎明时，领事通知道台，维克森号（Vixen）船于中午驶往舟山，将无需允准通过海关，该船在那里会得到英国军队的帮助。道台说，他将于下午一点前来拜访。巴富尔回答，维克森号船于中午起航。道台中午前来拜访，拿出了尚未写完的道歉信，巴富尔同意再次升起作为信任道台标记的旗帜。稍后，道歉信送到，事件结束。"

为避免可能的冲突，更是因为担心外国人的生活方式会毒化固有的传统儒家文化信念，宫慕久做出了一个大胆的决定，建立外国商人和传教士的租借地，把他们与中国人分隔居住。稍后由他和巴富尔共同签署的《上海土地章程》就是在这样的背景下出笼的，就是这个文件确定了英租界的界线（北起北京路，南至洋泾浜，东至黄浦江），并使这块被租借出去的土地成了一个完全豁免中国法律的自治区域，一个"国中之国"。这当然与宫慕久最初的设计愿望相左，但事情发展到后来那样子，他就像打开所罗门王魔瓶的那个可怜的渔夫一样无能为力了。

事实证明还是巴富尔富有远见，在福州和广州，同样的政策就推行不下去，那里的外交官拒绝这样做。宫慕久因此为自己赢得了擅长外交（"夷务"）的名声。一位同僚将他的成功归之于优秀的个人品德。巡抚、总督等上级部门也多次表扬他的成就。中国文化向来有一种盲目的自大症，总以为美德是一种力量，可以轻易影响、改变甚至同化所有的外国人。一位叫俞樾的学者甚至说，在宫慕久的影响下，"夷"都已经变得"恳切而柔顺"。宫慕久在上海任上四年，1847年去南京赴任江苏按察使一职，不久病死。

五、青浦事件

在经过三年多漫长而不安的等待之后，这一肥缺终于落到了咸龄的头上。在这之前，作为一个候补道台，他一直是宫慕久身边一个并不太引人注目的副手。在政治上他更为人看重的不是才干，而是身份。一个人的身上要是罩着内务府成员、前皇宫四等侍卫等显赫的光环，再怎么平庸，他也可以当个不大不小的官吧。1842 年战争爆发时，他是作为前往广东接替林则徐的钦差大臣、两广总督耆英的私人助手涉足外交事务的。用那位特别欣赏他的钦差大臣的话说，从那个时候起，咸龄除了他显贵的出身，又多了一重特别的资格，那就是来自帝国最动荡的前线的"广东经历"。

"夷务需要特殊的人才去掌管，"钦差大臣在一封于 1843 年上给皇帝的奏折中说，"我们的初步任务，就是为这些条约口岸职务寻找合适的官员。"

在稍后一份推荐候选官员的名单里，钦差大臣把他欣赏的助手放在了其中，他向皇帝推荐说："咸龄有经验，他参与了《虎门条约》的谈判，并多有贡献。"

但看来这个咸龄的运气不太好，他上任没多久，三月份，就发生了爆炸性的青浦事件。三个传教士跑到上海西南一个叫青浦的城镇散发宗教传单和小册子，在那里，上帝的这三个忠实子民像动物园里跑出来的猴子一样遭到了当地人的围观，部分愤怒的运河船工还以狂舞的木棒和铁链回答了他们的布道。这不能怪上帝的福音的无力，不，上帝永远是万能的。这些船工愤怒的真正原因是不久前政府开始通过海路将大部分漕粮运往北方城市天津，这也就意味着在运河上吃了一辈子水饭的他们失业了。这三个传教士被闻讯赶来的衙门差役救出。

英国驻上海领事阿礼国立即要求惩罚为首者，并赔偿传教士的损失。咸龄拒绝了。他认为这三个传教士大老远地跑到内地城镇青浦去布道，本身就是不明智的，这一冒失的行为是否符合条约的规定也大可质疑，由此带来的后果只能由这三个倒霉鬼自己去承担。阿礼国争辩说，上海去青浦26英里，在一天的行程之内，不应该视作超越了条约的限制。

咸龄没有与之继续争辩。夷性犬羊，跟一只狗或一只羊有什么好说的呢？他施展了在广东时从钦差大臣耆英那里学来的一招，找到了一些与外国人有往来的商人，希望通过他们与领事馆的友谊来解决问题。这种个人外交的策略遭到了意料中的拒绝。阿礼国威胁说，在凶犯得到惩治之前，中国的漕运船只不得离开上海，所有的英国商船也将停止缴纳税款。

道台大人也有他的苦衷，他之所以迟迟不处置那些船工，是因为他们都有着地下帮会的背景，搞得不好就会引发更大的骚乱，甚至哪一天早上醒来自己的首级被人摘去也不知道。但英国人对港口的封锁如果不解除，延误了漕粮运输，那也是要掉乌纱帽的事情，怎么办？情急之下，道台大人又想出一招，组织漕运船趁着夜色秘密行动，像鬼鬼祟祟的海盗船一样，越过英国人的封锁线。

年轻的领事闻讯哭笑不得，他觉得他的对手长着的简直是一颗猪脑袋。他一边继续威吓，说要调来一支舰队进行一次北上京津的远征，一边派副领事去南京，向驻守在那里的两江总督李星沅递交信件，以促使他关注此事。总督大人派了省里的布政使、按察使及上海候补道台吴健彰调查此事，青浦事件的最后处理结果是：肇事的船工被惩办，传教士得到了精神和经济上的赔偿，英国人解除对港口的封锁，咸龄免职。

六、一个游手好闲的野心家

从咸龄免职到新道台到任，大概有两个月时间的空当，由吴健彰暂时署理道台一职。这段时间足够精明强干的吴健彰在外国人面前露一把脸了。吴健彰来自广东香山，是当地很有势力的爽官家族的成员，于是人们也叫他吴爽官。这一家族在鸦片战争前是当地垄断对外贸易的几家大商行之一。这个买办商人通过捐纳进入官场，并于1842年初作为一名候补道台来到上海（他的兄弟作为资本雄厚的怡和洋行的买办同时到上海发展）。从那时起他就有了一个固执的观念，认为那些以精明外交自诩的"夷务专家"包括历任道台，都是一群智力有缺陷的庸人，任何事情在他们手上总是越办越糟。他的政治野心很早就被英国人看了出来，商人罗伯逊在写给总领事阿礼国的《关于在中国受辱的通信》中说：爽官是广东前公行商人，拥有巨大的财产，来到上海后"闲荡"———一个多么精确的词！———过了较长一段时间，很明显，此人盯上了未来道台的职位。

操着满口广东话的吴健彰在官场上并不走运，他的候补道台的官职是捐纳来的，走的不是科举正途，这在向来讲究出身的官场常常成为一个取笑的话柄。他们取笑他鸟语一般可笑的口音，取笑他大字都不识几箩筐，连官话都不会讲。但他们也不得不承认此人英语讲得不错，比那种俗称的洋泾浜英语要好得多。"大概吴道台对外国人说英语要比对他的上司说官话要多得多。"明着听是夸奖，暗底下还是中伤。

俗话说，迟到者只能啃骨头，看着英国人在租界里造起了各式各样宫殿般的房子，法国人急了。此时法国驻上海的领事（同时也兼任驻宁波领事），是曾任"希腊独立运动支持者"第一军团上尉的敏体尼，此人后来在法国成了一个骑士式的人物，但在1848年的上海，敏体尼更为人所知的是他出了名难缠的牛皮糖精神。打过交道的人都知道，此人彬彬有礼的外表下是掩盖不住的直率和粗鲁。

同时，他还是一个有果敢杀伐之心的人，抵达上海第三天，他就在老县城和洋泾浜之间的中国地界上租了一处房屋作为领事馆，并在破败不堪的屋顶上升起了三色旗。这个狂热的民族主义者写信给公使说："房屋很小，但住在里面就像在法国一样。"

敏体尼一上任就立刻按照自己的意愿展开了活动，此时一个叫雷米的法国商人给他提供了一个盼望已久的机会。雷米在广州住过六年，是个经营酒类和钟表业的商人，一到上海他就向领事提出了购买土地的要求。此事正中敏体尼下怀，当即向道台提出，"按照别国同样待遇"，划定洋泾浜南岸，"从城关开始一直延伸至将来需要地点为止"为法国租界。敏体尼选中这个地块，一是因为靠近老县城商业中心，二是三面都沿着可航行的水路，运转货物极为方便。另外他还得知，别国领事已经在打同样的主意了，所以更需要迅速行动。

吴健彰对外国人很熟悉，却素无好感，这个精明而固执的前行商自然不愿意接受敏体尼的要求，但碍于条约又不便公开拒绝，于是就给他拖着。这是中国官员历来最为擅长的一招。吴道台说，嗯，这事我们要好好研究研究。吴道台说，此事与上海县有关，领事先生请先禀报知县，由知县呈报本道，再由本道上呈抚台和总督大人，这需要"一定的时间"。

敏体尼按照道台要求的程序走了一圈，七天后，道台大人通知说，呈文收到，业已报告上级有关部门。

到了秋天，风传一个叫麟桂的宁绍道台即将正式接任上海道台，敏体尼急了，这事在吴健彰的任上如果不解决真不知道要拖到何年何月了，他的态度陡然强硬了起来。但已经迟了，吴健彰本无诚意，对继任者更是没有好感，卸任前，吴健彰大大地要了敏体尼一把，他通知敏体尼说，可以考虑让法国人在英租界拥有一块土地，但前提是，"贵领事应先征得英国领事的同意。"

可以想见领事先生接信时的愤恨，他发出一份照会，指责吴健彰根本没有诚意实行"天朝的条约明文规定给予法兰西国以神圣权利的条文"：

"您这种做法未免太不顾礼仪了，您对我，大法国的代表，竟然提议给一块属于英租界的地皮。我大而强的法国是按条约规定向中国的天子租地，并非向大英国租地。如果我要向我这位高贵杰出的朋友英国领事租地，我又何必惊动您道台呢？"

七、又蛮横又优雅的麟桂

麟桂也是一个满人。这个满洲八旗兵的后代有着他的祖先遗传给他的魁梧的身材和壮健的体魄，脸部表情有一种游牧民族的凶狠蛮横的气质。的确，尽管他是一个从一次次的考场中获得顶戴的文官，却喜欢射箭和骑马，右手拇指上还戴着作为军人标志的玉石扳指。看来，后天的教养总也抹不掉一个征服者额上的粗鲁的痕迹。

想想看，从这么一个粗鲁的人的嘴里，居然时常会冒出《四书》《五经》中的珠玑妙语和古代圣贤的格言，那是多么让人吃惊的事。

这正好见出了麟桂道台性格中的双重性。是的，他依然是粗鲁的，但你也不能否认他正在努力变得优雅。那么快，他就学会了汉人的精致生活。

他时常穿着一件宽大的紫貂皮袍子，袍子的毛皮里子不消说是柔软暖和的。光光的头上戴着一顶翻边毡帽（有点像欧洲中世纪步兵作战时戴的高顶头盔），两串朝珠（象征他的官阶）宽宽地垂挂在胸前。缎面厚底的皂靴，使他行走时不得不像一个戏子一样踱着方步。当他转动点燃的玉石烟筒，或者轻轻拨弄着朝珠上的一粒粒珊瑚，我们会发现，那双手尽管还是青筋暴露的（这样的手一看就是适合握刀柄的），却已蓄起了色泽发光而又半透明的长指甲。

八、雷米的地皮

如前所述，雷米申请购买的那块地位于洋泾浜南岸。这块地面积约有十二亩，分属十二家地主，上面还有一些坟地，盖着一些房子。在讨价还价时，土地的主人提出：每亩要价三百两，每间房屋折价一百两，一百个坟墩迁葬费合计五十两，一片小树林要价二百两，两个茅坑（在外国人眼中那只是堆烂木板架在粪坑上），要价四百两。

雷米觉得这漫天要价近乎敲诈，又去找领事。敏体尼给麟桂道台写了一封信，信中说：

"我希望我的朋友早些结束这件事，它已经拖得太久而令人厌烦了，请他在这个礼拜去南京之前，给我一份关于租界问题的告示，并下令房地产主按我所定的公道价格把地卖给雷米。

"我满怀信心地等待大人对我再次作出高尚和友好情谊的表示。

"祝你快乐、幸福、健康。"

麟桂作出的"表示"，是以官方的命令压制了那些土地主人的抬价。于是，八个月的谈判之后，仅仅是"一个店主和几个传教士"组成的法国人的贸易团体打下了租界的第一根标桩。

英国人又提出，要把他们租界西面的那块地包进去，麟桂也同意了。美国人提出在虹口租一块地，麟桂道台也慷慨地答应了。于是历来动荡不宁的上海一下子变得和谐了起来。麟桂道台的"以夷制夷"术为他博得了"夷务专家"的美名。

尽管在一些场合他称这个领事那个领事为朋友。但在给中央政府的报告中，他以一种完全不同的语气说这些外国佬"狡诈、野蛮、未开化"。在一封写给皇帝的秘密奏折中，这个外交专家不无幼稚地建议，所有条约口岸的行政事务都由广东人来担任，理由是，广东人"深悉夷情，素称勇敢，遇事齐心"，连外国人也怕。这一愚蠢的建议经过高层官员的审议之后遭到了意料之中的拒绝，麟桂为他的愚蠢付出的代价，于1851年被革去了上海道台一职（但满人的出身又使他迅速回升，于次年出任内陆省份山西省的按察使一职）。

麟桂的建议尽管没有被朝廷采纳，但他的去职的确使一个广东人——就是前面说过的吴健彰——重新登上了上海舞台。

九、东山再起

如果一个有着权力欲望的人整整十年蛰伏着，眼睁睁地看着一群庸人跑马灯一样轮换坐桩，他的内心肯定会生出无数愤怒、嫉恨的小虫子，吴健彰就是这样。从 1842 年初作为一名候补道台来到上海到 1851 年末接到正式任命，不多不少，吴健彰正好熬了十年。

短暂的署理道台的经历，曾经让外国人领教了这个文盲道台商人般的精明与固执，同时还有他一口不错的英语。现在，正式粉墨登场的吴道台成了在上海的广东利益集团名正言顺的领袖和政治上的代表。他通过洋行的关系，委托一些广东籍的商人朋友进行了几桩生意上的投资，很快，银子源源不断地流向了他的口袋。他还把许多广东老乡安插在道台衙门的重要职位上。甚至他的数百名卫兵，据说也是直接从广东招募来的。在两年后的小刀会叛乱中，这些从广东来的雇佣军又成了他的敌人，差点要了他的命。

英国的贸易主管抱怨，如果不采取措施的话，上海就快要变成广州了。

十、天敌

但上海注定不会变成广州，吴健彰在这里遇到了他的天敌。此人名叫刘丽川，是秘密帮会洪门下面的三合会（又称"小刀会"）的一个首领。说起来，他和吴健彰还同是广东香山的老乡，还曾经是同行。刘丽川在成为帮会首领之前，也有过做买办的经历，和外国人打过交道。

这两个天生的对手在上海相遇了。

1853 年 9 月 8 日凌晨三时，上海老城的居民们被猛烈的枪炮声所惊醒。事后他们得知，当他们还沉浸于梦乡时，三合会的乌合之众已经占领了各个城门。天亮前，叛军包围了衙门及官员私宅。上海知县和一个随从被杀，道台衙门也遭到了冲击，库存的银两被抢，关键时刻，吴健彰的广东人身份救了他，小刀会（他们大多也是广东人和福建人）的人把他关到了一个屋子里，没有杀他。

吴健彰让一个亲信带信给美国领事金能亨，他们一起合伙做过生意，吃过花酒，吴健彰把生还的希望寄托到了那个美国佬的身上。金能亨派来了两个人，这两个人给吴道台化了装，又给了他一把破伞用来遮脸，把他带到了城墙下。他们交给吴健彰一根绳子，要他绑在腰里，上面接应的人会把他拉上去。吴健彰开始拒绝这样做，认为这有损堂堂正四品级的道台的脸面，但最后他在面子和性命之间还是选择了后者。

天亮时，城里几处着火的房子已经扑灭了火，抢劫也已结束，街上到处是头裹红巾、身披红绿的小刀会众，他们在几个重要的街衢贴出告示，宣布鞑子已被驱逐，上海县城已经光复，要城内外士民各安生业。有一个叫罗孝全的美国传教士拜访了自称"太平天国特派招抚大元帅"的小刀会首领刘丽川，受到了友好的接待。他在事后的记述为我们呈现了吴健彰的这个对手的面貌：刘丽川三十四岁的样子，像大多数广东人一样，身材很小，经常抽鸦片烟，长着一副老枪面孔，说话时的态度很和蔼，不像叛军首领倒像一个不得志的书生。据罗牧师观察，这个自称大元帅的家伙与南京的太平军是否真正有联系实在大可怀疑。

吴健彰在美国领事金能亨的家里住了几天，其间，他把家眷托英国邮船"玛丽伍特号"送回了广东香山老家，令人吃惊的是，做完了这一切后，这个已经下台的官员离开了美国人保护，重新出现在他的下属面前，他要与刘丽川好好干上一场了。

消息传出，刘大帅气坏了，他通告英、法、葡、俄、普鲁士等各国驻沪领事："入城之初，我的士兵要杀吴健彰，我命令不伤害他和他的家属，后来，金能亨领事向我求情，允许他返回老家，我就派兵护送他走，南京方面还为此责备我，为什么美国人要帮助匪盗呢？"他还愤怒谴责金能亨为吴健彰提供了一艘武装船，要求各国禁止出售军火给吴健彰。

从9月底起，各路调集而来的政府军就来上海戡平小刀会叛乱了，许多装着大炮的大木船停泊在黄浦江上，县城的东面城墙和大小东门都在炮火的射程之内。河上的船一条接一条，长达一海里。沿着苏州河直到县城西面城墙，政府军扎下大营，挖了战壕。协助吴健彰指挥各路人马的是一个叫吉尔杭阿的满人，他的职务是江苏省署理按察使。但在看热闹的外国人看来，政府军虽然"像蜜蜂一样多"，"但不如蜜蜂那样忙得有用"。

发生过几次小规模的冲突，也有几场较残酷的战斗。更多时候，双方互射大炮，火箭像流星一般哧哧地在天空中飞。这样也好，起码要比长矛刺进胸膛的声音听着不那么惊心。但县城和租界地面，还是有好多房屋被打烂了，流弹把城里好多树林的叶子都打光了。看起来是政府军的实力强得多，但要拿下县城看来也不是一朝一夕的事。围城快一年后，双方都有些厌倦了，于是出现了这样可笑的一幕：小刀会众站在城墙上，把他们缴获的战利品绸缎、布匹和古玩等用绳子绑得紧紧地放下来，城下的政府军则三三两两聚在一起，观看了货物的货色后再与上面讨价还价。一个叫蒙太尔多的英国画家把这一场景用速写记录了下来。"生意照常"，城里城外都一样，看来战争也不能阻止这些人从中捞到好处。

十一、黯然落幕

在离开道台衙门 17 个月后，1855 年 2 月，吴健彰终于在法国人的军事和财政援助下夺回了这座城市，回到了他阔别的道署。等到这个城市重新安静下来，吴健彰不得不承认，这个城市已不是一年半前那个城市，他这个道台管理的地盘缩小了，或者也可以这么说，这个城市一下子变成了三个城市：英国租界、法国租界和中国城。

这个城市很快就要不再属于他。这个广东人执政时树下的仇敌太多，他们控告他犯有以下两项重罪，一是"养贼"，与叛军暗通款曲；二是"通夷"，侵吞海关税款，与外国人进行投机买卖。令人遗憾的是这两项指控都有确凿的证据。吴健彰被传唤到苏州，向驻守在那里的总督大人在规定的时间和地点交代所有罪行。他无力为自己洗刷罪名，经会审被判流放新疆。

最后关头，他要感谢他巨大的财富。靠着贿赂高层官员，以及捐献大把的金钱和军需品给政府，他得以保留候补道台的官衔继续留在上海，没有把命运断送在荒凉的西部沙漠。迟至 1880 年，据说他还在世。

从暴民到顺民

——1852 年春夏宁波纪事 [1]

一

一道霞光从东海冉冉升起，它越过万顷波涛，越过早春潮润的空气，落在被城墙和壕沟拱卫着的宁波城的大街小巷上，落在城外河流停泊的三桅帆船上。连接绵长的石墙的五个城门——南门、西门、北面的永丰门和东面的东土门、和义门——在清晨的空气中嘎喇喇地打开了，来自府城四乡的农民鱼贯进入城中。鼓楼的钟声敲响了，提示着人们，1852 年早春新的一天的开始。天边刚露出浅浅的鱼肚白，

---

[1] 本文写作启示，一是来自曾任宁波府鄞县县令的段光清退休后撰写的回忆录《镜湖自撰年谱》，一是来自小约翰·威尔斯的《1688 年全球史》。诚然，在笔者之前，已有人从利害计算的角度考察过 1852 年春夏发生在宁波鄞县的这个故事，但鲜活的历史如果提前预设了一个观念去观照，难免牵强，恰恰见出历史的贫乏来，倒不如不作解释，只事演绎，纯以叙事为指归。本文将聚焦 19 世纪 50 年代初叶东南沿海的以下人物：粮户、盐贩、府县一级的官员、衙役及拥有监生资格的乡村知识分子，并试图在勾勒他们之间关系之余，考察民众如何抛弃并最终出卖他们选出的领袖。

城中几条主要的商业轴线上，学徒们打开了店铺的排门，纷纷摆上地产的竹器、木材、瓷器、糕点、药材、鲜鱼、咸鱼、鱼胶、盐和来自杭嘉湖平原的丝绸与棉花。最后一班巡夜者的身影像阳光下的露水一般渐次消失。光线仍然幽暗的小巷里，一夜寻欢作乐后的人们苍白着脸色跟跄归家，以度过他们越来越长的不应期。随着日影渐渐升高，早春酒浆一般的阳光慷慨地撞入了每家每户，并流淌在市尘喧嚣的大街上。

如同一块巨石投入宁静的湖心，从奉化江边的南部商业区通往市中心府台衙门的几条主干街道上，突然起了一阵嚣动。哭喊声、杂沓奔跑的脚步声交杂着乒乒乓乓关店铺的声响，一阵忙乱后，大街变得洪水过后一般干干净净。一个消息插着翅膀飞快地传遍了城中每个角落，来自鄞县南乡的愤怒的农民们在烧毁了县署后，正在向市中心的知府衙门涌来。

这一天，咸丰二年二月二十日，蜂拥入城的暴民们把宁波知府衙门和鄞县县署团团围住。衙役们早就逃得不知去向。他们抢出了收禁在大牢里的一个叫周祥千的监生，又把知府大人押解到城隍庙的戏台上，百般凌辱威吓之后又逼着他出了一张平粮价的告示。犹觉不解气，他们又一把火把宁波知府衙门和鄞县县署烧了。

来自美国印第安纳州的北长老会传教士丁韪良这天早晨正好在街上闲逛，他惊异地看到，一长列农民鱼贯着进入了城里的知府衙门。年轻的观察家记述道：商店都关了门，四下死一般寂静，大约有两千人的队伍浩浩荡荡地在街上蜿蜒而行，每一个队伍的前面都举着飘扬的旗帜。他问行人，这个示威游行是什么意思？有人告诉他，这些人是要求政府削减赋税的。随后他观察到，在农民们的申诉要求遭到政府官员的拒绝后，他们的愤怒以一把大火的形式爆发了出来——农民们捣烂了知府衙门，并把府台大人的办公用品和绸缎枕头、纱巾窗帘、木雕座椅等其他奢侈品拖出来堆成小山，一把火烧了个精光。

当暴动发生时，城里的生意都停了下来，部分居民也不可避免地受到了骚扰。尽管如此，这一暴动在丁韪良看来基本上还算是有纪律的，因为他发现，当抢劫发生时，暴动者的一部分守着衙门的某处房屋禁止闲杂人等出入，担任守卫任务的农民告诉这个好奇的外来者，这里是银库，皇帝的钱是碰不得的。这也就是说，农民们不满的并不是赋税本身，而是宁波地方官员为自肥腰包加诸其上的各种苛捐杂税。

二

这场 1852 年早春发生在宁波城的暴动，起因则要追溯到几十年前。不知哪一任县太爷定下的规矩，从那个时候起，鄞县百姓向官府纳税，就有红封、白封之分，缙绅人家用红色的纸封钱投柜，普通农户用白封。红封按市价以 2200 文钱折银一两，白封则要 3200 文钱折银一两，按照这项地方政策，府、县两级政府的小金库及其官员的灰色收入，全要由升斗小民去承担，而缙绅大户人家，则可以免交这部分"陋规"。

咸丰二年正月的一次宴集中，监生周祥千和一众亲朋好友说起红封白封的事，各自愤愤不平，众人怂恿周祥千领头向政府请愿。正逢酒酣耳热之际，周祥千说一声好，酒杯一顿，即带众人到附近的土地庙求签问神。大概神的旨意也是说此事定可成功，周祥千当即在土地庙向各乡发信，"邀同四乡百姓入城，请平粮价"。

鄞县县令冯翊得知他治下的一个小民领头"聚议"税收制度，这还了得，当即派县里的差役把周祥千抓到县里。官家太清楚了，小民聚在一起，危险就产生了，因为群体的力量可以轻而易举地把一个老实人变成罪犯、把一个懦夫变成英雄豪杰。尽管后来周祥千分辩说，他们"请平粮价"的意思只是要求均平红白封，并没有要求取消国家税收之外的额外部分，更不会削减政府利益，但冯县令还是把他以聚众构党的罪名关了起来。故此有了本文开头民众冲击官府、抢人放火的一幕。

大概是周祥千被抓前两个月，如同这一事件的预演，鄞县东乡一个叫张潮青的私盐贩子也遭到了冯老太爷的拘捕，随后又被激怒了的东乡人救出。东乡靠海，当地原住民食盐都买私盐，本朝开国以来，也对这些沿海地带的小民网开一面，允许他们手提肩挑少量私盐，以换取日常生活所需物品，东乡就属于这种官方特许的贩私盐者的地盘，俗称"肩引之地"。但持有官府核发的运销许可证的盐商为了扩展市场买通了官家，在政策上获得了官方的支持，"肩引之地"也变得必须买盐商提供的盐了，只要发现谁家的盐不是从盐商的供货渠道来的，就要以食私盐治罪，这无疑加大了百姓的日常支出，断了张潮青们的生路，导致了一大批私盐贩子的失业。张潮青串联肩贩和乡民，联名向政府请愿，要求政府主持公道，恢复原来的盐界，冲突既开，渐呈愈演愈烈之势。

这年正月，浙江巡抚到宁波招抚海盗，地方官府为了确保巡抚大人的安全，先缉捕了一批积年不获的惯犯、逃犯和社会不安定分子。

私盐贩子张潮青因是请愿运动的急先锋，早被盐商们视作眼中钉，盐商们趁机一活动，冯知县觉得到时候万一闹事的确有损地方形象，也差人把他关了起来。巡抚到宁波后，东乡人便在监生李芝英和另一个肩贩先锋俞能贵的率领下进城请求释放张潮青。乡民们在衙门前黑鸦鸦地坐成一片，恭恭敬敬地烧香下跪，求保张潮青。那一张张肃穆的面孔叠合在一起如同一场隐含的风暴，足以打翻一艘大船。冯知县仗着巡抚大人在城坐镇，以为乡民们必不敢滋事，因此任他们在衙门前跪着，自己不露面不说，连派个幕僚或衙役安抚一下都没有。显然，冯知县的判断在这里出现了问题，他不是太自信就是太迂腐了，他不知道"夷扰"（鸦片战争）以来，政府的畏权在民众心目中已大打折扣，那些草头小民已不怎么害怕这个软包蛋的政府了。山海之地培育了东乡人强悍好争的民风，见跪求无效，他们便转为强干，冲入县城监牢将张潮青抢出。巡抚急放号炮，调集驻军部队，令他气恼的是，那些草鸡了的官兵似乎集体耳聋了，等了半天，衙门前连一个官兵的影子都没有。

后来，周祥千与继任鄞县县令的段光清说起此事，认为东乡人之所以闹腾得如此肆无忌惮，关键的原因正在于：官不足以服民心，而兵更不足畏。

一省最高行政长官在宁波的遭遇尚且如此灰溜溜，那还有什么可怕的呢？两个月后的"平粮价"，自然闹腾得更大了，不仅抢了人犯，还放火烧了衙门，揪斗了平时看上去凛然不可冒犯的知府大人，这般的扬眉吐气，小民们怕是做梦都要笑出声来呢。但他们很快就要笑不成了。无能的知县冯翊已被上级革职拿办，新任鄞县知县段光清正在从江山县到宁波赴任的途中。更让人一听就不由得缩紧脖子的消息是，主管全省刑事、治安工作的浙江按察使（臬司）和浙江盐运使正调集兵马，亲自督兵前往宁波平暴来了。

举人大挑出身的安徽宿松人段光清（号镜湖），官阶不高，却是个人所众知的能员，在出任鄞县县令之前，此人已在官场跋涉多年，历任浙江建德、慈溪、海盐、江山等地县令，丰富的政治经验使他一下就摸准了东乡百姓担心事情闹大遭官府报复的心理，到任次日，即不带一兵一卒，只让一个差役举着"鄞县正堂段"的牌子，一个书役负责传话，下乡巡视安抚人心来了。

他差人传来几个年老的乡民问话。段光清问：事已至此，你们真的要一县同反吗？

乡民说：哪里敢反啊，只不过前段时间听周祥千说，征收钱粮分成红白两封名目，大家都深感太不公道，才一同邀集进城请平粮价。

段光清说：衙署都让你们放火烧了，还说没有反？

乡民们惊恐起来，面面相觑，有人大着胆子，问新来的县太爷，事情到了这一步，如何是好。

段光清使出了他在赴任途中就思虑成熟的一招，他让乡民们回去各写一份呈文，呈明某乡某村某人，某年某月并未入城滋事，且申明本户应该缴纳的钱粮情愿照常缴纳。段说，这样一来，将来官府捉拿周祥千，你们也就没有了干系。

乡人们还犹豫着，一来这样做实际上是出卖了自己的领头人，良心上一时还说服不了自己；二来呢，他们对段光清作的保准还将信将疑。边上书役一迭声地开导起了乡人：这新来的段太爷昔年做过慈溪县令，他的政声我们县里很多人都已听闻，他绝不会欺诈你们，听他的，准没错！

苦口婆心的思想工作终于见了成效。五天下来，自鄞县北乡始，继而东、西、南三乡，段知县共收到乡民呈文三百八十余件。当初一呼百应的周祥千事实上已被孤立了。

三

此时，浙江按察使和盐运使亲率的数千人马已经开到了宁波。

段光清从一开始就是反对用兵的。他向宁波知府毕承昭报告说，百姓都已交上呈文，与周祥千划清界限，还愿意照常缴纳钱粮，光是捉拿周祥千一人，就不必劳动军队的大驾了。毕知府作为宁波府的最高行政长官，自然也不愿意军队来干涉地方事务。但按察使大人和他手下的副将、参将们不干了，他们巴不得在宁波府这块富得流油的地方狠狠捞上一把呢，既可中饱私囊，又可砍一些暴民的脑袋去邀功请赏，何乐而不为？

军队像饥饿的蝗虫一样每天飞出去抓人，周祥千闻讯已经躲了起来，官兵捕之不获，在抓了四个南乡人后，转而跑到了东乡石山衕，前去缉拿张潮青等人。张潮青正好不在家，官兵扑了个空，便纵火烧毁了两间民房，抢了许多财物，捎带着抓了十三人准备回城邀功。东乡人丝毫没有防备，他们没想到官军竟如强盗，待到反应过来，急急鸣锣聚众，拿着铁耙、鱼叉等家什扑向官军，官军见势不好逃回城中。

省城大员听说东乡人聚众抗拒，不由得大怒，决计向东乡大举进兵，好好教训一下这些不听话的刁民。臬司让鄞县县令审讯这胡乱抓来的十三个人犯，段光清不干，告到了知府那里。他说，如果不让我做这个鄞县县令了，问问口供也无妨，既然还要我做鄞县县令，又要我去审讯，将来我还怎么在地方上开展工作？到时怕真的要闹得官民对立如同水火了。

进攻前，臬司派员向地方索要军需物资，段光清当面顶撞道：我本来是江山县令，鄞县县衙都烧毁了才调我来这里的，你们向我要供应，我又向谁要去？以前的知县怕撤职对你们百依百顺，我还巴不得你们撤了我呢！他忠告军方，征集来的官船的水手大多是东乡人，以东乡之船派兵去攻打东乡，恐怕没多少胜算，还是以不用兵为好。这些话全被一心躁进的臬司当作了耳边风。

三月二十六日黎明，五更刚过，上千官兵纷纷攘攘地向东乡石山衕进发了。这一日大雾，几步开外莫辨人影，给军队的行动更增加了困难。他们闹哄哄地登上百来艘紧急征调来的民船（划船的水手大多是东乡人），一边还一个劲地咒骂鬼天气，责怪地方官供应不周。看他们那模样哪像是来打仗的，倒像是有组织的一次大规模的踏青活动。在开往东乡石山衕的途中，他们兴高采烈地一路抢掠着，据说一个产妇床上的棉被也被他们抢走了。

东乡人这下给逼到了绝路上，他们在张潮青、俞能贵和李芝英等人的号令下，埋伏在一个临河的古庙里，架上了洋炮，待运兵船前队一过盛垫桥，即放炮为号，一拥而出，官军猝不及防，被炮打死者不计其数，前头的船见事有变，急急摇回，又被桥洞卡住，被预先埋伏在桥上的乡人拦桥砍杀，弃尸河中。仅是俞能贵一人，就杀了十多个官兵。这一战，官军死伤二百余人，其中大小文武官员二十八人，计有湖州副将张蕙、南塘通判袁廷举、候补知县蔡琪、秀水县丞李祺等。仁和知县德成（此君曾经担任过鄞县县令）躲入了麦垄中，被乡民发现后，也被拖出乱棍打死。带兵的张副将、薛参将，一个被杀，一个被活捉。没死的官兵也被乡人剥去衣物，光着屁股逃回城里。据后来赶到现场的段光清记述，现场惨不忍睹："上田下河，死尸乱倒，田泥血汗，河水红流。"

弥天的大雾终于消去，太阳出来已近晌午时分，官军大败的消息早已传至城中，商铺纷纷关门。还有消息说，杀红了眼的东乡人正一路尾随而来准备攻打府城捉拿臬司。受伤兵丁和死者的家属坐在道署大堂上，号哭谩骂，带了一个医生朋友前来参加救护工作的丁韪良牧师见了，也觉触目惊心。鄞县县令段光清受上级委派前往东乡谈判，本想以先前拘捕的十三个东乡人换回被俘的薛参将等人，东乡人见十三个乡亲被折磨得奄奄一息，临时变卦，不仅拒绝交还俘虏，连段光清本人也差点被俞能贵所杀。擦下烂污的按察使和盐运使见事情弄得如此不可收场，对地方上的领导说，我们留在这里，说不定还会闹出更大的乱子来，还是暂时退回绍兴为好，这里的事就拜托诸位了。连夜带着省里来的一干要员出城逃了。

事变之后，东乡人自发组织起了一支乡民自卫队，每夜手执兵器轮值巡夜，防备官府报复。官兵经此大败，也不敢贸然下乡了。看起来风平浪静，谁说其下不是凶险万状呢？有消息说，镇海有个不得志的孝廉已经投奔了石山衕，此公出谋划策说，不妨先拿下府城宁波，再取绍兴、杭州，与一路东来的太平军会合。听到这样的传言怎不让人心忧如焚？宁波知府和鄞县县令都明白，如果平粮价定盐界的事没个交代，这事还不能说完。

就在此时，段光清收到了一封没有具名的神秘来信。

信中说：从正月开始闹平粮价到现在，又是打仗又是死人，闹得早该征收完毕的钱粮至今尚未开征。钱粮如果不开征，动乱就不能算真正平息。鄞县的钱粮征收，向来没有一个统一的标准，现在您若持平了粮价，老百姓没有不积极配合缴纳的道理。如果取消红封白封（也就是前文所说的白封以 3200 文钱折银一两，红封以 2200 文钱折银一两），把银与钱之间换算的标准定为每两银子折钱 2600 文，这样做既不偏心，官府的开销也不会减少一厘一毫。如此一来，民心安定，各安生业，原先跟随周祥千入城滋事的人，必定不肯再做他的党羽，周祥千就被孤立起来了。周祥千一孤立，东乡的盐贩张潮青、俞能贵之流，也就蹦跶不了几天啦。

段光清接读此信，觉得持论平允，但又担心城中大户不愿配合，于是拿着这封信与士绅的头面人物进行了一次协商。他们都认为可以施行。于是咸丰二年的钱粮总算在这年四月顺利开征，人心也渐渐平定了下来。

果然，钱粮开征不久，南乡的周祥千自动到官府投案自首来了。因宁波府衙烧毁后尚未来得及重修，毕知府临时住在考棚内，周祥千就坐在试院大堂的地上，等待官府来人缉拿。毕知府因前次受惊，还未缓过劲来，怕民心反复，不敢出来见周祥千，委托鄞县县令段光清料理此事。段光清赶到现场，看到围观的人群里三层外三层，如同蚂蚁一般沸反盈天。段光清没有派人立刻拘捕周祥千，相反，大庭广众之下他做出了一个让人吃惊的动作，走过去拉着周祥千的手说："大丈夫做事，一身承当，你今天主动来这里，丝毫不波及同乡，无愧为大丈夫矣！"又对着围观的人群大声说："若不是周祥千今天主动来投案，恐怕尔等身家都不得安静，所以尔等皆应该感激周祥千一人！"此话一出，鼎沸的人声突然消歇了下去。

段光清走入后堂，见毕知府一个人枯坐着，双眉紧锁，似有无穷心事。毕知府说出了他的忧虑，周祥千这次归案，实在是接了个烫手的山芋，按大清律条处置吧，又怕人心反复激起大变，不处置他吧，这么重的案子，上头也不好交差。正踌躇着，段光清出了个点子。段光清的意思是把这个案子推到上边去办。一边派人护送周祥千向躲在绍兴的按察使大人去投案，一连禀明上级，希望他们考虑到鄞县东乡的张潮青、俞能贵等人尚未拿获，缓办此案，这样一来，使宁波地方上的百姓闻之再无疑惑，石山衕的乌合之众也就涣散了，那些党羽一散，首犯张、俞等人也就不难擒获了。

商议停当，他们委派曾代理鄞县县令一职的高县丞陪周祥千动身前往绍兴。在盐厂门上船时，周祥千问：上边一定会问我的罪吗？段光清对周温语抚慰，说：你是主动投案，情有可原，到了上边说不定还可以从轻发落呢。

到了绍兴，臬司果然没有为难周祥千，每天好酒好菜款待着。至于周祥千后来如何，下文再提。接下来继续叙述石山衕那边的事。

南乡既然平定，官府就要开始打东乡的主意了。东乡民风剽悍，再加刚刚经历了一场流血漂杵的战事，办起来自然难度更大。段光清想到赴东乡谈判时曾经会晤过一面的监生李芝英，兀地灵光一闪，想出一个离间计来。

那次段光清带着十三个乡民上石山衕谈判想换回被俘的薛参将等人，虽然事未成功，又差点把自己也搭了进去。但有惊无险之后，他也观察到，石山衕并非铁板一块无从下手，张潮青虽是肩贩运动的急先锋，俞能贵也骁勇善战，他们的谋主实为监生李芝英。而李芝英这人看起来与官府对抗的决心并不是十分的大。那次谈判失败后，李芝英亲自送段光清下山，段光清问他，你们真的要造反吗？李芝英答道，百姓抗官是出于无奈，官兵如果不问罪百姓，百姓哪里会主动进攻。段光清那次告诉他，杀死了那么多官兵，官府岂能不问罪，但如果抓到了为首的人，也可敷衍了事，官府交了差，乡民那里也不会大规模地波及。段光清看出了李芝英本质上是一个没有反骨的人，分手时劝他早日为自己谋条后路。

段光清很清楚，他治下的这些小民，当他们是单一的个体时，一个个对官府都毕恭毕敬，甚至不无惧怕，打死他也不会做出焚烧官衙、洗劫商店这样的事来。但当他们聚合在一起，约束个人的道德和社会机制就会失去效力，狂热而盲目的激情像巫术一样会赋予他们神奇的力量，这足以诱惑他们生出杀人劫掠的念头，并心甘情愿地屈从于这种诱惑。他现在所要做的就是各个击破，拆散这个庞大的群体，把小民们从乌合之众中剥离出来，从群体中的一员还原为孤身一人。

段光清通过江东一个姓陆的外科医生约见李芝英，在天童村河下的船中秘密会见。段光清以免去追究李芝英的刑事责任为承诺要求他的合作。李芝英同意合作，但提出一个条件，要求先划定盐界。段光清爽快地答应了，回城后即刻禀明知府，备下百根石柱，上镌"肩贩地界"字样，出示晓谕。没多久，界桩一一安插到位，东乡人当初提出的要求似乎全都得到了满足。聚在石山衕的乡民一下子走了不少，那个镇海来的孝廉也一下子不见了踪影。李芝英也好久没有露面，说是卧床不起了。俞能贵去看望他，李芝英流着泪假惺惺地说：盐界既定，乡人各自安居，谁还和我们一同抵抗官兵呢，看来我也要像南乡的周祥千一样去投案自首了。俞能贵这时才似乎明白了什么，跳着脚大骂：妈的，中了毕、段两个老贼的奸计了！李芝英在一边沉默不语。

四

转眼到了五月，暖风吹熏下，江南已是草盛麦黄的季节，张潮青、俞能贵虽然还仍旧盘踞在石山衕，身边的党羽却日渐少了，铁了心跟定他们的不过十来个人了，且防卫也渐显疲态。官府认为捉拿张、俞二犯的时机已经成熟。但派兵前往缉捕，那些兵又被吓破了胆，差役下乡又恐乡民滋生疑心，于是广发告示，说专拿张、俞二人，其余概不追究，乡民有能擒此二犯送案者，每名赏洋八百元。

东乡人杀官拒捕的动静委实闹得太大了，到了六月，风闻此事的闽浙总督派手下一个游击专程来到宁波，送来二百张告示，中有"不日大兵云集，必致玉石不分"这样的恐吓性语言，要求宁波府及鄞县广为张贴。段光清以东乡党羽即将肃清、告示一出易让乡民惊惶为由请求暂缓张贴。某日，段光清正在大堂问案，街上忽然哄传有数百东乡人手执器械蜂拥入城了，正往县署方向而来。衙役书差以为东乡人又攻进城来了，正惊慌着，一个浑身湿衣好像刚从河里爬上来的东乡人冲进大堂，跪着禀告说：

昨夜，张潮青自石山衕只身潜回村中，得到消息后，村中数百家聚在一起共同商议，既然县里已经出了告示，说不株连乡邻，只抓张、俞二人，还有优厚的赏格，我们何不把张潮青捉拿了送到县上来，以保东乡一方安宁呢？于是全村人同心协力，黎明时分一起前往兜拿。张潮青闻风，知大事不好，从宅院后墙跳入河中，乡民们把他从河里捉将上来，就这么着五花大绑地送到县上领赏来了。

段光清问：张潮青既已归案，那么俞能贵呢，为什么不一并抓了来呢？

乡民们说：可能还在石山衕吧，但也不好说，闻风逃了也说不定的。

段光清说：县里预先贴了告示，捉住张、俞一人，赏洋八百，本官说到做到，这八百银元你们先拿去分了，如果捉住了俞能贵，再来领八百元。

乡民们领了钱，一个个笑逐颜开，争着说：我们这就去，请县太爷后面跟了来，如果俞能贵逃得不远，一定可以抓获。

毕知府让段光清多带些兵前往。段光清说：没必要，如果俞能贵真的发狠抗拒，以他的身手官兵也不一定打得赢他；如果俞能贵逃跑了，恐怕也是追不上的；如果他既不逃又不抗拒，乡人捉拿他就绰绰有余了，我就一个人去看看情况如何吧。

众人赶至石山衕，俞能贵早已不见踪影。接下来让段光清吃惊的是，乡人们抓俞能贵不着，竟押着俞能贵的家眷和一个通风报信的俞氏族人来到了他的面前。段光清说，能贵一人犯法，与家人何干？再说当初也宣布过，只抓张、俞二人，但既然大家把俞能贵的家眷都押来了，案情重大，他也不敢擅自放了，只是剩下的八百元，一定要捉到了俞能贵本人才可以领走。乡民们只好悻悻然散去。

过不了多久，有告密者说，俞能贵躲在奉化县海边拆开岭上一处废弃的庵里。本县乡民不便越境去抓，于是官府派了一名把总，领了十余个兵丁前往。不数日，果然押解着俞能贵回来了。宁波方面把张、俞以重犯的规格装到木笼子里，解送到省城杭州。很快，省里把张、俞二犯连同早先投案一直好酒好菜侍候着的周祥千验明正身砍了头，首级解回案发地宁波悬示，此案也就算了结了。宁波知府毕承昭、鄞县知县段光清，因办案有功，俱各官升一级。

这个故事的尾声，还要由本文实际的主人公——东乡的民众——来续写。他们觉得张潮青和俞能贵虽然犯了国法，但起初也是为了乡民的利益才与官府周旋。都是乡里乡亲的，看着他们的脑壳成天悬挂在头顶晃悠，心里也挺不是滋味的，他们请求不要再悬挂那几颗头颅了。官府同意了他们所请，让地保把这三颗脑袋一并埋了。

到了八月，一度有谣传说，南乡人要为周祥千报仇。其实此事纯属好事者的杜撰。结果大家都看到了，曾经呼啸来去的暴民们如今变得出奇的温良驯服。只有周祥千的妻子发了疯。后来段光清下乡视事时还见过这个疯女人，在村口跳着脚大骂乡人是背信弃义的无耻之尤。村里人都围着她看笑话。段光清见此情境，觉得心里很不是滋味。到他晚年退休后回到原籍地安徽宿松，以写作回忆录打发余生时，眼前还不时掠过那个在鄞县南乡的田野上到处乱跑的妇人的身影——风吹动她的一头乱发，如同枯萎的秋草。

两生花

——鹤子的故事

一、自杀者

四月的一天，访问者鸿山俊雄乘坐国铁在须磨站下车后，沿着公路朝稍微偏东方向的一个叫兵电的地方走去。正是樱花初开时节，空气中充满了好闻的花香。

穿过一座立交铁桥，一个古老的日本式庭院出现在访问者眼前。

庭院依山而建，有谷、有河、有池，都是巧妙地利用斜坡设计的。最早的时候，这里是一个金融业主的别业。大概六十年前，这里成了流亡日本的康有为在神户的临时居所。

鸿山俊雄是来此地找一个叫鹤子的女人的。大约三年前的秋天，访问者曾短暂拜访过这个女人，并与她进行了一个下午的交谈。那次，鹤子向他说起了少女时代在康家做女佣的一段经历，以及与主人一家发生的情感纠葛。

如果访问者的记忆没有发生差错，那么鹤子这一年应该七十七岁了。

接待鸿山俊雄的是鹤子的女儿绫子。绫子告诉他，老人已在两个月前自杀去世了。那天早上，她母亲把自己打扮得整整齐齐，一点也看不出一个老妇人的老态龙钟，临出门时她对女儿说——她一直和女儿一家生活在一起——她要到附近的王子公园散散步。但一家人等到天黑她也没有回来，后来他们在铁轨上发现了她的尸体。公园在家的这一边，她怎么走到了相反的须磨方向呢？是因为耳聋，还是腿脚不太灵便的缘故？访问者猜测。但绫子没有再说下去。她说母亲留下了一封遗书。

"遗书？"鸿山俊雄的眼睛发出光来。

绫子展开一张折叠得很好的纸，上面草草写着这几个字：

生活的煎熬已使我身心憔悴。

这一结局并没有让访问者[①]感到十分的意外。他想起了三年前那次访谈结束时，鹤子说的那番话：

现在我把背在身上的沉重的命运的包袱全放下来了，身心感到从未有过的轻松。回想起风华正茂的年轻时代和以后的苦难生活，已像走马灯一样一幕一幕过去了。

---

① 此处的访问者即鸿山俊雄。他的这篇访问记《一代鸿儒康有为和为他服务的日本女性》，原载《日华月报》第 106 号、110 号。《国外中国近代史研究》第十一辑，中国社会科学出版社 1988 年版，陈家麟、马洪林译。

二、天纵远游

在康有为日后的回想中，1898 年的那个初秋肯定充满着肃杀和血腥之气。9 月 21 日（农历八月初六），忠于慈禧的军队开进城，才推行不久的新政即告夭折。西太后临朝听政，下谕抓捕维新人士，变法领导人康有为自是首犯。他提前得到友人密报，在把文件和书信匆匆托与弟弟康广仁后，于前一日已秘密出逃到天津，登上一艘英国轮船经上海直赴香港。

康有为仓皇出逃的经历，在其女儿康同璧多年以后的讲述中，已成为天地冥冥自有神佑的一个明证：

他原本是打算乘坐招商局的海晏轮离开天津的，临走时又决定改乘英国太古公司的"重庆号"。慈禧电令直隶总督荣禄、两江总督刘坤一全力缉拿。荣禄派飞鹰兵舰追赶，飞鹰兵舰的速度比"重庆号"快一倍，可是兵舰的煤不够了，只好半途折返。荣禄向上海道、烟台道发出"截搜'重庆号'，密拿康有为"的密电。恰好烟台道有事外出，随手把电报塞进了口袋。等他返回，"重庆号"已经开走。两江总督刘坤一奉旨密令上海道蔡钧"逐船搜查必获"，蔡是一个贪功争耀的能吏，做事张扬且细致无漏，得到密电在上海铺开了一张大网，亲自坐镇吴淞竟夜等候，凡来自天津方向的轮船都要上去搜查。上海的维新人士看见许多兵弁守在那里，以为康有为这一回是死定了，痛哭而返。但是蔡钧过于积极的举动引起了英国驻上海领事的警觉，当"重庆号"甫抵吴淞口外，一个叫普兰德的英国人找到康，把一道"皇上已崩，急捕康有为，就地正法"的电旨拿给他看了，护送他坐一艘小型蒸汽船登上英国军舰"埃斯克号"（Esk）。此时，上海道派来搜拿的兵丁已经登上了"重庆号"。

康有为确信，皇帝已经死了，"紫微移坐帝星沉"，他这个孤臣还有什么理由苟活呢？英国人劝他，皇帝的死讯还没有证实，还是忍死须臾。康打消了自杀的念头，但他在上海写的遗书还是流传了开来：

> 我专为救中国，哀四万万人之艰难而变法而救之，乃蒙此难。唯来人世间，发愿专为救人起见，期皆至于大同太平之治，历经无量劫，救此众生，虽频经患难，无有厌改。愿我弟子我后学，体吾此态，亦以救人为事，虽经患难无改……地球诸天，随处现身，本无死理，至于无量数劫，亦出救世人而已，聚散生死，理之常，出入其间，何足异哉？到此亦无可念，一切付之，唯吾母吾君之恩未能报，为可念耳。
>
> 光绪二十四年八月九日　康长素遗笔

后来康这样对他的家人说，这次脱险他有十一个可死的关隘，只要碰巧撞上一个他就没命了：假如皇上不催他立即离京，假如迟一日出京，假如在天津搭不上轮船，假如追来的兵舰不是因为缺煤折返，假如烟台道不外出、接到电报就派兵截拿，假如不是上海道过于张扬的抓捕行动促使英国人提前下手把他带离"重庆号"……似乎每一个偶然的闪失，都有可能让死神降临到他的头上，让他的命运呈现出另一种面貌。而他之所以不死，乃是因为天降大任等待着他去完成。

在香港，康有为远远地注目京城，无奈而悲凉地看着这幕世称"百日维新"的大戏落下帷幕：皇帝被囚瀛台，太后再次训政，"六君子"人头落地——其中包括他的弟弟康广仁。本该是剧中人的他现在像一个局外人一样看着他人流血，这不能不让他有种负疚感。尤其是他的弟弟，简直死得毫无意义。康有为的父亲去世前，曾把这个聪慧的弟弟托付与他，康有为离京前，本来完全可以带上他，但出于某种自私的念头，譬如为了让弟弟帮他处理因仓促出逃未来得及带走的书籍和财物，他还是让弟弟留在了京城。他的这一决定不仅违背了自己对亡父许下的诺言，更是直接让弟弟成为失败的改革的一个无足轻重的牺牲品。因为据可靠的记载，广仁并非新政的核心人物，他只是有可能出于对乃兄无条件的信任介入了某些反政府活动的外围活动。广仁死时才三十岁，留下了一个仅八岁的女儿。在日后的一首悼亡诗中，康有为为自己的疏忽断送了弟弟性命并未能亲自安葬深感愧疚：夺门白日闭幽州，东市朝衣血倒流。百年夜雨神伤处，最是青山骨未收。几天后，康有为的妻女及广仁的遗孀和女儿抵达香港，尽管恓惶之状不可方物，但一家人渡此劫波后总算重逢了。为了不让母亲过度悲伤，康有为没有把弟弟的死讯告诉她，只说广仁看破红尘出家为僧了。

康有为长达十六年的海外流亡生涯就是从这个秋天开始的。这年10月，惊魂甫定的康带着三名弟子一名随从踏上了东去日本之路。他是在发出"上废，国危，奉密诏求救"的密电后得到日本首相大隈重信之邀前往的。根据康的说辞，大隈确信康果真奉有密诏出外求援。他被允诺将会受到"适当的保护"。显然，由于不明康的政治地位及他宣称的手中密诏的真伪，日本政府过于放大了康的政治影响力。赴日不久，大隈内阁的倒台使他再也待不下去。新内阁认为，中国的维新运动已经失败，维新派在中国政治舞台上已经难有作为，因此对康的态度十分冷淡。来年春，他取道加拿大，踏上了游历欧美的旅程。眼看在国际上寻求支持的努力无望，他便闷闷不乐地回到了加拿大。在那里他建立了自己的组织"保皇会"，并获得了七千多美元的馈赠和一个作藏身之地的小岛的使用权。

庚子年席卷整个华北的大规模暴力活动，在康有为看来是一个实现保皇理想的大好时机。当时他已定居新加坡，在东南亚、加拿大及美国一些华人朋友的支持下，他决定在内陆的一些省份采取武力行动。由于资金、军备缺乏和康本人在军事上毫无经验，起义很快夭折。1901 年 12 月，心力交瘁的康有为前往印度。几个星期的跋涉后，到了印度北部山城大吉岭，此处距喜马拉雅山不过八十公里。他最宠爱的二女儿康同璧是年十九岁，在国内闻知父亲到了印度，这个弱质女子沿着公元七世纪的高僧唐玄奘的取经路，孑身独行，前去与他父亲会合。"若论女士西游者，我是支那第一人"，这自况诗里隐约可见乃父之神韵。

在大吉岭，康带着女儿骑马攀登喜马拉雅山南麓，观赏雪景，呼吸山间的新鲜空气，在有"世界屋脊"之称的这块高地体验了一段非凡的探险生活。这一段清闲的隐居生活，他的身体看起来恢复得不错，但心情的沉重似乎没有得到丝毫的缓解。在写于这一时期的乌托邦著作《大同书》的开头部分，他把世界描绘成了一个巨大的监狱："苍苍者天，搏搏者地，不过一大杀场大牢狱而已。"在他看来，这世上的人困于"六大苦"：人生之苦、天灾之苦、人治之苦、人情之苦、名利之苦及人所尊羡之苦。人只有解开这六道悲苦的枷锁，才能真正进入大同世界。在晚清政治的险恶江湖中，他就像个兴致盎然喜欢搏浪激水的理论顽童，毫无顾忌随意挥洒着他对未来世界的想象。不过康有为并没有过度沉湎于玄学天地，对中国问题的关注和思考促使他给朋友兼学生梁启超写了一封措辞谨慎的长信，呼吁恢复皇权——即使这个皇帝是满族人也无所谓。此时的梁启超年届三十，正流亡日本，他的思想已超越乃师，从一个君主立宪运动的中坚一变而成为激进的民族主义者、拥护共和制的政治明星。在他眼里，社会的动力已经变为"民族求生存的奋斗"。梁以及支持者们喊出了排满的口号，他们甚至主张在中国南方建立独立的革命政府进而取代封建政权。康毫不客气地在私函中申斥以前的学生兼战友"流质易变"。

面临着被时代抛弃的危险的康有为从大吉岭下来就差点遇上一场暗杀。这场未遂的暗杀案的另一个主角是横滨华侨出身的文人苏曼殊，一个日后写出《燕子龛诗稿》和通俗爱情小说《断鸿零雁记》的著名诗僧。这一年——1904年——他二十一岁，忍受不了惠州的贫困生活，就偷了师兄的度牒逃到香港，住在中国日报社（他启用别号曼殊也当是从这个时候起）。他试图用手枪暗杀一度逗留在香港的康有为，幸被陈少白阻止。19世纪末20世纪初的中国正普遍流行暗杀。有证据表明，康有为在他的弟弟康广仁被杀害的那段郁闷日子里也曾计划过刺杀慈禧，甚至改革派也认为暗杀行动可以迫使上层进行有利的变革。康没有想到的是，自己也差点成为这一时尚的牺牲品。

从1904年到1910年，康有为成了一个超级旅行家，他游历过的地方计有：罗马、米兰、巴黎、柏林、哥本哈根、西点、黄石公园、

10

盐湖城、蒙特卡洛、阿尔罕布拉、菲斯、乌普萨拉、特隆赫姆、康提、卢克索、耶路撒冷、君士坦丁堡等，每到一地必住最豪华的酒店。而这不过是他到过的一小部分地方。他这些年游历花费的金钱是无法计算的，因为那是一个实在过于庞大的数目。他到处跑来跑去，用梁启超的说法是生性好动和无家可归之感使然。但是，一个更重要的原因在于，他是在有意无意地模仿少年时代起就景仰的先秦哲学家孔子。孔子周游列国寻访有道之君未果，以其余生就乱世的人生与政治问题著书、讲学，这是他最为现成的人生楷模了。

现在回头来看，1898年6月在京西颐和园的两个半小时给康的一生带来了深远的影响。自那次觐见光绪皇帝后被任以"总理衙门章京上行走"，他就丝毫没有动摇过对皇帝的忠诚。而更早的渊源则可以追溯到1895年春天，那一年康以举人的身份公车入都参加会试，给皇帝上了一封万言书倡言变法，"方今当数十国之觊觎，值四千年之变局，盛夏已至而不释重裘，病症已变而犹用旧方，未有不暍死而重危者也"。皇帝通过非正式的途径见到了他的上书，接受了他的观点，才开始厉行变法。游历各国的时候，康一直以光绪皇帝的私人代表自居，自认为受四万万人托命，是个世不二出的救世主。在《欧洲十一国游记序》中，他以一种不无夸张的口气说到自己担负的责任，就像传说中的神农氏，他要尝遍百草后为中国找到药方：

　　天其或哀中国之病，而思有以药而寿之耶？其将令其揽万国之华实，考其性质色味，别以良苦，察其宜否，制以为方，采以为药，使中国服食之而不误于医耶？则必择一耐苦不死之神农，使之遍尝百草，而后神方大药可成，而沉疴乃可起耶？
则是天纵之远游者，乃天责之大任，则又既惶既恐，以忧以惧，
虚其弱而不胜也。

考察康有为的流亡行迹，自光绪二十四年八月（1898 年 9 月）
至光绪三十年五月（1904 年 6 月），除了在英国和加拿大短暂的逗
留外，他一直在亚洲。此后到宣统元年春（1909 年），多次游历欧
美各国，共计：十二次过比利时，十一次进德国，七次游法国，八
次游英国，四次游加拿大、瑞士等国。自宣统元年八月至民国二年
秋（1913 年），康已感天地无可游者，"大地辙环吾倦矣"，他不
再远游，先居新加坡，再迁至日本须磨，时欲归国。

1911 年的日本之行，是这个超级旅行家十六载海外游历之最后
一站。自此以后，他将再也不出国门一步。

三、鹤子

生于明治三十年（1897 年）的鹤子姑娘这年十四岁，正逢美艳
而短暂的豆蔻年华。她的老家在南部的淡路岛，一个被蓝色海水簇
拥着的小岛。甲午战争后，她的父亲来到神户，是市政府的一个低
级职员，她也跟着来到了神户。经一个远房婶母的介绍，十四岁的
鹤子来到了康家做女佣。

康有为来到神户当在 1911 年晚春，他从新加坡赴香港探母之后。
开始他住在广东同乡麦少彭建在须磨海边的别墅"双涛园"。第二
年樱花开时迁居到了须磨寺附近，原上兵库地方小西先生的别墅，

并自号为"天风海涛楼"。

康有为带着他年轻的第三任妻子兼秘书何金兰（又名何旃理）开始了这次旧地重游。山川历历，杂树生花，岁在辛亥的这一年他已经五十四岁了。十余年来，如同一股没有定向的风东流西窜，曾经雄心万丈的康圣人不会没有英雄迟暮时不我待之叹喟。亡弟广仁的女儿考上日本女子大学了，这消息让他既是欣喜，又不由得想起戊戌年的那些亡魂而心生伤悲。而在"双涛园"中与门人梁启超的再度聚首，更是相对如梦寐。在一首诗的副题中，他这样写道："与任甫离居者十三年，槟榔屿、香港一再见，亦于今八年矣。儿女生于日本，皆不能识。相见如梦寐。"

这份伤感又不乏愉快的心情很快就消弭于无形了，武昌十月起义的消息及随后发生的国内暴乱使他心忧如焚，因为这一系列事件把他和平过渡到君主立宪的计划彻底打乱了。他在给一位向他电告武汉起义的朋友人回信中说："大变若此，忧心如焚，欲握管相告而不及也。"他还是固执地认为共和民主制度不适合中国，而完全的君主立宪又与形势不相符，作为变通，在随后写下的《救亡论》《共和政体论》等文章中，他精心设计了一套"虚君共和"的理论框架：在这种制度下，君主通过世袭的方式使国家得以延续，但不拥有实际权力，这个充当象征性角色的人，可以是满族小皇帝，也可以是孔子的后裔。

1912年清朝皇帝的退位，逼迫康有为接受了走向共和这一似乎是必然的现实。他在写给支持者们的信中表示，尽管对不幸的流血事件深感遗憾，但中国毕竟有了自己选择的共和制度。但他没有即刻返回中国，而是留在日本继续他的写作和研究。据说，此时他与梁启超的关系已相当紧张。1912 年秋天，当梁启超作出回国为新的国民政府效力的决定时，康有为与这个昔日门生之间的裂隙几乎是完全公开的了。康有为后来得知，梁的归国之旅并不像想象中的那样顺利，船到大沽口，由于风高浪急不得入港，有三天时间，他那个以善变著称的学生只得在狭小的船上眼巴巴地遥望中国海岸。这个不祥的征兆，似乎预示着在未来的时日里，归与不归，变与不变，他们所抱的希望都将在莫测的前方幻灭。

十四岁的鹤子姑娘并不知道康有为是何方神圣，她甚至不明白，这个上嘴唇留着两绺威武的灰白胡子的老头为什么娶了一个如此年轻漂亮的妻子。她第一次去康家，在装饰一新的寓所房间里看到何金兰，心想这屋子的女主人真是太年轻了，比自己都大不了多少，说她是康有为的女儿还差不多呢。

这幢房子虽是日本式样的，但榻榻米上铺有地毯，地毯上放桌椅，房间还是按西洋风格布置。鹤子在康家的日常工作是打扫房间，把客人引进客厅、传话等。康家有不少客人，中国人居多，也有不少日本名流。她不知道他们为什么经常来访，但隐隐觉得他们都是一些相当了不起的人物。后来她才知道，康有为在中国是能与皇帝直接对话的数一数二的伟大人物，这使男主人的形象在她眼里陡然高大了起来。

鹤子很快熟悉了康家的其他人：康有为年幼的儿子康同凝，女仆张喜和日文秘书阮鉴光，此外还有两个中国厨子。她以乖巧和勤快很快博得了这一家子的喜欢，连一向严肃的康圣人看着她时，眼角也是弯弯的盛满笑意。

在须磨，康有为有时参加神户华商在神阪中华会馆的茶会，并发表没有多少观众的讲话，有时和梁启超等门人及当地侨民恳谈会餐。心情好的时候，他也会和他年轻的妻子一起到布引的瀑布那儿去游览，或到诹访山洗温泉浴，并从那里北望神户港的景色。最远的一次，1912年的深秋季节，他们结伴跑到了京都，参观了著名的寺院佛阁、庭院和壁毯。更多的时候，他住在须磨的"天风海涛楼"里，写字，作诗，沉思，或在鹤子姑娘的搀扶下到须磨寺前的大池边及须磨海边散步。

这样过了两年，鹤子已经喜欢上了在康家的生活，这个聪慧的姑娘甚至都能自然而然地听懂康有为满口的广东话了。但到了1913年11月，康有为作出了举家迁回上海的决定。起因是他八十三岁的老母去世了，灵柩一直停放在澳门，作为康家的长子，康有为决定奉母灵归葬康家墓地，以尽人子之孝。同时他还想把弟弟广仁的遗骨从北京接到老家安葬。1898年那个伤心的秋天，康广仁在菜市口被处斩后，是一位广东同乡的忠仆，把他的头缝接在尸体上草草安葬，尸体一直没有弄出北京城。康有为希望，母弟灵柩的归葬能够让多年来噬咬他内心的负疚得以消减。而没有说出的一层意思是他累了，十多年周游列国一事无成，他已深感"大地辙环吾倦矣"。天地虽大，对五十六岁渐入老境的康有为来说，早已没有了早岁壮游的豪情与心志。此前不久，先期回国的梁启超出任熊希龄内阁的司法总长的消息，也促使他下定归国的决心。虽说城廓依旧人民非，但康有为并没有丁令威式的黍离之悲，这个固执的人一直以为自己站在时代的前沿，十六年前如是，十六年后也依然如是。

订的船票是11月。康有为希望鹤子姑娘能和他们一家同船去中国，甚至何金兰和年幼的儿子同凝也很希望她能去。如果不是公务员父亲的反对,鹤子也真的就跟他们走了。对一个十六岁的姑娘来说,中国,是多么遥远而神奇的国度!敏感的少女已经预感到,在康家待的这两年将会影响到她一生的道路,但她终于没有拗过她的父亲和婶母。

具有讽刺意味的是,就在康有为离开神户不久,因国内形势剧变,他政治上的对手孙中山再度流亡日本寻求政治避难。

四、"窗前的露水与雾"

三个月后,鹤子姑娘收到康有为的中国来信,邀她前去做客,她不顾父亲及家人的阻拦,与他们大吵一场,几乎是赌着气上路了。

这时已经到了 1914 年的初春,康有为葬毕母弟已从广东回到上海。年初,北京政府对十六年前那场未竟变法的死难者进行了隆重表彰,袁世凯此举或许是为了抚慰康有为,为邀他前往北京任职做一情感上的铺垫。但是,康拒绝了来自北京的这一邀请。他在上海安顿了下来,在法租界寓园路赁屋而居,继续过他读书写作的日子,并像一只警觉的老狮子一般时刻观望着民国初年风云诡谲的中国政坛。

一场伴随着大雪的寒潮中,十七岁的鹤子姑娘来到了上海。尽管她想象过上海,按照康家人的描述一次次修改上海的面容,但当她一下子面对这座有着许多高楼和西洋市政设施的"东方魔都"时,还是感到了巨大的震撼。在这之前,她见过的最大的城市是神户,甚至京都——父亲多次答应过她要去——都没有到过。这里和她以前的生活世界相比,那是两个完全不同的天地。漫天的雪花落着,刚到地面就被喧嚣的热力融化了，街道上空笼罩着一层白茫茫的雾气，就好像这个巨大的都市在喘息。头发上雪融后的小水珠还晶莹地闪亮着，鹤子已经走进了坐落在法租界寓园路192号天游园的康公馆。

康公馆包括一幢砖瓦结构的西式洋房，一幢纯中国式的房子，还有一些附属建筑。庭院中有池塘，一碧涵空，墨绿的池水里伶仃地立着几根荷梗，临水照影，一如凌乱的中国草书。鹤子还看到长长的走廊里挂着一长排日本风格的灯笼。以后她会知道，因为康有为喜欢日本风味，这些灯笼都是花了不菲的费用从日本托运来的。

让鹤子欣喜的是，她又看到了何金兰。何金兰拉着她的手亲热地嘘寒问暖，还问她路上的见闻，说话间却控制不住地咳嗽。她咳得是如此剧烈，有一阵几乎要憋得背过气去，让手足无措的鹤子一颗心都悬了起来。鹤子注意到，几个月不见，她似乎瘦了一圈，脸色却愈发地灿若桃花。不一会儿，何金兰推说头痛，先上楼休息去了。在康家人的引领下，鹤子又一一见过了康有为的正房、第一夫人张妙华，第二夫人梁随觉，还有其他的家人，七七八八加起来有十来人。她这才知道，何金兰只是康的第三个夫人。

这里似乎有必要交代一下康有为一生中并不太复杂的婚姻生活：起初，他对自己的包办婚姻显然很感满意，但他的正房张妙华为他生下的五个孩子中，竟然两女一男夭折（三女、四女和长男），只留下长女同薇和次女同璧。1897年，康快满四十岁时又娶了梁随觉为第二夫人，在槟榔屿期间，梁氏为他生下的一子（次男同吉）不幸夭折，后又生下三女一男（六女同复、七女同环和三男同籛）。第三夫人何金兰出现在他身边是1907年的春天。那年，这个随父移居美国的广东姑娘年方十七。康有为在纽约国民宪政大会上对北美华侨的演说，触动了这个少女的心。当时的康正考虑找一个通晓英语的女子为伴，一来可以让列国之游不至于太过寂寞，二来呢，也可以对访问游说有直接的帮助。于是在朋友们的撮合下，快五十岁的康有为又一次做了新郎。何金兰几乎是心甘情愿地嫁给了康，做了他的第三夫人兼生活秘书。当张妙华和梁随觉在香港陪着她们的婆婆时，康正带着他年轻的第三夫人飞来飞去在世界各地旅行。每到一地，都由何金兰做翻译并打理生活。1908年，何金兰为康生下了四男同凝，但随后她生下的两个女儿也都夭折了。

这样我们可以知道，康有为的三位夫人共为他生下四男九女。其中长男、次男夭折，三女、四女、八女、九女也夭折，因此眼下的康家，本是三男、四男的同箴和同凝在子女序列中就成了长男、次男。

鹤子很快就熟悉了康公馆，甚至那些厨师、男仆、女佣，那两个头上包着卷起来的白布、满脸络腮胡子的看门的印度人，她也都熟络了起来。但她从来没有见过大少爷，二太太生的同箴。后来她知道，大少爷在念大学，平常都是住在学校里，连星期天也很少回家。没事的时候她会怔怔地想，那个据说和自己同岁的大少爷，不知是个何许模样的人？

鹤子在康家几乎像个客人，基本上没什么事可做，重活粗活都有下人做了，她只是拿着鸡毛掸子扫扫家具上的灰尘。教英语和钢琴的家庭教师来了，她就和康家的孩子一起学习。

随着时间流逝，鹤子成了这个家庭中的一员。生活上也习惯起来，不再太想家，不再感到寂寞。当康的长女同薇去日本新婚旅行时，她还陪同前往。就在那次回国的时候，她还跟随着拜访了有名的前首相大隈侯爵，这在从前是连想也不敢想的事。

第一次进入康有为的书房，鹤子几乎吓了一跳。那么多书！简直像个小型的图书馆。书房的角落和博古架上，还摆放着一些古董。康告诉她，这些书画古董，每一件都称得上价值连城。每次进出书房收拾，鹤子都踮着脚不发出一点声响，以免打扰了沉思中的康先生。康有为在书房里总是伏在桌子上用毛笔写着什么，有时写着写着就揉成一团扔到纸篓里。有时，他又会把纸团捡起来，皱皱眉头，好像很无奈很焦躁的样子。鹤子要去开窗，康总是挥挥手阻止她这么做，因此书房里的光线总是昏暗的，如同一口孤立于外面世界的深井。有一次她正在擦拭书桌上的灰尘，书架嘎嘎地转动起来，她目瞪口呆地看着书架移到九十度角的位置不动了，露出里面一个有着简单陈设的密室。康有为从那一边的密室走出来，对着她笑。康告诉她，是为了随时提防袭来的刺客才建造了这间密室，在康公馆里知道这个机关的人也没有几个。康有为还把着她的手教她如何操作这个机关，只要转动书架的某一部位，书架就开始转动，这样就可以逃入隔壁的密室了。

但平静的生活因两桩接踵而至的丧事被打破了。先是康有为姐姐的死，到了暮春，患上了猩红热的三太太何金兰也去世了。她才只有二十四岁，花儿一样的年龄，但在病床上的最后日子已经瘦得脱了形，就像一具干枯的木乃伊。当亡妻撒手西去时，康有为一定回想起了他们在欧洲各国如同一对神仙伴侣一般游历的日子。何金兰去世后，接连几天他都把自己关在书房里，仆佣送进去的饭菜也几乎原封不动地给退了出来。当他重新出现在家人面前时，他的脸瘦得厉害，脸上的胡子像杂草一样疯长了。看来这最小也是他最疼爱的妻子的去世对他的伤害不轻，回国后他本已郁闷不堪的心情变得愈发的沉重。

时间是疗治痛苦的良药，到了1917年，康有为终于从何金兰去世带给他的颓败情绪中走了出来。他开始带家人到周边的苏州、杭州等城市游玩。他几乎是在有意识地忘记从前。进入盛夏，上海热得像火炉一般，他便带着鹤子去青岛避暑。鹤子姑娘愉快地陪他去海滩进行海水浴，湛蓝的海水让她想起了须磨的海岬。有时，鹤子也陪他一起骑着毛驴到他喜欢的古庙古寺去，听他与僧侣们说佛法，并参观历朝历代留存下来的书法碑林。这里的青山绿树、碧海蓝天又让康有了生之欢欣，他写下了这样的诗句："海上忽见神仙山，金碧观阙绚其间……楼阁倚山临海滨，碧波浩荡通天边。"

在康家人眼里，鹤子这个日本女子已经理所当然地成了康有为的第四任夫人。鉴于不久前第三夫人何金兰的去世，他们一致认为康这么做是非常必要的，因为要疗治一个女人去世的伤痛，最好的法子还是女人，尤其是年轻貌美的女人。但鹤子知道，自己与康，还算不上真正的夫妻，因为他们从未真正同房过，也就是说没有行过实质性的性事。在这一点上，鹤子很不幸地成了传统中国养生术的牺牲品。曾经有着强大繁殖力的康，奔波大半生，在坠入老境之年时，在性事上可能已每况愈下。对残生的珍惜和对即将到来的死亡的恐惧，使他长久以来就规避男女情事以防体力上的过度透支。这一物质性的吝啬势必也伴随着情感上的吝啬，说实话，他对从少女走向女人的鹤子的关心，无论从身体上还是心灵上，都是远远不够的。

当鹤子即将在康家度过她二十岁的生日时，一个偶然的机缘，一个青年男子走进了她的生活。他就是康有为的长子康同籛，康的第二夫人梁随觉的儿子。这年他也刚满二十岁，是上海一所大学的在读学生。鹤子已经记不清什么时候开始和大学生有的私情。一次家宴后？漫长假期的一个下午？还是他父亲不在的一个夜晚？她敏感的唇和肌肤所能记得的，只是那一次次甜蜜的战栗、夜色中紫藤架下的拥吻和不为人知的隐秘的快乐。如果说这么些年和康家人的交往中，康有为带给她的是父亲般的沉重和慈爱，那么这个大学生则是唤醒了她的身体，唤醒了她自己也不知道的潜伏的灵性。这乱伦一般的上海之恋啊，这暗夜里销魂的汗水和喘息，鹤子自己也不察觉，自己已从一个青涩年纪的女孩，几乎一夜之间成了一个水色荡漾的女人。如同所有不伦的欢乐都要付出代价一样，当鹤子觉察到身体的某种不适时，她已怀孕数月了。当她把这一消息告诉大学生时，束手无策的大学生吓得脸都白了。

无可奈何又在情势之中，1915年（大正四年），鹤子结束在中国的生活回到日本，不久生下了女儿绫子。其间康有为曾数次写信要她回中国，但内心的负疚感使她再也不想踏上去中国之路。几乎可以想象这个单身母亲回到国内后的苦难生活。她带着孩子投亲靠友，遭尽白眼，有时给人家帮佣以维持生活。迫于生计，后来她嫁了人，并有了一个儿子。她不幸的生活注定要在女儿身上得到某种程度的延续，因家境贫寒，女儿绫子小学毕业就去学裁缝了，后来结了婚，婚后生活也不是很如意。

1939年（昭和十四年），鹤子得知康同籛托到日本的朋友四处打探她的消息，但她悄悄地搬了家。以后的岁月里，她对自己和康家的交往一直都守口如瓶，她要让那件不体面的事永远烂在肚子里。

沉重的生活已让鹤子成了一个头发灰白、腰身佝偻的老妇人，似乎岁月的砂砾把她身上所有的水分都挤压了出去。有时回想前事，真如恍然一梦。她觉得自己的生命就像一朵花，经过了两个男人就像穿过了两个季节，一瞬间灿然的开放之后就是世界的永夜，永远黑漆漆，看不到来日里的一点光。

她老了。当康同箴去世的消息传来，令她奇怪的是，她好像听到的是一个陌生人的死讯，几乎连一滴泪都没有流。原来，她还以为自己会号啕大哭呢。那个曾经带给她如许盛大快乐的男人，在她的生命里真的是可有可无的吗？不，他，包括他的父亲，那是两个塑造了她的一生的男人。他们改变了他，塑造了她，又把她远远地抛开。而她只得一个人在被他们修改过的道路上越走越远，越走越老。她说不出对这两个男人是恨，还是爱。

孤独使她渴望倾诉。她需要讲述这些故事，并在讲述中确证自己的一生。要不是这样，她怕自己的一生真如草尖上的朝露。她七十四岁那年，那个有着历史考据癖的访问者鸿山俊雄出现了。她记得，那是一个樱花迅速颓败的季节，下着雨，空气中都是花瓣沤烂的气息。

此后，令她欣慰的是，绫子开始了与她在台北的同父异母兄弟的通信。这血缘上的一点系连让她确信以前发生的一切并不是一场梦。绫子和她的同一个父亲的弟弟的信件以及她跑去台北的相会，似乎也就是世纪之初那场上海情恋的明证。

在我写下这些文字的时候，耳边一直响着电影《维罗尼卡的双重生命》里的一支曲子——《两生花》。那是小令推荐我听的。那个唱歌的女孩，在一场突降的大雨里，唱出最后一个音符，擦掉额前的水珠，那么好看地笑着。然后死了。"她笑的样子真是好看极了。"小令说。

> 仿如黑的夜色四处走散，渐成晨光
> 白鸟未眠。那人窗前的露水与雾，呵，这件薄的衣裳！
> 轻笼住了她的肩头和心上。

> "她却先死于人间"。

正在进行中的这个鹤子的故事，让我一次次地想起小令说的那个先死于人间的"她"。一场情感的暴雨过后，女人一生的道路几乎全被注定，不可逾越。唯留的温存的残梦，也全成了"窗前的露水与雾"，日光之下，消弭无形。

五、天堂漫游

康有为归国后的一年间，康梁之间没有什么实质性联系。此时的梁，身为袁世凯内阁成员，而康则蛰居沪上，数次拒绝了袁世凯要他入阁的邀请。随后袁世凯复辟帝制，显然让他们同时感到了愤怒，两人都卷入了20世纪初的军阀政治中。

据美国耶鲁大学历史学教授史景迁的统计，在1914—1916年的三年间，康有为曾同五十余位军界高级人士发生过联系。这些人手握重兵，占据着中国南方和北方大片的地盘。他们的背景各不相同：有的是北洋军阀袁世凯的旧部下，有的是受招安的土匪，有的是同盟会、光复会的会员和一些激进组织的成员。他们的出身际遇与效忠对象各个不同，但几乎都是强烈的民族主义者。本来，康为了养活这个庞大的家庭，每月需有两千元的进账才能勉力维持，而庞大的通信费的支出使他在上海的日子愈显拮据。

1916 年，与康有为保持着密切关系的是一个叫张勋的军阀。这年早些时候，康在写给张勋的信中暗示说，中国已到生死存亡之紧要关头，而恢复帝制，清室当仁不让。1917 年 6 月，张勋的辫子军进入北京，拥清废帝重坐龙廷。康应邀坐火车重返北京。这是他自 1898 年仓促逃离后首次返京。熟悉的宫墙和屋宇让他顿生怀旧的感伤。他出任了弼德院副院长一职而没有进入权力的核心，但联系到他历来鼓吹以孔教为国教重建国人信仰的主张，这一职务也算是名至实归了。在一首今已残佚的诗中，他描绘了自己那一刻的心情，大意是：丧乱已历六年，随着大龙旗再度飘扬，国家终于重返太平。

梁启超则站到了乃师的对立面，在"丁巳复辟"发生的当天便通电反对，并说动段祺瑞驱逐张勋。闹剧很快收场，在反对派的枪声中，康有为躲进了美国使馆，闲翻儒家的典籍《春秋》以度时日。

梁启超后来又如何呢？他出任了段内阁的财政总长，这一新职务的实际职责，是为新的内战筹措军费。但是捉襟见肘之下的向日借款，使他在国人的反对声中成了北洋诸督军联手抛出的牺牲品，就任财长四个月就不得不黯然下台。这是他后来忏悔的"迷梦的政治活动"之终结，此后他再也没有机会能够重返政坛。

1927 年 3 月，梁启超及康门弟子自北京南下，到上海为康有为庆贺七十大寿，并亲撰寿联："述先圣之玄意，整百家之不齐，入此岁来，年七十矣！奉觞豆于国叟，至欢忻于春酒，亲受业者，盖三千矣！"把康比作至圣先师孔子。连离开紫禁城后在天津日租界避难的前清逊帝溥仪，也托人送来玉如意一柄、匾额一幅。此时的康有为已好久不公开露面了，他最近的一次公开表态，是致北方军阀的一封通电，要他们按照当初 1912 年制定的一份协议，恢复溥仪的俸给及住在紫禁城的权利。在生日的一片热闹和喜庆中，康却感到隐隐的不安。

此前的康有为已经沉迷于星际漫游的幻想中了。有一次他坐飞机飞临河北保定上空，如同他后来在一首诗里所写，他感到自己就像一位自天而降的圣人，对众生的苦难耿耿不能释怀。自那以后，康的心灵一直在天堂漫游。此前一年，他在上海正式成立了"天游学院"，并且到处撰文和演说，大谈他的神游经历和神奇的梦幻。他甚至梦见过自己在编一份火星地名索引，就像编一份传统的地方志一样。在他晚年所写的一些诗中，他已经把西方的天文观测与传统宇宙论所说的天堂结合了起来。

过完七十寿辰后，康有为离开上海，去了山东省南部的滨海城市青岛。几年前，他在福山路靠近小鱼山的位置花一千银元买下了一幢别墅，名之为"天游园"，并自号"天游化人"。据康有为女儿康同璧《南海康先生年谱续编》记载，康离开上海前，亲自检点文稿，并携带了朝服，临行前又巡视园中好几遍，说道：我与上海缘尽矣！然后把相片分赠给工友们以作纪念，就好像预先知道他再也不会回到这座城市。这次青岛之行，自然不会再有十年前鹤子姑娘陪侍在侧的快乐。康在青岛开始写他一生中最后的文字，一份感谢溥仪送来生日礼物的长篇谢恩折。他的手虽已发颤，但这篇文字依然布局优美，雅驯工整，书写方式完全按照前清的宫廷礼制。谢恩折追忆了从戊戌年的变法到十年前未遂的复辟期间的纷乱世事，作为一个清室的忠实追随者，康在文中自称老臣、微臣，凡是提到天，一律比正文高出三字，凡是提到皇帝，高两字，凡是提到自己时，一律把字都写得很小。由于过分激动，未写数行他就开始痛哭，写完了告诉家人说："吾生毕矣！吾生毕矣！汝等可珍重此稿。"

1927年3月的最后一天，康有为在青岛福山路的寄庐，把他的前清朝服铺在床上，依礼沐浴后，在朝服旁正襟危坐，半小时后死于脑溢血。

也有一种说法，说康有为是在这月底赴某粤菜馆的一次同乡宴后因食物中毒去世，由此引发对康的死因的种种猜测。有说日本人投毒的，也有说慈禧生前所遣杀手下毒的，莫衷一是。康的另一位女儿康同环在《先父的墓碑》中这样说："康有为卒前挣扎痛苦，七窍都有血渍，当然是中毒的现象。不过所谓食物中毒，可能是英记酒楼的食品不洁所致，未必是因为政治斗争而牺牲的。"

得知乃师去世的消息，时已任清华国学研究院导师的梁启超痛哭数日，率清华院全体学生在法源寺开吊三日。那时的他，肯定想起了十八岁那年的秋天在广州和康的第一次会面，以及随后的一次次争论。曾经，那次会面给了他那么大的震撼，并进而影响到他一生的道路。

两年后，1929年1月，梁启超在北京协和医院因肾炎、肺病多症并发去世。

罗伯特·赫德之欲火焚身

一、去东方之路

罗伯特·赫德，爱尔兰人，一个酒类杂货店主的儿子。父亲是卖酒的，祖父也是卖酒的。这个十足的维多利亚女王时代的人物于1854年夏天来到中国，大约是从60年代初起，担任大清海关总税务司达45年。刚开始，这个出身寒微的年轻人在社交场上从不放过这样介绍自己的机会：贝尔法斯特女王学院文学士，科学奖学金获得者。

现在，我们看到这个年轻人正在去往中国的船上。[①]

让我想想，他最合适的位置应该是在哪里？舱内？舞会？还是听随船的牧师布道？我现在让他站在甲板上，看着蓝得像虚空的海水出神。好了，他转过脸来了。一张阴郁的脸，很瘦。绷紧的下颚

---

① 本文有关赫德行状的文字，参考了他于1854年至1858年写于宁波和广州时期的日记。《步入中国清廷仕途——赫德日记（1854—1863）》，[美]凯瑟琳·F.布鲁纳、费正清、理查德·J.司马富编，北京：中国海关出版社，2003年版。

好像承受着内心的某种折磨，又不要让这种折磨显露出来。你会说：一张神经质的脸，就像一个过于羞怯和紧张的青年艺术家。

从南安普顿到亚历山大，再经陆路到苏伊士，由苏伊士到锡兰的加里，再经加里到香港，长长的七个星期，全是在北半球的酷暑下。沿途可以在新加坡欣赏宣礼楼，上教堂做礼拜，还可与槟榔屿街上的猴子逗乐，倒也不至于寂寞。这些东方港口城市无一不在大英帝国治下，既富异国情调却又似曾相识。此外，船行之处无非是漫长海岸线上的巉岩、渔船、丛林和寥寥可数的吊脚楼。海上生活为酷热所笼罩，暑气从头顶的烈日和远处岸上袭入船舱。女士们身披白纱，裸露着玉臂秀腿，太阳不太猛时就在甲板上慵懒地泡在帆布做的简易水池里。惯于寻欢作乐的人们昼伏夜出，一到暮色从海上升起，救生艇阴影下都是拥吻的男女。

这一年他十九岁，体力和情感和大不列颠帝国一样正处于上升勃发阶段。情欲之花在他体内隐秘的角落正在、已经绽放。就在踏上中国之行的旅途前，这个女王学院的优秀学生受魔鬼的诱引，和他的同学坏男孩斯旺顿一道，"走上了叛逆和邪恶的道路"——当然，每个男人都要经由类似的堕落之路才能到达上帝那儿——他在一个放荡的中年女子的肚子上失去了他的童贞。不久他就感到身体的不适，伴随着尖锐的疼痛，显然，作为快乐的代价，那个不贞洁的女人让他染上了某种惩罚性的疾病。

这里似乎有必要像小约翰·威尔斯一样回过头来简述一下1854年的全球史：当其时也，牛气冲天的大英帝国对全球贸易的影响，已抵达最边远的地区。克里米亚战争正在进行。德意志和意大利尚未统一。而美国正在锐意向西扩张进入堪萨斯。蒸汽机已在海上开始服务，让巨大的轮船穿过风暴自由游弋。在古老的东方，从广西山地杀出的太平军将使四亿中国人皈依基督的宗教喜讯正燃起欧洲每一个乡村教士的热情。

对一个有抱负有见识的年轻人来说，1854年正是一个去中国最佳的时刻。

于是，当这个年轻人有幸得到一百英镑的路费和二百英镑年薪的许诺，就从南安普敦港乘坐"堪迪亚号"轮船动身上路了。此行他的身份，是为女王陛下去远东服务的外交部随习翻译，政府的一个低级职员，隶属香港总督（当时是包令爵士）管辖。他的目的地，是那个古老帝国东部沿海的一个名不见经传的小城：宁波——按早几年抵达中国的美国长老会传教士丁韪良先生的说法，"宁波"这个名字并不像字面那样意指"宁静的波浪"，而是指"使波浪宁静下来的城市"——不远的过去，一场旨在打开贸易之门的战争，已经让那儿成为一个通商口岸。

一路上，这个勤于内省的青年都在忏悔犯下的罪孽。"不良的交往把我从安守本分的道路上引开，我所遭受的惩罚不仅有心灵上的损失，更有肉体上的折磨。"海上的溽热使那种难与人言的病更为折磨。他想这就是亵渎神明的代价。我现在多像一只迷途的羔羊啊，他对自己说。为了重回主的身边，他规定自己从今以后做一个圣徒：1.读圣经，早晚各读一章。2.不说谎。3.戒烟，饮食适度。4.力求圣洁，"不因想着那些引向罪恶的欲念和行为而犯罪"。

可是海上的日子一天天过去，那犯下罪行的一幕在回想中竟越来越显得销魂而美好。入夜的海风把甲板上女人们的香水味和轻佻的笑声送入舱内，他觉得身体里好似有一只老虎咆哮着要跳将出来，关也关不住。实在没办法了，我们的年轻人只好背对上帝，趁着黑暗手指头告乏了事，当然事后肯定又是无穷无尽的忏悔。

快两个月后船到香港，走下甲板的年轻人形销骨立，如同大病一场。但这里还不是终点。在这里的英国商务监督公署他作为额外人员短暂工作了一段时间后，将转往宁波担任领事馆随习翻译。从香港出发前往上海的船上，他开始稍稍放任自己，读带在身边的司各特和库柏的小说，翻阅中产阶级的《笨拙》画报消磨时光。当湛蓝的太平洋水变成黄褐色，泥流涌向船舷，大河的入口向这个年轻人展开了他中国之行的第一页：肥沃的田野、点点宝塔和背驮着牧童的水牛。尽管离船靠岸还有几个小时，赫德迫不及待地把这些小说胡乱塞进行李堆里，准备下船了。

"阅读小说应当受到谴责，"他对一个结识不久的法国人说，那人正捧着一本《巨人传》为里面的饕餮场面拼命忍着笑呢，"因为小说虽然能使我们得到教益，但它在我们头脑中形成一种对邪恶和不体面的景象——比如说性交——的想象，因此它使我们接触到罪恶和污秽。"

二、领事馆小湾

罗伯特·赫德是乘坐"厄林号"从上海到宁波的。十月中旬的一天，船从镇海炮台"高傲的眼皮下"驶过，进入甬江。然后他看到了宁波——不，不如说是他看到了这座抵挡海盗的要塞下的大队帆船。林立的船桅几乎把城市从视线中遮去。

这是他对这个东部小城的最初印象：咸鱼气味包围着的一座保

守主义的城市——保守主义尤其通过士大夫阶级的惧外憎外心理表现出来——根深蒂固的官绅家族集中地——终日响着算盘声和桐城派的古文的诵读声——某些物品被视为这个城市的特产：漆器，木雕，镶嵌银饰的家具和一些贵金属制品。

大多数传教士住在城东三条河流合汇处的岬角上，他们在那里建造了学校、礼拜堂和几座简陋的房屋。英国领事馆在离河岸稍远的一个长条形的岬角上，这一段河常常被叫作领事馆小湾。从领事馆的窗口，可以看到河对岸坟地的荒草。

我们十九岁的年轻的主人公开始在英国驻宁波的领事馆内孤独地工作，他的职责是主管送交中国海关的船运报告并学习汉语。可以想象他对这一工作并无多大兴趣，他更向往的是作为一个神职人员派遣到那个古老的国度。既然所有的道路都掌握在上帝的手中，他希望很快投身到传播耶稣基督的福音的工作中。怀疑和恐惧的确有，引诱的确在进攻，"感谢上帝，"他说，"感谢上帝我仍然喜欢宗教。"

可是穿上教士的长袍难道就能免受魔鬼的诱引吗？他应该记得雨果曾经描述过一个因情欲的折磨变得神经质的神父，巴黎圣母院的克洛德主教。主教大人爱上了在广场上跳舞的吉卜赛姑娘艾丝美拉达，因为得不到这个姑娘，在嫉妒和失望中把她送上了绞刑架。

主教去牢房看那个姑娘，像一只狗一样爬到女犯人面前说："姑娘，怜悯我吧，在我的伤口上涂点香膏吧，请你一只手惩罚我，另一只手爱抚我吧。"

结果呢，吉卜赛姑娘用一阵可怕的笑声打断了他的乞求："神父，你的指甲里还沾着血呢！"

于是她只有死，还拉上了同样爱着她美丽的容貌的敲钟人卡西莫多。

一日，赫德穿过近郊的田野出去散步，看见了几座坟墓。其中有一块石碑，是被海盗淹死的美国传教士娄理华的墓碑，上面写着："我是这土地上的一个陌生人"。那一刻他对不可知的未来感到了恐惧。留在中国还是回英国？当牧师还是当律师？还是去经商？他就像一个旅行者来到一个岔路口，前面有五六个岔道可他不知道该走哪一条。最后他决定留在这块土地上，学会官话和难听的宁波土话，然后从事传教工作。他相信这是他来到这里的责任。

美国长老会的丁韪良牧师教给他一套自编的拼音，这套拼音系统以欧洲语言中的元音为基础，加上其他一些变音符号，可以把宁波土话拼写下来。他还教给他洋泾浜英语，一种在开放口岸经常被用来取代汉语的混合语。牧师还给他讲了一个笑话，说有个英国人一大早让他的厨子去买十八颗杨梅，一种类似梅子的水果。

"你猜他买来了什么？"牧师卖关子。

"是什么？"

"让他大吃一惊的是，厨子回来时气喘吁吁地挑着一担羊尾巴——这种既大又肥的羊尾巴在当地一向被视作珍馐佳肴，一面还向主人表示歉意，因为他在街上跑了大半天也只找到了十二条羊尾巴。"

赫德大笑。"翻译就是误解，这话真是一点没错。"

三、黑暗中绽放的情欲之花

当夜色笼罩岬角，情欲之花便开放了。这黑而又黑的苦难之花啊，和着夜色中潮水的呜咽，让可怜的年轻人饱受煎熬。这煎熬，即便他抱着一腔传教士的热忱也不可抵御。看来上帝也不是想象中的那般无所不能。他渴望着异性的爱，欲火中烧，与日俱增又不可遏制。只有异性的气息会让他狂躁的内心变得宁静。

"这种时候，只要有一位年轻而富有生气的传教士的妻子在我身旁，我就会感到愉快。"他在写给国内一个朋友的信中说。

信中还不无醋意地说，我在宁波，必须自己动手给衬衫钉纽扣，穿着无跟又无尖的袜子，自己动手弄吃的，你所在的教区呢，想必有许多女孩子都乐于为你的手帕镶边，为你织袜子，做衬衫。可怜我这个倒霉的单身汉，这两周来还没有同一个英国妇女说上三句话，只对一个美国人点过头，除了那个倒夜壶刷夜壶的老太婆，很少看到中国女人，尤其是年轻的女人。

随着年事增长，这种挣扎不再那么尖锐了，但从日记中可以知道，内心里他对于女色的挣扎从来没有中断过，不论故态复萌还是出于幻想，或出于对一个中国情妇的思念，他的内心都矛盾不已。

近乎幽闭的日子好像让年轻人变得谵狂，他吹嘘，自己正在爱上一个十四岁的中国姑娘，"她的脚只有两英寸长"。同时还爱着这里的两个英国姑娘，他已与她们握手六次。还爱着一个在此地的爱尔兰姑娘，已见过她七次，并在三个不同的场合与她讲过话。

领事馆里只有一个英国人，一位副领事。他们很少有交谈，工作也大都是"在纸条上涂写"。除了和传教士们喝茶，晚上的时间如何打发确是一个问题。到宁波不久，他得出的一个结论是：基督徒的生活就是不断战斗，击退肉体的世俗的情欲。年轻人太需要一个对手了，他把自己视作了最大的敌人。然而发生在身体内部的战斗毕竟是可怕的。

"考验最激烈的时候只有被引诱的个人、引诱者和上帝知道。"

正如我们看到的，尽管罪恶感要把他推向一种禁欲生活，但内心里有一种力量强烈地引领着他立即退回到世俗生活。在深夜的书写中，深感寂寞并对女人充满幻想的年轻人记录了生活带给他的各种烦恼、诱惑，道德上的斗争和苦恼的时刻。他涉世不深，却又雄心勃勃，富有见识。日记还显露出，但尚把握不准自己的方向和潜在的能量，正摸索着培养自身的处世技巧、耐性和精明的头脑。

出于某种考虑，他和传教士们保持着时断时续的接触，所谈无不是一些宗教问题。但当每周末去教堂做礼拜时，所有人都看出了他的兴高采烈。这不由得让人怀疑，他与其说是为了去听传教士们索然无味的讲道，倒不如说是为了寻找机会和年轻妇女接触，并体会异性之温馨。

一个礼拜日，他照例去教堂听一个浸礼会牧师讲道。那天讲的经文是《哥林多前书》第十三章第十三节："如今常存的有信、有望、有爱，这三样，其中最大的是爱。"当讲道进行到中途的时候，一只黄狗钻进了屋子，站在另一个教士的旁边。牧师在上面讲对一切事物要仁慈、克制，下面的教士对那个不速之客忙开了，你打它一下，他踢它一脚，吓得黄狗尖叫着在人群中四处乱窜。先是女人们笑出了声，然后传染给了下面站着的教士们。赫德也快活地笑出了声。

"上帝啊，救救这些渎神的人吧！"牧师在台上连画十字。

没事就去城外打猎。他打下过麻雀、斑鸠、稻鸡、知更鸟，还有一次差点打下一只猫头鹰。每当他背着猎枪出行，身后就会跟上一大群孩子，阵势浩大的队伍浩浩荡荡开出去，让他再也找不到一只鸟。他向孩子们作出吓唬的样子，但他们还是远远地跟着他。这很快让他兴味索然起来。

难道生活真的无趣到了在晚上听听更夫打锣和敲竹梆子？当当当。梆梆梆。深夜划破空气的敲打声倒是很有规律，尽管音色变化少，效果还真不错。

年轻人很快找到了新的消遣，去城墙那边散步。宁波的城墙是石砌的，因年代久远而呈灰色，墙上缠满了爬山虎等匍匐类植物。赫德目测了一下，墙体足有二十至三十英尺高，周长足有六英里。城墙顶部开阔，足以行驶一辆马车。站在城墙上，无论是往城里看还是城外看，都让他心旷神怡。第一次去，在城墙上走到一半的样子时，散开了的蛋黄一般的落日似乎在向他发出警告，如果走得再远一些，就得留在黑暗中了。他离开城墙，从城中直穿过去。当他走进一条狭窄的街道时，他迷路了。他不知道是继续往前走还是留在原地。当他看到住处的屋顶时才安下心来。

城墙上行人很少，只有士兵、乞丐和传教士。他喜欢早晨去那儿散步。那时，这座城市刚刚醒来，他看着嘈杂的市声像潮水一样慢慢地涌上来，内心感到了充盈，觉得了尘世的可爱。一天清早他在城墙上遇到了奥尔德希小姐。奥尔德希小姐是一位英国传教士，很早就立志献身于上帝的事业，但因父亲年纪大了，不得不在家照料，直到她父亲去世，她先在爪哇待过几年，鸦片战争结束后来到中国。尽管那时她已经不再年轻（四十岁），但还是学会了阅读中文。奥尔德希小姐天生丽质，颇富家财，却一直没有结过婚。这并不是说缺少求爱者，这个老处女至少拒绝过别人一两次吧。她花费了很大一笔钱在城市中心租下一套大房子，开办了这个城市最早的一所女子学校。她一天中最好的消遣，是由最中意的几个女学生陪同，爬上城中九层高的宝塔顶，坐在那里，呼吸着海边吹来的清风，度过漫长的午后时光。

矮小的老处女由一个拿着灯笼的仆人陪伴着，正喘着粗气沿着石级走上来。她身穿一件花丝绸晨衣，严严实实的扣子一直扣到头颈底下，头发用绿色的蝴蝶结系住。这个女校校长直挺挺地站在那里，看得他心里发毛。

他急忙向她问好，语气里带着自己也不觉得的殷勤。因为他听说，奥尔德希小姐办的女子学校里，有几个漂亮的女助手，他早想结识她们了，只是苦于没有机会。

奥尔德希小姐十几年前就来宁波了，称得上是这座城市传教士中的老前辈了，他理所当然要为她让道。行为古怪的老处女摸出一瓶治头痛和驱除异味的氨水，往手掌上洒了几点，又添加了些随身带着的鹿角精，揉了揉太阳穴，说：“年轻人，我每天早晨五点就来城墙散步，想不到你起得更早。”

“能陪小姐您一同散步，不胜荣幸。”

陪同老处女散步的结果是他得到了邀请。本市的英国人要到雪窦寺游玩，奥尔德希小姐希望他能同去。就在那次游玩途中，赫德看上了老处女的一个助手，年轻美艳的戴尔小姐。看着她惹火的身段，赫德心里暗暗发誓要搞到她。要不是他紧张得舌头打了结，倒真的要脱口而出向姑娘求婚了。上山时，赫德一直有意走在戴尔小姐的轿边，一想到马上就吐口而出宣布爱情，年轻人就喘不过气来，有六七次差点晕倒。

"我是个什么样的青年呀！"他忍不住埋怨自己。

最后他总算找来了一只小狗作了戴尔小姐的替代，这当然要比一个年轻女子差远了。聊胜于无吧，他把自己最喜欢的一个外甥女的名字给了它：诺拉。

到了秋天，一些年轻中国女子开始进入他的视野：阿蝉，阿金。她们可能是领事馆里的同事介绍他相识的，也有可能是华人邻居或仆役的女儿。他为她们心跳，发烧，忽冷忽热。因怀疑得了可怕的疟疾，领事馆的总翻译密妥士先生不得不给他服用了蓖麻油，并用温水洗脚。为了搞到她们（尤其是最小的一个），这个年轻人无师自通地学会了向她们献小小的殷勤，赠送扇子和盘花纽扣。当女孩们拿着这些扇子来到他的房间向他道谢时，他是多么想拥吻这些小少女啊。可是他又为自己的腼腆而害臊，只好把欲望发泄到当晚的日记中：

"我对这些小姑娘很感兴趣，尤其是对后者。"

他甚至考虑过向一个看中意的十五岁的英国女孩求婚，请求她十七岁时嫁给他。但理智终于让他没有这么做。

一个年轻的外国人在异国，自然少不了忍受当地女子好奇的眼光。当有几个中国妇女从窗外向他窥望时，他感到了被侵犯，但也不无白人的优越感。他告诉自己，在这里我要自持，在我的周围有许多诱惑，让我做一个意志坚定的人吧。

"昨日一个年轻妇女从窗口向我窥望，她长着一张狐狸的脸，母豹的臀。"

他这么说时，朋友讥笑他是中了这个国家著名的短篇小说作家蒲松龄的毒了。因为此人在他的短篇故事集《聊斋志异》中，惯于虚构一些狐狸精变的魅人少女，来抚慰落魄书生的性幻想。

"我还看见一个很漂亮的中国女孩在领事馆附近，她的外貌并不特别像中国人。"后来他打听到那个长得像混血儿的女郎是领事馆里一个仆役的女儿。

"为什么我的眼睛总是像两粒子弹一样准确地命中她们的乳房和屁股？我知道这是不对的。"他说得如此痛苦，像在暗室里忏悔，让人不同情也不行。

"但艳梦像三江口的潮汐一样没有止息，自慰时我不得不想着她们，最后我不得不放弃战斗。"

但他还是不由自主去留意这些中国女子，以至不经意间流露出对她们的爱慕和好奇。这个过分相信文字的年轻人，喜欢对一切事物包括自己脑袋里的念头追根究底并且弄清到底是怎么回事。他爱探索的头脑在没有被事实说服之前是不可能接受别人的意见的。但他终于说服了自己：既然用五十到一百元就可以买一个长得还标致的女人，让她们成为你的私有财产，且每月花两三元钱就可以养活她，既然寂寞是如此的深，就像秋天的荒草，既然思念被禁止的欢乐是有罪的，抱有这类想法又害怕实施它会更加的不幸，那又何不摆脱空想去切实地行动起来？

"肉体与灵魂交战，引诱不断出现，良心告诉我不要向它们低头，它们产生的点点世俗欢乐都会被内心的谴责所摧毁，可是引诱是如此强大，让我心生眷恋，最后我不得不放弃战斗。"

1855 年的一些零散的纸页上，他以不同寻常的热情描述了他的一个中文老师的婚礼。他还津津有味地描述了宁波的妓院，它的内部陈设和做生意的方式。尽管没有证据表明这个年轻人曾在那些花柳之乡过夜，但他肯定进去消受过。

他坦白，一些老于此道者还传授给他少花钱在妓院里过夜的办法。那就是两个人一起去一间屋，在那里让一个姑娘服侍他们，装烟呀，递茶呀，然后两个一个睡前半夜，一个睡后半夜。

"如果一个女人在街上说，今天生意好哦，凭着她的衣饰我一眼就可以看出她是操那种营生的。"他向朋友吹嘘说。

本市的外国人经常举行一些宴会，那时他们都会带着打扮得漂漂亮亮的夫人出席。某次宴会后，年轻人写下了一首诗，准备给它配上《友谊地久天长》的调子：

> 在宁波府我们能听懂的话不多
> 看不到一个漂亮的姑娘，可以搂着细腰散步
> 但在宁波府我们仍然有一些欢乐
> 音乐会，舞会和游戏
> 中国习俗与古老英国的好方式混合在一起
> 在宁波府我们品尝着冒到杯边的酒趣
> 爱本地少女，抽雪茄，饮酒
> 如果不在宁波府享受某种生活，那是我们自己的错。

四、动物世界

11月底下了一场大冰雹，天突然冷了，早上起来，赫德发现玻

璃杯里的水都结了冰。看来冬天真的到来了。

天空不再是无云的湛蓝，太阳也变得有气无力。从江面呼啸而过的西北风吹得窗户咯咯作响。它们带来了急急南驰的大块乌云和刺骨的寒冷。

咸丰五年正月初二，新历已是1855年的二月，一大早，云消雾散后，赫德渡过甬江去药行街天主教堂。经过城隍庙时，他看见人们围桌而坐，许多衣着华丽的人走来走去。锣鼓号角喧天，噼啪的火枪和鞭炮声中，舞龙的队伍开了过来。赫德饶有兴味地立在人群中观看。

一条用彩绸和竹篾扎成的巨龙，由把头藏在鳞光闪闪的龙肚子里的数十个男子举着，忽而匍匐，忽而转身翻腾，其模样就像是鳄鱼与大蛇的混合物。后面跟着的是一大群飘在空中的仙女，每一位仙女都是由衣着鲜艳、容貌出众的年轻女子扮演，用细得肉眼几乎看不见的金属丝网吊在半空中。站在人群中的赫德不由得用刚学会的土话叫起好来。

"那是谁？"有人惊奇地问。

"赫老爷。"一个人说。

新的一年开始了，他很高兴这座城里的人们开始认识他。

即便是在宁波这样的小地方，赫德也感受到了天下不靖的震撼。去年10月他取道上海前往宁波时，清军和太平军正在上海近郊拉锯争战。过了旧历新年，传来了太平军攻下了江西省与浙江省交界处的玉山县的消息。风传一些上海三合会的秘密信徒已经来到了宁波。某天赫德去道台衙门，看到了几个装在竹篮里的血淋淋的人头和七八个被捕的嫌疑分子。为防止他们逃跑，兵士们把这些犯人钉在木板上，钉子钉在拇指和食指之间的肉上。

与此同时这个地区更迫切的问题是葡萄牙水手和广东水师之间的冲突。这是一场恶狼争当保护者的利益争夺。过往的商船请葡萄牙人护航，这惹恼了那些海盗出身的广东水师，他们扬言要报复葡萄牙人。有关动乱的谣传已经闹得满城风雨。有消息说，报复性恐怖活动已在酝酿之中，不久将要爆发。在宁波的外国人进行了一次冷餐会筹划对策。但赫德以为，"作长夜之饮的人无法应对仓促事变"，拒绝了赴宴。尽管如此，睡觉时他还是在枕头底下放了一支左轮手枪，并把床边的窗户打开，准备必要时就跳窗逃跑。

漫长的雨季开始了。整个城市变得灰蒙蒙的，往空气里随便伸手一攥，就是一大把水汽。床单长出了霉点，不穿的衣服和鞋子长出了绒毛，似乎整个世界都在霉烂。某个特别闷热的夜里下了一场特大的雷暴雨。一道闪电，同时伴随着震耳的炸雷，好像大炮在头顶开火一般。次日早晨起来，赫德吃惊地看到，闪电击中了河里泊着的一艘船的前桅，桅杆折断，余下一截的下部有一道明显的参差不齐的凹槽。这不禁让赫德后怕，要是雷电击中了他住的房子怎么办？

雨季过后到处是明晃晃的阳光，空气中充满了蜜蜂采蜜的嗡嗡声。鸟儿也忙于表现爱情。群狗似乎在比赛谁的舌头伸得最长。年轻人身体里暂时偃旗息鼓的战争又重新开张了。

一个闷热的夜晚，空气中充满蛙鸣，赫德坐在桌前。桌上散乱地堆放名片、家信、记账本、道台大人的信和《辉格》《信使》《国内新闻》等杂志（"一个私人与公家、文学与政治、多愁善感和忧郁思想的大杂烩"）。不知什么时候，两只蛾子飞了进来，在他写字的时候静静地坐在纸页上，赫德似乎觉得它们很有礼貌地看着自己，就像中国传说中那种上了年纪的女才子。然后又飞进来一个大家伙，两个老处女中的一个开始有些激动，年轻的绅士带着两只蛾子围着灯追逐着。

一整个晚上他都被蛾子翅膀的拍打声扰得睡不好觉。迷迷糊糊入了睡，梦里还是那些谈情说爱的蛾子。就像当地那个美丽的传说中的一样，它们幻化成了俊朗的男子和楚楚动人的女子，到后花园私订终身，又在去省城杭州读书的路上十八里相送。

那些日子，造访他屋子的还有以下这些不速之客：从天花板上吊下来的蜘蛛，捣蛋的甲虫，军团一样在头顶飞舞的蚊子，蟋蟀，蝗虫，蜥蜴，忧伤的纺织娘和小商贩一样机警的壁虎，还有一些爱跳舞的小动物，他连名字都叫不出来。他被这些小昆虫闹得不胜其烦，身体内部的战争逐渐演变成了他与动物世界的战争。

窗外又如何呢？同样是不得安宁。当然更多的是忙着唱歌求爱的青蛙。"青蛙在路边蹦跳，数目之多令人吃惊，"他说，"有各种颜色和形状，有许多就像一块泥。有一次我走近时看到一块泥土忽然裂开，好多青蛙四处跳散开来，吓了我一跳。"

长这么大，他第一次看到了蛇，好家伙！足有四五英尺长，它隐秘地在草丛中悄悄溜过时，他觉得上帝的造物里没有别的什么东西比这位老兄更像是狡猾的化身了。

有一天，竟然有一条蛇钻进了他卧室的木板底下，"我对这位绅士感到有些紧张。"还有一次，这邪恶的化身钻进了他放在桌上的衬衫里，要不是他准备穿那件衬衫前抖了抖，那条蛇怕是真的要缠上他的脖子了。这让他一想起来就后怕不已。

"我用手杖打死了它，它足有五英尺长，最粗部分的直径有一英寸半，在卧室里看到这东西真是太恶心了。"

夏天似乎提前到来了，天空没有一滴雨，到处又都是明晃晃的阳光，这让他感到难以忍受。早晨的时候希望晚上到来，夜晚来了又希望是早晨。一般，傍晚六点钟他就带着小狗诺拉出去，到领事馆背后的山丘上，手脚四伸地躺在一块坟地上，看看四周，吹着凉风，做些不着边际的梦。

"我开始像畜生一样地生活，睡觉，吃饭，写字，抽烟，闲逛，不想家，没有烦恼，也没有思考。"他抱怨说。

五、阿瑶

不胜昆虫们的骚扰，大概是七月初的某一天，赫德搬出领事馆，住进了怡和洋行在宁波的代理人帕特里奇船长家。1855 年 7 月 1 日的日记中，赫德描绘了这个夏天带给他的种种病症："先是腹泻，然后在星期四便秘，我服了药，在星期五和星期六仍然病得很厉害，今天多少好些，但舌头仍很脏，嘴里有一股很讨厌的味道。昨天和前天热得厉害。今天上午身体非常虚弱。简直不知道干什么，不知道哪里去才有风吹进屋来。"而后他记录了这天下午两点钟后的一场大雨："先是刮大风，再是雷暴，雨点大如普赖斯小姐的顶针。由于这场雨下午变得凉爽宜人，蟋蟀、蝗虫、蚊子和青蛙现在都忙着歌唱。"最后他按捺不住兴奋地说："明天我去帕特里奇船长家暂住，以度过热季。"

帕特里奇船长这年三十出头，却已是显赫一时的商人。他的鸦片生意做得很大。一住进他家，年轻的领事馆翻译的生活一下子变得优裕了。我们可以设想那是在一幢气派的大房子里，长驱而入的江风吹动洁白的落地窗帘，屋里安放着远洋运来的英国家具，架上陈列着主人搜罗来的各式古玩。宅内婢仆成群，她们懂得洋人的喜好，善于逢迎，无一不令人心满意足。

见多识广的船长自然有能力解决朋友的性苦闷。我们还不妨进一步设想，帕特里奇船长自己就有一个中国情妇，通过这个女人，给赫德搞个把年轻姑娘怕不是什么难事。

于是，大约是在1857年夏天，一个叫阿瑶的宁波姑娘进入了我们视线。这个出身低微的船家的女儿是赫德在中国的第一个情人。但赫德的日记早在1855年的夏天就戛然中断了，显然，赫德后来在整理日记时把有关性苦闷和与情人同居的一段销毁了。这一时期我们所能看到的最后一篇赫德日记是1855年7月29日，它们包括以下散页：一些未写完的致友人的信件，若干篇宗教经文，关于宁波日常生活的一些片段，还有一些显示日记作者文学素养的虚构故事的片段。

日后名满天下的大清海关总税务司爱惜羽毛，不想让人看到有此暧昧关系的记载也在情理之中。更何况，过多渲染结婚之前的男女情事也未免使他未来的妻子难堪。但按照维多利亚女王时代的标准被看作放荡和见不得人的事，在我们今天看来完全可能是这个人在中国最富有意思的经历。

赫德日记的整理者之一费正清先生发现，消失的赫德日记为1855年7月29日后至1858年3月20日前，长达两年九个月。在这一删节过程中，他把那个女人连同那些多事年代中外交和商业史上的许多日常事件销毁，这对今天的研究者来说实在是无可弥补的缺憾。费正清推测，赫德出于塑造自身形象的考虑删减这部分日记的时间，当在1902年马士因打算为他写传记而要求阅读他的日记的前后。马士本想写一部以"赫德爵士和他所组织的那个伟大的中国海关"为核心的历史性传记，因为赫德的谢绝，他才不得不"用一部历史代替一部传记"，写成了被称为"国际汉学界研究中国近代史的主要参考书"的《中华帝国对外关系史》。到了1906年，赫德就有关使用他的日记一事，最后致函马士："关于我的日记，本来打算在我归天之日付之一炬，然而在1900年的兵乱中虽然其余一切皆荡然无存，此物居然得以幸免，真是不可思议。但此次幸免于难，并未使此物获得任何不同寻常的价值，而我还深恐其不仅难于理解，反使涉猎者徒耗精力，得不偿失。我估计目前我已写到第70卷，要把它从头到尾重读一遍，并把其中不能用的部分剔除出去，可能需要花费五六年时间，而且我的生活必须在这么长的时间内无稍许的变化。"（赫德1906年12月20日致马士函。）但幸运的是，可能因为日记的过分庞大，赫德在处理这个时段的日记时删减未尽，还是有关于阿瑶和他的私生活的信息泄露出来。顺着日记残片和赫德与在伦敦的代理人金登干的通信，阿瑶这个和他一起生活了七年的中国女子得以在下文的叙述中重新浮现。

由于长年生活在这座海边城市，我们大致可以猜测，这个女子——阿瑶——有着终日被海风吹拂的黧黑的肤色。考虑到她日后要为赫德生下三个子女，她应该有着一个预示着丰盛的生殖力的硕大的屁股。给洋人做情妇，她的社会地位不会太高，不像是官宦人家的女儿，很可能出自一个小商贩家庭，或近郊的农村，或沿海的船家。赫德养着她，想必还要定期付出一笔费用，其中有一部分还要支付给她的家庭作为补偿。我们还不妨设想，她长着一双健康的天足。

这个精明的年轻人自然不会有在这个小地方作长期投资的想法，无论是金钱的投资还是感情的投资，他都没有这个打算。他希望等他的任期结束——一般是四年——他就可以回到爱尔兰向家人和朋友吹嘘他在远东的神奇经历。没错，他是被情欲包围着。没错，他向往着在异国有尽可能销魂的艳遇。但在这个开埠通商才十来年的小地方，我们年轻的主人公怎么会停下他的脚步呢？他不需要爱情，他只要一个女人，折磨得他寝食难安的是一种殖民地情欲：它绚烂而短暂，放荡而有节制，充满了异国情调。

但后来发生的一切显然背叛了他的初衷。

他喜欢上了和这女人做爱。她浑圆结实的臀就像一艘再大的风浪也无法掀翻的船，可以载他去任何想去的地方。他激发了这女人的情欲，又甘愿作这情欲的俘虏。当高潮远远到来，他是多么着迷于她汗水的芳香，着迷于那具丰饶的身子里发出的潮汐般的叹息啊。而房事之后拥着这个当地姑娘学说土话又是多么的销魂。

做个传教士的想法早就一去不返，祈祷的时间也大大减少。上帝出现在意念中越来越变得像个稀客了。他再也不提回贝尔法斯特去（1866 年春天的回国度假是个例外，他要回去与正式的夫人完婚）。对女人的爱，古老帝国的房中术，像锚锭一样把他固定在世俗世界里，而他也无需再去考虑来生会遭受什么样的报应。

和阿瑶的同居时期——保守的测算是在 1857—1865 年的七年间——成了他一生享受艳福的高潮时期。他好像要把对女人的幻想和激情在这个宁波女人身上耗尽。现在我们已经知道，让未来的赫德爵士永久留在中国的不是别的，正是他和这个女人的一番经历。在文化上他依然是个异乡客，要靠经常通过阅读来自伦敦和爱丁堡的期刊来慰藉心灵，但在情感生活中，已完全地以中国为中心了，换言之，他生活在中国，这个女人却让他毫无他乡之感。

六、强弩之末

新一卷的日记开始于1858年的春天。这年3月，赫德被任命为英国驻广州领事馆的二等帮办，并在不久后爆发的第二次鸦片战争中出任联军委员会秘书，成为执掌占领期间广州实权的人物之一。有足够的证据表明，他是带着阿瑶从宁波赴香港，再乘炮艇"福雷斯特号"前往广州的。如果我们注意到，5月时阿瑶已有了两个月的身孕，那么很有可能，赫德就是在船上搞大了她的肚子。

保存下来的1858年3月至12月的广州日记，偶尔会出现阿瑶的身影：

5月20日，两位不期而至的军官进入赫德的住宅，他机智的情人躲入后堂，未被看见。5月26日，"阿瑶（怀孕）两个月了"。7月8日，"我正经受一种心理上的变化：对异性比过去想得少了，不喜欢那种想象中的私通了"。

出于安全方面的考虑，赫德把她送到了澳门。偶尔派仆人阿志给她送钱。或许是因为囊中羞涩，有一次阿瑶向赫德开口要700元钱，这颇使赫德不快。显然，她的怀孕不仅让她销声匿迹，而且还失去了往日有过的关怀。

他怒气冲冲地记载那些不愉快的会面场面:"我的女船娘回来了,她于前夜从澳门回来。她向我要200元。我一定要和她断绝关系。""阿瑶最起码的要求是700元,或最少200元,没门儿!"(1858年8月15日的日记)

"给阿瑶125元,我的意思是这就了结了关系。"(1858年9月19日的日记)

阿瑶怀孕期间,年轻的领事馆官员又开始另觅新欢。他毫无廉耻地记下他的艳梦:"星期五,从一个美妙的梦中醒来,梦见把MM捧在怀里,亲吻她——这样甜蜜——紧贴她的前额。"

他开始频繁地和一个叫阿依的广州女孩幽会。他去东北门她的住所去看她,送给她钱,又把她带到自己宝塔街的住处。星期天,他和阿依一同骑马去广州城外的南郊和西郊。如此迅疾的发展速度,无疑更适合他那种殖民地情欲的发泄,来得快,去得也快。或许这只是一个性苦闷的男人在同居的女友怀孕期间的拈花惹草,总的来说,这个花心大萝卜同时还算是一个有良心的男人。大约是在这年底或下年初,阿瑶生下了他们的第一个孩子安娜,可能是舐犊情深,赫德义无反顾地离开情人阿依,迅速回到她身边,和她恢复了关系。

后来阿瑶又为他生下了两个孩子:赫柏特·赫德和阿瑟·哈特(1866年春天,乘带着"斌椿使团"访问欧洲之际,他把这三个孩子作为养子女送回英国,托一个同他有业务往来的商店司账戴维森先生和他妻子抚养,并接受英国式的教育)。在以后的生活中,无论是总税务司署搬到了北京,还是出去巡视各口岸城市的关务,他经常会回到上海,看望这三个孩子和他们的母亲。

1866年春天,大清海关总税务司、在遥远的东方有着冒险经历并取得成功的罗伯特·赫德回到北爱尔兰，迎娶他的未婚妻赫斯特·简·布莱顿小姐，阿尔玛郡波塔当一个小镇上的医生的女儿。这一年他三十一岁，布莱顿小姐十九岁。在这之前他们从未见过面，只是在赫德一个姑妈的介绍下通了几封信。出于找一个门当户对的姑娘做正式妻子的考虑，他闪电式地向她求婚，得到了她和家人的同意。他们在都柏林举行了婚礼，在浪漫的基拉尼湖畔度过了蜜月。年底，赫德带着他的新婚妻子和几个招聘的同文馆教习回到了北京。海关处理不完的事务在等着他。

他马上有了这样的感叹："夫妻生活确实干扰了一个男人的工作。"

他们的婚姻持续了四十五年，其中有二十一年是在北京共同生活的。余下的二十四年，赫德夫人住在伦敦卡多根广场一座舒适的房子里。赫德供给她足够多的钱款，用于旅游和娱乐，还不时转送给她中国官员送的珠宝、皮毛和丝绸等昂贵的礼物。作为报答，丈夫不在场时赫德夫人履行了一个维多利亚时代妻子应尽的职责。他们经常客气地音信往来，互致亲切的问候和祝福。

此后出现在公众眼前的罗伯特·赫德，完全是一位整日劳形案牍的官吏的形象。他时而还会在社交场上与一些妙龄女郎应酬交际，颇有绅士风度地献献殷勤，或真或假地说一些表白爱慕的话，但他再也不会像50年代在宁波时那样对她们充满性的幻想。

在结婚十年后的一场神经衰弱症之后，他和赫斯特·简·布莱顿的夫妻生活虽未完全废弛，但也现出了败象。或许，早在1866年，赫德先生在都柏林挽着赫斯特·简·布莱顿小姐的手走进结婚殿堂时，他已是强弩之末了。

他的激情，已经在中国耗尽。

1875 年，在一封有关三个孩子的教育问题写给他的伦敦代理人金登干的信中，他抑制不住地流露了对这个女人的思念与愧疚："她（指赫德与阿瑶的大女儿安娜）的母亲是人们能想象得出的最可爱、最有理智的人，她父亲原以为自己是个聪明人，但后来在他的内心深处不得不承认是个傻瓜。"

没有一个人知道阿瑶后来怎么样了。据赫德告诉他的儿女们，她在 1865 年去世了。由于资料的缺乏，我无法否定赫德的这一说法。她或许是死了，比如死于生最后一个儿子阿瑟·哈特时的难产或其他疾病。但对这没有先兆的死，我总心存疑惑。更大的可能，会不会是新婚在即的赫德把她像一只旧雨靴一样遗弃了？联系到日后身居高位的赫德为人日益谨慎和圆通，这不是没有可能。离开赫德后的这个女人，她或许在广州嫁人了，或许回了宁波老家。她的情夫在以后的日子里把日记中她的痕迹几乎全剔除干净了。没有一个人再提起她，就好像她本来就不存在。

她就像一粒灰尘消失在了流转的大气中。

舞，舞，舞

一、模仿

天才作家、舞厅的狂热顾客穆时英，在"月宫"里单相思地迷上了一个大他六岁的舞女，从上海追踪到香港并最终娶了她。这则发生在 20 世纪 30 年代初上海滩上的传奇，太像"新感觉派"小说的情节模式了，给人的感觉是穆时英的生活在自觉不自觉地模仿艺术。一般以为是穆时英从上海追到香港的狂热无畏打动了舞女的心并最终有了这一段并蒂连理的佳话，殊不知穆时英赴港的最初动机倒并不是这个曾让他梦萦魂绕的舞女，欢场如同猎场而尤物们又永远是胜利者，年岁不大却又洞悉此理的穆时英对此早已不抱什么希望，这年冬天的香港之行，他是应大鹏影片公司之邀为他们执导《夜明珠》一片的。这部被吹嘘"有《逆旅奇观》之作风、有《茶花女》之艳事"的影片好像是穆时英自身故事的一个拙劣翻版，说的是有一个舞女，遇上了一个真正爱她的男人，可是这段情爱却不为社会所容，最后舞女含恨而终。影片公司或许是看中了穆时英以往的小说中对都市景观的电影化的描述而让他来执导这部影片，的确他的视觉天赋和电影技法再好不过地呈现在了《夜总会里的五个人》和《上海的狐步舞》等给他带来巨大声誉的这些小说里。就在香港的某次社交场上（除了舞厅又会是哪儿呢），他再次遭遇了那个让他曾经心动不已的舞女，他乡遇旧识的兴奋过后是旧情的复燃。世事的流转不定让穆时英相信，生活未尝不是在模仿艺术并照着艺术的路子在走。于是再度高涨的情爱中他恍然成了自己执导的电影中那个忧郁又不乏冲动的男主角，一个新时代的阿尔芒丝。唯一不同的是电影的结局是灰色的，而他在情爱的猎场上得以胜出，把舞女变作了他名正言顺的妻子。一个一门心思泡舞厅、下馆子、追女人、掷骰子的人哪还有精力拍电影，再说又要侍弄新妇又要应付屡屡上门要债的赌友（好赌的他一到香港就欠下了一笔不菲的赌债），正好他的朋友、另一位都市作家刘呐鸥致信相邀，他趁机携妇回了上海。他不可能不知道，他的小说家朋友刘呐鸥此时已是傀儡政权的一个要员，他的欣然前往要么是甘心附逆，要么就是负有某种不能为世人知晓的使命。但这一切不可能清楚地写在一个人的脸上，要不历史的烟云也不会这么吊诡莫测了。现在的穆时英已是使君有妇了，尽管她做过舞女，他也没有理由像以前那样任性地出入欢场了，生活或许会在某些转折处模仿了艺术，但它还是有着物质生活打底的密实的底色。可是他在上海刚刚展开的生活似乎又成了对好友刘呐鸥的一次模仿：当他准备接管伪政权下的一份报纸并出任"国民新闻社"社长一职时，被秘密特务组织"除奸队"枪杀。在这之前不久，他的前任刘呐鸥的生命也是在四马路上的晶华酒家终结于一颗黑暗处射出的子弹。

二、香港

如前所述，穆时英曾在 1938 年抵港制片，但除了收获了一个出身舞女的妻子外，他对香港文化并没有做出什么贡献。虽说男人的一生不是精子太忙脑子太闲就是脑子太忙精子太闲，但后来的文学史家普遍认为穆时英的浮华与好色还是让他失去了在香港文化的草创期留下自己身影的机会以致成了一个匆匆过客，这对一个有着文化创造和传播的使命感的人来说不能不说是坐失良机，当然这个新派的小说家是否有这种所谓的使命感现在已是一个未知。当 1938 年穆时英来到香港时，这个岛已是近一个世纪的英占领土，而且其风貌历乱未变，所有的市政建筑都是依 "格林尼治皇后别墅" 的原型全盘复制建成的。它旧有的文化也同这建筑一样呈现出荒诞的色彩以致被内地讥为一片沙漠。这一年起，日本人对上海的占领使得大批知识分子成群南下，他们的目标不外是大后方重庆和延安，但在绕路香港时出于这样那样的原因好多人都滞留了下来。看看这些同时代人在这文化的荒芜之地做过什么，身为新派小说家的穆时英能不惭愧吗：这一年，茅盾在《立报》编文艺副刊，招揽大量作家撰稿；老朋友兼妹夫戴望舒早他两年抵港，先后居留十三载，编辑一系列的杂志和当地的报纸副刊（最有名者当数《星岛日报》的文艺副刊 "星座"）；诗人徐迟，到达香港后在与左翼人士的接近中改信了马克思主义；1938 年离沪抵港的还有一个耻辱的流放者——被左翼作家联盟除名的小说家叶灵凤，在这里他把二十七年的余生浸淫在一生未变的书籍嗜好中成为一代藏书名家；更不必说稍后到来的"双城"故事书写者张爱玲了。

三、舞厅

他喜欢上海。除了年少时的欧游求学和这次短暂的香港之行，他还真没有离开过这个东方的都会。下午茶、咖啡馆、大光明电影院、星期六的 Party，身上的明星牌香水与晚上的百乐门舞厅构成了他在上海的日常生活要素。他喜欢上海的夜，这夜会因无数的女人和珠宝而像一片云母石一样闪闪发光。印度手鼓的节拍，上百个乐队的音乐声，色欲的交响乐，曳步而舞，身体摇摆，休止符，灯海里的欲望，欲望的浓烟，杜松子酒，爵士乐，伴舞女郎——一毛钱到一美元，俄国的，中国的，日本的，朝鲜的，欧亚混血的，全都对你亲亲热热……这就是夜生活中心的舞厅，这就是欢乐，这就是生活。尽管跳社交舞就像赛马一样是一种西方人的习俗，但在上海的外国人最初把它介绍进来，时尚的男女就热烈拥抱了它并乐此不疲。穆时英，这个光华大学的毕业生，这个年轻的天才小说家，这个烫着头发衣着时髦懂得享受"举凡近代都市的各种知识无不具备"的摩登 boy 型人物，操着一口堀口大学（日本"新感觉派"小说家）式的俏皮话，把无数个夜晚和不可计数的钱财都扔在了这里。百乐门舞厅、大都会花园舞厅、维也纳花园舞厅、圣安娜、仙乐斯、洛克塞，这闪闪发光的夜晚，这暧昧的灯影，这情色味的空气，他潜入其中就像鱼在水中一样自如。因了他小说家的虚衔，人们以为或许他是在舞厅里为他的小说寻找灵感，笑称他把舞厅当作了丈母娘家，把所有的钱财都挥霍在了夜生活上，却没有人看到昏暝的光线中他盯着女人乳沟的眼睛像猎手一样锐利。那些舞女，坐在离他一臂远的台子上，嗑着西瓜子，也在打量着男人。她们摆出一副做作的冷漠就像在等待一辆辆欲望的街车驶近，她们敷了白粉的脸和猩红的唇搭配着就像日本能剧中的人物。都市的夜把这个游手好闲者磨炼得收放自如老辣沉着，他熟习从快步、狐步、华尔兹、探戈到新查尔斯顿和伦巴的各种进退姿势，懂得如何为看中的舞女开上足够的香槟而不至于丢脸，如何在舞池中调动腹部的肌肉以有效地吸引女性。他挺拔的身材、轮廓分明的脸和阔绰的出手使他获得了小姐和舞女们一次次的青睐。作为对他大方的回报，这些高瘦各异妍媸不一的女人中也有出去和他欣然上床的，并在他写实主义的叙写中进入了他一篇篇照相摄录式的小说。作为男人欲望的对象，她们也把自己的欲望投射在了男人身上，在情感的方式上也在做爱的体位上显得比男人更大胆更恣肆更激情，甚至扮演起了控制男人的角色。他在"月宫"里喜欢上又屡追赶不得的那个舞娘，谁说不是在与他玩欲擒故纵的情爱游戏呢，只是后来这情爱游戏演到了天边是他始料不及的。

四、尤物

于是故事便在这灯红酒绿的都市景观下上演了，大同小异的模式不外是男性主人公在这里邂逅摩登女郎或者说尤物。虽然邂逅的结局不外是男性的落败（都市里的一个奇怪逻辑），但其过程中包含的精妙的形式和细节却足以让一个游手好闲者怡然自乐。从词源上探究，"尤物"本指超群拔萃的人或物，当穆时英和他的朋友们用这个词来指称这些美艳而惹祸的舞女、交际花、饱暖思淫欲的都市中上层女子时，已经把她们另眼相看，同正常的妇女群区分了开来。她们在穆时英的眼里已经只有了"女"而没有了"人"，她们成了品鉴、消受的宝贝和捕诱、伤害男人的猎手。

那是些有着"蛇的身子、猫的脑袋"的温柔和危险的混合物，有着"柔滑的鳗鱼式的下节"和"石榴一样的神经质的嘴唇"。她们穿着红绸的长旗袍站在轻风上似的飘摆着袍角，踏在海棠一般可爱的红缎的高跟鞋上的一双脚看一眼就知道是一双惯于跳舞的脚。她们外表妖冶，富于挑逗，像一朵朵丰肥妖艳的花，让你明知有毒却又甘于被她的色泽和醇郁所魅惑。她们工于心计、狡黠淫荡、爱慕虚荣，追逐肉的享受和浮华的生活。美丽的外表下藏的是一颗狐狸的心，"红菱的嘴"里吐出的只是谎言。她们相貌的挑逗诱惑和狐狸般的性格正象征着都市的浮华、淫侈与奢靡。一眼看到这些尤物你就会有这样的疑问：我到底是个好猎手，还是只不幸的绵羊？在一篇题为《骆驼·尼采主义者与女人》的短篇小说里，男主人公邂逅了一个神秘女郎，一个异国情调的尤物："她绘着嘉宝式的眉，有着天鹅绒那么温柔的黑眼珠子和红腻的嘴唇。"他挑逗她的方式是说了这样一句话：小姐，我要告诉你，你喝咖啡的方法和抽烟的姿态完全是一种不可饶恕的错误。然后是一场调情斗智的对话：男——小姐，人生不是莲紫色的烟圈，而是那燃烧着的烟草。女——我不懂你的话。男——人生是骆驼牌，骆驼永远不会疲倦，骆驼永远不叹一口气。女——先生，我不懂你的话。男——不懂吗？我告诉你，我们要做人，我们就抽骆驼牌。女笑了起来——你真是个有趣的人，也生得很强壮，我想和你一起吃一顿饭，看你割牛排的样子。

随后是一对风尘男女在"亲切友好的气氛中"共进晚餐，那风情万般的尤物在餐桌上教了他"三百七十三种烟的牌子，二十八种咖啡的名目，五千种混合酒的成分配列方式"，一腔欲火的男主角终于一无所获，敢情她是拿他当消遣品来着！

被当作消遣品的男子——人影幢幢的舞池里又未尝不是如此，这欢场上的追逐到后来谁又分得清哪个是猎物哪个是猎手。明月装饰了我的窗我又装饰了你的梦，你承载了我的欲望我又满足了你的虚荣，真个是你中有我我中有你大捣欲望的糨糊。对于左翼作家们把舞女们描绘成社会底层受尽欺凌的可怜的生物，穆时英认为最好的办法是让他们进舞厅来亲眼看看，他们不看怎知道这些尤物的一身春装行头从皮鞋、丝袜、吊袜带、胸罩、卫生裤、扎缦绉夹袍、春季短大衣到胭脂、面油、唇膏、皮包、烫发、眉笔要花去通用银元五十二元零五分，这在 20 世纪 30 年代的上海相当于一个小学教师或者普通记者编辑一个月的薪金，更抵得上一个四口市民之家一个月的生活费。而这无非就是为了吸引男人的欲望投射并在这投射的应对中刺痛男人的眼球！尤物啊尤物。

五、女体

这个故事讲的是一个医生对一个女子身体的探究。有一天，一个女子走进了一个作息刻板得像时钟一样的医生的诊所。医生注意到她的身体，窄肩膀，丰满的胸脯，脆弱的腰肢，纤细的手腕和脚踝，高度在五尺七寸左右。她说她感到衰弱，没有胃口，还饱受失眠之苦，医生的诊断是她要么患了"没成熟的肺痨"，要不就是"性欲的过度亢进"。他要求她脱下衣服躺在床上，以便对身体做进一步的检查。然后他看到这个一丝不挂的女人，这个女体让他想到了一尊塑像：把消瘦的脚踝作底盘，一条腿垂直着，站着的一个白金人体塑像，一个没有羞惭、没有道德观念也没有人类的欲望似的无机的人体塑像。他的目光在"金属性的、流线感的躯体的线条"上面一滑就滑了过去，这个没有感觉也没有感情的塑像还在那儿等着他的命令。这不是一个医生面对女体应有的解剖学的描述，它是情欲主义的，身体肤色的"白金"更强调了女体的混血意味，而这也是一个时代的口味。果然要命的事情发生了，医生在这具好像没有血色的女体面前感到了欲望的勃动。他喃喃着主救我白金的塑像啊，他是在祈祷摆脱女病人的身体诱引得到拯救吗？问题是女病人并没有做出什么诱惑性的动作，那么他的呓语是为压抑的性幻想折磨所致了。故事的最后是他被女病人唤起的欲望找到了一个出口——他的新婚妻子——一个合法的占有物。这个故事就是穆时英把笔墨首次集中于女性身体的经典文本《白金女体的塑像》。

还有一次他把一个女性的身体画成了一幅国家地图。故事的开始是男主人公看到一个坐在歌舞餐厅里的摩登女郎（又一个摩登女郎），在角落里一边静静地抽着一种 Craven A（他把这作为了这个小说的题目）牌子的香烟，闻着"纯正的爵士乐从里边慢慢儿地飘过来"。很快他就非常专注地窥视起了她，并非常夸张地描述起了尤物的脸和身子：他全景式的注视从女郎的头发（黑松林地带）开始，接着是眼睛（湖泊），嘴（火山，中间颤动着一条火舌），乳房（两座孪生的小山），一直向下看到南方"更丰腴的土地"和"更神秘的山谷"（下体），直到他的视线被桌子挡住了，这个窥视者还要低下头去，他还会说出什么话来形容他的所见？——"在桌子下面的是两条海堤，透过了那网袜，我看见了白汁桂鱼似的泥土。海堤的末端，睡着两只纤细的、黑嘴的白海鸥，沉沉地做着初夏的梦，在那幽静的海滩旁。在那两条海堤中间的，照地势推测起来，应该是一个三角形的冲积平原，近海的地方一定是个重要的港口，一个大商埠。要不然，为什么造了两条那么精致的海堤呢？大都市的夜景是可爱的——想一想那堤上的晚霞，码头上的波声，大汽船入港时的雄姿，船头上的浪花，夹岸的高建筑物吧！"没有人会以为看到的是黄浦江入海的一景，"两条海堤"是尤物的大腿，"三角形的冲积平原"是尤物的阴阜，那么"大汽船入港的雄姿"又是什么呢？这幻想中的地貌里潜在的色情寓意真是摄人心魄。20世纪30年代的上海真是个五彩斑斓的大杂拌，一边是像萧军、萧红这样的爱国作家把遭受日军践踏的东北比作女人的身体，一边是在白日梦的谵妄中懒洋洋地描绘着一幅色情的身体地图，难怪后来周树人先生对上海文人会有才子加流氓的恼怒断语，虽则在京派海派的分割中无论从文化渊源还是气质特征上说周更近海派文人，但由此存下的芥蒂使他一直耻于与之为伍。

六、狐步舞

《上海的狐步舞》，穆时英短篇小说。如果舞厅是穆时英的小说里最重要的场景，舞女是他小说里最重要的人物，那么他也习惯了用舞厅里的声色去比照外面的都市。舞厅，那是他为"被看"的对象——都市——找的一个"看"的视角，由此他得出一个重要的发现，1931 年的上海正在跳着"狐步舞"：这是一个声光电气的现代生活，一切仿佛都在生成，一切都没有规律可言，这无法捕捉的炫惑就像舞池里灯影幢幢下的一支 fox trot——狐步舞，"蔚蓝色的黄昏笼罩了全场，一只 saxophone 正伸长了脖子，张着大嘴，呜呜地冲着他们嚷，当中那片光滑的地板上，飘动的裙子，飘动的袍角，精致的鞋跟，鞋跟，鞋跟，鞋跟，鞋跟，蓬松的头发和男子的脸。"何其的轻快狡猾，眩人欲醉，资本家姨太太黑白道交际花投机客小市民会在这狐步中舞着自己的韵律。这个比喻，在今天看来就像 E.L. 多克特罗用"拉格泰姆"这种带切分音的爵士音乐来指称一战前夕的美国一样经典。

这个小说以火车道边的一场暗杀开场（这笔法让人想到早期桀骜不驯的穆时英），这种残酷的黑道的描写似乎在寓言着这个都市便是在杀戮中存续。没有细节，只有动作和对话，就像现代电影的一个分镜头剧本。然后，"嘟地吼了一声儿"，我们看到一道弧光从水平线底下伸了出来。铁轨隆隆地响着，铁轨上的枕木像蜈蚣似的在光线里向前爬去。要的就是这电影一样的刺激，要的就是这高效的刺激，要知道这是舞池里足不点地般滑行的年代，热爱时尚的人们需要的不再是京剧式的眉眼之间的传情品位而是速度和力量。画面再一转，开始了一个富人家庭不伦的恋情，富商刘有德年龄上的媳妇、法律上的妻子与他的儿子小德"开着 1932 年的新别克，却一个心儿想 1980 年的恋爱方式"，深秋的晚风吹来，吹动了儿子的领子和母亲的头发，法律上的母亲偎在儿子的怀里道："可惜你是我的儿子。"欢场上的逢场作戏不会有也不需要灵魂的苦痛和挣扎，所以在舞场上他们各自在舞伴之间上演着已操练了无数遍却依然动听的话语："有许多话是一定要跳着华乐滋才能说的，你是顶好的华乐滋的舞侣——可是，蓉珠，我爱你呢！"真是都市里的香艳，20世纪30年代的香艳。而小说开头和结尾时的一句"上海，造在地狱上面的天堂！"，正好流露出了小说家穆时英本人对都市的复杂认知：它是地狱，也是天堂。

七、南北极

当左翼作家们把穆时英看作1931年（岁次辛未的1931年是不足为奇的一年，1931年又是一部众声喧哗的复调小说）中国文坛的"重要收获"时，他们不会想到，短短的一两年间他会来个意想不到的大转变。《南北极》（穆时英的第一部短篇小说集）在湖风书局的出版，让左派人士对普罗小说的前景充满了乐观，因为他们从穆时英的身上看到了一种"简洁、明快、有力的新形式"，看到了一套"无产者大众的独特的语汇"。穆时英在这部充满着粗野暴戾之气的集子里描绘了一群生活在城市底层受着贫困与过剩的"力比多"双重挤压的男人，这些海盗、盐枭、匪徒、人力车夫、乞丐和青洪帮弟子像上个时代的草莽英雄和市井小混混，他们满嘴粗口，鲁莽、残忍、好杀、狡狯，动不动就给你一个大耳刮子吐你一身仇恨的唾沫，他们学着水浒人物慷慨任侠快意恩仇拿女性不当人看（女人也一次次地背叛他们）。一个不到二十岁的年轻人写出这一堆粗犷泼辣的故事，怎能不让人惊呼"左翼作品中出了尖子"，他们唯一感到不满的是，这样的小说居然不是登在《拓荒者》《奔流》这些主流的左翼刊物上，而是登在了一帮学生张罗起来的《新文艺》上。正当他们对穆时英寄予厚望，期待着他在这个方向上为无产阶级文学事业的振兴做出更大贡献时，穆时英却背叛了他们——至少在左派文人眼里是这样——跳开了风流奢靡的"狐步舞"且一跳就没有终场。他以后写得越多在他们眼里是愈益加速了在道德上的滑坡，从一个无产阶级的写实主义者蜕变成了一个醉生梦死的都市里的颓废者。后来那些香艳而又糜烂的故事居然出自写出《南北极》的同一人之手，其水火之不相容就像南极与北极之迢遥，但这是一个人内心的南北极，一个人内心的海水与火焰。穆时英就像一个孤魂被抛在劳工阶级掀动的尘嚣之外孤独地飘摆着。但他不后悔，他要用他的"第三只眼"冷冷地注视着上海这造在地狱上的天堂。诚然上海不全是歌台舞榭的升平，但上海也不见得全是菜市场里的低级消费，他只是相信这"第三只眼"所看到的，相信这所见或许更逼近上海的真相。所以他要写下另外的一些故事，从繁华的台前拉你到深不可测的陷阱前让你倒抽一口凉气，让你感受到生活的飘忽与轻浮，感受到眼花缭乱的疯狂的节奏背后荒漠般的悲哀。他把这工作悲壮地称为对时代的审判。他不知道，什么都可以审判，唯独时代是审判不得的，它的重压足够让你死上十次。

八、刘呐鸥

或许要到临死前一刻，穆时英才会发觉自己短暂的一生太像他的朋友刘呐鸥的复制品了。两人生活在同一个城市，一起写着一种被世人称之为"新感觉派"的都市小说，多次结伴上舞厅、下馆子、看电影，对女人的趣味和态度也是大同小异的浪荡子行径，到最后连怎么个死法也好像事前商量好了似的。刘年长穆时英七岁，原名刘灿波，生于台南，长于东瀛，他到上海比穆时英要晚得多，时间大约在1926年秋天。当时他是作为日本青山的高等学部文科毕业生，到上海震旦大学法文班插班入学。20年代的最后几年，刘呐鸥创办了两份重要的先锋刊物《无轨列车》和《新文艺》，把他的同学和朋友施蛰存、戴望舒们捧红的同时自己也以日本"新感觉派"宗师横光利一的传人的面目横空出世。在他的身上奇怪地融合着三分之一的日本文化基因、三分之一的台湾土著文化基因和三分之一的上海都市文化基因。和穆时英一样，刘年轻时也是个十足的浪荡子、行事派头的都市摩登绅士，热衷时尚，服饰讲究，喜欢在舞厅、咖啡馆、电影院、酒馆这些地方悠游岁月，在朋友们中间有"舞王"之称。让人奇怪的是，穆时英并不是刘最好的朋友，在当时的社交场上两人几乎很少同时出现。刘的死党是几个台湾同乡和震旦的戴望舒、施蛰存和杜衡等几个同学，他们轧在一起谈论文艺和女人时也从来没有主动邀请过穆时英来参加。明眼人都能看出来刘对穆时英的轻慢之心和敌意。但事实上这刻意做出的轻慢态度实际上正好泄露出了他对穆时英的不敢轻视。作为同样热衷于描写都市景观的小说家，刘呐鸥不无悲哀地发现，自己好像在扮演一个开路先锋的角色。而这个比自己小一大截的年轻人却后来居上远比自己走得漂亮，自己全部的作品也就薄薄的一本《都市风景线》，外加几篇翻译过来的日文小说。而这个年轻人从《北极风》到《公墓》到《白金女体的雕像》再到《圣处女的感情》，一步一步走得越来越像个年轻的大师了。有人不明就里对刘呐鸥说，你和穆时英很相像呀，真是一对双子星。刘的回答在谦和之下散发着浓浓的醋意，我和穆时英最大的区别就是他的小说写得比我好。

尽管如此，倒并不妨碍两人在合适的场合和心境下谈谈共同崇拜的葛丽泰·嘉宝这样的好莱坞女星，谈谈那些让人血脉为之偾张的都市尤物并相互交换猎艳的手腕和经验。穆时英清楚地记得1927年春天和刘初识在一家舞厅时，刘刚回了一趟台南老家，他还没有从妻子（同时也是他的表姐）带给他的灰败情绪中走出来。他把火柴一根一根地折断往烟灰缸里扔，一个晚上竟折断了六包火柴。他这样向他描述对那个台湾女人的嫌恶："女人是傻呆的废物，啊，我竟被她强奸，真是不知满足的人兽，妖精似的吸血鬼，除了纵放性欲外什么也不懂。"他以一个过来人的口气教导小阿弟穆时英说："女人和男人做爱，她们所感觉到的快感要比男人大得多，所以她们思想行为举止的重心就是性，除了性她们什么也不懂，你一结了婚，地狱的门就在你身后关上了。"听着这些奇谈怪论，穆时英觉得他对女人的态度是十分不公的，比如把性以及属于肉体的一切都与女人连在一起，既贪女人的肉体又嫌恶她们的智力，说真的，他认为男人或许比女人更具动物性呢，但又觉得这些谈论里有一种吸引自己的东西。他本能的判断是，坐在面前的这个男人患上了"女性嫌恶症"。但看着刘呐鸥在舞场上左右逢源神采焕发对女郎们迎拒适度，他很快调整了自己的判断：他把妻子看作负累和包袱实则是在为自己寻花问柳找一个正当的理由。真是用心良苦啊！

但谁也想不到，随着子女的陆续出世（他的台湾妻子黄素贞为他生下二子一女），刘呐鸥完全改变了对妻子的态度，也完全消匿了浪荡子时期的行径和美学。30年代中期起，他把全家接到了上海，经常带儿女们一起去看电影，儿女们也习惯了一放学就坐在门口等他回来带他们出去玩。他也偶尔带妻子去舞厅或者咖啡馆这些从前常去的地方，只有此时他还隐隐有着昔年"舞王"的影子。他替妻子选购的衣饰、胸罩和皮鞋，根本不用试穿，尺码绝对正好。床单、香皂、牙膏等一应日用品也都是他成打成打地买回家来。朋友们都说他变了，年少风流到了中年却成了顾家的好丈夫和好父亲。

九、穆妹妹

穆丽娟，穆家小妹，小穆时英五岁。这个把鸳鸯蝴蝶派小说当作情感启蒙读物的女孩有着端庄秀丽的容貌和沉静如水的性格，穆时英的朋友们都很喜欢她，亲昵地叫她穆妹妹。戴望舒与施绛年长达八年的苦恋结束后，穆时英安慰情绪消沉的戴说："施蛰存的妹妹算得什么，我妹妹要比她漂亮十倍。"那时他们都住在江湾公园坊公寓，经常在一起玩的。因为穆时英的介绍，穆妹妹自然与多情的诗人交往起来。他先是教她玩一种刚学会的法国式的桥牌，再约她一起出去跳舞，最后发展到穆妹妹成天躲在他的小房间里帮他抄写诗稿。很快他们结婚了，虽然新娘要比新郎小整整十二岁，但外人看上去还是那样的琴瑟和谐。随着时日的推移他们的婚姻像天气回暖的冰河出现了裂缝，那时他们已经举家迁到香港，家庭的沉闷、丈夫的寡言让穆丽娟觉得生活在一片情感的沙漠里，连聊以安慰的空虚的幻象都没有一个。说到底这还是中了鸳鸯蝴蝶的毒。可悲的是到了此时戴还是那么麻木，一味地沉浸在书墙隔成的自己的世界里而把妻子看作一个不懂事的"小孩子"。他怎么就不知道，男人可以生活在思想里，但女人却一定要生活在情感中。或许对他来说穆丽娟太容易上手了，他们的结合太没有戏剧性的波澜诡谲了，他的感情不再有初恋时那样强烈的爆发力和冲击力。向一个诗人要感情——这很可笑——但事实就是这样，她终于爆发了，说，你的感情给了施绛年去了。这是往诗人的伤口上撒盐哪，说实话这也是给逼出来的，她以一个女人的直觉意识到不让他在剧痛中回头，这日子就过不下去。几年前，戴诗人以跳楼相挟迫使施绛年同意了他的求婚，随后施又以学业和稳定的收入为由逼他赴法留学，其间移情别恋于一个小胡子的冰箱推销员，这让他曾经有"心的枯裂"之感的往事的重提，完全有可能激怒忧郁内向而又不乏冲动的诗人，很可能他对她动了粗，因为她后来发出了这样的威胁："你再压迫我，我要和你离婚。"她和女友们在一起时说起丈夫也是一副怨气：他的第一生命是书，我和女儿是第二位的，说到底，他是他，我是我，谁也不管谁干什么。他们的感情更加冷淡乃至对立了，穆妹妹开始认真思考起自己的前途和命运，自己才二十三岁，怎么可以想象和一个没有了感情的人生活一辈子。她回到了上海，在书信中正式向他提出离婚。完全可以想象外表高大、面孔黝黑的诗人在收到这封信时的可怕模样，他像一只动物园栅栏后面的豹一样咆哮着诅咒着把这封信扯成了碎片。他回到上海，低声下气的，找她长谈了三次，都没有效果。一贯温和的穆妹妹决绝地说，一旦决定了，我就不再轻易改变。有一点让戴诗人没有想到的是穆妹妹在上海已经陷入了一个姓朱的大学生的火热攻势之中，虽然她最后没有跃过雷池，但已然感受到了另一份感情的抚慰。鬼影幢幢的上海让戴感到了迷惘，他只得在一个晚上离开了这伤心之地并发誓不再回来。但他一直没有放弃挽回婚姻的努力，期望着穆妹妹回心转意。她的坚持让他感到了绝望，终于在发出了那封著名的绝命书后服毒自杀，幸而被发现获救。这次没有成功的自杀是诗人为女人第二次自戕。这封信是这样写的："从我们有理由必须结婚的那天起，我就预见这个婚姻会给我们带来没完的烦恼，但是我一直在想，或许你将来会爱我的，现在幻想毁灭了，我选择了死……"事情到了这一步，只好经中人办理了分居协议，他们相约半年为期以观后效，在这半年中双方都是不争论政策把这个问题暂时悬搁起来。说实话，到了这一步我们的诗人还没有放弃修补残破婚姻的努力，在一封封信函中表达着重归于好的企图。她终于在已然崩溃的婚姻的边缘找回了一直想要的感情，几经正反感情的震荡她答复他：我也等待着那一天的到来。然而战争的爆发打乱了他们的步伐，戴诗人因涉嫌反日被关到了日本人的监牢里，后几经曲折出狱，穆妹妹已然找到了情感上新的归宿。以后的几年里，他一直住在香港薄扶林道一个可以看到海景的山腰别墅里，直到 1949 年应左翼作家之请回到国内。第二年他就死了，身边没有一个亲人。离婚五十年后，他们的女儿问穆丽娟："妈妈，你为什么要和爸爸离婚？"年华老去的她能够告诉女儿上一代的苦衷与感情的磨难吗，面对这诘问她终于无言以对。

十、慈溪

这座地处宁波腹地的县城是穆时英的出生地，它悠远的历史可以追溯到两千年前，据说方士徐福带着五百童男童女就是从这里启程东渡日本。近代以降，鼎盛的商风和大量涌入的外来物品使它一直是中国沿海最开化的县份之一。1905 年出生的穆时英在这里度过了一生中最初的年头，在十岁那年他离开了这里。他的身为银行职员的父亲把他接到了上海，开始按中产阶级的趣味打造他的性情与生活。如果不出意外他或许会成为一个银行经理或者精明的买办。这不是没有可能，浙东作为近现代商帮勃兴之地，自清末起就有无数俊彦才杰贩夫走卒进入上海，并有如叶澄衷、虞洽卿、黄楚九等实业界人士打拼而以他们各自的方式影响着一座城市，他们是乡人眼里神话般的英雄。比之他们，穆时英自己都觉得成了一个异数。父亲生意场上的失意致使家道中落，也使他在一个儿子的眼里早早失去了为父者的尊严，失去了管束的少年在炫目的都市背景下成长为一个堕落于声色的都市客。他后来能写一些被时人称之为小说的文字了，这却使他更不敢走近老家。他能告诉乡人他是一个小说家而且是一个"新感觉派"小说家吗？他们说不定会用一种看传说中的学了屠龙之技的人的眼光看他呢。从十岁离乡到二十九岁猝然遭杀，他短暂的一生中再也没有回去过。他也很想把他的笔伸向乡村，可是面对慈溪这个生分的词，他的记忆中只留下洁白如同梦境的棉花田和同样洁白的盐田。他终于不无悲哀地发现，他生活在都市，都市的奢侈也改变了他，离开了上海，他简直不知怎样生活怎样写作了。这就是"一个都市人"的哀叹："脱离了爵士舞、狐步舞、混合酒、秋季流行色、八汽缸的跑车，埃及烟……我便成了没有灵魂的人。"中国的城市生活书写者都有着深浅不一的乡村背景，并在一种集体无意识中把城市当作乡村的镜像，然而庞大的中国乡村对他来说实在太遥远了，远得就像从地球到火星一样，终其一生他都是一个都市欲望的器官。

十一、档案

第一声枪声响起的时候，穆时英正举着酒杯和坐在旁边的一个朋友说着什么。这是一次放在法租界的小范围的朋友聚会，来的都是些有教养的人，语声都不高。从饭店阴暗的廊柱背后猝然射来的子弹击中穆时英的右胸的同时也收割走了席上所有的喧哗。有一瞬间他还以为出现了幻觉，他诧异地看着周围突然安静下来的人群而他们则把眼光齐刷刷地投向了他。无边的寂静把这一短暂的时刻无限拉长了。

随后，他听到了第二声枪响，这一声要干净得多，也响亮得多，像从前浙东乡下人家过年时的爆竹，他的胸口感到一阵锥心的痛，好像有一只小黄蜂蜇了一下他的心脏。他重重地倒下，听到了钝钝的一声闷响，好像自己的脑颅骨摔裂了。他躺在地上，眼前飞快地奔过那些惊慌失措的脚，还有从廊柱后面若无其事地走向门口的那个穿着黑风衣的男人的影子。他现在知道了，那就是死神。

没有谁知道这个人的来路，中统？军统？还是青洪帮的喽啰？也没有人知道是谁安排了这次看上去天衣无缝的暗杀行动。无可奈何而又可以预料到的结果是，穆时英被杀的卷宗和一大堆发生在战时的偷窃、绑架、谋杀、失踪、车祸、欺诈等案件材料和大事记、物资供应清单等一起堆放在了上海法租界公董局的杂乱的档案架上，越积越厚的时间的尘埃使他无可避免地坠入了遗忘的深渊。

南方庭院

它的造反从中轴线开始，终止于幽秘花园的深处。

——朱大可

一、四百步

按照那个时代的说法，叠山、造园这一行的，和琴师、画师、医师一样，都是凭一身薄技奔走江湖谋生，属于百工技艺、"山匠梓人"一路，叠山师计成就是这样一个人。

计成年少时喜欢绘画，师法五代写实派山水画大师关仝、荆浩的笔意，在家乡吴江同里一带小有名气。年岁稍长，他出外游历搜罗奇山异水，足迹远达燕、楚。中年回到家乡，择居在润州（今镇江）一带。

润州风景优美，当地一些爱好园艺的人，经常找来一些形态奇异的石头点缀在竹树之间当作假山。有一次一个朋友邀请计成去参观新叠的一处假山，计成去了一看，就笑了。朋友问他笑什么，计成说，这些假山的形态过于做作了，为什么不去借鉴真山真水的形象，非要搞得像迎春神时用拳头大的石块垒成的石堆呢。在场有人不服气，问他，你能叠山吗？于是计成就地取材，稍作拾掇，为他们叠了一座造型奇峭的小山。见到的人一时惊叹不已，说，看上去真的像一座好山呢！

叠山师计成的声名很快就传到了常州一位退休官员的耳中。此人姓吴名玄，退下来前做过某省的布政使。吴公刚在常州城东买到一块地，是元朝时一位叫温国罕达的大官的旧园，十五亩见方。吴的计划是，其中十亩地用来建宅，余下的五亩仿效北宋司马光的独乐园的规制用来造园。他慕名请计成前来主持其事。计成接手此事后，先察看了园基情况，发现地势很高，探究附近的水源又发现水很深，还有数株高大的乔木，大可合抱，虬枝低垂。根据这一地理环境，计成提出了他的造园设想：一是叠石，让高的更高，二是挖土，使洼地更深，再让所有乔木都错落分布于山腰，在部分外露的屈曲盘驳的树根间隙中镶嵌石头，这样就有山水画的意境了。他还提出沿着池边的山上构筑亭台，使高低错落的亭台倒映于水面，加上回环的洞壑和飞渡的长廊，到时园中境界一定让人大出意料。不数日园子建成，吴玄大为高兴，说，别看这园小，从进园到出园，只有区区四百步，但那些所谓的江南美景，全在这四百步中了！

久历官场的吴玄是东林党人的反对者，深深介入了那个时代的党争，造园其间两人就时局是否进行过交流已不可考，但也有证据表明，计成对他的政治态度并不以为意。生年不满百，常怀千岁忧，在计成看来，人之一生，说白了不过是轻如微芥，寄寓天地，对人事何必有青白眼之分？管他东林不东林，还是知足常乐为好，在园中探梅赏花、煮雪烹茶，那才是真正地享受人生。

二、名园

这是 1623 年间的事，以后几年里，计成又陆续接了些小工程，虽然只是片山斗室，但能够把胸中丘壑化为现实，他还是兴兴头头地去做了。不久，内阁中书汪士衡邀请他在仪征县的銮江之西主持建造"寤园"，计成又一次得到了一显身手的机会。

此园内高岩曲水，极亭台之胜，计成的神来之笔是在园内建了一条"篆云廊"，此长廊随形而弯，依势而曲，或盘山腰，或穷水际，通花渡壑，蜿蜒无尽，观者无不称奇。此园一出，和先前他为吴玄造的吴园一道并称大江南北。

汪士衡与戏剧家阮大铖是朋友，寤园落成后不久，汪邀请阮大铖来玩。阮大铖此时正因名列逆案丢了官，因时局不靖移居南京库司坊，于是坐船从南京来到仪征，在寤园的花柳水淀之中住了两个晚上，玩得很尽兴，对造园师的匠心赞叹不已。计成的聪明劲儿和质朴爽朗给阮大铖留下了深刻印象，除了园艺，他们在书画方面也很有共同语言。临别时，阮大铖表示，他回去要把老家怀宁的一块边角余地，剪除齐膝高的蓬草，叠石为山，经营为园，作将来读书弹琴之所。

"以后一到良辰佳节，我就优游在我那个石巢园中，穿着五色衣，唱着紫芝曲，用儿觥盛酒为父母祝寿，就这样快乐地度过此生，那真是太幸福了！"

阮是个对功名非常热衷的人，此时虽受东林党人攻击官场失意，形同放逐，但他日日谈兵论剑，总想着有一天能够重返权力场。此情此景下，他说出那样的话来却也不似心口不一。他希望他那个园子到时也让计成来做。

此时的计成已经有了一个计划，他准备把叠山造园的心得写成一本书，这样儿孙们再不济也能凭着这门手艺谋得一门营生。在建造寤园的空闲中，他已经整理出了大部分图式和文稿，并把这本书题名为《园牧》。他想把这本书的内容再充实些就付梓刊刻。这份心情就如同那时代的文人墨客出版自己的诗集一样迫切。

1631年深秋的一天，生性好客的汪士衡又邀安徽当涂县的一位朋友曹元甫来园中游赏。曹是万历四十四年的进士，做过户部主事、河南学政，汪士衡对这位前辈执礼甚恭。计成作为此园设计师，和主人一同陪着曹先生在园中盘桓了整整两日。曹先生和先前到访的阮大铖一样对此园景致赞叹不已，他说自己仿佛走进了五代时期的一幅幅山水意境中去。酒酣耳热之际，他建议计大师把这些造园方法用文字记录下来。在曹先生看来，称得上不朽之盛事的，不仅仅只是纸上文章，像计大师这样以机心作毫、以大地作纸，作的才是山水大文章。计成就把先前所作的图式和文字拿出来给他看。曹先生一见，对这个造园师不由得又高看一眼，但他对《园牧》这个书名提出了异议："这是一本前无古人的著作，是你独出机杼的开辟和创造，称'牧'虽不失谦虚，但还是改称'冶'更妥当。"

1634年，一个叫郑元勋的扬州人辗转找到计成，委托他对刚购置的一处废园进行改造，"将营以为养母、读书之所"。这个工程耗时一年，在芦汀柳岸之间的逼窄空间略为规划，就营造出了空灵而幽远的意境，而且一扫陈腐之气，庶几有朴野之致，主人大为满意。园成之时，正好著名画家董其昌在扬州，因其园处于柳影、水影、山影之间，特为取名影园，还亲自题写了园额。值得附记一笔的是，郑氏家族在扬州城内还有许多产业，郑元勋的几个兄弟分别建有休园、嘉树园、五亩之园，论规模之大、营造之精致，都以影园为最。

郑元勋认为计大师造园的成功，在于随机应变，掌握规律又不拘泥，从心不从法，又更擅长现场指挥，经他一双巧手，顽石也能变得灵巧，郁塞的空间也会变得流动通畅。他称道计成指挥造园的能力已独步天下，"吴友计无否（计成字无否），善解人意，意之所向，指挥匠石，百不一失，故无毁画之恨。" 他开玩笑说，你有那么大的才能，寻常小园的水石造景已不能充分发挥你的才学，要是把天下名山都聚集于一处，把古代神话中的五个大力士都供你驱使，再收集世间所有的琪花瑶草、古木仙禽供你布置，让大地面貌焕然一新，那是多么快意的事啊，可惜的是天下没有一个人有如此财力啊！

1644 年甲申之变后，郑元勋积极投入守城抵抗，却由于一句传言死于扬州人的误杀。一代名园随着主人的故去凋零了。几十年后，当地一个作家李斗把它作为繁华年代的凭吊旧迹收入了著名的《扬州画舫录》："影园在湖中长屿上。古渡禅林之北……董其昌以园之柳影水影山影而名之也。……崇祯壬申，其昌过扬州，与公论六法。值公卜筑城南废园。其昌为书影园额。" 此是后话，不提。

三、"烟霞格"

1635 年，计成终于完成了这本关于园艺的书，由阮大铖资助出版。

书共三卷，从相地风水、亭台门窗、墙垣屋宇、铺地装折、选石掇山等方面总结了自己一生造园心得，书中还配上了数百幅他亲自手绘的插图。书刊刻时，他听取了当年曹元甫先生的建议，正式定名为《园冶》。在书尾的"自识"中他再次表示，欲将此书传给两个儿子计长生和计长吉，希望他们借此能有一技之长，可以谋生糊口。

这一年计成五十三岁。用他自己的说法是，久尽风尘，他已厌倦为生计到处奔波的生活，长年逃名于山水之中从事园艺营造，与土木草花打交道，似乎离现实世界越来越远了。这一年为崇祯甲戌年，他已经感觉到了空气中的不安气息。末世光景下，大凡有些钱财的到处都在觅地隐居，他为人造了一辈子的园，到末了却连一块地都买不起，他觉得自己的一生实在太失败了。让他有生不逢时之叹的还有一个原因，那就是正当他的造园技术炉火纯青、大可施展才华之际，天下却处处都是末世光景。他安慰自己说，当年诸葛武侯、狄仁杰这样的大才都受到时运的限制，何况自己这样一介草野闲散、以造园为业的人呢？

话是这么说，计成造园的名声还是随着这本钤着"扈冶堂图书记"方形篆书的书不胫而走。诗人郑元勋在题词中一句类似广告语的"宇内不少名流韵士，小筑卧游，何不问途无否？"，为这本书招揽了不少读者。太常少卿阮大铖的序文，更成了时人称诵的好文，一句"无否人最质直，臆绝灵奇，侬气客习，对之而尽，所为诗画，甚如其人"，使士林中人也要引这个画家、园艺师为同道。阮大铖对大他五岁的计大师的这本书充满着无限的热情，除了出资刊刻，他还有《计无否理石兼阅其诗》一首，称颂计成"烟霞格"之成就，在阮大铖看来，地处东南繁华地的计大师，就是引人遐想的一片幽石：

无否东南秀，其人即幽石。

一起江山癖，独创烟霞格。

缩地自瀛壶，移情就寒碧。

精卫服麾呼，祖龙逊鞭策。

有时理清咏，秋兰吐芳泽。

静意莹心神，逸响越畴昔。

露坐虫声间，与君共闲夕。

弄琴复衔觞，悠然林月白。

　　诗中"一起江山癖"的癖，就是当年计成在仪征县为汪士衡修的寤园，那时阮大铖还特意从南京过来，在园中逗留两日。

　　在计成看来，叠山行业中，造园师是灵魂，工匠在其中所起的作用只占十成中的一成。他不断强调自己的艺术家身份，强调自己与普通的匠作有着本质的区别。"园林巧于因借，精在体宜"，他认为造园结构之精要，妙在因地借景，得体合宜，而这样的工作不是普通工匠所能胜任，也不是园林主人自己能完成的，必须聘请专业人士来做，才能合理布局，节省度支。

　　那么什么是因借、体宜呢？在书的卷首他开宗明义来了一番解说：所谓"因"，就是要随着地基的高低，留意地形的端正，如果有树木阻挡了观景视线，就要修剪枝条，如遇泉水溪流，就要引注石上，让水石相互映衬；适合建亭的地方就建亭，适合造榭的地方就造榭；园中的小石不妨设置得偏僻些，但引导布置一定要蜿蜒曲折，这一些就是精而合宜的含义。那么"借"呢，就是园林虽分为园内园外，取景则大可不必拘泥于近景远景，晴山耸立，古寺凌空，都是好的，就要尽量纳入我们视野中，至于那些不够风雅的场景，就要屏蔽之，不管它是田野还是村庄，这就是巧而得体的意思。

那么如何去"借"呢？在这本书的末尾一篇"借景"，计成亮出了他的拿手好戏，他说，"夫借景，林园之最要者也。如远借、邻借、仰借、俯借、应时而借。"把这关键的内容放到书的最后，这也是计成的有意为之。只有虔诚的阅读者才能领悟他造园叠山的奥妙，那些资质愚鲁或急功近利之徒即便拿到了书，读不到最后一页还是抓瞎。

计成说，叠山造园，没有成法和格套，全在造园师的随机变通，比方说，一般在假山布局时不把主峰石置于中心位置，但有时因地形和建筑物的影响，也可以把主峰石放在中心位置。计成批评那种下洞上台、东亭西榭的陈旧笔法，唯求一新：屋宇造型要新，亭榭布置要新，窗牖和栏杆的款式要新，甚至庭院铺砖的纹样，也要根据砖的质材、长短，选用人字纹、席纹、斗纹等。他还首创了山石筑池，后世造园师多有沿用。方法是用薄如板状的片石作底，运用等分平衡法在上面叠石，将池底石板的边沿压实，使四边受力均匀。他说，如果不这样做，池底的石板就容易碎裂，一旦产生缝隙，即使用油灰去涂抿，池水还是会慢慢流失。

又如园中叠山，计成最反对居中放置，主张随处散漫，在他看来，要是厅堂前高高地耸着几峰，那就是最大的败笔。楼阁须建在厅堂之后，可立半山半水之间。亭子的样式各种各样，三角、四角、五角、梅花、六角、横圭、八角至十字都可以，但建造在什么地方，如何建造，还是要依据周围的环境来定。长廊在园中是游览的路线，应该曲折悠长，随势赋形，或盘山腰，或穷水际，在尺方之地要让人有无穷无尽之感。

计成把师法自然作为了园艺创造的根本。他认为，新方法、新技术只是手段，最终要达到的效果是"虽由人作，宛自天开"。同时他也警告后世的造园师，必须把"雅"作为时刻遵行的艺术格调，使之可游可居，可行可望，因为即便是仙境一般的园子，也都是要住人的，而且住的是一群有一定生活品位的人。所以这本书在讲着土木技术的同时忽然也会发几句感慨，也正是这些闲笔里传达出了计成已然文人化的生活旨趣：寄身于这世事多变的世界中，没必要那么热衷于政治，人生短暂，还是知足常乐吧。

同时这本书也传达出了计成刻意追求的文学趣味，或者说，这本书是他脱离山匠梓人加入文人圈子的一个努力。虽然多年造园生涯中他与文人社交圈时有接触，他们中也有人称道他的画好、诗好(董其昌就称赞他的诗"秋兰吐芳，意莹调逸")，但他知道自己与他们还是有着距离，他希望，通过这样一种文人化的写作逾越这段距离，从而真正迈入这个社会的精英人群行列中去。

今天的读者已很难想象，一本出于造园师之手、通篇谈论土木技术的书（共计相地、立基、屋宇、装折、门窗、墙垣、铺地、掇山、选石、借景十篇），竟然篇篇都是四六骈偶，即便用那个时代苛刻又不无陈腐的文学标准去看，也是不乏可圈可点：

"高原极望，远岫环屏，堂开淑气侵人，门引春流到泽……"

"扫径护兰芽，分香幽室；卷帘邀燕子，闲剪轻风。片片飞花，丝丝眠柳。寒生料峭，高架秋千……山容蔼蔼，行云故落凭栏；水面鳞鳞，爽气觉来欹枕。南轩寄傲，北牖虚阴，半窗碧隐蕉桐，环堵翠延萝薜。俯流玩月，坐石品泉。苎衣不耐凉新，池荷香绰；梧叶忽惊秋落，虫草鸣幽。"

用今人的话来说，这样的句子还是禁得起白相白相的。

当年是阮大铖资助才使得这本书刊印天下，日后，也正是受阮大铖的牵累，此书在明亡后的三百年内寂然无闻，甚至一度还列入了政府的禁书单，正所谓成也萧何、败也萧何。印有"安庆阮衙藏板，如有翻刻千里必究"字样的阮氏出版物，在清朝被视为非法出版物，几乎都遭受了收缴、焚毁的命运。阮大铖在明朝最后几年因名列逆案早已声名狼藉，再加上他降清，一直以来他都是以一个变节者的形象为世人所不齿，计成的这本书遭此厄运，也算是殃及池鱼吧。再加上此书本就印量不多，销售无利可图，官方也无收藏，慢慢地这书就散佚湮灭了，唯有稍晚的生活鉴赏大师李渔在《闲情偶寄》一书中简略地提起过这本书。

这一切，当然不是计成1635年出版此书时能提前预料到的。作为那个时代最优秀的造园师，土木花草之势，他可以了然于胸，但天下之势，他又怎能看个分明？

四、张南垣

生于万历十五年的张南垣小计成五岁，当计成声誉日隆时，他还是一个名不见经传的业余画家。张南垣喜画人像，更通山水，走的是倪云林、黄子久笔法，年轻时，渴慕画艺的张南垣一度还投到当世书画大家董其昌门下，其聪慧、诙谐的个性和良好的艺术感觉，曾给后者留下深刻印象。

　　没有足够的资料表明，张南垣是什么时候中止绘事投身到叠山行业中去的。但他后来在这一行能够脱颖而出，与早年的绘画经历还是有着很大关系，著名的黄宗羲就曾称赞他的过人之处在于把山水画的意境带到了园林中——"移山水画法为石工"。

　　崇祯十四年（1641年）五月，诗人吴伟业从南京国子监司业的任上回到故乡太仓，参加他的老师复社领袖张溥的葬礼，没等他回到南京，升任他为左中允的任命书就到了。但吴伟业并没有去北京就职，而是在太仓隐居了下来。这一年他三十三岁。对于吴伟业过早的归隐，有一种说法他是为了给嗣父（也是他的伯父）守丧，但更深层的原因是出于对权力斗争的恐惧和天下不靖的忧虑。无官一身轻的吴伟业一边优游山水，一边与名妓恋爱，写作香艳的爱情诗歌，但他最放在心上的还是营建"梅村别墅"。

　　此园位于太仓卫之东，前身乃是万历朝吏部郎中王士骐的贲园，吴伟业买下它后经营了许多年，至清顺治十四年方大功告成，而主持扩建改建工程的，正是他的朋友张南垣。张南垣的晚年，吴伟业还应请为他写过一篇传记，这篇收入《梅村家藏稿》的文献是迄今为止有关张南垣一生的最为权威的传记。

　　按照吴伟业的说法，张南垣本名张涟，南垣是他的字，原籍华亭，后移居秀州，所以也可算是半个嘉兴人。到张南垣投身叠山造园这一行当时，江南园林之盛已有将近百年的历史，别家造园，总是费尽财力，搜罗造型奇特的巨石，尽力把假山造得高突险峻，运输途中这些巨石需用粗长的绳索绑扎，还要把熔化的铁汁灌到它的空隙中去，把牛马累得半死不说，搞不好途中还要毁坏城门、把道路弄得坑坑洼洼，造价实在太高。在张南垣看来，这样的笨功夫只是得着了叠山造园的皮毛而已。群峰入云，深岩蔽日，那都是大自然造化之恩赐，就是有多大的财力也搬不动整座山的呀！所以他垒石筑山前必先察看现场地势，"平冈小坂"也好，"陵阜陂陀"也好，"错之以石，棋置其间，缭以短垣，翳以密筿"，让人在视觉上感到园墙外还有奇峰绝嶂，就好像处于大山之麓一样。

张南垣叠山，选材多是当地容易采办的太湖石、尧峰石之类，利用自然地势，把假山的脉络起向安排得忽伏忽起，再在假山周围，驳出池塘、沟渠，形成曲折迂回的沙岸，种上长年不凋的松、杉、桧、桕的乔木和茂密的竹林，使人不必费力攀爬就有置身山麓溪谷之感。园艺怎么可以只是一场场疲于奔命的劳役呢，它应该是一个揭不穿的魔术，一台永远也不需拆卸的布景，一草一木间都应该有叠山师的灵性在。张南垣的这一造园理念深得董其昌、陈继儒等名流赞赏，董其昌就曾经这样说过："江南诸山，土中戴石，以前黄公望、吴仲圭等书画大家都经常说到，张南垣这么做是真正懂画脉的人啊！"

叠山造园属百工技艺，张南垣以一匠人得此激赏，引得当时文坛宗主钱谦益及王时敏、朱茂时等名流纷纷与之订交，豪绅官宦们更是蜂拥着上门礼聘。江南向来豪奢，兴建私家园林早从嘉靖末年起就蔚成风习，一个叫沈德符的作家在《万历野获编》中就这样说："嘉靖末年，海内宴安，士大夫富厚者，以治园亭，教歌舞之隙，间及古玩。"像王世贞这样的大文士甚至这样认为，在盖房子与筑园林之间，应该以筑园为优先，原因有二，一是房子只是安顿身体，园子却能安放灵魂；二是房子只给自家和子孙带来好处，而一个精致的园林，却能让更多人受惠。当时名园，除了前面说到的计成设计的吴玄的吴园、汪士衡的寤园、郑元勋的影园之外，声名颇著的还有钱谦益的拂水山庄、祁彪佳的寓园、王稚登的半偈园、陈继儒的婉娈草堂等，对这些退休官员和有避世情结的士人来说，有一个自家的园子，就有了一个脱弃尘俗的艺术生活的空间，也就意味着在乱世中觅得了一方清净地。到张南垣的生意最为火爆的年代，旧风气未见消停，一批新贵们却已经起来，他们要在战争的废墟上享受富贵，于是攀比造园之风愈加盛行（著名艺术史家柯律格的研究发现，16世纪中叶以前的园林主要是生产性质的，到16世纪后半叶，园林转变成了奢侈消费的物件）。最忙的时候，每年总有十几家抢着要张大师去主持造园，能请到张大师的主人家，喜笑颜开，觉得很有脸面，请不到的人家，自然就十分的恨恨。

据吴伟业统计，近五十年的造园生涯中，张南垣大师的足迹除了华亭、秀州外，还遍布南京、金坛、常熟、太仓、昆山等地，好多地方他每次去都要逗留数月。《清史稿》里说："大家名园，多出其手。东至越，北至燕，多慕其名来请者"，应该没有夸大。他的作品，除了为吴伟业做的那个前后费时十八年的梅村别墅，较著名的还有常熟钱谦益的拂水山庄、松江李逢申的横云山庄、嘉兴吴昌时的竹亭湖墅、太仓王时敏的乐郊园、吴县席本桢的东园、嘉定赵洪范的南园、金坛虞大复的豫园等。

吴伟业在传记中说，长年浸淫此道，张南垣已经通晓了草木土石的性情。每当开始动手造作的时候，乱石成堆，有的平放，有的斜搁，张南垣徘徊不前，四下观察，山石的正侧横竖、形状纹理早就都默记于心，一俟绘制营造草图时，对高低浓淡，他早已了然于胸。假山尚未垒成，就预先考虑房屋的建造，房屋还没有造好，又思索其中的布置，窗栏家具，都不加以雕凿装饰，即使一花一竹的布置，疏密倾斜也都十分巧妙。

造园之时，张南垣常常高坐在一间屋子里，一边与客人说说笑笑，一边指挥工匠说，某棵树下的某块石头可以放在某地。眼睛都不往那儿看，手也不往那儿指，好像金属已在炉内冶炼，就不必再借助于斧凿来锤击了一般（"目不转视，手不再指，若金在冶，不假斧凿"）。甚至安放梁柱和封顶后，用悬绳来检验，也一寸都不差。知道他性情的主人，不会在规划、工期、质材等方面过多地干涉他，但有时也会碰到一些半瓶子醋的东家，自以为精通园艺，张南垣不得不顺从他们的意思去做了，路人见到，一眼就会看出来：这一定不是张南垣的本意啊。

一个偶然的机会，同时代作家黄宗羲读到了吴伟业文集中的两篇传记（还有一文是《柳敬亭传》），不满意吴的过于文学化的表达，他也赌气写了张、柳两篇传文，欲与之一较高下，他不无刻薄地批评说，吴文"倒却文章架子"，他改写这两篇传文，目的在于"使后生知文章体式耳"，至于传主张南垣和柳敬亭，"其人本琐琐不足道"。且不说黄宗羲改写的《张南垣传》好多细节都是从吴伟业处沿袭而来，他的文章其实也不见得做得如何高明。黄对张南垣本人和他的园艺事业的不以为然，也可以看出他和吴伟业在价值取向、美学趣味上的殊途异趣。

五、梅村别墅

"肥而短黑，性滑稽"——这是吴伟业传文中毫不避讳的描述，可知他的这位大师朋友其貌不扬，长得又黑又矮，然又性情滑稽幽默，是一个东方朔式的人物。他喜欢讲段子，喜欢拿街头巷尾那些荒诞不经的传说谈笑，有时他讲的一些桥段因为见闻陈旧，反而受到别人取笑，这个出了名的好脾气的人也不以为忤。这样一个有趣得紧的人，又有一手好活计，自然人缘就好，当世名流也乐于延他为座上宾，张南垣与他们以布衣论交，一点也不局促。

有一则关于张南垣与吴伟业的故事在当时的知识界广为流传，说的是张、吴一起看一出戏，演的是以朱买臣休妻为题材的《烂柯山》。剧中有个角色张石匠，台上演员因有张南垣在场，念白时特意把张石匠说成李木匠，以示避讳，吴伟业听了，拿折扇敲着茶几说："有窍。"有窍是吴地方言里夸人机敏的意思。旁人听了，哄堂大笑，张南垣则是默不作声。不一会儿，戏演到朱买臣妻子认夫，当朱买臣唱到"切莫提起朱字"，张南垣突然也以扇柄敲着茶几，说："无窍。"一下举座为之愕然。众所周知，吴伟业在顺治十年应两江总督马国柱之荐不得不扶病入京，在新政府由侍读、纂修官一路升任至国子监祭酒，张南垣以朱买臣之"朱"来暗示朱明王朝之"朱"，实是戳到了吴的最痛处，以至戏还没演完他就匆忙逃席。这个故事见诸王应奎的《柳南续笔》、钱泳《履园丛话》、顾公燮《丹午笔记》等当时的多种私家笔记，黄宗羲的传文老实不客气地引述了这个故事，能借此刺激一下吴伟业这种仕清的"贰臣"，这个老牌遗民当然不会放过这样的机会。

张南垣为诗人（这是吴伟业最喜欢的一个身份）设计建造的梅村别墅占地约百亩，错落于山陂河池之间。园外长垣缭绕，园内清水萦纡，曲径通幽，据吴伟业自述里面有乐志堂、梅花庵、交芦庵、娇雪楼、旧学庵、桤亭、苍溪亭等胜迹。吴伟业曾写下许多不无夸耀意味的诗歌自述他在园内的悠闲生活。诸如枳篱茅舍掩苍苔、乞竹分花手自栽这样的意境还是让人向往的，更不必说桑落酒香的田园之乐里还有一份闲窗听雨摊诗卷的从容，但一句惯迟作答爱书来，还是掩不住春草般渐长的孤独。这个园子在明末之前已蔚成规模，后又不断扩建、重建，即便是后来被迫任职北京的三年，吴伟业也常起故园之思，不断写信给三弟，要他妥为照顾，时常修葺，等待自己脱离尘网、白衣还家的一天。

顺治十四年，吴伟业终于回到了他梦牵魂萦的梅村别墅。归家的第一年里他闭门不出，所做的唯有一件事，"莳花药，治园圃"。他从某大户人家那里购买了数种名贵牡丹栽在园中，并又兴建了园子的最后一项工程，添置了一处叫鹿樵溪舍的新景点。这一年他已五十岁了，在荣耀和屈辱交相催迫之下，他已深深体会到误尽平生是一官，弃家容易变名难。他决意后半生就在这园中，如一朵孤云飘出所有人的视野，读书、写诗、游山赏花，与偶尔来访的客人谈文论艺，他这样规划余生当然不错，但事情不会像他设想的那样顺利，他还得在清初的政治高压下数番惊魂，牵累于科场、奏销几个大案，好几次走到被碾灭的边缘。当他在1672年立下"殓以僧装"、碑前只刻"诗人吴梅村之墓"这个遗嘱时，他回首平生必有处处陷阱、步步惊心之感，而他的内心里，肯定还在燃烧着愤怒和嗟怨的火苗。即便到了这个时候，他什么都可以放下了（他的母亲、妻子、两个女儿已先于他去世），这个园子还是他对这个世界唯一的牵念。

对他来说，这个凝聚着自己和张南垣大师十余年心血的园子，乃是他孱弱心灵的一个柔软的躯壳，是他一生中最重要的作品，比《圆圆曲》和所有"梅村体"诗歌加起来都要重要得多的作品。他把它看作自己留给这个世界的唯一的遗产，这样对儿子说："吾生平无长物，唯经营贲园，约费万金。"

吴伟业与张南垣相隔一年去世，吴伟业的死，让同时代作家感叹这个时代在吴之后再无文章——"先生亡矣，一代文章尽矣"，吴的好友顾湄在一篇悼念文章中这样说——张南垣却没有把他的不世技艺带进坟墓。吴伟业在这篇传记的最后告诉我们，张南垣有四个儿子，都继承了乃父的技艺，尤以其中的张然、张熊精于此道。张然造有石氏万柳堂、王氏怡园，张熊造有朱氏鹤洲别墅、曹氏倦圃、钱氏绿溪，都是驰名江南的名园。1689 年，张然应召前往京城，这个宫廷园艺师为皇家构筑了"瀛台""玉泉""畅春苑"等多处胜景，其水石之妙，皆有若天成，这也算是一代造园师张南垣留给这个世界的余响吧。

晚年的张南垣谢绝缙绅官宦的邀请，自己在老家鸳湖边造了三幢小屋，隐退养老。他对前去看望的吴伟业说，自己造了一辈子的园，几十年来已视名园别墅改换主人为寻常事，金阁楼台在兵火中转眼成荒烟蔓草，平泉花石，终属他人，一边造园，一边卖园、毁园，那都是理势必然，也是没奈何的事，江山都可以轻易改变颜色，何况区区一园？这番话，让自感忍死偷生罪孽深重的诗人深为触动，所以他不假思索就答应了老朋友的最后请求：

"吾惧石之不足留吾名，而欲得子文以传之也。"

六、金童玉女

故事的开始，是一场举行于 1620 年的婚礼。新郎祁彪佳，来自绍兴山阴梅墅澹生堂一个充满浓郁知识氛围的大家族，其父祁承业是越中著名的藏书家，几位兄长都是当地有名的戏剧家。新郎长得异常英俊，人又早慧，几年前通过了省试，眼下正在向更高一级的进士功名迈进。稍小于他的新娘商景兰是年十六岁，是同郡会稽人氏，父亲商周祚在工部任职，她自己则是一位芳名远播的闺秀诗人。这琴瑟和谐的情形令祁、商两家的亲友羡慕不已，他们的婚姻一开始就被称作金童玉女的绝佳组合。

在他们二十五年的婚后生活中，几乎有一半时间是在异地度过的。祁彪佳中进士后先是任职福建兴化府，做了一名基层法官，七年后的 1631 年，他得到了提拔，赴京出任右金都御史一职。商景兰陪伴夫君辗转于这两个任处，除了祁彪佳偶尔因公出行，这些年的大部分时间他们都是在一起度过。无疑，他们是相爱的。祁彪佳那些年的日记几乎事无巨细地记下了其公务活动和夫妻共同生活的每一天，虽然日记里时常会出现社会混乱和宫廷阴谋的不和谐音，但祁彪佳相信，对诗歌、戏剧、书籍的共同爱好，会让他们在艺术的氤氲气息中相爱着过完一生。

1635 年，祁彪佳从御史任上告假，带着妻子和两个儿子回到山阴梅墅故里。几乎不需要适应，他就完成了从一个政府官员到致仕士绅的角色转换，忙着经营族田，建造慈善机构，为贩卖到妓院的女性赎身，旱涝季节救济灾民等一干杂务。空闲下来，他偶尔会去朋友家听戏到天明。一个月里有几天，他会带着商景兰操小舟出游，或在愉快的山行道中随处欣赏四周景色。

在短暂的出游途中，他看中了离家约三里处一处叫寓山的地方，想在那里为自己造一个园子。那是两个连绵的小石山，童稚时代他经常和两位兄长祁逊佳、祁豸佳一同去游玩。他喜欢那里青绿薜苔覆盖着的石头，喜欢带着充沛水汽的潮润的空气。用他自己的说法是，某次和商景兰一起乘舟经行，"卜筑之兴遂勃不可遏"。他说，造一个园子安顿自己疲乏的身子，是他在京城时就常怀有的梦想：当居官之日，亟思散发投簪，以为快心娱志，莫过山水园林（《居林适笔引》）。当然还有一层意思他没有明说，这也是一个安顿爱情的园子。

七、寓园

建造寓园的计划得到了他的父兄的支持。开始他以为这是个简单易行的小工程，要营建的"不过山巅数椽耳"，不会牵制太多的精力。及至真要动手了，方知大是不易。好友张岱祖上多有名园，城中石介园、天镜园多是他家物业，他告诉祁彪佳说，这造园事，哪怕一亭一阁，都务必恰到好处，否则就有煞风景，就以他高祖张天复筑的筠芝亭而言，后来所建造的楼、阁、斋，多不如它，原因就在于，多一楼，亭中多一楼之碍，多一墙，亭中多一墙之碍。这启发了他，就好比于宣纸上作画，画家总要搜尽奇峰打草稿，于山水之间造园又何尝不是如此呢？

接下来一段时间，他置族中事务于不顾，开始频繁外出。有时一个人出门，有时和商景兰共行。外人看他流连山水园林，日子过得轻松惬意，实际上他都快被园子的事折磨疯了，连做梦都与造园有关——"每至形诸梦寐"。看他那段时间的日记（《祁敏忠公日记》），所到之处至少有鉴湖、新桥、项里、蕺山、樵风泾、翠峰寺、禹陵、天镜园、快园等，沿途看到别处好的景致，就想有朝一日移到自己的寓园里来：

"登舟泛鉴湖，时雨后忽霁，诸山倍有苍翠之色。

"午抵庄前，坐卧一小桥上，流水回绕，修竹映带，幽雅有濠濮之趣。

"偕内子理棹游刘氏园，泊舟于南门，延张景岳诊脉，便道游小隐山，至钱麟武庄，以主人正宴客，遂返棹三山之画桥，停舟少顷即归。

"放舟从新桥至项里，登水口一山眺望形胜，复从项里出秋湖，由宜桥泛壶觞，时西日衔山，落霞相映，与友人坐新舫楼上，意气和畅，散步自柳西别业，泊于跨湖桥下。

"晓起，方栉沐已抵天镜园，畅游其亭树最胜处，饭后放舟九里，与友人步于表胜庵，共坐鸥虎石上，一望旷绝幽绝，无不狂叫。从山趾下欲游天瓦庵不果，至水锯山房，旁一溪喷薄而至，两石挟之飞舞，假欲搏人。山房为陈太乙所创，今已荒落，予辈憩玩不忍去，山雨欲来，乃促而登舟，仍从兰荡至双溪港晚泊。雨彻夜。"

时常，他一日里要跑好几个园子。冬日里的一天，风色颇劲，他坐船至樵风泾，先游一户姓冯人家名为"松舫"的庄园，再至稍南面的宜园（他发表意见说，这个园子的地理位置甚佳，但主人制作过于纤巧）。宜园前面的范氏远偏楼，也顺路一观。又跑到禹陵去看几个园子，直到天色向晚，起了风，雪意也越来越浓，他还游兴未减，回来时船过东郭门，想到前辈文人王思任的通明亭离此不远，又下船前往请益。

游得最晚的一次，他登戴山，游淇园，又去一处僧舍，自山后从城下，步入舟次，抵家已近后半夜了。还有一次，久雨新晴后的一天，他又连跑数园。先是和诸友一起去卧龙山北坡游御史韩五云的别业"快园"，然后在一个叫张介之的朋友的陪同下，坐船游石介园，再游梯仙谷，登船楼，最后一站到张岱家里，小叙一会儿才回去。

这些短途出行，使那个园子的形象在他脑海中一日日清晰起来，途上山水都成了胸中丘壑了。另外让他始料未及的是，还收获了一个副产品，新写了一本遍述越中诸园的叫《越中园亭记》的小书。

自1635年冬天至1637年春天，将近三年时间，祁彪佳把几乎全副精力投入到了造园之中。每天清早，晨光乍吐之际，他就由仆人驾着小舟，向着寓山工地进发，三里路途真恨不得一脚就跨过去。即便风骤雨狂，也要按时前往。无论寒冬酷暑，回来都衣衫尽湿，身子骨也好像累得散了架。族中一干冗杂事务，都是夜晚回家后再作处理。为此他自嘲，这两年来为了这个园子，把家财都耗尽了（"囊空如洗"），身体也搞垮了（"病而愈，愈而复病"），说是"此开园之癫癖也"，但这一"雅癖"，还是让他有一种于致仕生活中找到人生另一个出处的成就感。

叠山理水，亦如文章事业，他定下的基本思路是："亭台轩阁，具体而微，大约以朴素为主。"他认为，寓山地处山阴道上，鉴湖一曲，占山川形胜之利，正好借景。"园尽有山之三面，其下平田十余亩，水石半之，室庐与花木半之"，就像画家在宣纸上留白，人工的营建至多只占到一半，即便地势需要有一点亮台轩阁，也只为造成"参差点缀、委折波澜"的视觉效果。

由水路入园，可多一份灵动，于是园的东面修了"水明廊"："循廊而西，曲池澄泓绕出于青林之下，主与客似从琉璃国来，须眉若浣，衣袖皆湿"。西面因毗邻"绝壁竦立，势若霞寨"的柯岩，他便建了"通霞台"。"选胜亭""妙赏亭""笛亭""太古亭"几个园亭，则是斫松茸茅，素桷竹椽，连油漆也省了，这倒不是刻意仿古，而是因为看云听风，都是意在景而不在亭，画栋雕梁反而与周围的景致不协调了。至于类"阁"这样的建筑，还是应建在高地上，有崔嵬之势，因为那都是望远景的地方，所谓态以远生，意以远韵，所见也就不唯千叠溪山，万家灯火，是供游者遥想"禹碑鹄峙""越殿乌啼"发思古之幽情的所在。

藏书楼（"八求楼"）、书房（"读易居"）、佛堂（"虎角庵"）是此园文化心脏，自然耗工最多，布置最为精心。"八求楼"中三万一千五百卷图籍，是主人毕生宦游所聚，虽然比不上其父澹生堂近十万卷的藏书量，但这也已经是个惊人的数字。

1636年正月过后，草堂告成，斋与轩亦已就绪，首期工程告竣。祁彪佳告诉我们说，整个寓园建筑项目大致有："为堂者二（寓山草堂和远山堂），为亭者三，为廊者四，为台与阁者二，为堤者三"，还包括各种规制的轩、斋、室、山房若干。二期工程从这年仲夏开始，耗时一百余天，主要是妥为安置桥、榭、径、峰和各种花草植物，规划梅坡、松径、茶坞、幽圃、樱桃林、芙蓉渡等四时花舍，使之更像一幅天然山水，时刻都可"泛月迎风""呼云醉雪"。主人不无自得地夸耀他的造园攻略，大抵为：虚者实之，实者虚之，聚者散之，散者聚之，险峻的地方铲平它，平坦的地方故意使之起伏。接下来他连用了四个比喻，把精于园艺的自己比作良医、良将、画家和文章高手：好比良医治病，下药时既克制又滋养，又像良将指挥作战，奇兵、正兵兼用。"如名手作画，不使一笔不灵；如名流作文，不使一语不韵。"

初春乃是开园的日子。清泠的水流穿过窗下，转折处水珠飞溅，那水沫儿飘拂到几案上，都让人不忍心拂去。绿水映衬着朱栏，那流动着交相浮现的青绿、朱红，直如一幅印象派画作。"乃可以称园矣"——目睹此情景，祁彪佳告诉我们说。三年惨淡经营，看着此园从胸中草稿一步步化为现实，他就像孩子一样按捺不住欢欣雀跃的心情，到处写信邀请当世名流和远近宾朋题咏。他自谦道，如果不经诸公的品题，那么整个园子就不过是一蓬寒烟衰草，了无意趣。从收入文集的往返书信来看，参与寓园题咏的至少有著名戏剧家王思任、叶宪祖、孟称舜和好友张岱、陈子龙等人。

在写给大自己二十多岁的王思任的信中，他自称"弟"：

> 弟病中无聊，迩方构草堂于寓山，以啸以歌，借此自适。然朴陋不比足数，必得大笔以颜其堂，庶几生丘壑之色。敬以尺幅仰读，伏祈慨然，挥掷可任，处祷。（《祁彪佳文稿·都门入里尺牍》）

又致书好友张岱：

> 向欲求大作，而翘望词坛，逡巡未敢。兹有续构，尚缺题咏，唯仁兄所赋自当有惊人句、呕心语，足以压倒时辈也。虽所望甚奢，然十得五六，便足生光泉石矣……（《里中尺牍》手稿）

张岱难却盛情，题咏之后又附一函，称"寓山诸胜，其所得名者，至四十九处，无一字入俗。到此地步大难。"他夸赞主人自具摩诘之才，自己的题咏则鄙俚浅薄，如同丑妇见公姑。张岱应邀游园后还作了《寓山士女春游曲》一诗。祁彪佳病中读后，称之为空谷足音，"是一篇极大文字"。

他最喜欢还是一个叫陈豚的布衣诗人所写的赋体文字中的一句："大地山河亦寓也。"寓园得名，虽来自寓山，但他自以为这个朴拙的名字还是模糊地传达着主人的别有怀抱，是自己的心志的一个投影，那就是以大地山河作为道的寄寓所在。既然"归亦是寓""梦觉皆寓"，那么园中的空间、土石、水流、花草，也全是寓中之寓了。

祁彪佳是个离开朋友就很难生活的人，商景兰也有着她自己的社交圈子：姑妈、姨妈、妯娌、堂表姐妹和一群女诗人朋友，他们经常在园里举行饮宴。开园第一年，商景兰生日这天，祁家还请来了三位高僧做法事，叫了一帮朋友看戏、燃灯、欢笑达旦。

看起来，祁彪佳对园艺充满着无限的热情，现实的寓园之外，他又兴兴头头地去造一个纸上的园林。他把友人的题咏、唱和和诗歌作品连同自撰的分叙园中诸景的四十余篇诗文荟编成一册《寓山志》，于第二年刊刻出版。在这本小书的序言中，他深情回忆了二十多年前和兄长们于草石间游戏的往事，感慨筑园于此真是一段前世的缘分。虽说近三年来，从开辟草莱到大功告成，过的是近乎苦行僧的日子，连手足都为之胼胝，但当他陪同着一拨又一拨慕名而来的客人参观园子，指点着踏香堤、让鸥池、柳陌、妙赏亭、芙蓉渡这些得意之处，或者一个人在这个琉璃世界里吟诵起老杜"四更山吐月，残夜水明楼"，他的心里涌起的一定不是财富的满足感，而是一种万物皆备于我的精神上的富足之感。

他的生命，已经和这个园子连在了一起。他相信，不管时世如何艰难，外面的世界如何纷繁，这个园子将会庇护他和爱人过完一辈子。

八、急景流年

崇祯朝的最后几年，朝廷陷于对清军和大顺军两线作战，前方战情时时吃紧。1638年冬天起，陆续有北方战火的消息传至越中，寓园主人的日记中开始时常出现"虏警""虏信""虏骑""流贼"等让人忧虑的字眼。鉴于动乱有向南方延伸的趋势，在山水园林中悠游度日的祁彪佳开始大量阅读《保越录》《靖康传信录》等与守城御寇相关的书籍，并在与里中长老讨论时事时就地方防务发表一些重要意见。

1639年，祁彪佳五年休假期满，是继续留在园中，还是回到朝廷，成了他那段时间最为纠结的问题。亲友们有支持他继续退处归隐的，也有建议他复出为朝廷所用的，祁彪佳自己的意向则是在寓园长此栖迟，于是以"身病母老"为由，上疏续假。"既忧乐不与人殊，何江湖之不为庙廊？"他相信，凭着自己的内心操守和才干，在地方上一样可以做些有益民生的事。就在这一出处行藏拉锯式的内心冲突中，他的身体素来硬朗的母亲于这年春天突然去世，接下来一段守制的时间，他参与了地方上大量的救灾和慈善事务。

曾经同样在出仕和隐居间苦苦挣扎过的好友、诗人陈子龙，已经预料到了终有一天，祁彪佳会离开这个他一手创制的园子。在应主人之邀写下的一篇《寓山赋》中，他婉转地说，像祁这样的"世之君子"，在潜意识深处是不可能自外于人世、自外于时局的牵引的。

他以《庄子》中的中山公子魏牟为例，说魏牟以公子身份隐居岩穴，却常有"身在江海之上，心居乎魏阙之下，奈何"之叹，是因为对朝廷还有眷恋之意，虽未达至高境界，也已经有重生向道的心意了。魏牟有无奈之叹，处此乱世，祁彪佳又岂能无感？所以他以一个朋友的身份也对祁彪佳有着同样的期许：

> 苟语默之各当，岂出处之异途！知身世之一体，何魏阙与江湖！（陈子龙《寓山赋并序》，《陈忠裕全集》卷二）

崇祯十五年（1642年）六月，母丧服除，已无理由留在老家。九月，祁彪佳被起复为河南道御史，因战事导致的驿道不畅，他于十一月初才接到这项任命。这年冬天，他告别妻子束装北上，前往京师。时方多难，选择这样一条充满泥泞的道路在他这样一个士大夫几乎是命定的。有关他的这次北上途中的艰辛，他的弟弟祁熊佳有过这样一段简要的记述：

> 渡河，抵沭阳。知京城戒严，士民商贾无一亲行者，先生北向号泣曰：君父有难，生死以之，吾计决矣。戎服介马，携干糒，历尽艰苦，入都门，都中人咸谓先生从天降耶。

次年八月，祁彪佳受命南下赴任南畿刷卷。当北京陷落，崇祯帝自缢于皇宫后的小山，他转而为南京的福王政权效力，赴任苏松诸府巡按。作为苏州、松江一带的最高行政官员，他致力于解决因战乱引起的米价哄涨、囤积居奇、通货膨胀等一系列社会问题，并着力整顿松懈的地方防务。他的两个儿子祁理孙、祁班孙也跟着他投入到了这些琐屑的工作中。但很快，他和同样投到南京的陈子龙等一干大臣受到了南明小朝廷里权力派系斗争的牵制，这让他深感苦恼又莫之奈何。

或许是女性对时局的看法更为直观，商景兰已先于她的丈夫看出了南京小朝廷难成气候，她一次次劝祁彪佳辞去职务，继续回到融融泄泄的园林生活中来。为此，她时常在佛像前祈祷，盼着丈夫能够早一日回心转意。最后，明白了时事已不可为的祈彪佳，在愤怒和失望交杂的心情中再次回到了他的寓园。

然而时势板荡，此时的寓园已非世外桃源。1645年初夏，南都失陷。继之，杭州沦陷。清人屡屡以书币聘祁彪佳出仕，为新政权服务。种种情势催逼之下，祁彪佳的生命也走入了绝途。1645年闰六月初五日，祁彪佳在绝食三日后自沉于寓园梅花阁前的水池。临死前，他留下一首三十字的绝命诗，大意是：他深知在这个天崩地坼的时代建立功勋实在太难，而保持气节则相对容易些，那么，我就选择相对容易的来做吧，但求一死，保存洁身之志。

至此，距寓园建成才不过八年。对于自称读《易》多年、对天地盈虚消息略有所窥的寓园主人来说，这乱世之中的急景流年似乎也过得太快了些。他都没能好好地享受这园子带给他的宁静，生命就不得不遽然中止了。

> 自有天地，便有兹山，今日以前，原是培塿寸土，安能保今日以后，列阁层轩长峙乎岩壑哉？成毁之数，天地不免。（祁彪佳《寓山注·读易居小记》）

难道建园之初，他就想到了一切的美都会摧折于时代的罡风？

九、当时同调人何处

女诗人商景兰的幸福生活随着这一变故也驶入了另一条叵测的河道。这一年她四十二岁。按照那个时代对女人的道德要求，她是应该在祁彪佳"即死"时追随夫君于地下的，但她没有，按照她三十年后的回忆自述，她之所以苟活于世，是要把祁彪佳的三个儿子拉扯大。所以她在《悼亡》诗中如此这般自陈心迹："公自成千古，吾犹恋一生。君臣原大节，儿女亦人情。"

女诗人的诗作中开始出现强烈的故国之思，这亡国之痛又与身为未亡人的丧夫之痛纠合在一处，使得其诗的格调显得格外的冷寂与苍凉。她说，每天早上起床后都没有心思整理妆容。她还说，常常一个人站在园中亭台远望，但她什么也看不分明，只有无端烟霭，锁着长空。她这么说的时候，一定想起了几年前和丈夫一起在园中饮酒、游赏、一起品鉴书画的往事。于今存亡异途，阴阳暌隔，听着花坞的鸟叫声也是别样惊心，而一个个长夜透过竹窗的月影更是让她泪湿沾襟，发出"当时同调人何处"的悲鸣之声。

> 久厌尘嚣避世荣，一丘恬淡寄余生。
> 当时同调人何处，今夕伤怀泪独倾。
> 几负竹窗清月影，更惭花坞晓莺声。
> 岂知共结烟霞志，总付千秋别鹤情。
>
> （商景兰《过河诸登幻影楼哭夫子》）

商景兰为祁彪佳生有三子四女。祁理孙和祁班孙在父亲死节后继续参加忠于明朝的运动，他们甚至瞒着母亲，把一些遭官方通缉的不合作者和前明官员藏匿到寓园里。不久，两人都遭逮捕，罪名是事涉通海案。祁理孙买通办案人员回到家中，不久郁郁死去；祁班孙被流放到宁古塔，三年后隐姓埋名逃回江南，做了一名和尚，于1673年去世。

山阴祁家在17世纪中叶的这场动乱中，损失了一个园子（寓园在祁家湮灭后被改建成了一处寺院）、全部藏书（著名的澹生堂藏书大部分为吕留良、黄宗羲所得，部分归杭州赵氏小山堂，其余则散入坊间）和家族中几乎所有的男人。在孀居的三十多年里，女诗人商景兰目睹了她所有儿子和最喜欢的一个女儿（德琼）的死亡。1676年她在《琴楼遗稿序》里自叹"未亡人不幸至此"，也实在是泣血之声。

经历过那个时代的人们一定还记得围绕着商景兰的那个著名的诗歌沙龙。她们全是清一色的女性，参与者为商景兰的四个女儿、两个儿媳，还有姐妹、侄女、外甥女和其他到访的女诗人。在男人们因为各种各样的理由离开她们之后，她们还在花园里赏花、拓碑、写诗，每一株葡萄树，每一朵芍药，都让这个女儿国里的诗人们不知题咏了多少遍。以至时人只要一提起山阴梅墅，就起无穷遐想，"望之若十二瑶台"。但最后，这一切都消失在寺院的苍茫钟声里了。

扬州一梦

——张潮自述

一、从徽州到扬州

在我的老家徽州，男人长到十六岁就必须出门学做生意，外出经商一般有两个优先选择的去处，一是杭州，一是扬州。在我童年的时候，我的堂兄张沄①就毫不犹豫地定居杭州了，他一次次地向我发出邀请。但最后我还是来到扬州，做起了盐业生意。

我选择扬州并不是我对这城市有多喜爱，而只是这座城市里做生意的歙县老乡比较多。尽管这座大运河西岸的繁华城市在四十年前满人入关时经历过一场惨绝人寰的屠城，但这时候也已渐渐恢复了元气，它已经成了国内最大的盐业中心。朝廷专管盐业的两位大员巡盐御史和盐运使都驻节在这座城市。

---

① 张沄，又名张士骏，字波恬，生于崇祯乙亥年（1635 年），张潮堂兄，为浙江钱塘县庠生，《檀几丛书》初编收有他一篇谈风水学的《地理骊珠》。

我投资盐业是因为我有办法从官府搞到一种叫"引"的准销证。有了这张政府批文，我就可以向划定的区域贩运一定数量的盐。我购入一"引"的价格是一两三钱银子，据此可以贩运二百二十五斤盐。我的生意主要是在武昌、汉阳一带。但我一次也没去过武昌。跑脚头的都是一些运商，他们赚大头，我作为一个投资人，一直都住在扬州城里，过着悠然自得的日子。

我赚了一点小钱后，到处都盛传我富甲一方腰缠万贯，登门或写信请求我捐赠的亲朋好友不计其数。这些人大多是靠别人馈赠勉强度日的落魄文人，一些有数面之交，大多数我都不认识。他们在信中一再称颂我"有加无已""雅爱""高情""照拂"。体弱者向我讨钱治病，体健者借钱求助远行。有一位朋友离开扬州前往京城时，问我衣箱内是否有旧皮袍可赠他御寒。大名鼎鼎的孔尚任来扬州，我的一位侄子负责接待，因囊中羞涩，向我索白银数两，说是要购买鹿茸等礼品送给这位偶像，我拿出几十两银子都没皱一下眉头。

对那些找上门来的求助，我基本上都一一予以满足。我一直牢记着父亲的教导，一夜暴富，其祸匪浅。虽然我不算什么暴富之人，和我住在同一街区的无一不是巨商大贾，他们才是真正的暴发户，但父亲说得好，尚礼义者，必不妄取，其道近贫。资本天生就是带着血腥的，我这么做也是减少一些身为商贾的原罪吧。①

诸君可能好奇的是，从商大半辈子，我到底积累下了多少身家？

① 陈鼎所作的张潮传文中如是记述："居士性沉静，寡嗜欲，不爱浓鲜轻肥，惟爱客，客尝满座。淮南富商大贾，惟尚豪华，骄纵自处，贤士大夫至，皆傲然拒不见，惟居士开门延客。四方士至者，必留饮酒赋诗，经年累月无倦色。贫乏者，多资之以往，或囊匮，则宛转以济，盖居士未尝富有也，以好客故，竭蹶为之耳。"陈鼎《心斋居士传》，见《留溪外传》卷六。

对此我也不想有什么保留。生意做得最顺遂的几年，我在扬州新城东南角买下了一进宅院，此地在马王庙东，离通向大运河的通济门不远。听我一说新城，诸君可能会惊哦一声，因为世所其知扬州城由一堵自北向南的城墙隔成两部分，从前，官府和权贵的家宅通常在西边的旧城，东边新城则是做盐业生意发达了的商户们的居住区。这座城从战乱中恢复的几年间，东部新城突然膨胀了开来，拥入了大量新主人，出现了许多鳞次栉比带着精致花园的豪宅名园，这些新主人大多是帝国经济复苏中掘到第一桶金的徽州富商，他们挟着资本的威势，购置大片田产，广置山石楼阁，生活奢靡无比。说来惭愧，我虽然住在这片富人区，但我家宅院实在平凡无奇，跟那些财大气粗的邻居们比起来，简直就像一只鸭子跻入神气活现的鹅的队伍一样。虽然扬州城中所有名园都与我全无干系，但我还是很得意于宅院里的两处建筑，一处是我的书房"心斋"，一处是我编刻书籍的"诒清堂"。它们散出的清修的气息，使我区别于那些脑满肠肥的富商们。这两处建筑落成，朋友们前来祝贺时，我还在屋前亲手种下了一排垂柳，恭迎来宾。

除此之外，我在扬州城郊还有一片地产，收取田租。在距扬州城约二百里的如皋小城，还有一处别业。在老家徽州北乡凤凰村，有田一顷余，是我一个远房亲戚在替我打点。在南乡的柔岭，还有一处置于我名下的房产，是先父留给我的，但在1694年的一场大火中，这片房产连同祖上遗物已全部焚毁了，片瓦无存。

家父曾经金榜题名，任职刑部，外放山东督学，虽然后来因祖母去世丁忧三年，他再未踏入仕途，成了一个隐退乡间的老学究，但他从未放弃过对他的儿子们读书以博出人头地的企望。我唯一的哥哥一向体质孱弱，经常吐血，是个俗称的痨病鬼，他去世后，父亲更是把全部的希望都放在了我身上。但成败未卜的科举之路上，除了十五岁那年中了个秀才对他堪可安慰，以后的十几年里我一直名落孙山。

是我圣贤书读得不够多吗，还是八股文做得不够漂亮？父亲认为是考运未到，在他的竭力主张下，二十岁那年我来到京城，入读国子监。国子监生俱可参加顺天乡试，而顺天府乡试中额的比例较他省为多早就不是秘密。父亲满心以为这么做是在成功之途添加了重重的砝码，但因我取得学籍的时间稍晚，并没有取得参加那一科考试的资格。再在京城待三年，费用委实太大，于是不久我就带着一个州同的虚衔回到了扬州。

我当然明白，像我一样虚衔待任者为数众多，即便我等上一辈子，也不可能成为真正的州同。要获得实授，还是要参加考试。但不久传来的一个消息让我彻底蒙了，南直隶的督学大人做出了一项保护地方考生的新规定，鉴于国子监生均已获得任职候补资格，一律不得参加南京乡试。我幡然转向投身商贾，就是始于这接二连三的打击之下。[①]

对一个心仪仕途日久的人来说，功名之心早成了附骨之疽，怎么能轻易根绝呢？在扬州做了几年寓公后，当我听说朝廷为筹资征

---

① 在1684年自刻的《心斋聊复集》一篇序文中，张潮记述了科考中遭受的这一打击："予十有三年始为八股，越二年甲辰，受知于温陵孙清溪夫子，得补博子弟员。其时国家方以策论取士，未几仍复八股之旧。八股、策论，予俱业之而未善也。癸卯、丙午数科，南国诸君子多以国学获隽，于是学邯郸之步，舍子襟而就经。而簿书期会，时日愆违，南则校无是人，北则雍无是士，而已酉一科已矣。又三年壬子，江左督学使者，以国子诸生业已需次天宫，于格不得与南闱之试，而壬子一科又已矣……人生几何，谁堪屡误？"

剿厄鲁特部噶尔丹公开捐官时，我当即以白银一千两为自己捐得翰林院孔目，以五百两为弟弟张渐捐得教谕。我的一个远房叔父在老家听说我捐得官衔后，写信询问，"贤侄捐纳经衔，是何衙门？"他不知道，我捐的只是一个虚衔，还以为我真的要风尘仆仆跑到京城去任职哩。还是一个熟稔医道的朋友洞悉我此举的真实用心，他说我花出一大把银子去捐得一个翰林院的末席，实际上不过是医治内热的一把清凉散而已。我在回信中坦言，重要的是名列其中，名次先后何必计较，我自幼怀抱之志虽然屡受挫折，但热切向往翰苑之心却从未泯灭，纵然不能跻身其中，或许尚能成为"扫花弟子"？信后我调侃说，但不知此一把清凉散，较之您老的一味逍遥汤，哪一个喝起来更可口些？

二、在语词的密林里

自小我就体质孱弱，胃口不好，菜中就是有一粒芥子大的肉末我也畏若毒药，必须吐出来。如果吃到了油腻食物，我就会连日腹泻，若不巧有客来访，那真是苦也，腹中蛙鸣一般，坐不了多久我就得往厕所跑。不只如此，我还有重听之疾，与客对谈，十句之中能听清三五句算是好的了。我之所以是这样一个弱柳体质，原因在于先天不良，家母怀我时曾患疟疾，一连几个月都遵医嘱只喝梨汁。

但我与朋友们欢聚时就像换了个人一般，议论风生，妙语连珠。平时那种病恹恹的神态一扫而光，只觉得全身充满着力量，思路也如接通了电一般分外活跃。孔尚任先生任河道督修官时，在扬州住过三年，他每次发起的雅集，我都是常客。其间规格最高的当数

1686年深秋那一次。那天傍晚下着雨，十六位应邀的文士齐聚孔先生官邸，赋酒联诗，他们中有年逾古稀的著名诗人邓汉仪，有在诗坛上风头正劲的淮北何五云、苏州吴锦、徐时夏、钱岳等人，就连前朝著名遗民冒襄也带着儿子冒丹书从如皋赶来了，我虽不才，也叨陪末席。那天与会诸君听着潇潇夜雨，喝酒、吟诗到天明方始散去，孔先生在自家门口放了一个诗筒，让那些因故未能与会者将自己的诗作投入筒中，后来他把那次雅集的诗篇汇成《广陵听雨诗》刊刻，公认我的诗为第一，此有孔先生写给我的信为证：听雨之会，得足下为领袖，遂觉觥筹生色，吟啸可传，是日发辞吐论，惟足下为雄。

孔尚任先生把我评为雨夜诗会的领袖人物或许言过其实，但那一晚相聚的十六人，大多都是我极熟的朋友，这样的场合，我自然没有理由感到拘束。孔先生对我表示好感的另一个原因，是因为聚会时我带去了许多书籍送给他，包括我自己刚出版的两部诗文集。在我们的时代，出版文集还是一桩非常严肃的事情，话说一个读书人的最大梦想就是刻一部稿、讨一房小，出书是与娶女人一样重要的事情，不论是国宝级巨匠还是地方上默默无闻的文士，都梦想着有朝一日把自己的大作付之刻版，刊印天下。但这并不是件容易的事儿，一个人既要有出众的才华，更要有超群的财力，才能把自己的著作刊刻成书。苏州有个老作家，公认的诗文双绝，他七十多岁了还没有自己的一部集子，最后是他的门人们实在看不下去了，才在他死前一年集资为他刻了一部稿。我这样一个既无资历又无声望的文艺爱好者，凭着手上几个钱，年纪不大就出版了两本集子，肯定有许多人对我不服气。

我那个私家书坊名叫"诒清堂"。对，那是我们张家在徽州府的宅院名，到了扬州我把它移用作了书坊名。我家书坊的刻本，通常会在每页的版口下脚印上"诒清堂"三字，包括我自己的所有著作在内。1684 年春天我出版了第一本文集，这是一本大杂烩式的集子，里面收罗了几十篇小品文和华丽的长赋，基本上都是游戏笔墨，还有一篇为皇帝南巡而作的颂扬圣德的文章。一位长我三十岁还不止的老名士在序文中盛赞我年轻有为、才华横溢，说这些文章与两千年前的滑稽之雄庄子寓言一脉相承，都是以小观大的佳作。这篇序文我足足排队三个月，花了十两银子才到手。

饶是如此，这本书在坊间还是大受欢迎，它漂亮的版式和精美的刻工让各家刻坊争相模仿。尽管这本书形式大于内容，但它的刊刻问世对我还是有着非凡的意义，它表明，我已经完成了从一个盐商到文化人的成功转型，从今往后，我就是扬州文人大家庭中的一员了。

接下来几年，我的写作方向突然转入了一个幽秘的领域，我热衷于汉字的排列组合之妙，走上了一条摆弄文字以娱世的崎岖小径。我走在语词的密林中，这里采撷几片，那里摆弄几下，寻章摘句，翻新花样，皆能收到化腐朽为神奇之功效。这都缘于汉诗运韵和遣字的奇特，它有着拼音文字所不具有的丰富和多变，简直有着炼制丹药一般的神妙，比如说我最爱玩的"回文"，它既可以从上往下、从左向右读，也可以从下往上、从右向左读，用不同的读法读出的诗虽有相似，但语义却绝非一样，上下颠倒或左右移位之后，字和词在句子中的功能发生了变化，主语变成了宾语，动词变成了名词，思念变成了怨恨，湖泊变成了大海。其实我并不是第一个走在这语词密林里的人，在我之前一千余年前的公元 4 世纪，南北朝时的女诗人苏惠就在一幅织锦上绣出了变幻无穷的《璇玑图》。女诗人是我的前驱。

我为此投入了无限的热情和心力，但在正人君子们看来，我走上了文学的下坡道，离严峻的学问正途越来越远了。前面说到过的我的一个远房叔父，此时已官拜御史，他在京城收到我寄赠的几本著作后，特意写信来，规劝我留意实学，尤以经史为要，他说，贤侄的文字虽然琳琅珠玑、粲然夺目，毕竟是雕虫小技，名不副实，还是要出经入史，图其大者，到时必定"实至而名自彰"。御史大人的话在我只是耳边风，此后我再也不给他寄书了。

此时，我在语词密林中探索的兴趣已经到了无以复加的地步。那些字、词、韵，在我睡梦中都吵吵嚷嚷，我必须给它们一个秩序，回文或者拆解，重新安顿它们，我才得以安生。我开始设想一部叫《奚囊寸锦》的秘密之书，这本书总计由一百首诗组成，用数量不等的汉字拼成各种图形，比如三角形、圆形、树叶形等，所以这本书也是一本由一百幅图形组成的书。但后来我的盐业生意破产了，这本书就一直没有刊刻出来。

三、共同写作的书

真正带给我无上荣光的，是我将近五十岁那年出版的一本叫《幽梦影》的小书。一般人只是听书名，想当然地以为这本书谈论的是梦境，读过它的人会知道，这本小书谈论的是犹如电光石火般易逝的生命本身。我的朋友江之兰说，多病者多梦，一个人辗转病榻时就会被梦绑架，梦见牛尾，梦见蕉鹿，梦木撑天，梦河无水，林林总总，不一而足，但《幽梦影》这本书与病无关，与梦无关，它的核心乃在一个"影"字。这个影是什么呢，就是石火之一敲、电光之一瞥，就是那些让我们的灵魂愉悦、奔放乃至颤栗的一瞬间。[①]

是啊，生命中有那么多美妙的瞬间，都无可奈何地逝去了，一个真正懂生活的人应该凭借娴熟的技巧抓住它，就像鸟儿抓住脚趾下的枝丫一样。这正是我在这本书里首先要阐发的问题。

侍弄文字大半辈子，我明白，所有的文字语言，总是带着我们灵魂的印记，是心的影子。虽说梅花之影妙于梅花，然则，没有花之妙，又何来影之妙？生命是本源，它如莲花之一瓣，伸展得愈是阔大，其上承载的一滴水珠才会更加圆润。也正因为此，我认为人活于世的一个重要功课就是磨砺我们的情感，锻打我们的感官，使之更加灵敏、更加锐利。这首先要做的就是把自己与自然万物协调起来，自然所固有的声音、颜色、形状、情趣和氛围，不仅仅寄寓在绘画、戏曲和文章里，更应该渗入到我们整个的生命里。譬如说插花的艺术，我的一个发现是，插花的瓶胆之高低大小，须与花相称，而色之浅深，则应与花色相反；鉴玩古物时，器皿上的冰裂纹是极雅致的，但这纹路宜细不宜过分肥大，如果用作窗栏杆，那就太不经看了。"窗内人于窗纸上作字，吾于窗外观之极佳"，当我这样说的时候，一种于虚空的美感中发现观看与距离之关系的喜悦如清风一般罩住了我，谁说我发现的不是世界的秘密呢？

在扬州的几十年里，我已成功打入了一个充溢着情趣和愉悦的

---

① 江之兰《幽梦影·跋》：心斋之《幽梦影》，非病也，非梦也，影也。影者维何？石火之一敲，电光之一瞥也……昔人云芥子具须弥，心斋则为倏忽备古今也。此因其心闲手闲，故弄墨如此之闲适也。心斋岂长于勘梦者也，然而未可向痴人说也。

精英文化圈，这个圈子里的日常生活，就是读书、赋诗、饮酒、造园、花石鸟鱼和郊游、宴集等社交活动，就是去发生一场又一场的友谊与爱情。如果拿书作比方，我的朋友们中有如一册异书的渊博友，有诗歌般奔放的风雅俊友，也有如传奇小说般的滑稽友。如果拿书法作比，有人品行端正如楷书，也有人放荡不羁如草书，更有两者结合得很好的行书一般朋友。我们经常聚在一起喝酒、听曲、追慕前贤、品评天下人物，我时常说：我不知道我的前生在春秋时代，曾经认识过美女西施否？在晋朝时，是否看见过姿容姣好的名士卫玠，在东晋义熙年间，曾经与陶渊明同醉过一场否？在唐朝天宝年间，曾经看到过杨贵妃否？在宋朝元丰年间，是否与苏东坡见过一面？我不知道在本朝隆庆、万历年间，曾在当时的旧院中交了多少名妓，陈继儒、唐寅、汤显祖、屠隆这些名士曾经和我谈笑过几回，茫茫宇宙，我现在应当向谁去问这些事儿呢？

当我用警句、格言的形式说出这些发现、这些诘问的时候，圈内的朋友们对此表现出了无比热情。他们说，我别出心裁的写作是一次发现。他们说，我说出的是人人心中所有、人人眼前所无的那种东西，即所谓的共同经验。他们接着我谈论《水浒传》《红楼梦》《金瓶梅》的一段话说，如果说《水浒传》是一部怒书、《西游记》是一部悟忆书、《金瓶梅》是一部哀书，那么张潮的《幽梦影》就是一部趣书、一部快书。当康熙三十六年（1697 年）春天这部格言集刻成、送到朋友们手上后，他们寄来了各种各样的跋语、小序和题词，跟我讨论他们阅读后的感想，还有些甚至把评语和批注直接写在了书的空白处。其实在这部书稿正式刻成前，我的手头已经收集了一些朋友们的评语，并把这些评语用小字刻成双行，零散地穿插在正文之间，考虑到朋友们会出于礼节性地予以批注，我已经在那些评注的后面留了一些无字的空白处，以便将来补入（这些预留的无字空白因在木版上未经刻刀触及，在书页上显示为一片黑色）。这部书初版问世后的数月间，数不清的批注和评语突然如潮水一般向我涌来。苏北青年才子、曾经评点《金瓶梅》的张道深在扬州小住时，一口气写下八十余则小评亲自送来①；江宁织造曹寅的一个族人送来了二十六条评语。好友顾彩在把写满了评注的《幽梦影》寄回给我的同时还说，如果以为太多，就移几条出来放到别的朋友名下好了。甚至八十余岁的老诗人尤侗也在第一时间从苏州寄来了几条小评，好事多磨的是，这封函件半途遗失了，害得老先生不得不再补寄一次。

如果把初版上的评语比作第一层沉积物，那么，这些新增加的批注是又一层沉积物，它们一层层地叠加上去，每一层都有着独特的风格，有着绝不重样的故事。我突然意识到，我的一项个人写作，已经成为一桩公共文化事件，成了一项集体性写作，这些批注的写作者们，借此表达他们的情感和审美趣味，寻找同道，甚至标榜身份。而我的这本小书也已然走在了成为经典的大道上。熟识或不熟识的朋友们寄来的批注已经多得难以招架，书页上预留的空白也已经不敷所需，为了不辱没朋友们那些才华闪烁的评语，我只有两个选择，要么重新刻版，要么利用书眉等空白处补刻，最后我采用的是既省钱又省时的办法，无需花多少银子，就把这些评语全都刻进了新版的《幽梦影》中，因为能够不断加印，即使那些姗姗来迟的批语，

---

① 张道深（1670—1698），字自德，号竹坡，祖籍浙江绍兴，后迁居彭城，多次参加科考落第，在扬州与张潮结识后，称为叔侄。曾评点《金瓶梅词话》，称之为一部世情小说，"凡人谓《金瓶梅》是淫书者，想必其止知看其淫处也。若我看是书，纯是一部史公文字。"

也不至于失去发表的机会。

如果从这本小书初版的 1697 年算起，这项补刻、加印工程一直到 1707 年才基本结束。初版时只有七十页，到这时也没增加页码，但原先疏朗、简洁的页面，已被挤得满满当当。我原创的格言不过二百余条，收入书中的评语则多达近七百条，平均每一条格言都有三四条评论与之构成对话，评论的字数已经远远超过了原文。它现在就像一个众声喧哗的声音仓库，里面封存着一百余位朋友们的声音。书中最初的评语和新近补入的一批评语已经时隔十年，在这十年中，有些朋友已经去世了，但在这本书里，时间仿佛停止了流逝，他们虽死犹生，继续与年轻的一代进行着热烈的对话和辩论，他们的智慧不时在书页中闪烁。我想，这是《幽梦影》的最大魅力之所在，不是我张潮一个人写下了它，而是一个朝代的文人们共同写下了这本书。

四、撒向京城的网

一些朋友打趣说，一个旅行者来到扬州有三件事必做：登平山堂，吃蟹粉狮子头，看张潮。某次，杭州的朋友陆次云来扬州，酒宴中对我说，还在途中未抵扬州时，有朋友说，君此去，当往晤张山来（山来是我的字）先生矣。既到达扬州，多位文友询问：君曾晤山来先生否？我听了一笑置之。这么些年来，虽然我薄享文名，但我的声名事实上从未越出淮扬这一帝国最富庶的地区，我无时无刻梦想着名扬四海，《幽梦影》这本小书的成功，使我把目光瞄向了遥远的京城，我已经在跃跃欲试，准备把大网撒向能够带给我更多名和利的京城。至于能否成功，说实在的，我心中并无把握。

我的目标是年轻的王爷岳端。此人是本朝开国元勋努尔哈赤的曾孙，他的祖父就是让人谈之色变的名将阿巴泰。小王爷对汉族文化充满了无比热爱，学诗、学画、读典籍，在他身边围绕着一群来自南方的文人学士，有两位就是我的朋友，一位是浙江人周之枢，一位是扬州人张鸣珂。凭借着这两位的关系，我给王爷殿下发出了第一封信，表达了敬仰之情，亟盼得到殿下的顾盼，随信还附赠了先父的著作全集和我的一些作品。信寄出了好久都没有回音，我沉不住气了，向王爷身边的两位朋友打听。张鸣珂说，文字之交，说深颇深，说浅也颇浅，改日你再修一书就是。

康熙三十五年（1696年），突然时来运转，一个叫朱襄的朋友转来了岳端小王爷的来信。信中赞扬了我的才华，盛邀我赴京前去一会，信中还附了一组七言绝句。小王爷的古文功底不甚好，只能说粗通音韵平仄，但"十年彼此旧知名，隔绝千山万水程"这样的句子还是让我喜不自禁。我即刻回信说，"即欲趋叩红兰殿邸，躬谢高深。"但扬州与京城相距甚远，我病恹恹的身子怎受得了舟车劳顿之苦，此事延搁了许久，我还是没能动身，只得托朱襄向王爷转达我的歉意了。

其实见不见王爷倒不打紧，只要他愿意替我作序推荐，为我扬名京城文坛助一臂力，我愿足矣。京城毕竟不同地方，京城文坛即便放一个屁，满天下也都能听闻，何况一句来自王爷的褒奖呢。几个月后，我收到了朋友们寄来的岳端王爷的新著《蓼汀集》。他赠我的那组七言绝句，赫然出现在这部刻工精致的著作中。此时适逢我的《幽梦影》刻成，我不敢怠慢，第一时间把还散发着墨香的新书打了两包寄往京城，一包六册寄给朱襄，一包四册寄给刚被岳端王爷罗致到身边的我的徽州同乡，一个叫广莲的僧人。在信中，我托他们帮忙，恳请王爷读后赐评。到了年底，广莲传来了好消息，说王爷读到这部格言集十分喜欢，已经答应写一篇序文予以推介。但我望穿秋水，也没有等来那篇序文，我写信催问，广莲说，可能王爷前阵子太忙，没顾得过来写吧，他向我透露，王爷雅好字画，特别喜欢徐渭的真迹，如果你能搞到几幅来，讨得王爷欢心，这序文的事就有着落了。

市面上徐渭的真迹已很少，且索价奇高，我用了九牛二虎之力，花去一大笔银子，才搞到了他的两幅真迹，一幅小品，一幅水墨芭蕉，另加一轴查士标的书法。1698 年秋天，我把这些价值不菲的礼品寄往京城，不久传来消息说，岳端王爷愿意"屈尊"收我为弟子了。一个年纪轻轻的满人王爷，粗通文墨而已，居然做了我的"夫子"，真是悲乎。

尽管为了编织京城这张网耗去了我无数精力和钱财，但我想要在首都文艺圈里崭露头角的愿望还是没能实现。王爷始终没有交出他承诺的那篇序文，也没有为我的新作《幽梦影》写下哪怕一条评语。不只如此，广莲、朱襄答应我的向京都名家索求评语一事也毫无进展，王士祯侍郎、高士奇学士和诗人曹贞吉等这些执掌京城文艺界牛耳的大佬们可能把我的书拿去垫了桌脚了。我费尽心力把网撒向京城宽阔的水面，不仅没钓起一条大鱼，连小鱼小虾也一无所获。

五、我的出版生涯

　　每次从扬州回徽州老家，我走的都是从运河转入新安江的水路，中途必在杭州盘桓几日，访亲拜友。有时，在吴侬软语清晰可闻的小巷里客栈里醒来，我忍不住会想，设若我选择了住在杭州，展开的命运或许会是全然不同吧。

　　1694 年夏天的回乡之旅，我在老家住不多久就出来了。因为有一场约会在杭州等着我。我要见的是杭州秀才王晫①，一个我闻名已久的出版人。在这之前，我们已有数番信函相通，我寄赠了他诒清堂新刻数种，他也把自印文集《文津》回赠了我。出生于明王朝覆灭前八年的王晫，长我十四岁，阅历比我要丰富得多，我早就听杭州的朋友陆次云等人说起过，说此人工于诗文，娴于应酬，只是不喜外出挣钱和做官，唯以"刻书好客"为第一要务，他家的霞举堂、墙东草堂和敦好斋收藏了好多海内罕见的珍本秘籍。

　　王晫家在杭州城北一条叫松溪的小河近傍，距运河上的北新关不远。他把会面地点选在了霞举堂。其时正值王晫的新著《今世说》杀青，这部文风脱胎于南朝刘义庆的当代逸闻录成了我们谈话的中心。交谈间隙，我打量着这座对我来说已颇不陌生的宅堂，间架甚为高敞，但数处檩条朽烂，明显是需要修葺了。看起来王晫的刻书生涯也没为他挣下多少钱，只是依仗着老底子厚实，维持风雅于不堕罢了。

---

　　① 王晫（1636—？ ），浙江仁和人，字丹麓，号木庵，又号松溪子，家富藏书，性喜交游，霞举堂家藏数万种，著有《今世说》《霞举堂集》等多种。张潮在《檀几丛书·初集》序文中记叙了他们于 1694 年的初次会面："甲戌初夏，于湖上晤王君丹麓，廿载神交，不期而会，固已大乐，而丹麓复此编，相示披览。……"

果然他跟我叹开了苦经，说写作和出版计划皆受挫于财力不逮。《文津》的第二集已经编好，但碍于资金匮乏无法刻印，另一部早就编好的国朝古文大全，仅刻版就需银三百两，也无法付梓。对他的这些苦衷，我自然颇有同感，做出版，不管哪个时代，都是一项烧钱的活计，我要不是仗着做盐业生意挣下的几个钱，只怕早就喝西北风去了。我邀请他参与我主持的几部文选的选编，他未置可否，相反的，他热烈鼓动我参与到他已经着手在编的一套丛书中来。这套丛书所选文章题材多样，文风庄重与诙谐并出，他已经给这套书定名为"檀几丛书"。据说这个书名来自一张著名的"七宝灵檀几"，那张檀几有着特异的功能，几案上有文字，随意所及，文字辄现，且随着光线明亮的变化，那语义也会随之变化。

最后商定，由我负责出资刊刻，王晫主要负责选编。我回到扬州未几，王晫就已寄来了一大包他前期选编的文章。以后大概有三四年时间，我们的通信主要围绕着这部丛书的选编和出版工作。尽管时有龃龉，但反复辩驳，我们总能形成共识。共同做一件喜欢的事是多么难得啊，我们有必要为一些小分歧分道扬镳吗？在正式开印前商议署名时，我建议王晫的大名出现在封面著者一栏，而我的名字，只须在凡例中有所提及就行。王晫以为不可，他说虽然自己是这套丛书的始作俑者，只因财力不逮不能刊刻，如今你出钱把这套书付梓刊印，愿望已经达成，他无意掠人之美，坚持让我一人署名。最后商定王晫为"辑者"，我为"校者"，在王晫六十大寿前赶印出了二十部。

这部书的初刻本，花去了我六十两银子，六十两银子不算多，但如果我说这笔钱相当于一个六品官一年的俸银，大概也没人会以为我出得少了。事实上这部书刊印没多久，我们就已在计划推出续编。就在此时，我接到了朋友孔尚任的来信，信中说，他的一个诗人朋友、也是政坛新星王士禛在京城读到此书，大为激赏，主动提出把自己"小品十三种"中的文章供我选用。接读此信，我欣喜欲狂，众所周知，几十年前王士禛初涉仕途，担任的第一个官职就是负责本城司法监督的扬州推官一职，他白昼办理讼案，夜里常和文朋诗友们欢饮达旦，本城红桥一带还保留着他和朋友们雅集、修禊的旧址。一个名声显赫的大人物主动要求加盟，这个机会我怎能轻易放弃。我迫不及待地回信说，王大人能屈尊将文章交我出版，实在是备感荣幸。我从王士禛的十三种集子里选用了三篇，一待清样出来就寄往京城，同时我附了一函给孔尚任，托他向王先生讨一序文。但奇怪的是，就像当初岳端王爷为《幽梦影》答应作序没了下文一样，王尚书的序文也一直没到。我不死心，又将另一部分清样寄信给王士禛，并于年底再度去信汇报刻书进展情况。全是石沉大海。我决意不等了，1698年春天，这套书初集和二集印毕，我拣出两部寄往京城，一部呈送王士禛，一部赠给从中牵线的孔尚任。大人物们都忙得很，他要真没空回信，也只有随他去了。

其实我的出版生涯在这部书问世前的十年就开始了。刚踏入出版界的我气冲斗牛，什么样的选题都想做。我曾要想刻一部《古世说》，要比南朝的《世说新语》更好看；我的出版计划中没来得及实施就夭折的还包括一部讽刺寓言集、一部游记、一部语音学著作和一部兼具道德、经济和百科全书性质的《布栗集》。有时我想，当我死后，这些未曾问世的书会在另一个世界和我相遇吗？

为我在入行之初博得巨大声誉的是八卷本的《虞初新志》（后

来扩展到二十卷）。虞初是汉武帝时的一个小吏，时常穿着黄衫，坐着牛车，满天下跑来跑去采访异闻。我把他入了书名，是想表达我承续的是唐人传奇，甚至《搜神记》以来伟大的叙事传统，而不是一味以搜古、猎奇为尚。今日坊间把我这部书与乡间究蒲松龄的《聊斋志异》同列"小说"，真是岂有此理！须知道，我这部书的选编有三条标准，一是文章所记人和事必须是当今或前不久发生的，二是须有较高的文学含量，三是所记事实，奇特古怪固然好，但须不失真实。这一来就把那些飞仙侠盗、牛鬼蛇神全都拒之门外了，也就是说，我所选编的，乃是一部完完全全的非虚构作品。这样的一部作品集，又岂是蒲松龄之流及后起的仿造者那些稗官小说能同日而语？①

和那些神怪故事、传奇小说大异其趣的是，我这部书中的人物都是历史上实有其人，有些还刚故去不久，是我们的师长、前辈和同时代人，诸如著名画家八大山人，伟大的旅行家徐霞客，造园名家张涟，秦淮女子柳如是、董小宛等，在这部书中重睹他们的音容笑貌，相信读者们都有宛若再生之感。再如那些卖酒者、卖花翁、髯樵客等市井小民，本来无人知晓，也是因为意外地为某位作家赏识并为之作传，才得以在书中占有一席之地，所以这部书实际上是我和文坛诸公如钱谦益、吴伟业、侯方域、周亮工、李渔、魏禧、余怀、杜浚等人的共同创作，而我得以因编纂此书成为一个公众人物，也是沾了他们的光。

---

① 张潮在《虞初新志》的自序和凡例中说书中所述奇闻逸事桩桩皆非凭空虚构："任诞矜奇，率皆实事，搜神拈异，绝不雷同"，"夫岂强笑不欢、强哭不戚、豆丁补缀之稗官小说可同日语哉？"

当然，要从浩如烟海的时文中找来这些名家之作，近乎在黑暗中摸索道路，是脑力活，更是一桩重体力活。吴伟业、朱一是诸公与我家有世交，曾为家父文集作序，我家藏书中有不少他们的著作，选编起来尚不太难；尤侗先生的文章，我少年时代起就十分喜欢，很早就买了他的《西堂杂俎》，集中收录的那篇《瑶宫花史小记》，就是采自那本集子。名姬董小宛的那篇传记，是冒辟疆先生亲自寄来的。但好多作家新出的集子，家中所无，我只能给朋友们写信，托他们代为寻觅、推荐，我自己更是四方搜求，市场上买不到的就从朋友处借来抄录。

为了编好这本书，我披沙拣金，潜海采珠，不知燃去了多少松油，也不知抄钝了多少管毛笔。但发现一篇好文章的欣喜，足以抵过所有的劳累。一个叫徐芳的前朝翰林，隐居不出，专事写作，时人都把他看作一个鬼怪故事作家，但我读了他的几篇写实风格的作品后，觉得鬼怪故事不过是山岩上滚下的几块石头，他这座山岩下的矿脉，还是现实主义的，所以毫不犹豫地从这个作家的两个集子中选用了八篇。余怀记叙秦淮河往事的《板桥杂记》，后来为他带来巨大的声名，我收入此书时还只是刚写成不久的稿本。但我最大的困难不是搜来的文章不够多，而是朋友们推荐的大多很难达到我前述的三条要求，不是文笔老套，就是故事了无新意。直到我遇到陈鼎[①]，一个从云南旅行回来经过扬州的传记作家，读了他那部有着百科全书

---

① 陈鼎(1650—？)，字定九，又字谨村，号铁肩道人，浙江诸暨人，经常漫游各地，收集明遗民事迹与逸闻，著有《留溪外传》《东林列传》等。1696 年，陈鼎到扬州，与张潮初次相会，《留溪外传》记载："岁丙子予客邗上者几一载，为文多求正先生，先生亦以为孺子可教，不吝评阅。"日后陈鼎曾为张潮写了一篇传记，说他为人端方质直，举止不苟，为文则风流潇洒，如广平之赋梅花，读者无不爱焉。

般野心的《留溪外传》，我才感慨天下好文章的种子还是没有死绝，他那部稿本实在是个宝库，我只是从里面选用了一篇八大山人传记和几篇动物故事，写狐、写牛、写狗，他也如写人一般生动，我一直还记得他写那只烈狐的几句话，"如海棠一枝，轻盈欲语"。另一个让我刮目相看的新作家，是前面说到的那个从杭州跑到扬州来看我的陆次云，他早年在江西做过县令，辞官后专事写作维生，此人性情诙谐，一肚子好故事，我选了他的两篇传记和一则谈西湖寺院的文章，在我看来，写西湖山水的文章多矣，当以陆兄为第一。

我最应该感谢的是周亮工和钮琇两位作家。有一天，有人送来一套临野堂刻本《觚賸》，说写这本书的钮琇真是锦心绣口。我挑剔地打量着记刻工，这个古意盎然的书名一下吸引了我。有人说，"觚"是上古时代用来书写的木简，也有人说，觚是一种国家典礼时使用的铜制酒具，既不圆，又不方，故名为觚，后来成了政事的代称。木简也好酒具也好，我揣想钮琇之所以取了这个怪怪的书名，是在意指他写的不是大历史，而是有着体温、蒸腾着烟火气的边边角角的小历史。这样的历史观实在深得我心。我打听到钮琇刻下正在广东某地做县令，且此前曾在河南项城、陕西白水等地做小官，怪不得他的笔下如打开了一扇扇奇异的窗口，《吴觚》《燕觚》《豫觚》《秦觚》《粤觚》，全是各地珍异故事，《人觚》《事觚》《物觚》又有着超自然的魔幻色调。我记得其中有一篇写女侠"云娘"，一帮男人在她面前直如污泥相仿，真是有着六朝志怪的文风；一篇写熊廷弼的传文，说熊大人督学江南阅卷时，边上置酒一坛、剑一把，读到好文就浮一大白，读到烂文就舞剑一回，以吐胸中郁气。印象至为深刻的还有他写北京妇人去摸城门门钉的习俗，能摸到的姑娘可以找到如意郎君，结过婚的则可保一家平安，这种博物式的写作读来真是忍俊不禁。我选了他的一篇吴六奇将军传文，又从吴、燕、豫、秦等选了八篇，想着有一天能与这个我喜欢的作家把酒论文，却总是没能遇上他。

周亮工先生曾为家父文集作序，我编此书时，他已去世三十多年，我家所藏只有一部他早年的《赖古堂集》，他后来新刻的集子都没有。适逢亮工先生的五公子周在都擢升扬州同知，我找到他索求其父著作，在都兄竟然还记得亮工先生与家父交往的事，慨然相赠周亮工大作《读画录》《印人传》《因树屋书影》等数种，后来收入集子的十余篇艺术家传记《盛此公传》《刘酒传》《书钿阁女子图章前》等，就是从这些他赠我的集子中采编的。

与王晫的合作告一段落后，我单枪匹马开始了另一部丛书的编辑出版工作。我之所以决定撇开合作者王晫单独来做，是因为我决定把合编的《檀几丛书》的续编更名为更容易讨上面喜欢的《昭代丛书》，遭到了他的反对，认为这将会影响新书在书坊的销售。我认为，以"昭代"作书名正体现了我作为一个出版家和文选家的与时俱进，本朝开国五十余年，平三藩、收台湾、征讨厄鲁特部噶尔丹，不特武功之盛为前朝所无，文教之隆也超越了以前任何一个时代，我们眼下就生活在一个前所未有的盛世，所以让我们的出版工作得到官方主流意识形态的认可、甚至得到最高当局的关注，不是更有意义吗？王晫借口怕影响销量反对我改名，实际上是鄙视我的颂圣行为，认作是一种向权贵的主动趋附，唉，他老了，有此陈腐之见也随他去吧，我就一人单干好了。说实在的，这几年合作中时常发生的争论，也已经让我们的友谊生出了裂痕。

此书既然是颂扬当今的文治之功，入选诸家必须是群星荟萃，足够彪炳千古。所以皇帝宠臣和当代巨公们的"高山仰止"之作必予以优先考虑。其他我约稿的对象诸如毛奇龄、阎若璩、毛先舒、吴肃公、孔尚任、魏禧等虽非朝廷权臣，也都是文坛巨星。为了让此书有足够强大的阵容，我还约请了五十位文坛前辈挂名"编校"，这些人有的身居高位，有的已经老得行将就木，当然不可能真的来帮我选文、校样。另一个非常重要的编选原则，不好明说，但我必须心里有把尺度，那就是不能把那些谈论明清交替的作品收进来，以免与颂扬盛世的主旋律相悖。戴名世先生曾交与我一文《孑遗录》希望我编入，文笔苍劲有力，堪称大家力作，但因所叙是满人入关前他在家乡所见民不聊生的乱象，我只得回信告诉他，"缘拙选名《昭代丛书》，故不便以明季流寇之惨录入，是以未获借光耳。"[①]遭到退稿的戴先生老大的不开心，此后再也没有搭理我。后来戴先生因《南山集》案发下狱被处死，证明我还是有先见之明。

我的前一本书《幽梦影》已经进入了一位亲王的书斋，焉知此书不会上达龙廷？我的计划是以一年一集五十种的速度推出，就像长江之浪一波接一波地向帝国高层冲击。当务之急，一是要收到讴歌当今王朝昌明盛景的好文章，一是要争取拿到有力人物最好是当朝大佬的推荐序文。我打听到不久前皇帝宠臣高士奇告老还乡回到了杭州，此老曾多次陪伴圣驾巡游各地，写有四篇扈驾游记，能把他的四篇游记收入丛书岂不正好？我去信向高士奇请求赐文，不久，此老回信了，让我失望的是他不同意刊出这四篇扈驾游记，只同意我刊用他的一篇《草堂诗纪》。我约来的孔尚任的一篇《出山异数记》，

---

① 《尺牍偶存》卷六《复戴田有》。

记述皇帝驾临阙里时，他本人备受青睐的情景，我建议他把题目改为《幸鲁承恩私记》，直接点明皇恩浩荡，但孔尚任不知基于何种考虑，坚决不同意改名。

向当朝大佬求序一事也是屡遭碰壁。书稿编成后，我致信主政江苏四年的巡抚宋荦，请他赐一序文。几年前宋巡抚驻节扬州主持赈灾，我曾与之有过一面之缘，向他赠送了数种著作，交谈时他语气蔼然，对我印象不错，为了增加成功率，寄出信后我又求助于一位经常出入巡抚衙门的姓姜的苏州朋友，托他有机会在巡抚大人面前替我多多美言。姜朋友告诉我，宋巡抚对我初编的书稿交口称赞，但什么时候写序没说，他答应合适的时候会再去催问。不久，传来了宋巡抚夫人去世的消息，我即刻赶往苏州吊唁，想着当面向巡抚大人请求赐序。但我的殷勤和姜朋友的协助都没能打动巡抚大人的心。书的版子已经刻好，冬天到来之前如果再不开印的话就需待来年开春了，无奈之下，我突然想到一人，此人即年过八旬的文坛前辈尤侗。我向他发出求援，老爷子一点也没有官场中人的那种臭架子，接到我的信后不久就欣然命笔，写就序文一篇，总算替我救了场。

期待中的有力序文一篇也没有来，这书还要不要出下去？我还是不死心，这套书出到第三集的时候，我再次致信刚从左都御史升任刑部尚书的王士禛。之所以厚着脸皮向王尚书再次开口，是因为之前我已经选编过他的许多文章，这部书里又准备选用他的一篇关于汉水地理的文章。但王尚书的回信只是修订了他自己的那篇文章，并推荐了他的一个已故兄长和两位亲戚的文章，写序的事提也不提。我再次致信，重申我投身出版的决心，"顾潮暗陋无似，只以性之所好妄事丹铅，苟非有大人先生为弁冕而表章之，恐未足以重于当世，窃不自揣，欲拜恳大序以冠其前，庶观者震于鸿文，并拙选可借以生光。""老先生大人以嘉与后学为心，量有所不惜也。"[1]但他却装聋作哑，对我的请求一直未予以回应。唉，那些权贵们的心，真是坚逾铁石。

在我的有生之年，怕是再也看不到荣耀降临了。书还在一本接一本地出，但对那些当朝大佬和权贵们，我已心灰意冷。他们当他们的官，我做我的书，本就两不相涉，可笑我一次次地乞求他们给予承认。于今想来我的出版生涯真是写满了屈辱，说来还是名心太重，自取其辱啊。

六、树犹如此

1699年夏天，我落入了一个被人设计好的陷阱，生意接连败北，所有积蓄血本无存，只剩下田地、房子等一些不动产。更凶险的是，我还被构陷入狱，虽然不久就放了出来，但上下打点，我的家当已差不多全败光了。

接听噩耗，王晫从杭州来信安慰说他"不胜骇异"："以先生之为人，生平极谨慎自爱而犹不免意外之变，世事之不可测度如此！幸而先生好客，喜刻书，早已书传海内，名满人间，若舍此不事，一意经营，倘并此亦耗失焉，岂不更可惜耶。设想至此，先生所得尚多，不必以此介怀也。"[2]

在我人生陷入最低谷的时候，我曾请求平素肺腑相待的一些同

---

① 《尺牍偶存》卷八《与王阮亭先生》。

② 《尺牍友声·新集》卷一。

行予以帮助，哪知道他们不仅不施援手，反而落井下石。人心的势利和险恶，在我是亲见的了，但这一觉醒还是迟了些，为了躲避债主的催逼和这些中山狼的构陷，我不得不搬到乡下去住。我刚离开扬州城，就传来消息说，债主们找不到我，把我的书房翻了个底儿朝天，还把诒清堂前我亲手种下的一棵柳树给砍倒了。①

　　树犹如此，人何以堪？这柳树的颓然倒下，昭示着我的扬州一梦至此已断。几十年间，听着柳枝间的清风，我在诒清堂里做着著书、刻书、印书的梦，如今梦随风逝，只有那走入千家万户的版刻书页，或许还会在寒夜的摩挲下瑟瑟作响，这也算是几十年幽梦留下的一个影子吧。

---

① 关于发生在康熙三十八年的那场变故，张潮一直三缄其口，没有透露更多细节，在给孔尚任的一封信中他曾说到这一晚年变故："弟自前岁误堕坑阱中，先人所遗尽为乌有，因自号为三在道人，仅存田、宅与此身，余者俱不可复问。"《尺牍偶存》卷八《与孔东塘》。

给正德画像

一

有关正德皇帝纵情享乐、蔑视礼仪规矩的故事，正史和野史的记载不绝于缕。被这些记录所制造的正德皇帝是一个荒唐而不失有趣的年轻人，一个传统秩序的叛逆者和挑战者，他任用宦官、佞幸和一批年轻军官为他办事，利用体制所赋予的至高无上的权力专以捉弄手下那一大帮官员为能事。他是少壮派军官们的领袖，文官们的噩梦。他要么是个天才，要么是个不折不扣的无赖。他于他的时代是场让人久久缓不过劲来的恐吓。

1505 年朱厚照即位之初，宦官刘瑾伙同内臣，八人结成了一个号称"八虎"的利益共同体，这些人但知日进鹰犬、歌舞、角抵之戏来迎合朱厚照荒嬉的本性，老皇帝朱祐樘担心的事终于出现了，他的继承人把他遗诏里的一切嘱咐全都抛诸脑后，即位都快两个月了，却还日日耽于享乐。

这年八月，京城下了一场大雨。这场雨经久不歇，没有排水系统的都城数处内涝。华盖殿大学士刘健趁机告诫皇帝说，这都是因为没有认真落实先帝遗命，致使遗诏成为一纸空文，所以阴阳不调，天象示警，陛下辜负了四海之望，也辜负了先帝期望，难怪上天震怒了。

朱厚照收敛了一阵子后又放任如故。宫中内侍越来越多，内府各监局任职最多的竟超过百人。提供后勤保障的光禄寺每日的供给都增加了数倍，还是不敷于用。

正德元年（1506年）十月，皇帝大婚。这是一场豪奢的婚礼。操办婚礼大典的是礼部，一切用度悉由户部开支。户部的账册上记录送银三十万两，但实际耗费高达金八千五百二十余两，银五十三万三千八百四十余两（《明武宗实录》卷十八）。婚礼如此隆重，并不说明皇帝对皇后的感情多么挚笃，而只是因为他性喜铺张，一切都要操办得兴兴头头的才开心。事实上，婚后不久朱厚照就很少与皇后住在一起了，他更喜欢的是在太监们的陪伴下在皇城里到处游乐，骑马、射箭、歌舞、角抵、斗鸡、掷骰子，每一样都对这个大孩子有着持久的吸引力。

婚后第二年，皇帝开始于西华门别构禁苑，建造宫殿，使一间间相互勾连的密室如同历史上最为荒淫的君王隋炀帝所设计的"迷楼"一般，极尽幽深曲折之能事。他把这片建筑名之为豹房，专门用来养藏从全国各地搜罗来的美女。

尽管朱厚照执政时代的年号"正德"取自于典籍中记载的上古时代的圣王禹所行善政"正德，利用，厚生"，但从心底里他极端藐视父亲为他树立的儒家理想主义的那套东西，对父亲倚之为臂膀的文官们也是随心所欲地退黜。

刘健和武英殿大学士谢迁等决定合外廷九卿诸大臣的力量除掉刘瑾一伙，宫中另一派内侍之首王岳也答应借势发力。

弹劾"八虎"的奏疏由文章高手、户部郎中李梦阳起草。呈送于朱厚照跟前的这封弹劾奏疏对刘瑾等八个宦官的罪状做了大量罗列，其中诸多场景和细节令朱厚照看了也是面红心跳。"造作巧伪，淫荡上心，击球走马，放鹰逐犬，俳优杂剧，错陈于前，至导万乘与外人交易，狎昵媟亵，无复礼体。日游不足，夜以继之，劳耗精神，亏损圣德。"大臣们接着指出（李梦阳只是踏实地传达了他们的意图），这些无耻小人之所以不思皇天眷命只知蛊惑皇上，并不是他们有多么爱你敬你，而全是为了他们那个小集团的利益。祖宗大业皆系在陛下一身，万一游宴过度伤了心神，起居失节，把那些人碾成肉末也于事无补了。

这文章做得义正词严掷地有声，朱厚照读完就像一个犯了错误的小学生一样哭了起来，连吃饭都没了心思。也不知他是后悔而哭，还是被预言里的那些可怕后果吓哭了。他派了司礼太监陈宽、李荣、王岳三人至内阁和大学士们商讨处置办法。开始，商议的结果是把刘瑾等人赶到南京，刘健、谢迁等人认为处置过轻，坚决主张诛杀。继刘大复为兵部尚书的许进劝刘健等适可而止，过于操切怕有变。中官李荣也透露皇帝的本意是对刘瑾等八人稍作惩处，还是给皇帝留点面子，没有必要赶尽杀绝。但刘健一句也听不进去，他鼓励文官们说，只要坚持下去皇帝一定会站在我们这一边。他与诸大臣相约，明日早朝一起伏阙面争，就算刘瑾这伙人头颈上裹着铁皮，也要把他们的脑袋给砍下来。

被安插到吏部任主官的焦芳派人向刘瑾火速驰报了大臣们议决的意见。接到这一消息，刘瑾脖根后一阵阵发寒，连夜和马永成等八人跑到乾清宫围跪着皇帝哭泣。刘瑾更是叩首如捣蒜，哀告说，要是皇上不救我们，奴才们明天就要剁碎了喂狗去吃了。观察到皇帝脸色稍缓，他借机挑拨皇帝和外廷文官们的关系来自救，称这一切都是司礼监太监王岳从中作祟，诬告王岳勾结外廷官员，试图达到挟持天子的目的。这话一下子击中了朱厚照的软肋，能不能控制外廷、文官们会不会爬到自己头上来一直是他的心病，他好像有些醒悟过来为什么大学士们这么不肯放过"八虎"了。"八虎"是什么？他们是皇帝身边的工作人员，是亲信、耳目、臂膀，剪去了这些耳目和臂膀，他们的阴谋不就可以得逞了吗？他连夜下令逮捕司礼监太监王岳迁送南京，命刘瑾掌司礼监，马永成掌东厂，恢复西厂建制，由谷大用掌管。

刘健、谢迁见事已至此，向皇帝递交了退休报告。刘健还跑到祖庙大哭一场，为未能把朱厚照教育成一个有道之君深感对不起九泉之下的先帝。对两位大学士的请辞报告如何答复，按惯例都要经司礼监批红。刘瑾接到这两份请辞报告，连客气一下都没有就打发他们回老家去了。此前几日，前司礼监太监王岳在迁送南京的途中，已被刘瑾派人于半途劫杀。

刘、谢一走，刘瑾即提议焦芳任文渊阁大学士，正式入阁办事。不久又引私党刘宇、曹元等矫旨入阁。旧阁臣中，唯有李东阳一人留任。李东阳名义上为首辅，却常受焦芳这些人的摆弄，虽多方弥缝，也不过是顶一个修补匠的角色。

前顾命大臣刘健、谢迁离开京城前，曾为同僚的李东阳为他们饯行。席间，李东阳数度呜咽出声，刘健说：你现在还有什么好哭的？
要是当初你多说一句话，你也要和我们一同回老家了。对李东阳在
"倒刘"行动中的表现，誉之者说他忍辱负重保全善类，诟之者说
他委蛇避祸、保全禄位，全无大臣的原则和操守，嘲之为"伴食""恋
栈"，李以内阁重臣兼文坛领袖向来爱惜羽毛，至此竟至名节蒙尘，
个中滋味也是甘苦自知。

二

　　事态发展到如此地步，宦官集团已然控制了帝国的军政大权，
本有宰相之实的内阁反成了他们的附庸。以至内阁秉笔票拟都要事
先探明刘瑾意图，凡事关重大还要先送到刘瑾处请明，然后下笔。
到后来，刘瑾竟把批答章奏这样的朝廷要务都放到了自己的私宅里
进行。各府部衙门的官员禀报公事，自科道部属以下都要在刘府前
长跪，大小官员不管你是奉命出外还是调任回京，朝见结束后就要
到刘瑾那里拜会。

　　这种种情形，就如同一个多世纪后明朝制度最为有力的批评家
黄宗羲所指出的，"宰相六部，为阉宦奉行专员而已"。在他看来，
这些国家重臣担着一个行宰相之实的名义，说白了不过是一群"宫
奴"。之所以会形成这样的局面，黄宗羲认为根本性的问题还是出
在制度层面上：内阁和中央六部，从理论上说应该执朝政之总纲，"而
本章之批答，称有口传，后有票拟"；再有"天下之财赋，先内库
而太仓"，"天下之刑狱，先东厂而后法司"，所以黄宗羲说有明
一代宦官把持朝政是"格局已定，牵挽相维"，究其根本，在于人

主之"多欲"。

文官们开始反击了。但这反击的力量是那么弱小。这次站出来的是戴铣、李光瀚等留都南京的六个科道官。他们连章奏留刘、谢两个顾命大臣。宦党对这几个不识时务的反对党的处置是一律"廷杖除名",即派缇骑逮到京城,杖责一顿后开除公职。有个别官员上疏试图营救他们,也都遭受了同样的屈辱。其中有一个叫蒋钦的南京御史,和戴铣等人同日被捕,出狱甫三天,就上疏弹劾刘瑾,疏中说,请皇帝急诛瑾以谢天下,然后杀臣以谢瑾。奏疏递上去后,再杖三十,下狱。当他在狱中恢复了知觉,第一件事就是继续上疏请诛刘瑾,且言辞更为激切,说陛下不杀此贼就先杀臣,使臣得以与历史上的龙逢、比干等忠臣同游地下,因为与刘瑾这样的奸贼并生于世这实在是最大的耻辱。答复他的又是廷杖三十。不几日,蒋钦终因伤势过重在狱中死去。

《明史》有关蒋钦的传记把他抱着必死之心起草奏疏的情状写得如同一篇聊斋故事。传记中说,当某个夜晚蒋钦伏案起草时,灯下窸窸窣窣似有鬼声。蒋钦想,这可能是哪位先人的灵魂深夜造访,让自己停止上奏,以免罹祸吧。因此他不慌不忙地整了整衣冠说,如果是先人,就请言一声吧。不一会儿,从墙壁中间传出一个凄怆的声音,说,既然你已决定捐躯,那就切不可再有私心杂念了,在这样的紧要关头如果你缄默着不发一言,那才真的会让先人蒙羞了,这才是更大的不孝。于是蒋钦坐下继续奋笔,说,死即死,此稿不可易。于是墙壁中间的那个声音消失了。

不甘缄默的官员中,还有一位后来成为16世纪中国最伟大思想家的时任兵部武选司主事的王守仁。

自从 1499 年春天的一次会试中进士及第后，王守仁一直辗转于六部中的工部、刑部、兵部等多个部门，担任的都是观政、主事等低级官职（任刑部主事时他有过一次任山东省乡试副主考的经历），论品秩从没有超过从六品。这个三十出头的年轻京官渴望着建功立业，并对时局有着异乎常人的见解。当戴铣等几个言官从南方逮至京城时，道义的冲动使他不知天高地厚地向皇帝递交了一份奏折，试图救下这些正直的官员，再不济也要争取减轻对他们的处罚。他在奏折里开篇名义地说，"君仁臣直"，戴铣等六人以言获罪，想必是触犯了皇上，但他们身为言官，对朝政提出批评意见本就是职责所系，所以，其言如善，自应嘉纳，即便说错了或者说得不完全对，皇上也应该包涵他们，以开忠谏之路。现在却派锦衣卫把他们押解赴京，在皇上或许只是稍示惩创，不是有意要拒绝一切不同意见，但群臣由此产生疑惧心理，如果再有关乎国家安危、不合祖宗体统的事情出现，皇上哪里还能听到那么恳切的谏议？这将是多么让人遗憾的事啊，陛下想想这后果，难道不寒心吗？他请求皇帝追收前旨，恢复戴铣等人名誉和职务。

等待他的结果，是在正德二年三月和前大学士刘健、谢迁，尚书韩文、林瀚，都御史张敷华、郎中李梦阳等五十三名文官一起被列为"奸党"，在金水桥南宣戒群臣，"榜示朝堂"。在责打四十大棒后他被关进锦衣卫诏狱，并在短暂的关押后勒令离开京城，前往贵州省修文县龙场驿当一名驿丞。

此番在抑郁屈辱中仓皇出京，日后，他要掀起一场席卷整个时代的思想风暴。

刘瑾像受伤的老虎一样开始反噬。刘、谢已去，不足为患，他首先拿来开刀的是户部尚书韩文。他使人诬告内库有假钞输入，把韩文诏降一级勒令致仕。给事中徐昂上疏抗辩，被指斥为结党相护，不仅徐昂被除名，韩文也被剥夺一切职务。史传韩文出都时，身无余资，只骑一羸弱老骡，一路都是寻鸡毛小店宿夜，历尽困苦才回到家中。韩文的下属、草拟倒刘奏疏的户部郎中李梦阳也在清洗之列，先是贬为山西布政司，未及上任就勒令致仕，不久又随便找了个借口把他下狱。

刘瑾做得最为张狂的一件事，乃是在正德三年六月把三百多名文官集体下了锦衣卫诏狱。事情的起因，是这月二十六日的午朝后，有锦衣卫校尉在御道上发现了一封公布刘瑾罪状的匿名信，喝问群臣，没有一个人承认，于是刘瑾矫旨让官员们全都跪在奉天门下。京城六月骄阳似火，地面温度近四十摄氏度，到天色向晚，已有三人因体力不支倒地，施救不及身亡。刘瑾见无人出来承担责任，便命校尉把文官们全都关进了诏狱。幸有李东阳等力救，厂卫特务也查实了匿名信是内廷同类倾轧，这些官员才于第二日放归。

前大学士刘健、谢迁在致仕三年多后继续遭受打击，被削籍为民。紧随其后，不听话的大学士王鏊也被罢斥，代之以与宦官集团交好的刘宇。刘宇本是一介武夫，由焦芳介绍结交刘瑾后，由宣大总督升任左都御史，此人出手阔绰，第一次拜谒刘瑾以万金为礼，刘瑾那时候收受贿赂最多不过数百金，面对这笔巨大财富不由得大喜，说"刘先生何厚我！"，竟马上升任他为兵部尚书加太子太傅，不久，进为六部之首的吏部尚书。

前兵部尚书刘大复的遭遇更令朝士扼腕叹息。几年前，刘大复还在兵部尚书任上时，曾处理过广西的一桩地司争斗事件。当时，思州、思恩的两个土司岑猛和岑睿相互仇杀，闹得不可开交，边务向属兵部管辖，在刘大复的干预下，岑睿被杀，岑猛迁置福建，并在这两个地区改土归流。几年后，岑猛贿赂刘瑾以图求复故地，为把案子翻过来，刘瑾指控刘大复当年处理这桩事件时举措失当以致酿成激变，罪当论死。后在内阁和都察院的一致反对下，刘大复改充军广西。焦芳为趋奉刘瑾，提出广西离刘的老家湖北华容太近，不能太便宜他，于是再改为充军肃州。刘大复时年已七十有三，耄耋老臣，徒步荷戈，蹒跚着前往大明门下叩首而去，观者无不叹息泣下。

在其他内侍看来，身为"八虎"之首的刘瑾理当成为他们共同利益的代言人，使得内廷在与外廷官员的抗衡中实现利益的最大化。当初也正是出于这一目的，他们才合力把刘瑾推到了前台。但不久他们就见识了此人脸一阔就变的秉性，手中权柄不容他人染指不说，还处处故意刁难、排挤。这样，阉宦内部渐渐生隙。刘瑾想把同样见宠于皇帝的张永赶到南京去，两人甚至当着朱厚照的面大打出手。皇帝命谷大用居间调解，酒席上看上去两人是握手言和了，背地里却连吃了对方的心思都有。正德五年四月，封地在宁夏的安化王以讨伐刘瑾为名起兵叛乱，实是以为皇帝惑于阉宦致使朝政糜烂不可收拾，想效法成祖取而代之。刘瑾想讨得这份公差，未能如愿，朝廷派右都御史杨一清总制军务、太监张永为监军前往处理此事。大军行前，朱厚照身着戎装亲自送至东华门，对杨一清、张永勉励有加，对张永更是关怀备至。刘瑾极为忌恨却又无可奈何。

杨一清知张永与刘瑾有隙，有意识纳，两人关系至为融洽。行至宁夏，杨一清说，安化王不足为患，这一小股叛乱很快就可平息，令人担心的是国家有内患。于是连席画掌，张永对杨一清掌心所写"瑾"字半晌不语，面有难色。杨一清开导说此番平叛皇帝让你监军，正可见出对你的信任，功成奏捷，以发瑾奸，皇帝必然会杀了刘瑾。张永也是欲除刘瑾而后快，乐得有此援手。八月十五日，杨、张率大军回京报捷献俘，皇帝大摆筵席劳军，张永趁着夜间密奏刘瑾反状，为了增强说服力，他还拿出了安化王声讨刘瑾的檄文。皇帝酒醒大半，俯首对着张永耳边说："奴负我。"于是连夜下令逮捕刘瑾。

到了这个时候朱厚照还不想杀了这个从东宫起就服侍自己的老奴，只打算把他安置到凤阳闲住。但当他看到锦衣卫校尉抄灭其家时收缴上来的数百万金银及无数珠玉宝玩、衮衣玉带甲仗弓弩等违禁物品，尤其是从刘瑾经常拿在手中把玩的一柄扇子里搜出两把锋利的匕首，他这才杀机萌动，盛怒中的他说："奴果反。"

三

刘瑾的倒台起因于宦官集团的内讧，内外廷的对立和冲突并没有得到制度性的调整，监督机制依然形同虚设，或许在朱厚照看来，这种对立和冲突并不是他执政的这些年才有的，他不愿也不会站在文官集团利益的立场上去终止这种状态。这使得在以后一个较长时段里，这种结构性的弊病将长期存在，并成为明朝政治最终走向败亡的隐患。况且，以朱厚照好冒险、易冲动、欲望蓬勃、富于想象力的个性和异于常人的思维方式，他才不想落入大学士们为他预设的人生道路去做一个守成之君呢。相反地，他更乐意做的是以一种几乎是恶作剧式的心理，干出一些让朝臣们目瞪口呆的事来。

他爱着戎装，喜欢举行军事行动，身边亲信的也多是一些年轻的军官，他把自己弄得像个军政府的首脑，不肯放手让内阁或外廷的办事机构施为，这与礼仪以及他的官员们期望他实行的官僚政治的准则无疑是不相容的。而他的好色与酗酒，也被认为与皇帝的身份不相称的，不时受到以维护道统自居的文官们的谴责。

在本朝，朱这个姓氏乃是尊崇无比的国姓，朱厚照却动不动就拿来赏赐给别人，只要他喜欢的，管他是宦官、奴卒还是俘虏，都收为义子，赐姓为朱。最多的一次，他赐予一百二十七个义子国姓。其中有一个叫钱宁的，原本是宫中某太监的家奴，在刘瑾时期通过宦官势力的提携当上了锦衣卫百户的小官，自从被赐予国姓，成为皇帝的亲信和玩伴，很快平步青云升为左都督，成为令人谈之色变的锦衣卫诏狱的负责人，每出行拜客，名刺上赫然写的是皇庶子。1512 年，钱宁主持了豹房的扩建工程，使这一皇家游乐场所在原有基础上增加二百多间，加设了精舍、猎房等新设施，工部于这年底递交的一份报告为庞大的经费支出叫苦连天：豹房之造，迄今五年，所费白金二十四万余两，今又增修房屋二百余间，国乏民贫，何以为继？

一时间，倡优、乐工、喇嘛、术士种种奇模怪样的人马从四面八方汇集豹房，日日笙歌燕舞。豹房实际上已经成了皇帝的第二朝廷。他已经很少回乾清宫了，喝醉了就拿钱宁当枕头在豹房过夜。他微服出行的嗜好多年没有消退，出了皇城一切游乐项目自有钱宁给安排妥当。后来，一个叫江彬的青年军官经钱宁介绍留在了皇帝身边，去教坊司找乐这样的事就改由江彬操办了。乔装打扮的正德皇帝和同样更换了衣饰的内侍、校尉们，趁着夜色在京城大街上快马驰骋，想喝酒了或者想找女人了就随便找一个大户人家闯将进去，恣意而为。《明武宗外纪》上这样记载："每见高屋大房即驰入，或索饮，或搜其妇女，居民苦之。"

据说江彬长得体格魁伟，尤其擅长马上骑射等功夫。此人本为大同游击将军，在调防到京畿时参加了几场平息小股叛乱的战斗。江彬其人大胆、机敏，在战场上更是勇猛无比。在某场遭遇战中他曾身中三箭，其中一处贯通伤，箭镞自腮帮入耳根出，观者无不心惊，江彬却没事一般拔下箭杆继续厮杀。其人骁勇如此，正好与皇帝天性中尚武、喜好冒险的一面一拍即合。在经过必要的审查考察后，江彬和另一位宣府边将许泰被留了下来，充任皇帝贴身侍卫，他最新得到的官职是都指挥佥事。很快，江彬就与朱厚照形影不离，出入豹房同卧同起了。

皇帝之所以选择江彬这样英勇善战的军官为侍从，其中一个目的是要让他们协助他在皇城里练兵。尽管在这之前，皇帝也曾主持过京军小范围的操练，但若论操练之正规、甲仗之齐整则远逊于专门的军官们。江彬也有自己的小算盘，他以一个游击骤获圣宠，早先把他引见给皇帝的钱宁早就不高兴了，钱宁不能容己，他担心迟早总有一天会对自己动手，有一支自己直接可以指挥的武装力量，也可备不测之需。于是他以边镇将士骁悍善战、战斗力远在京军之上为由，数次蛊惑皇帝调边军入京，以备操练。虽有李东阳等人提出反对，但圣意已决，江彬的建议还是得到了批准，不久敕谕调辽东、宣府、大同、延绥四镇军入卫京师。

当演练部队的将士们以整肃的军容列队于皇城内的校场时，那威武飒爽的场面怎不让朱厚照心花怒放。士兵们铠甲鲜明，上方一律饰以表明特殊身份的黄色围巾，将官们簇新的遮阳帽上则插着笔挺的天鹅翎毛。操练时，士兵们被拨两营，一营由江彬指挥，系从边军中挑选精壮之士组成，皇帝亲率宦官中善于骑射者为一营，号为中军。皇帝穿着和江彬几乎差不多模样的盔甲，又骑着同色的战马，在演习场上不仔细看几乎很难区分开来。只要皇帝高兴操练可以不分晨夕地进行，当其时也，甲光映照宫苑，士兵们的呼噪声在九门上空久久回旋。文官们惯读诗书，总以刀兵为不祥之器，平时避之唯恐不及，今以大内之重地竟上演如此一幕，皆以为荒唐莫过于此。但这一演习乃出于皇帝亲为，他们也都噤声不言了。

尽管皇帝偶尔也临朝，或出于对文臣们的安慰出席一两回经筵，但他更大的兴趣还是在皇城中进行这些军事游戏，或者在御花园里打猎。1514 年 9 月，皇帝在一次狩猎中被一只老虎扑伤，幸亏江彬及时施以援手才幸免于难，这使得他不得不休息了一个多月。有个官员上疏劝他多保重身体，当即被贬到远离北京的一些无关紧要的职位上。朱厚照对文官们的憎厌与日俱增，这些人明着是为你的身体着想，其真正目的还是要把你拉回到他们设计的君王的模板上来，在他看来这才是真正的心口不一。

如果不是大臣们坚决反对，朱厚照真的会把紫禁城里所有的宫殿都换成巨大的帐篷。如此蓬勃的想象力即便是那个时代最优秀的艺术家也望尘莫及。这些搭建在宫殿庭院边上的帐篷，有一些被用来存放在紫禁城中进行的战斗演习的火药。正德九年正月，作为新年庆典的节目之一，朝廷拟在元宵节举办一次大型灯节，为此宫中早在年前就派出中官去全国各地采购装饰精巧的花灯，这些花费大量款项购置的花灯被悬挂在宫殿的庭院中。而封地在南昌的宁王朱宸濠为了博得皇帝的好感（此人有一个秘不示人的野心是让儿子入嗣大统，为此不惜花费重金贿赂了皇帝身边的钱宁等人），特地派侍者上京安装了一批式样非常新颖的花灯。这些花灯不像寻常那种是悬挂起来的，它们直接被固定在了房屋和回廊的大梁和圆柱上。皇帝命令把这批花灯都安装到他的寝宫。当夜幕渐启，宫中一片火树银花，尤其是乾清宫前的庭院，更是映照得如同白昼一般，那情景几乎让人疑以为置身于天上仙阙。然而就在灯节开张的元宵那天晚上，帐篷中的火药不慎爆炸，蔓延到了朝觐大殿和皇帝的寝宫。大火持续了整整一夜，包括乾清宫在内的数座宫殿化为灰烬。当火势大起来时，皇帝已经在一大帮内侍的簇拥下安全地撤到了豹房。一点也看不出他有什么伤心的样子，相反，他像一个过节的孩子一样兴高采烈，看着几乎映红半个天空的火光，他以一种乐不可支的语气对身边的人说："此是一棚大烟火也。"这场火后大约八个月，他命令陕西的镇守太监购置按照他的详细说明而制造的一百六十二顶帐篷的帐篷宫殿。这些帐篷于 1515 年晚期送到北京。这些帐篷组成了一个宫殿区，有全套的大门、居住区、庭院、厨房、马厩和厕所，最初设置在紫禁城内，后来皇帝每次巡幸时也开始利用它们。

四

时日一久，这种在皇城之内的过家家式的战争游戏已逗引不起朱厚照多大的兴趣。江彬也有让皇帝疏远钱宁、挟帝自重声威的意图，数次撺掇他出关游猎。自 1517 年秋天起，江彬开始导诱皇帝走出紫禁城，先是京城郊外，不久就由昌平而居庸关，走得越来越远了。朱厚照喜着戎装，当他和江彬并骑而行，穿着同样的铠胄，远远望去几不可辨。当这一队人马来到居庸关下时，一个叫张钦的巡关御史坚决阻止了皇帝的冒失行动，皇帝表面上应允了，但不几日后的一个夜晚，他还是越过了这个关隘继续北上。为了防止文臣追谏，皇帝撤销了这个巡关御史的职务，代之以宦官谷大用，并下令不许任何一个文官出关。此后的几个月，北京的臣僚和皇帝几乎完全失去了联络。送信的专使送去极多的奏本，但只带回极少的御批，大多都让江彬中途拦截了。

江彬建议皇帝巡幸宣府。他告诉皇帝，宣府有比北京多得多的乐师和标致女人。而且，他在那里能够看到真实的边境的小规模战斗，比起皇城中的模拟战要让人激动得多。对皇帝来说，性这种极端的体验乃是最迷人、最有魔力的东西之一，身上咆哮的肾上腺素使他一次次地游走于禁忌与危险的边缘而乐此不疲。而借机可以亲临战事，则更让这个年轻人血脉偾张。有此两者，皇帝怎不欣然前往。江彬早在宣府建好了镇国府第，把京城豹房的珍玩、美女提前带到了这里。但这还是满足不了皇帝层出不穷的嗜好，一到夜间，这个精力过人的年轻人就乔装打扮成富商、阔少或者强盗的模样，带着一大帮侍卫强行闯入民家，看到有中意的女人就裹挟着呼啸而去，或者立马就成其好事。皇帝还喜欢独自行动，当他撒马飞奔时，侍从们总是被扔得远远的，好半天才可以跟上他。没有了喋喋不休的臣僚成天盯着，这纵情快意的日子实在把皇帝乐坏了，直把宣府作"家里"了。

然而以一国之君轻入边地毕竟是极具冒险性的。自景泰五年也先杀元主脱脱不花，阿剌知院又杀了也先后，瓦剌部落已一蹶不振，但随之而起的鞑靼部落声势更壮，入窥中原之心也更盛。当朱厚照带着一批军官、内侍在宣府、大同恣意玩乐时，鞑靼小王子伯颜猛可率领的一支五万人的骑兵部队在阳和围住了本朝的一营官兵，并且抢掠了应州。皇帝亲自指挥了边关守将对敌作战，解了那一营官兵的围，取得了斩敌十六名的成绩，不过己方付出的代价是折失了六百余人。但这在明朝历史上已足够写上浓墨重彩的一笔，比之被瓦剌军俘虏的祖父朱祁镇，朱厚照在战场上的表现已足够称得上英勇。据事后皇帝的某次谈话披露，在战场上他总是冲在最前面，并亲手搏杀了一名蒙古骑兵。当捷报以八百里加急的速度飞进京城时，满朝文武都为捷报后面的署名"威武大将军朱寿"疑窦丛生。他们搞不清这个威武大将军到底是何方神圣，后来才知道，那是皇帝给自己封的一个官职，他所经行的地方，也都称作了"军门"。

皇帝车驾于1518年正月回到京城。京城文武官员事先接到通知，迎驾时需穿上新制的朝服增加喜庆的气氛。为此宫中内务库的太监从仓库里取出了大量绸缎布匹，按官员的品级高低发给。满朝文武忙于在皇帝返京前把新朝服赶制完成，竟忘了还有一件最重要的事没做，他们竟没有排定迎驾的仪式并进行一次预演。如果追究责任的话，那应该是礼部的失职行为，内阁也难辞其咎。但皇帝的不在场使得这样的指责和追究变得毫无意义，言官们谁也不想浪费口水来做这样的文章。这日傍晚时分，当朱厚照出现在他的朝臣们面前时，这些可怜的大臣们已在雨雪中苦苦等待了整整一天。整个迎驾过程嘈杂凌乱几无章法可言，但朱厚照似乎毫不为忤，要么他是累了，要么他还有更重要、更吸引他的事要去做。在悬挂着写有颂扬皇帝功勋的巨幅布幔的城门下，朱厚照下马接过内阁大学士代表百官奉上的酒一饮而尽，然后令侍卫们打着火把在前面开道，送他回豹房休息。又冷又饿的官员们狼狈地站在城门下，他们还得在泥泞的街头跋涉大半夜才能回到自己家中。

官员、仪仗队、负责安全的京城卫戍部队将士，这么多人聚集一处，再加又是夜晚又是雨雪，要安全把他们疏散也不是一桩容易的事。有官员难耐饥冷拔腿想跑，马上被同僚制止了，只得回到队列中迟缓、有序地移动脚步。文武官员们应该对两年前发生在散朝后的一次踩踏事件还记忆犹新。那天是举行新年朝贺的日子，官员们也是苦等了一天，皇帝才在御座上出现。等到朝贺仪式结束，天色已暗，百官们还都饿着肚子。散朝的号令一下，上千官员竟奔赴家，前仆后踬，相互踩践，有一个武臣奔走不及竟被踩踏而死。出得午门，只听得下级找上级的、儿子喊父亲的、奴仆寻主人的叫成一片，喧闹得有如菜市场一般。挤出来的官员们不是失笏丢簪，就是朝服被撕裂，一见面就以能活着出来相互庆贺，前事不远，今日可鉴，虽然冻馁难忍，大家还是秩序井然地在城门下疏散了开来。

为了纪念对鞑靼作战的胜利，皇帝命令把缴获的一些武器专门陈列，还专门制作了纪念银牌。但翰林院的官员们集体拒绝上表致贺，科道官员甚至有人自劾阻谏不力请求辞职。他们还泼冷水说，这次对鞑靼作战师出轻率，皇帝能安然回来已是侥幸万分，至于我方是否获胜的一方实在大可质疑，因为战报上明明写着，蒙古兵仅十六人被杀，而我方将士死五十二人，重伤达五百六十三人，尽管不能仅凭参战双方折损人马多少为胜败评判标准，但这个比例也实在是太悬殊了一点。

也许是宣府之行的声色犬马、惊险刺激给皇帝留下了过于美好的记忆，相较之下，宫中的日子实如死水一潭。既然身为皇帝，何郁郁居大内为廷臣所制？时日一久，朱厚照又生出了外出巡幸的念头。这一次江彬建议去大同。但扫兴的是他前脚刚离开京城，就传来了太皇太后去世的消息，他不得不还京发丧。朱厚照回京主持了葬礼，又往昌平县祭陵，同时捎带着在周边的黄花、密云巡幸一番，这一短途旅行的收获是江彬为他物色到了数百良家女子，这些女子像牲口一样被分装在皇帝车驾后面的数十辆大车里。不知皇帝是怎样看待这些长在乡野的女子的，是嗡嗡叫的蜜蜂还是狂乱的鹦鹉，他只是不知疲倦地收藏她们，他成了他那个时代最大的妇女收藏家。

当皇帝的车队再次向着西北边境进发时，朝臣们接到了一道奇怪的诏书，诏书称"威武大将军总兵官朱寿统率六军"。这一严重不合礼制的诏书是大学士们禁不住他的高压发出的。同时被封威武副将军的是皇帝的亲密玩伴和战友江彬。更让人匪夷所思的敕旨在随后几个月里送到，皇帝封自己为镇国公，岁支俸米五千石。这样，官员们不无惶恐又啼笑皆非地看到，皇帝成了由他自己亲自任命的职位最高的文官和将军。

冬日的西部边疆，大风雪时常肆虐，朱厚照却一路精神焕发，他坚持不坐舒适的乘舆，始终手执武器端乘坐马，全然不顾跟从者们步履蹒跚、瑟缩委顿。这第二次北行由于鞑靼方面刻意避免正面冲突，连小规模的战事都没有发生，这使得名义上的御驾北巡成了一场带有狂欢色彩的声色之旅。先是由大同渡黄河，次榆林，至绥德，在这里皇帝把一个总兵官尚待字闺中的女儿纳为了妃子。随后车驾发西安，经短暂停留后直指太原，在民间大征女乐师以充实豹房，还把晋王府一个乐工的妻子强占己有。凡车驾所至，近侍们先打前站，四处抢掠良家女子，不装满数十车不会止手，以至车驾所经过的地方就像大水冲过一样，缙绅百姓全都逃得干干净净。某日，皇帝巡幸一个总兵官的府第，想把他的一个宠妾带走，这个总兵官流露出不太情愿的样子，皇帝当即罢了他的官，后经人指点，总兵官把自己的爱妾进献给了皇帝，遂得以官复原职，并得到了一幢大房子的奖赏，大喜过望的总兵官又进美女四人谢恩。到年底，皇帝再次来到给他留下美好记忆的宣府。一路陪驾有功的江彬被命提督十二团营，并执掌东厂。

这一次朱厚照在外整整晃悠了大半个年头，到得回京，已过了1519年旧历新年。这几个月间，廷臣抗议他擅离京城外出巡幸的奏疏已积了厚厚一摞。他们不解的是，身为皇帝之尊，这个年轻人为什么这样喜欢把自己降格为一介武夫？他如此出格的行为到底是出于什么缘由？由于皇帝一意孤行，把他们视作天经地义的价值观念和种种戒律肆意践踏，他们普遍感到惶惑和悲哀。有大学士质问说，陛下放着好好的皇帝不做，自我降级为公爵，如果追封三代，岂非要使先皇三代同样地降级？对这样的谏劝与抗议，皇帝总是习惯地不予以理睬。没多久，他又敕谕吏部："镇国公朱寿宜加太师。"又给自己升了一级官。

但当回京没多久的朱厚照做出以"威武大将军太师镇国公朱寿"的名义到南方各省巡视的决定时，他所遭到阻谏的激烈程度连他自己都始料未及，文官们反对的声音一浪高过一浪。

这年初春，他给礼部和工部颁发了两道上谕。给礼部的谕旨称，"威武大将军太师镇国公朱寿，今往两畿、山东祀神祈福"，给工部的一道命令是让他们急修黄马快船备用。祀神祈福云云，不过是他南巡的一个借口，朝臣们早就看出来了，皇帝的屁股又坐不住了。兵部郎中黄巩上疏切陈：自陛下即位以来，纪纲法度一坏于刘瑾，再坏于佞幸，又再坏于边帅，可说是一坏再坏荡然无余了，乱本已生，祸变将起，他建议从六个亟须解决的方面着手，未雨绸缪，以保障国家安全。黄巩剀切陈奏的这六条在朱厚照听来不过是老调重弹：一崇正学，二通言路，三正名号，四戒游幸，五去小人，六建储贰。此疏经给事中办公室抄写马上流传了开来，礼部、吏部、刑部、兵部的中下级官员十人、几十人一批地联名诤谏劝阻。本来只是一个单纯的谏阻行为，这时升格成为对皇帝施政的一次火药味浓烈的全面声讨和批判。尽管从成宪来说皇帝应该坐镇全国中枢，足迹不应常出都城，但以九五之尊想要巡幸国境内的任何一处也不算是太出格的事，文官们怨气的喷发如此集中、如此迅疾，着实令人吃惊，这只能解释为他们实在是压抑得太久了，他们逮住了这一机会是在一抒胸中愤懑和不满。

翰林院修撰舒芬在邀集七个同僚共同署名的上疏中，把皇帝一次次巡幸与古代帝王的巡狩做了个比较。他认为古代帝王巡狩的目的在于保境安民，一路都是访老问苦，黜陟幽明，是体察民情的重要手段，而今上之出，渔猎女色，侈心为乐，实不可一概而论。他描述这些年皇帝巡幸西北诸镇的情状，"四民告病，哀痛之声，上彻苍昊，传播四方，人心震动"，以致百姓一听圣驾将至就作鸟惊兽散。且圣驾出行，开支无度，民间已不胜其烦，万一有不逞之徒乘势倡乱，人身安全也难以保证。对皇帝以镇国公自命，舒修撰认为这是倒乱礼制，遗患无穷，他质问道：陛下到了亲王领地，那些亲王们到底是该以迎接皇上的礼仪还是以迎接勋臣的礼仪来迎接？

如果有亲王循名责实，深求悖谬之端，陛下又何以自处？话既已说到这个份上，舒修撰暗示说，他这些话并不是空穴来风，种种迹象表明，分封各地的藩王中的确有这样心存异志的人，前些年宁夏的安化王已经自我暴露，焉知没有后续者？只是陛下左右的宠幸之辈怀着种种目的没有直言相告，以致陛下闭目塞聪身处危崖而不自知。"宗藩蓄刘濞之衅，大臣怀冯道之心，以禄位为故物，以朝署为市廛，以陛下为弃棋，以革除年间为故事。"——这才是"事堪痛哭不忍言者"。所以舒芬这样发问："尚敢轻骑慢游哉？"

　　如潮水般涌来的奏章让朱厚照大光其火，朱厚照不糊涂，他早看出来了，文官们所期待和需要的君王，乃是足不出紫禁城又行礼如仪的一个偶像式的角色。这个偶像端踞秩序（天道、仁道、皇道）的中央，对品行端庄、办事勤勉的官员发布嘉奖以资鼓励，对不符合要求的官员则做出训诫，甚至清除出局。让朱厚照恼怒不已的是当他的臣僚们拿着这样一个模板来塑造他，实际上是把他抽象化成了一个机构，一个君父的象征物，而忽略了他是一个活生生的人。个性柔弱一点的皇帝如他的父亲朱祐樘面对廷臣物议汹汹可能就此收手，以弥合君臣之间越来越大的裂缝，但以朱厚照不甘约束的个性和超强的自信心，又怎会屈服于文官们的意志？黄巩等多名部曹官员被下锦衣卫诏狱，舒芬等一百零七名朝臣责令在午门外罚跪五日。五日罚期一满，又对这些官员施以廷杖之刑。有十一名体质较弱的官员被杖责致死。皇帝还下令通政司禁收一切奏本，因为这些奏本所讲全是同一件事：谏阻他出巡。正常的言路既被堵上，有一个叫张英的金吾卫指挥佥事做出了一个极端行为，他赤着上身，一手持谏疏，一手持刀，在御道上跪着大哭，见无人上来接疏，他竟操刀自戕，一时鲜血淋漓淌满一地。卫士夺下了他手中的刀，把他缚送诏狱，责打了八十杖后一命呜呼。这么一闹腾，皇帝游兴大减，也就不再提南巡的事了。

几个月后，宁王朱宸濠在南昌叛乱的消息传来，朱厚照闻讯欣喜欲狂，他终于有一个理由可以堂而皇之地出巡了。

五

宁王朱宸濠是太祖皇帝第十七子朱权的玄孙，论辈分还要比朱厚照高上一辈。朱权所封宁国本以大宁为名，靖难之役后迁到了江西南昌，迄止朱宸濠起兵叛乱的1519年，已历九帝一百余年。终正德一朝，他是觊觎帝位的第二个藩王，在正德执政初年就开始怀有二心。眼看今上无嗣，他最初的计划是让儿子入嗣承接大统，这样既省去了礼仪上的争议又能达到目的，为此他不惜重金贿赂钱宁、臧贤、张忠等一班皇帝的亲信。钱宁为他争取到了让他儿子司香太庙的一个机会，当召他儿子前往大内的圣旨下达时，有一个细节颇值得一提，书写圣旨所用的是尊贵无比的异色龙笺，按本朝礼制，这是召监国的皇室成员才有的规格，不消说这是钱宁在幕后做的手脚。在朱宸濠看来，这一份超规格的诏书乃是预示着他儿子即位的一道曙光，他在南昌城里以极隆重的仪仗迎接了这份诏书，并鼓动本城镇巡官和地方有名望的缙绅联名上奏，内容则千篇一律地称颂他和儿子既孝且勤。但这一计划被钱宁的对头、同样深得皇帝宠幸的江彬破坏了。江彬向皇帝进言说，钱宁、臧贤称颂宁王孝行，那就是讥陛下不孝，称颂宁王勤，那就是讥陛下不勤。于是朱厚照突然觉得宁王面目可憎起来，他把宁王的儿子赶回南昌，并严令所有藩王及王府成员一概不得在京驻留。

朱宸濠并不死心，鉴于皇帝四处游幸引得朝野怨声四起，他断定，失德的正德皇帝因开罪文官集团中的大多数已陷入四面楚歌的境地，只消自己登高一呼，重演建文年间的故事不是没有可能，他决意拿自己的身家性命来做一场孤注一掷的赌博，赢则得天下，输了也就不管他身后洪水滔天了。京中内线来报，皇帝已派出勋贵大臣前往南昌宣谕，要削去王府护卫。朱宸濠急召两个亲信智囊商量对策，这两人一个是举人刘养正，一个是致仕都御史李士实，两人都认为事不宜迟，应马上动手。考虑到有个别地方官员如巡抚江西副都御史孙燧、按察司副使许逵等早已在密切关注王府动静，像孙燧已连上七折密奏，幸亏都被宫中内线拦截，此二人建议，起事前得先把这些碍手碍脚的地方官员搞掉。

夏日的某一天，朱宸濠以举办生日酒宴为名，把南昌城里自巡抚以下大小官员都请到了府邸，当官员们发现这是一场包藏祸心的鸿门宴时，全副武装的士兵已把他们团团围住。朱宸濠发表讲话，指斥北京城里那个端坐龙庭的叫朱厚照的家伙其实并无皇家血统，而是宪宗皇帝当年误抱的一个来自民间的孩子。他伪称已接到太后诏令起兵征讨，动员江西全境的官员都参与到他的事业中来。官员们相顾愕然。巡抚孙燧、按察司副使许逵当场发难，向官员们指出这是宁王的阴谋，朱宸濠为了慑众立即把他们杀了。庭阶血迹未干，其他官员在胁迫下战战兢兢地在反状上签下了自己的名字。朱宸濠乃以李士实、刘养正为左右丞相，以经营多年的王府护卫兵再纠集鄱阳湖匪众，号称十八万兵马沿长江挥师东下，连克九江、南康，一时江左江右震动。

当南昌城发生变故时，王阳明正在从南赣前往福州的途中。自从1510年春天结束在贵州修文县的流放生活，近十年间他已历任江西庐陵知县、南京刑部主事、吏部司封、南京太仆寺少卿等职，并在三年前经兵部尚书王琼荐举以都察院右佥都御史衔巡抚南赣及汀、彰等地。他此时前往福州是奉命去处理一桩士兵哗变事件，这使他得以侥幸躲开了南昌城里的那个陷阱。行至丰城，宁王作乱消息传来，他急忙改变线路，前往吉安府会同知府伍文定部署平叛事宜。尽管当初下达给他的任务是前往福建戡乱，并没有让他来对付宁王，但这个沉沦下僚多年却时时慨然以天下为己任的文臣出于对帝国的忠诚还是做出了这一应变决定。途中他给皇帝发出一个奏折，报告了此间发生的变故，并按捺不住激愤地说，陛下在位十四年，国家屡经变难，民心骚动，还巡游不止，致使宗室谋动干戈，冀窃大宝。当今天下想夺权的岂止一个宁王！天下之奸雄，又岂只在宗室？言念及此，实是懍骨寒心。"伏望皇上痛自克责，易辙改弦，罢黜奸谀，以回天下豪杰之心；绝迹巡游，以杜天下奸雄之望，则太平尚有可图，群臣不胜幸甚。"要是两个月前，王阳明此疏肯定会惹祸上身，但此时情势陡变，皇帝并没有怪他多嘴，且颁下圣谕要他"督兵讨贼"，巡抚江西地方。

王阳明不知道，当他星夜就道赶到吉安府决定勤王备战时，皇帝在左顺门召开的御前紧急会议上内阁和六部长官却举棋不定举措失当。可能他们都以为眼下局势未明，宁王招兵买马经营多年，难保不会上演建文年间故事，再加宫中布满宁王眼线，竟没有一个大臣站出来谴责朱宸濠的悖谬举动。本朝历史上皇室成员争抢权柄这种事已不算新鲜，以往的教训是搅和到皇家权力争夺旋涡中去的大臣没有一个落得好下场，趋利避祸的心态使高级文官们坚持了这样一种态度，即王室内部的矛盾是家事，外廷臣子是不必也不宜过度关心的。最后还是兵部尚书王琼打破冷场，鲜明地表明他的态度：这是一起意在颠覆帝国的重大的恶性的反叛事件，应该调集各处勤王军马迅速予以打击。

此时江西省的行政系统已告瘫痪，各处的勤王部队不可能这么快抵达，王阳明从赣南所属的各府县调集驻军，并在吉安知府的帮助下招募人马，这样总算有了两万余名士兵，当然这样一支临时拼凑的军队与宁王麾下的十八万兵马比起来力量过于悬殊了。王阳明带着这两万多人火速开到了临江府的樟树镇，他对下僚们说：朱宸濠如果出上策，带着这十八万兵马直捣京师，那国家就危险了，如果他出中策杀向南京，那大江南北也要被他糟蹋，如果他出下策，盘踞在南昌老巢，事情就好办多了。

蓄谋多年的朱宸濠当然不至于蠢到会老老实实待在南昌按兵不动。他的意图是沿长江直下龙盘虎踞的南京，而后划江而治再图中原。作为一个藩王，他当然不会不知道本朝开国之初一个儒生向太祖皇帝的建议：金陵占帝王之都，虎踞龙盘，限以长江之险，若取而有之，据形胜出兵，以临四方，则何向不胜？王阳明派出各路哨军，到各府县散布朝廷已征集南赣、湖广、两广地方驻军十六万攻打南昌的流言，拖延朱宸濠出兵东下的时间。当朱宸濠发现上了一个小小的当，他已浪费了宝贵的半个月的时间。醒悟过来的宁王亲率主力东下，穿过鄱阳湖，包围了安庆。当有人建议王阳明领兵去解安庆之围时，他援引战国时的围魏救赵之策告诉他们，目下九江、南康两城都被宁王的军队控制，如果去救安庆，这两城的军队势必抄我后路，不如直接攻打敌人守备空虚的南昌，到时宸濠必定回救，这样安庆之围自解，我军又可以逸待劳，打他个措手不及。

战事果然朝着王阳明预料的方向发展。官军攻下南昌，在半途设伏以待。回援的宁王部队与官军在赣江东岸的黄家渡相遇，大战一场，朱宸濠退保八字垴，他不甘心，把九江、南康的兵力投入再战，败退樵舍。这时朱宸濠做出了一个愚蠢的决定，把战船用铁索相连构成一座水上方阵来与官军抗衡。也是天不留他，朱宸濠的水上方阵正好处于下风口，王阳明急令征调数百上千条小船，装满桐油及柴薪、苇草等容易燃烧的东西，乘风纵火，他那个水上大营顷刻化为了灰烬。

朱宸濠束手就擒，当他被押着去见王阳明时，望见远近街衢行伍整肃，坐在马上的他竟然笑出声来，"此我家事，何劳费心如此！"他请求王阳明把他一个投河自尽的妃子打捞上来厚葬，因为这位素称贤淑的妃子曾经反对他的叛乱行为，但在他失败后又以身相殉了。王阳明答应了他的请求，但当他提出另一个要求，留他一命，从此以后做一个普通庶民平平安安度过余生时，不管他再如何乞求，王阳明回答他的只有这句话：有国法在。

六

事情要是如此收场也算是个不坏的结局。然而京城的皇帝坐不住了，刚在年初，他的出游之兴因文臣们强谏不得不中止，眼下江西叛乱，正好以率师亲征为名巡幸南方了。不顾大学士杨廷和等人的反对，一帮内侍和亲信的武官拟定了皇帝御驾亲征的方案。皇帝自封为"奉天征讨威武大将军镇国公"，穿上厚重的甲胄，乘坐六匹马拉的战车，在江彬等扈从的亲军簇拥下祭告了太庙后，带着上万京军兴兴头头地上路了。

当王阳明发出的奏凯的捷报送达皇帝跟前时，他带领着这支打秋风的队伍刚好开到涿州附近。这封来得太过不识时务的捷报引得皇帝老大的不高兴。既然前线已经大捷，天宇肃清，他还急急巴巴地赶去干什么呢？皇帝身边的亲信们为讨他欢心想出了一个荒唐的主意，让王阳明把已经俘虏的亲王重新放回到鄱阳湖中，然后乖乖地等着皇帝去捉拿，以显天威浩荡。于是，作为先头部队，副将军许泰和提督军务太监张忠带领数千人马溯江先往南昌而来。

朱厚照自率中军不紧不慢地前进。驻跸保定时在府堂大摆筵席，朱厚照与一个随驾的官员玩藏阄的游戏，输了竟然使起小性子，直到把那名官员灌醉方才开怀大笑。为了爱情他还做出一件疯狂的事来。当初他离开京城时，他最宠爱的一个姓刘的宫女因小恙在身没有随行，他让她在张家湾养病，临走拿走了这名宫女的一柄玉簪，相约等刘姬病好了以玉簪相召。但在过卢沟桥时，皇帝快马驰骋不慎失落了这件爱情信物，等他到了临清地界，派人去张家湾接刘姬，刘姬竟以没有信物说什么也不肯前来。一个晚上，皇帝带着几个贴身内侍又是骑马又是坐船赶到张家湾，带上这名宫女又随即赶回军营。除了极少数几名亲信，随驾文武官员谁也没有发觉皇帝为了一个女人趁着夜色神不知鬼不觉地往返了数百里地。

开始，王阳明还不无天真地以为，只要把俘获的朱宸濠献给朝廷，就可以阻止皇帝继续南下。江西百姓刚经一场战事，再也受不起圣驾惊扰了。他押着朱宸濠前脚刚离开南昌，张忠、许泰派来索要俘虏的人就到了。张忠、许泰以威武大将军檄命令他在广信待命。王阳明故作不明白，说，威武大将军算什么玩意儿？我奉皇上圣命以右副都御使身份巡抚赣南，论官秩也不比这个大将军低，凭什么要我听他的！

他亲自押着朱宸濠连夜过了玉山、草萍驿，向着杭州进发。张忠、许泰的人一路追到广信，眼看追不上，就转而向皇帝诬陷，说王阳明开始是与宁王一伙的，因为事情败露才把他擒获。后来王阳明才知道他们为什么要千方百计阻挠他向皇帝献俘，因为宁王早就用巨金贿赂把他们策反为政变的内应了。

按照与提督赞画机密军务的太监张永的秘密约定，王阳明与他在杭州见面。王阳明对张太监说，江西的百姓经历了那么大的祸乱，又赶上罕见的旱灾，还要供奉军饷，已经困苦至极，如果这个时候再有大军入境，必然承受不住，跑到山上去当土匪，他们过去助宸濠还是胁从，要是现在再为穷迫所激，到时就真的很难收场了。张永听了这番话深以为然。他劝解王阳明，现在皇帝被一群小人包围，如果顺着皇上的意，多少还可以挽回一些，如果惹恼了他，只能激发群小的过激行为，也无救于天下苍生。临别时他再三告诫王阳明，不可径自去向皇帝陈奏。

俘虏已交了出去，圣驾会不会回转京师呢？王阳明还是没有把握。探知皇帝已到扬州，他决定抛开张永的警告，只身前往，恳请游玩了一路的皇帝回驾。这时，命令他巡抚江西的旨意下达了，军情紧急，他不得不疾驰南昌。此时的南昌城已乱作一团，张忠、许泰因王阳明没有把俘获的亲王交给他们，憋了一肚子气，就挑动京军扰乱地方，向地方部队寻衅冲突。他们还诬陷平叛有功的吉安知府伍文定，给曾往南昌城以讲学为名刺探军情的王阳明的学生冀元亨扣上通敌的罪名下了狱。将士们问王阳明该怎么办？王阳明说，谁也不准与京军发生正面冲突，病的给药，死的给棺，但以仁爱之心待之。

京军们都说"王都堂爱我"，不再为乱地方，张忠、许泰不死心，还要找碴。他们以为王阳明一介文臣，肯定不惯骑射，强拉他到军营比箭，存心看他笑话。《明史·王守仁传》叙述王阳明的临场状态："徐起，三发三中。"连围观的京军都欢呼叫好。两人问，听说宁王富甲天下，你攻下南昌城后，把那些金银财宝转移到什么地方去了？王阳明回击说，据我所知，宁王的财宝大多送去贿赂京师要人了，可笑的是他还要把这些人约为内应呢！

转眼到了冬至，此地民间习俗，这一日要祭祀祖宗和亡灵。战事刚过，城中又添不少新丧，一时哭声震野，北军将士离家久了，听着这样的悲音无不泣下思归。这时张永押着朱宸濠也到了南昌，催促张忠、许泰和他一起去朝行在，这两人才不得不下令班师。

离开临清，皇帝銮驾继续向东南的扬州进发。他从徐州起便舍马下船，悠闲地走起水路。随路不时停下来打猎、捕鱼，在致仕的官员家里宴饮。他经常把猎获的飞鸟和动物赏赐给各级官员和随从，他们则回报以无穷无尽的赞颂。只要合他的心意，他便接见朝臣，否则一律不见。冬至的朝觐是在一个致仕的太监的住所举行的，在此之前不久，他曾在御船上接受了随驾官员们对他生日的祝贺。当抵达大运河西岸的繁华城市扬州，朱厚照玩得更加不亦乐乎。他把威武大将军的府第设在了民居里。江彬等人遍索城中处女寡妇，以满足皇帝越来越古怪的性嗜好。

1520 年 1 月，已是旧历的年底，这支一路声色渔猎的队伍来到南京，皇帝游兴方浓，至此尚无归意，他接下去的旅行计划是先到苏州，再下浙江，抵湖湘，反正这世上没有到过的地方都是好地方。扈行的两个大学士商量说，照这样下去，皇帝回銮不知要何年何月了，找出了各种各样的理由像哄孩子一样哄他回去。眼看年关将近，朱厚照也就暂时搁置了他的远行计划。好在南京山水形胜，更兼天子之都的气象，夫子庙、秦淮河等好玩的地方也有不少，足够他挟姬纵游一番了。此后的八个月他都留在这里优游度日。他变得越来越爱喝酒，简直可以说是嗜酒成瘾，有一个内侍专门负责带着一坛热酒和一把勺到处跟随着他，以便皇帝在任何想喝的时候都能喝上酒。某日，皇帝巡幸郊外的牛首山，到了晚上突然不见了人影，左右侍卫大惊失色，他们把整座山翻了个遍还是没找到，天亮后皇帝回来了，谁也不知道他一个人整个晚上去了什么地方。

转眼过了新年的正月，王阳明听说皇帝还在南京逛青楼、看大戏玩得不亦乐乎，决定去南京亲见皇上为自己洗刷张忠、许泰泼在他头上的污水，并劝车驾返回大内。因为与他素来相善的张永不久前遣人报信，张忠、许泰二人在皇帝面前对他百般诋毁，说他存有反心必不敢亲朝行在。行至安徽芜湖，王阳明受到了在家赋闲的大学士杨一清的阻拦。这个帝国官场中的铁腕人物怕自己的位置受到威胁，也加入到了排挤他的力量当中。及赴南京，张、许二人又千方百计阻挠他见到皇帝。王阳明一气之下便上了九华山。他登上这佛教名山的意图，是向皇帝暗示自己不是被诬称的那样脑后生有反骨的人，而只是个潜心学道之人。《明史·王守仁传》称："守仁乃入九华山，日晏坐僧寺。帝觇知之，曰：'守仁学道人，闻召即至，何谓反？'"命令他即刻赶回南昌，并重上捷报，把江彬、张忠、许泰等人悉数列入平叛的功臣名单。王阳明于是把捷报改为"奉威武大将军方略，讨平叛乱"，把皇帝近幸悉数以军功列入。当他途经庐山时，在庐山开先寺的读书台刻了一个石碑：七月辛亥，臣守仁以列郡之兵复南昌，宸濠擒，当此时天子亲统六师临讨，遂俘宸濠以归。在这里他玩了一个小小的文字把戏，把天子带领他的打秋风的队伍出发的时间提前了。一切功劳归于圣明的圣上。他只想遂了皇帝的意让他早日回京。

俘虏们早已押在南京的大狱里，既然不能放归鄱阳湖重新模拟一回实战，退而求其次，在南京城里玩一出猫捉老鼠的把戏小小地满足自己一把也是好的。朱厚照命令在校场中央竖起威武大将军的大纛，命人把俘虏们放出囚车，解去桎梏，自己则披上鲜亮的战甲，煞有介事地指挥三军，擂鼓呐喊，又把俘虏们重新抓获了一遍。这时已经是 1520 年的秋天，距王阳明在鄱阳湖中擒获朱宸濠，已经过去了整整一年。

七

这场战争游戏结束后，朱厚照决定结束他的南巡，打道北归了。1520 年 9 月 23 日，他带着朱宸濠从南京出发，坐船沿运河向北行进。驻跸扬州时，他在一次钓鱼时捕到了一条大鱼，他戏言值五百金，要扬州知府蒋瑶买下。蒋瑶把他妻子女儿的所有首饰全都交给皇帝，说库里没钱，他能给的就这么多了。朱厚照大笑着让他走人，竟然没有发作。不知怎的他想起了隋炀帝下扬州观琼花的传说，让蒋知府取来一看，蒋知府说自从北宋时宋徽宗、宋钦宗被金兵掳掠北去，此花已绝。他又让蒋知府说说扬州有什么特产好进贡，蒋知府报上名来的全都不是扬州所产。皇帝说，苎白布总是扬州产的吧。面对皇帝明目张胆的勒索，蒋知府无奈，只得献上五百匹搪塞过去。江彬想强占民居为威武副将军私第，蒋知府没有答应，皇帝车驾北上时故意扣着他不放，一直到临清才放他回去。

这次快乐的旅行因一桩突发事故于 10 月 25 日不得不提前结束了。过临清不久，到了一个叫清江浦的地方，喝醉了酒的皇帝坐在一只小船上独自捕鱼，船翻了，惊慌的侍卫们赶紧把皇帝从水中拽上来，他已淹了个半死。这次落水事件后，皇帝的身体就时时感到不适。当他感到恢复得好些了又能上路时，已是意兴阑珊，只想早日回到京城了。1520 年 12 月，皇帝銮驾抵达北京东面大运河的终点城市——通州。

在这里，他处死了叛王朱宸濠和他的一些主要随从者。并把交通宁王的朝中官僚自吏部尚书陆完以下数十人悉数拘捕。此前在临清，钱宁已被江彬告发逮捕，另一个被宁王策反的内侍臧贤则已被钱宁杀人灭口。对这些他素来亲信的官员和近侍的背叛行为，他尤为愤恨，命剥去衣服，全都裸体反绑，把他们的姓名写在身后的小白旗上，1521 年 1 月 18 日，一身戎装的皇帝耀武扬威地骑马自正阳门进入京城，在京的文武官员全都赶往正阳桥南迎驾。在皇帝身后，辇道两侧，则是被卫兵们严密看守的数千俘虏及其他们的家属，生者标其姓名，死者则拿竹竿挑着首级，都标以白帜，放眼望去，连绵数里不绝。这是朱厚照最后的表演了，三天后，当他在北京正南的天坛献祭时突然病发，吐了一大摊血，连仪式都没来得及完成，他就被紧急送往了斋宫。有人提到皇帝回京之日正阳门外的一片白帜遮天蔽日，认为正是不祥之兆。

新年在即，皇帝依然病重，无法主持国祀，更遑论上朝视事。整个1521年的春天，他都卧病在床，体重急遽下降，他那副形销骨立的样子与先前的生龙活虎判若两人。为了防止他看到自己的模样受到惊吓，内侍们撤去了寝宫里的所有镜子。事到这个地步，皇帝仍然没有指定他的继承人。或许他以为自己马上就会痊愈，又可以骑马驰骋于西北的大漠或优游于江南的烟花丛中。

1521年4月19日，即正德十六年三月十二日，二十九岁的朱厚照于深夜死于曾带给他无尽欢乐的豹房。两个在场的司礼太监记下了他临终的话：

朕疾至此，已不可救了。可将朕意传达太后（张太后），此后国事，当请太后宣谕阁臣，妥为商议便了。从前政事，都由朕一人所误，与你等无涉。

当生命一点点地退出他那具已被无休止的性爱和酒精掏空的身体时，或许他是真的醒悟了？他终于承认了从前的政事之"误"，但却不无英雄气地把责任揽于一身。如果天假以年，他会回到文官们所期望的传统的"礼"所规定的道路上来吗？

他应该感到快慰的是，在这场皇帝与文官集团的沉默的对抗中，他是胜出者。这场对弈的高潮是，他用死亡抛弃了他们，也嘲弄了他们。

他到死都是个胜者。

细数同声一个无

——时代夹缝中的江南文人，1627—1644

一、昭雪

就像一棵蚀空了躯体的老树又逢狂风暴雨，进入 1627 年，大明的江山愈加飘摇。年初以来，传入宫禁的几乎没有一个好消息，在陕西和广西等地爆发了无数起义，饥饿的农民冲进农庄杀死有产者，连派去进剿的官军都敢杀；东南沿海一带，国籍不明的海盗继续骚扰袭击；在辽东——这也是帝国最为头疼的地区，满洲人成功地完成了对明朝驻朝鲜军队的进攻，随后单方面撕毁同辽东经略袁崇焕达成的停战协议，对宁远和辽河以西其他战略据点施加压力，致使袁崇焕在这年秋天不得不于内外交攻中辞职。

这一切，于帝国今后几年何去何从虽然也至关重要，但却不是眼前急务，1627 年对大明朝来说最为重大的事件，乃是 9 月 30 日这日，天启皇帝的突然驾崩。

　　天启皇帝朱由校的身体本就不好，这一突然去世，究其因乃是去年在西苑泛舟嬉水遭溺落下的病根。大行皇帝才二十三岁，他的五个孩子均在襁褓之中，为支撑危局，于是遗诏传位给他的五弟、信王朱由检，临终前交代的遗嘱，一是善待皇后张氏，一是重用魏忠贤、王体乾等亲信。多年以前，当朱由校从他父亲手里接过皇位时，他的这位信王弟弟说过这样一句戏言：做皇帝真威风，你这个官儿我做得否？朱由校虽心智未开，却也宅心仁厚，听了这话一点也不以为恼，说我做几年时，再给你做。本是无心戏言，此时竟应了验。

　　时年十七岁的朱由检意气风发续登大宝，他怎么也不会想到，自己接到手的，竟然是享有国祚二百余年的大明王朝的最后一棒。

　　照理说，皇帝宾天是朝廷上下肃穆哀悼的时刻，但许多官员在获悉这一消息时，第一反应却是从内心深处涌上的欣慰，他们暗暗庆幸灾难深重的天启一朝终于结束了，尤其是一大批遭受严霜摧折的东林党人，更是看到了翻身的希望。一些对前景抱乐观态度的官员甚至已把朱由检的继位看作明朝复兴的一个机会。尽管他们对新皇帝的了解极为有限，只知道他生于1610年，很小的时候母亲刘氏就死了，在他不快乐的童年，一直是父亲的另外几个侍妾在照顾他，抚养他成长的其中一个皇妃，因冒犯了魏忠贤和客氏"愤郁"而死。但上天赐给大明朝的龙种总不可能全是愚顽不化的吧，七年蹉跎，国事日益不可为，他们盼望一个有责任心、能担当的皇帝实在是太久了。现在，这个沉默的少年登场了，他会如何收拾兄长留给他的这个烂摊子？东北的战事、西南的叛乱、愈演愈烈的官员贪赃，他会如何一一排遣？他们最迫切想知道的是，他对权焰熏天的魏公公又会怎样处置呢？

在不安全的环境里成长的少年总是格外敏感猜忌，何况历史上斧声烛影的宫廷政变事例俯拾皆是，传说朱由检进宫为他兄长守灵的当晚，为防止有人暗中下毒，连喝的水、吃的干粮都是自己带入宫的。天一亮，大行皇帝宾天的消息传出，群臣陆续汇集宫中，夺情留任的兵部尚书崔呈秀也急忙赶至，忽然有内侍一次次地过来传呼，说是魏公公有要事相商。魏忠贤和他的第一亲信到底密谈了什么，史书无载，但据事后传出的消息称，魏忠贤图谋篡位，崔呈秀以时机未成熟阻止了他，认为即使控制了北京也不可能成事。谈迁的《国榷》述之更详，说参与密谋的还有一名锦衣卫都督，此人跃跃欲试，而崔的说辞是"恐外有义兵"。

自10月2日崇祯登基，魏忠贤也在时刻窥探新皇帝的动向。虽然许多人已经预见到魏忠贤快不行了，但阉党布满朝列，谁也不敢轻举妄动，一时，各方政治力量出现了短暂的僵持之局。10月9日，即皇帝登基七天后，魏忠贤让另一个太监王体乾代他提出辞呈，朱由检看出这是投石问路的试探之举，好言慰留稳住了他。魏在惶恐中又提出停建生祠，这一回朱由检批准了。他开始不露声色地剪除魏的爪牙和党羽，把秽乱内闱的客氏遣送出宫，并逮捕了陆万龄等两个曾建议把魏忠贤和孔子并祀的国子监生。一些政治嗅觉灵敏的官员马上行动起来弹劾魏忠贤，这些人中不乏当年遭受阉党打击的东林党人的残余和他们的同情者。看到形势已转为完全对自己有利，朱由检玩了一出猫玩老鼠的把戏，把魏召到跟前，让内侍把弹劾的条文一一读给他听，听得魏大汗淋漓，魂飞魄散。震恐不已的魏急忙花重金买通皇帝跟前的一个太监，让他出面帮着说说好话，但皇帝得知消息立即驱逐了这名太监。

此后不久，御史贾继春、杨维垣等先后向魏党亲信、兵部尚书崔呈秀开了火，皇帝御批"知道了"，把崔削去官职赶回了老家蓟州。第一个拍马屁建生祠的浙江巡抚潘汝祯也被削籍议处。接下来，一封出于兵部某主事的疏状终于指名道姓对魏进行了声讨："厂臣魏忠贤以枭獍之姿，供缀衣之役，先帝念其勤服左右，假以事权，群小蚁附，势渐难返。"把魏比作了历史上的大奸臣王莽、董卓、赵高、桓温之流，检举他遍列私人、分踞要津、诛锄士类、伤残元气、阴养死士、陈兵自卫等罪状，建议把魏勒归私第，驱散所养死士，把军械物资收缴充公，从而"使内庭无厝火之忧，外廷无尾大之虑"。

事情到了这一地步，魏忠贤只得提出退休。皇帝恩准了他的这一请求，"忠贤凤阳安置"。12月8日，魏被勒令离开京师，去南直隶北部洪武皇帝的祖籍地担任一个礼仪上的闲职。几天后，魏忠贤带着他庞大的扈从队伍到达北直隶南部的阜城。在这里，通过内线他获悉举报他的奏疏还在不断飞进宫中，皇帝已决定下令逮捕他，绝望之下，他在忠心的小太监李朝钦的陪同下一起自杀了。他的死党、前兵部尚书崔呈秀此时已在蓟州家中，自知审判日即将到来，日夜与姬妾们聚在一起，把最好的酒和酒具全拿出来，开怀畅饮，每饮完一杯就把酒器摔毁，听到魏在阜城自杀的消息，也自缢而死。

随后，客魏集团的核心成员被一一肃清。客氏被逮到宫中浣衣局处死，她的一个儿子和一个弟弟被弃市。在抄没客氏家产时，发现了她有将不利于皇帝的证据，在一个偏僻的房间里搜出了八名怀孕的宫女，这一效仿春秋时吕不韦的做法令皇帝大为震怒，下令笞杀了这八名宫女。魏忠贤的侄子、试图让女儿进宫给朱由校当皇后的魏良卿，也被弃市。其他还有二十多人被处死或被迫自杀，另有一些恶名昭著的客魏集团成员被充军、戍边、削籍或受到别的惩治。之后不久，已经自杀的魏忠贤和崔呈秀被剖棺戮尸，他们的首级被分别悬挂在了河间府和蓟门示众，这一公开凌辱行为的目的，乃在于警告那些可能想步他们后尘的不法之徒。在全国各地所建的生祠或被拆毁变价，或改作他用，在苏州，市民们在拆毁了的生祠的原地竖起了纪念五位义士的墓碑，以纪念这五位已经成为正义和无畏化身的英雄。

崇祯对魏党的霹雳手段，引得京中一时欢声雷动，庶民百姓把他们蓄积多年的愤怒全都释放到了阉党人物身上。前首辅顾秉谦已致仕闲居，此时又被削籍，昆山市民把他家都给烧了。曾依附阉党的户部尚书张某被劾回籍时，愤怒的百姓砸烂了他的轿子。还有魏的党羽汤宾尹，听到魏、崔自杀的消息，狂悖失志，狼狈而死。鲁迅论及此事曾说过样的话，"诚然，老百姓虽然不读诗书，不明史法，不解在瑜中求瑕，屎里觅道，但能从大概上看，明黑白，辨是非，往往有决非清高通达的士大夫所可几及之处的。"①

但此时东林党人尚未得以完全平反，1628年初官员大计，一向仇视东林的御史杨维垣看准皇帝对文官结党的愤恨，提出把东林党与阉党、崔呈秀并列，谓之三案，朝士谔谔，竟无人敢提出异议。独有翰林院的编修倪元璐，一个年轻的东林同情者，一再对杨维垣进行驳斥，提出不仅要为东林党人平反，还要把魏党在天启朝编纂的号称"金石不刊之论"的《三朝要典》禁毁，使公论自明。在短暂的犹豫之后，朱由检同意了倪元璐的建议，于这年夏天把《三朝要典》的底版尽行焚毁，并公开对魏党弄权时被杀害的官员的亲属

① 《且介亭杂文》二集，《题未定草九》。

表示关切。许多死难者作为烈士受到赠恤，他们的遗族受到馈赠并得荫官职。杨维垣此时的表演虽为清流所深恶痛绝，但在16年后南京沦陷时却能一死了之，可见人品之正邪，实不能以党争时站在哪一方一概论之。

告假在乡的前太常寺卿阮大铖，一边悠游皖西南和鄂东北的黄州一带，写作如"一帘红雨乱漂丝"这样风流蕴藉的诗句，一边竖着耳朵时刻倾听着朝廷传出的声息。当崇祯上台，情势日益变得对阉党不利，他也蠢蠢欲动起来，杨维垣正是他选定的政治代言人。鉴于朝局波谲云诡，他尚未决定站在哪一方，于是准备了两套奏疏让杨维垣相机而动。一为"全疏"，把责任全归于阉党，一为"合算疏"，把天启一朝的七年分为两个阶段，前三年的责任归于太监王安和东林党人，后三年的责任归于魏忠贤和他的羽翼崔呈秀辈。如同阮大铖曾经自诩的，"平生下水船，撑驾烂熟"，这一招脚踏两只船的投机术堪称高明，不管风朝哪边吹他都可岿然不倒，但出乎他意料的是，杨维垣的政治嗅觉远没有他想象中的灵敏，完全凭一己好恶上了"合算疏"，致使他的如意算盘完全落空，在回朝担任光禄卿后不久就遭劾去职，并在1629年初的政治清算中被名列逆案，背上了终身都洗刷不去的污点。

这年4月，皇帝钦定逆案，把阉党集团二百一十八人分别按磔、斩、秋后处斩及充军、坐、徒、革职、闲住七等罪名议处。杨维垣名在充军之列，阮大铖名列"交结近侍又次等"之下，因无实据，被指控为"阴行赞导"的罪名，论坐徒三年，黜为民。自此以后，终崇祯之世，十余年间他都为此耿耿于怀，开始他一口咬定自己受了冤枉，后来又在《春灯谜》等剧目中曲折表白一时糊涂误登贼船，向清流乞怜求谅。但在道德尺度的把持上一点也不逊色于前辈东林党人的复社同仁丝毫也没有放过他的意思，视之为逆案余孽痛打落水狗，致使在下一个十年直至南明朝再生出无穷波折。

据实言之，除了当初为争吏科都给事中一职曾投靠阉党，阮大铖卷入得并不深，即便在杨、左诸君子死难后回京居职，他实际在任的时间也只有三个月，亦无大恶，东林遗孤不放过他的很大一部分原因就在于他自作聪明的两套奏疏，尤其是"合算疏"更是击中了党人的要害。这一层意思，复社少年夏完淳在日后的《续幸存录》中也提及过，杨涟、左光斗结交太监王安，崔呈秀结交魏忠贤，从理论上说都洗刷不去通内之嫌，犯的都是君子之忌，拿这个来攻击也最容易招致反击。也难怪他借手杨维垣一上此疏，东林诸公连杀了他吃了的心都有了。①

皇帝决定为东林党人平反的消息传至江南，前都察院御史、"东林七君子"之一黄尊素的儿子黄宗羲在仇恨的怒火中已经压抑了三个年头了。复仇心切的他写好为父申冤的血书，身藏一种叫锥的锋利铁器，"赴京颂冤"。在他之前数月，前吏科都给事中魏大中的儿子魏学濂也已一路行乞赶至京城，刺血上书，把家难一一形诸笔墨，请皇帝主持公道。当黄宗羲于这年5月到达京城时，天启朝冤案的平反已近尾声，未能亲临其事的他觉得自己就像一只迅疾打出的拳头落在了一摊稀泥上，但仇恨还是鼓动起了这个十九岁的少年的勇气，"谢恩"之后，他报告皇帝，对阉党孽种尚存、行凶者逍遥法外的现状深感不满，他请求皇帝诛杀参与陷害其父的许显纯、崔应元、曹钦程、李实等人。

---

① 钱秉镫《皖髯纪略》："东林诸公切齿大铖倍于诸阉党矣。"

刑部举行的公开审理中，许显纯以一张如簧巧舌百般狡辩，于是在法庭上让人目瞪口呆地出现了"锥刺"一幕，黄把秘密携带的那柄叫作"锥"的锋利的铁器，乘人不备刺到了许显纯的身上。在他身上一直潜伏着的施暴的欲望此时找到了一个合法的渠道得以宣泄。许显纯还以自己是万历皇后的外甥这个理由，要求法庭减刑。这个请求因明显不合本朝典制被驳回了。黄宗羲说，皇后的外亲又怎样，如果你谋逆的话，就是亲王也照样要诛杀。结果，许、崔两人被判死刑。李实在受审时辩解说，当年诬陷黄尊素等人的公文，是魏忠贤指使别人冒充他的名义在盖有官印的白纸上填写的。他在审讯前给黄宗羲送去三千银两，乞求在法庭对证时不追究他。这一举动更加激怒了黄，在法庭公开辩论中他把这一切全都说了出来："实当今日，犹能贿赂公行，其所辩岂足信！"

据说黄宗羲还把崔应元痛打了一顿，并拔去了他的胡须去祭祀死去的父亲的亡灵。接下去更让人吃惊的是，他还纠合了一大群死难官员的子弟闯进牢狱，当众打死了直接杀害其父的两个牢头。

在公堂上"刺许"这样的场景在今天看来总是不无戏剧式的夸张。而以私刑代替公法这一以暴制暴的方式在后世的读史人更是绝难想象，但时代是这样一个暴戾之气冲天的时代，那时候的人都见惯不惊了，甚至皇帝也对这班少年的疯狂报复嘉之许之。当审判结束后，以魏学濂为首的东林遗孤们在诏狱中门公祭死难者的亡魂，哭声传入宫廷，连朱由检也叹息说："忠臣孤子，甚恻朕怀！"并把黄宗羲、魏学濂一班少年表彰为孝子①。而天下士子，对这些英雄的后代则是敬仰爱慕有加，无不愿折节相交，当黄宗羲抚柩南归，他的声名早

———————————
① 谈迁的历史著作《国榷》对这一节述之甚详。

就比他本人更早地传到了江南。"当是时，姚江黄孝子之名震天下。事定还里，四方名士无不停舟黄竹浦，愿交孝子者。"一个叫邵廷采的历史学家在一篇传记文章中用仰慕的语气如是记载。

魏、黄两家为通家之好，当他们的父亲同在京城为官时就过从甚密。两家对门而居，魏家经济拮据，只有一个仆人，每当寒夜，魏大中就跑到对门黄家饮乳酒两盅而去，年少的黄宗羲常常陪侍在侧，共同的命运使他们惺惺相惜，魏学濂更是视黄宗羲如弟，"过相规，善相劝，盖不异同胞也"，后来黄宗羲也说过这样的话："天启忠臣之家，其后人多有贤者，而两浙之黄、魏为最。"① 到17世纪30年代初，两人同以拔贡入读南京国子监，于风雨飘摇的前夕又与复社诸才子共同上演了一出南都故事。

大面积的平反昭雪使朱由检在登基的最初两年获得了朝野的一致称誉。一向刚愎自用的他也欣然以历史上的贤君舜帝自居。② 据说在诛杀客、魏后，他曾这样问廷臣们，尧与舜哪个更为英明，廷臣们都说尧更胜一筹，朱由检却说尧不如舜，原因是舜在位时除掉了四个凶顽的奸臣。尽管东林的命运至此已出现戏剧性的转变，但年轻的皇帝已对他的臣僚们无穷无尽的党争生出了神经质的恐惧，他努力使他的政权不受任何政治派别的控制，但这只能是他的一厢情愿罢了，表面的风平浪静之下深潜着党争的暗潮和旋涡，而皇帝本人的过度敏感和恐惧则直接影响了他对大臣的任命，并适得其反地启生了新一轮的党争风潮。

---

① 《黄宗羲全集》第1册。

② 计六奇在《明季北略》中这样评述他的功绩："上不动声色，神明独运，无一人之助，而诛元凶，再安社稷，天下翕然诵圣智焉。"

二、"枚卜"

时当噩梦渐消、世界似乎呈现复苏迹象的 1628 年初秋，万历三十八年会试的探花郎、这个时代最富有才华的文学批评家和最杰出的诗人之一钱谦益正在从江苏常熟应诏赴阙的途中。虽然科场得意，初鸣惊人，但在帝国官场他也是蹭蹬已久，数涉险境，而究其原因，也不外乎是党争的牵累。先是高中三甲的荣耀还未来得及享受就因父亲不合时宜的去世不得不回籍丁忧，服除之后却因挂名东林党籍一直没有补官，闲置了十年大好年华。总算熬到新帝登基，1620 年以翰林学士主持浙江乡试，却遭浙党人物构陷通贿请托，被一个近乎恶作剧的科场舞弊案弄得灰头土脸，调任编修实录。以后几年里，好不容易徐聚元气，爬升到左春坊左谕德的职位，执掌起居注和国子监，又在 1625 年魏党对东林人士的大清洗中被劾辞职。在崔呈秀开出的黑名单《同志录》中，他被列为守护中军大将十二员之一，在《东林点将录》中他的名字也赫然在列，名号是天巧星浪子。而令他始料未及的是，史称的所谓"浙闽关节"一案就如同附骨之疽，将使他的这次满怀希望的复出落得个铩羽而归的结局。

后来他曾向好友如是倾诉在党争风潮中身不由己的苦恼：我在万历三十八年庚戌科进士及第，出耀州东林党人王图门下，至此门列党籍，还继他之后视为党魁，入甘陵之部，刊元右之碑，除名削迹，备受摧残。

时当崇祯改元的 1628 年，几乎每一个曾遭受不公正待遇的官员都会有一脚踏进新时代的幻觉，少年得志、又被东林前辈们以宰辅期许的钱谦益的这种感受可能更为强烈。这年初，他往游苏州西山时写下的一组记游诗里，"三年噩梦已尘沙""一枝已识春风意"这样的诗句里已满是对锦绣前程的憧憬了。此番入都，他的胸中正熊熊燃烧着入阁执政的满腔热望，是以扑面而来的满眼风物，似乎也处处散发着欢悦喜庆之色。途中吟诵的"三年迁客意蹉跎，芳草天涯路又过"云云还散发着一介谪客的伤怀与沧桑，而"蓼约苹白秋光好，独倚轩车入画图"这样轻快的诗句，已流露出他满心按捺不住的欢欣雀跃了。

钱谦益完全有理由对自己的政治前景抱乐观态度。这么多年身在江湖，他的心思一刻都没有放下过朝廷宫阙。事实上，在1610—1620年闲居江南的第一个十年间，他的思想和学问的功课从来都没有放下。先是服膺于16世纪的思想狂人李贽的学说，后来又把古文大家归有光视作了精神上的导师，而李梦阳、王世贞等前后七子的文集更是时时把玩，并预设为写作的超越高度。这还仅仅是他人格魅力的一个方面。同时，喜好奢华的习性和不凡的艺术鉴赏力使一批自命不凡的诗人和画家也逐渐聚集到了他的周围。在17世纪的第一个十年间，他已隐约崛起为江南文坛领袖，门生遍及大江南北。进入20年代后，他在阉党的首轮攻击中就被参劾落职，这也使他在残酷的党祸中侥幸留得一命。此番应诏上京，物望渐归，他已俨然党魁的角色，朝野对他入阁的呼声日高，他也沾沾自喜于博得了南箕北斗的党人泰斗的位置，就好像执政、宰辅已是囊中私物一般。

前朝惯例，内阁大臣向来都是由吏部尚书领衔、廷臣会推产生。但朱由检认为会推很容易引发党争，为了把文官们植党的概率降低到最低限度，他从古代的典礼中找到了一种枚卜的方法。这种方法是，先让朝臣们把有资格入阁的官员的名字写好，逐一封好，放入金瓶，然后再举行类似宗教仪式的大典，由皇帝亲手拈出，确定阁臣人选①。崇祯改元后的第一批阁臣如钱龙锡、李标、刘鸿训、来宗道等，都是这样入的内阁。这种枚卜大典实际上与当年的吏部尚书孙丕扬发明的掣签差不多，都是把敏感的人事安排交给偶然性来决定。朱由检认为这将有效地杜绝文官植党，但事实却远非他想象的那样简单。

东林党人对1628年冬的内阁改组寄予了极大热情，在钱谦益的门生、户科给事中瞿式耜等人的奔走下，吏部最后呈送的七人推荐名单中，当今文坛祭酒、礼部右侍郎钱谦益赫然在列。然而令人吃惊的是，极受皇帝重视的礼部尚书温体仁和侍郎周延儒都不在这份名单里。温体仁是个心机极深的政客，《明史》把他列入《奸臣传》，说他"务为柔佞"，"外曲谨而内猛鸷，机深刺骨"；来自苏州的周延儒则是个著名的才子，曾获万历四十一年癸丑科会试第一名，"善伺旨意"，此前两人都曾得到进入新改组的内阁的暗示，此番眼看着刚召回不久的钱谦益后来居上，于是立即联手对钱谦益的候选资格提出质疑。

温体仁抓住"浙闱关节"一案不放，强调候选阁臣者在个人品行方面应该绝对清白，攻讦钱谦益在1620年主持浙江乡试时收受贿赂，并以痛切的语气称钱为"盖世神奸"。然而更大的威胁是两人对钱谦益参与党争的指控，温体仁指出，钱在1620年的恶劣表演，就是一种不负责任的投机行为，此番指使党羽操纵疑为枚卜，也是

① 《明史》卷二百五十一，《钱龙锡传》："帝仿古枚卜典，贮名金瓯。焚香肃拜，以次探之。"

他结党营私的一个铁证。

三天后，事先没有任何预兆，朱由检突然召集群臣在文华殿议事。皇帝命令钱谦益与温体仁当庭对质，群臣一时大惊。钱谦益在抗辩中态度强硬，因为所谓"浙闱关节"当年就由刑部勘查了结，实为小人构陷的一桩冤案。但是当廷臣们纷纷指斥温体仁为诬陷贤良之小人时，朱由检的态度陡然来了一个大转弯。或许是眼前的廷论纷争一下子勾起了他对前朝往事中文官集团分朋树党的可怕回忆，使他感到温体仁对钱谦益结党营私的指控显得更为可信。温体仁站在大殿之上侃侃而谈，那一番看上去无懈可击的话怎不让皇帝动心：臣的职位不是言官，本来不应该多说什么，这次会推，臣也落选了，按理说为了避嫌也不应该发表什么意见，但枚卜大典事关社稷安危，对钱谦益结党受贿满朝竟无人敢言，臣不忍见陛下孤立于上，是以不得不言①。

辩论中，一个支持钱谦益的吏科都给事中被勒令当即离开大殿。皇帝转而厉声呵责钱谦益煽动党争，命锦衣卫当场拿下，听候议处。1629 年 1 月 2 日，钱谦益被革职，被指控向他行贿的考生也被投入监狱，他的几个支持者瞿式耜、倪元璐等人也分别受到惩戒。②

崇祯朝免于党争的最后一线希望破灭了。

本以为圣主临朝春和景明，自己将要大展雄才了，没想到入京才两三个月，礼部右侍郎的职位还没有坐热，便飞来奇祸，枚卜变作了阁讼，不仅做不成大学士，连原官都丢掉了，这当头一棒打得充满政治热望的钱谦益久久缓不过神来。尽管南归之后追随者逐日

① 关于这次对质的记述见《明通鉴》卷八十一。
② 见谈迁《国榷》。

增加，使他俨然成了在野的党人领袖①，但1628年冬的枚卜大典自此成了他心头永久的痛，这一奇耻大辱让他终身都耿耿于怀。日后门生故旧聚首，只要一提起此事，他就盛气纷涌，激愤得连话都说不连贯了。失望和孤寂中，他只得到《庄子》里去体悟逍遥，寻找精神寄托。十余年后，已是花甲之年的钱谦益娶到了名动江左的绝色名妓柳如是，并为她在半野堂修筑绛云楼夫唱妇随，这一晚年到来的无双艳福总算使他那颗被官场倾轧伤透了的心得到了些许安慰，就像他的忘年知交黄宗羲所说，"柳姬定情，为牧老平生极得意事，缠绵吟咏，屡见于诗"，而那时的钱，已经被包围着他的崇拜者们不无戏谑地称作"广大风流教主"了。

钱谦益在1628年冬天的仓皇出京，事实上宣告了他在崇祯一朝政治生命的终结。他的前半生的这一大失败，乃是几大因素的合力施为，一是党争，一是皇帝的猜忌，而他自己过于热切的用世之心和逞强好胜的表现也促使了这一结果的提早出现。据夏允彝后来披露，还在他应召北上途中，朋友文震孟就劝他不要急着参与高层权力之争，枚卜一事应缓缓图之，但对前景的过于乐观使他把这些忠告全当成了耳边风。说来堪悲的是，自青年时代就被期许为未来宰辅的钱谦益，自万历三十八年步入官场直到帝国倾覆的三十五年间，在朝的时间加起来也不足三年。他给大学士王图所写行状中的一句"与党论相始终"，事实上就是自身随党论升沉浮降的半世艰辛的真实写照。日后他进入南明小朝廷，不顾晚节与马、阮同流合污，究其原因，还是为了圆他那个前半生没来得及实现的宰辅之梦。

---

① 他的弟子顾苓曾这样说："阁讼削籍，于是士大夫之尚风节、谈经济者以及诸生老将尽在公门下矣。"

三、名士

朱由检对文人和官员树党结朋的恐惧和担忧并非空穴来风，还在他兄长朱由校在位的年头，撇开政府机构内部的党争不说，长江中下游这一广袤的富庶地带，文人学者借由诗社、学社、书院这些传统交往形式结成的各种民间社团已蔚成风气。在 20 年代初期，这些诗歌和哲学社团的主要活动是交流时文习作、进行文学批评，同时致力于发掘古代典籍中的微言大义，砥砺个人的品德修养，渐渐地，这些社团势力溢出了原先的河道，开始出现向政治领域扩张的趋势。

早在 1624 年，长江流域江西、安徽、江苏等几个省份的文学社团合并成了应社，这一事件意味着松散的社群开始冲破地域的隔阂走向联合。应社以长江为界分两北两支，其主干为原先的拂水山庄、匡社和南社，最初的领导人是来自金坛的学者周钟和家境富有却又出于虚荣心喜爱结交文士的江苏常熟人杨彝，后来江苏太仓的著名学者张溥和张采也加入了进来。吴中二张对当下大行其道的时文提出了尖锐批评，认为其立意肤浅、内容苍白，行文又故作高深晦涩难懂，应该高榜义理的旗帜让文风重新变得健康、清新与质朴。他们通过广泛吸收社员、募集资金出版经典注释和文集等途径，试图改造一个时代的文学空气。当文人们由松散的个体经由社集走在一起，现实政治很快就成了他们关注的一个焦点。1626 年，当魏忠贤的爪牙到苏州抓捕前吏部官员周顺昌时，参与抗争的为首者中就有应社社员杨廷枢^①。在随后几年南方城市的市民抗争风潮中，到处都可以看到社团知识分子的身影。而朝廷总是习惯性将官方与民间的对立归咎于民风浇薄，归咎于知识界普遍缺乏的对权威的敬畏：迩来习竟浇漓，人多薄恶，以童生而殴辱郡守，以生员而攻讦有司。非毁师长，连珠遍布于街衢；报复仇嫌，歌谣遂锓于梓木^②。

1628 年初，张溥作为恩贡生在国子监就读期间，在北京建立了应社的一个分部。第二年他回到南方，广发请柬邀请各地名士到苏州聚会，在这次有六百余人参加的史称"尹山大会"的集会上，建立了一个更大规模的社团联盟，并正式定名为复社。据陶世仪《复社纪略》记述，参加这次社盟大会的文人学者远自四川、河南，近自安徽、浙江，都是"轮蹄日至"，甚至一年以后，还有陕西、山西、福建、广东等地的文士闻风寄来文章。接下来的 1630 年，正逢三年一度的乡试之年，在南京秦淮河边的贡院举行的应天府乡试中，主张文学复古运动的复社同人取得了极大成功，向世人展示了他们的集体实力，应试的三十余名复社成员全部中举，其中名列榜首的是曾参与苏州暴动的杨廷枢，其次是张溥和他的同邑学生、日后写出一代之诗史《圆圆曲》的著名诗人吴伟业，来自松江的著名诗人陈子龙、徐州画家和诗人万寿祺也出现在这张中试者的名单上。复社能取得如此骄人的业绩，究其原因，或许是因为这一年主持南京乡试的主考官姜曰广，曾作为东林党人被魏忠贤革职，本身又是一个古文运动的爱好者。为庆贺胜利，吴伟业、杨廷枢、陈子龙，于

---

① 杨廷枢是苏州的著名学者之一，据说他招纳弟子不分贵贱，一视同仁。在 17 世纪 30 年代，他门下的弟子多达 2000 余人。

② 《明实录》隆庆朝第二十四卷。

秦淮舟中设宴欢饮，应邀前往者还有张溥、沈寿民、黄宗羲、彭宾，和其他一些乐于同这群才华横溢、充满自信、前途无量的举人们交往的文人学士，这是复社的第二次大会，亦即"金陵大会"。

在 1631 年的北京会试中，南方举人纷纷北上，张溥又借机壮大复社队伍，朝臣们从这帮充满锐气的未来官员的身上看到了昔日东林党人的影子，干脆呼他们为"小东林"①。等到会试发榜，中进士者共 347 人，其中 62 人为复社成员，占了总数的近五分之一。张溥和他的弟子们同登进士榜，尤为突出的是吴伟业，在会试中名列榜首，其后又在周延儒任主考之殿试中获第二名。这一成功实在是过于触目了，政敌们抓住吴的父亲是周延儒好友这一层关系上疏劾其作弊，在复核中，周延儒将吴伟业的试卷送皇上御览，朱由检阅后写下"正大博雅，足式诡靡"八字，意思是说文章立意端正合乎圣贤之道，文辞丰富典雅足为后世楷模，总算驳回了这项弹劾。但攻击仍使其他复社成员受到了损害，被倪元璐等考官高度评价的陈子龙，就因周延儒害怕其政敌抓住更多口实，不得不名落孙山，直到在六年后即 1637 年的会试中，他才和好友夏允彝一起被主考官黄道周录取为进士。

但复社在这两年的表现已足以让世人侧目了，以致在科考路上挣扎得灰头土脸的士子们普遍认为，只要入了复社就有高中的希望，领得了一张进入仕途的通行证。甚至有传言说，考取秀才的郡试，

---

① 事实上复社的不少成员就是东林人士的子弟。两者区别可能仅仅在社会地位上，东林党人都是朝中高官和名士，复社成员则多是地位较低的乡绅、秀才和生员。张溥也是把自己视作了东林党人的衣钵传人，以文学复古运动为名讽喻朝政，裁量人物。侯方域《回忆堂诗集》第五卷中的记述可为佐证："张公为诸生，以天下为己任，追念东林先贤，慨然欲复之。"

学政大人全都以张溥的评论为取舍标准，更有人言之凿凿地称，各省的乡试及会试，朝廷所派的考官也只是一个摆设，真正的幕后推手是吴中二张，于是张溥被尊作了西张先生，张采则被尊作了南张先生，两人的名字反倒不大有人敢提了①。而朝中的要人们看到这一股新兴的政治势力，也要竭力地来拉拢他们，一时间，踊跃入社者数不胜数，据吴应箕作《复社姓氏录》，著录复社同志达到了 2025 人，其中自然不乏名利奔竞之徒。当初张溥、张采创设复社的动机是"兴复古学，将使异日者务为有用"，但一到势众人杂，一个本来是士子读书会文的清静地方，也就不免蜕变成了一个熙熙攘攘的名利场，复社日后遭忌也就在所难免了。

入社、结社既有如许的好处，那些复社势力不到的地方，各地乡绅、秀才和生员发起的社集自然也是风起云涌一般。就连名列逆案削籍回乡的阮大铖，也于 1632 年在家乡发起桐城中江社，为他日东山再起积聚资本。黄宗羲曾经记载了他在 1633 年秋冬之交在杭州南屏山下参加省城规模最大的"读书社"的一次雅集，那是一次类似于当今官方主办的文艺采风的完全休闲式的活动，据黄宗羲记述，社中那些意趣相同的朋友，一到傍晚就一起租一条船随便去一个小岛，走着走着前面的人就不见了，就大声叫喊，有时他们也在月光下的小舟上漂荡东西，就某个哲学问题大声争论，最后一哄而散。黄宗羲不是一个喜欢空谈名理的人，他更喜欢做的是一个脚踏实地

---

① 蒋逸雪《张溥年谱》引周同谷《霜猿集》中的一首诗云："娄东月旦品时贤，社谱门生有七千。天子徒劳分座主，两闱名姓已成编。"诗下自注："娄东张庶常溥，举复社附东林，一时奔竞者多归之，门生有七千人焉。春秋两闱，天子徒然分遣座主，而执元执魁，执先执后，庶常已经定无遗人矣。座主房师，非门下士，即东林党人，待庶常以揭榜，大为孤寒之患。童生府录一名，值银一百二十两，皆为党人雍塞也。"

的行动主义者，所以对这样的社集不无批评："经生之学，不过训诂，熟烂口角，圣经贤史，古今治乱，邪正之大端，漫不省为何物。"

自从 1628 年冬天联手赶走最有力的竞争者钱谦益后，周延儒和温体仁开始了他们磕磕绊绊的合作。尽管名义上周延儒的地位在温体仁之上（温是在赶走钱谦益两年后的 1630 年才进入内阁），但温的权势正在逐步上升。温体仁得宠的原因之一，是他巧妙地利用了继天启朝政治危机之后继续威胁着朝廷的党争。他曾自告奋勇地向崇祯皇帝表示，愿意彻底清查并根除一切党派活动，以防党争再次爆发。在 17 世纪 30 年代初期，他把与东林集团有联系的几十名官员赶出了政府，其中较著名的有大学士文震孟、何吾驺、钱士升，工部左侍郎刘宗周，国子监祭酒倪元璐，少詹事姚希孟等。当然这么做他有时也要冒些风险，比如他起用了某些与阉党集团有瓜葛的谪官出任政府要职，就很容易使自己受到结党的指责。但他总是能够成功地在皇帝面前将自己描绘成反对"清议"的英雄。为了独揽朝纲，温体仁一直都在暗中排挤周延儒。在辽东经略袁崇焕杀掉毛文龙、登州一带陷入混乱之际，温趁机攻击是周延儒软弱无能导致了这样的局面出现。稍后，他又指使一名宦官向皇帝告发周延儒受贿。已经吃尽党争苦头的朱由检怕内阁的不和再次引发朝局动荡，不得不放弃了他一直看好的周延儒，1633 年 7 月 25 日，周延儒被迫辞职离开北京，回家乡宜兴隐居。

许多复社成员都是在周延儒任会试考官时录取为进士的，周的去职使他们继续得到庇护的梦想成了泡影。张溥是注意到温体仁的势力崛起的少数几个清醒者之一，在温、周矛盾尚未公开化之前，他已预感到温体仁独掌大权的一天终将到来。出于对未来形势的忧虑，他意识到，必须到民间的知识分子中去获得更为广泛的支持。1632年冬天，趁请假回太仓葬父，他发起了一次更大规模的复社大会。集会传单一经发出，大江南北就有许多士子迫不及待地赶来，张溥还在从南京南归途中，崇拜者们就挤满了他家乡的街衢，他们在他家中向京城方向遥拜，在复社簿籍上登记上姓名，就算完成了拜师仪式。张溥把这次大会放在了苏州虎丘举行。据陆世仪的《复社纪略》记载，大会那天，从各地或乘船或坐车赶至者达数千人之多，同上云岩寺的大雄宝殿容纳不下，连生公台、千人石这些观景点上都鳞次栉比摆满了座席。这次大会之后，复社的声势更盛，据说张溥的记名弟子达到了七千人之多。又说苏、杭等地的水道，士大夫家所备行船的灯笼上都高挂着"复社"二字，后来人皆效仿，几乎每条船上都要书此二字了。

17世纪30年代初，天启年间死难的东林党人的后代都已陆续成年，三年一度，他们如同候鸟一般跑到留都南京前来参加考试，当他们在秦淮河北岸拥挤不堪、散发着潮湿霉烂气息的贡院中挨过神情恍惚的两天三夜后，余下的日子里大可在这座金粉之城诗酒风流放纵声色。时代似乎越来越不太平了，清军的铁蹄一次次越过山海关南下掳掠，李自成的农民军也从陕西一路闹到了安徽。但在南京城那厚重坚固、令人心安的城墙后面，生活一切如常，似乎没有什么会来打扰特权者们的享乐。

早在17世纪20年代，就有许多大户举家迁入南京。由于北方连年战事，不久又有大批山东、北直隶的富户涌入南京。西南边境的动乱也使云南和贵州的一部分官吏逃到了南京。到30年代，李自成的势力慢慢扩张到了河南、湖广、安徽等地，这些地区有钱的缙绅也加入逃亡者的行列来到了这座当时中国最大的移民城市。一个叫利玛窦的意大利传教士，在 17 世纪 20 年代初曾造访过南京，他日记中记载的景象到那时候应该还没有大的改观："南京比世上所有城市都更美丽、更宏伟，几乎没有任何城市能在这方面胜过南京，或与之相当。那里确实有许多宫殿、庙宇、城楼、桥梁，并且绝不亚于欧洲的类似建筑。在某些方面，它还胜过我们欧洲的城市。当地气候温暖，土地肥沃。人们精神愉快，彬彬有礼，谈吐文雅。各阶层的人们聚居一起，熙熙攘攘，有平民百姓，也有达官贵人。"①

终崇祯一朝，这座会集着豪华的公子、落魄的书生、卖笑的歌妓、复社的名士和避难的绅士的六朝古都，一日日都在醉死梦生着。就像才子余怀在《板桥杂记》中所记述，"秦淮灯船之盛，天下所无，两岸河房，雕栏画槛，绮窗丝障，十里珠帘"，这个绚烂得几乎不真实的舞台上，侯朝宗和李香君的爱情故事、冒辟疆和董小宛的旖旎风光已在上演，孔尚任的《桃花扇》和冒襄的《影梅庵忆语》也将流传，再加沈寿民、吴伟业、陈子龙、沈士柱一班名士和李香君、卞玉京、顾横波一班风华绝代的佳人，此情此景，也真应了江山不幸诗家幸了。

1635 年冬天，来自浙江的两个青年士子黄宗羲和魏学濂一同以拔贡入读南京国子监。此前一年，因家乡安庆桐城一带被李自成的农民军攻陷，阮大铖也跑到南京做起了寓公。名列逆案一直让阮意气难平，既然通过正常的途径复职无望，他便招揽游侠，谈兵说剑，冀以边才起用。在总题为《咏怀堂诗》的诗集中，阮大铖写下了许

① 利玛窦《16 世纪的中国》。

多赞美英勇杀敌的将士、颂扬廉吏的诗歌，以期引起清流的注意并改变对他的成见。风传他要报复魏学濂刺血上书之仇，魏只得避居友人住所，冒襄等人则劝他不应退缩。1636 年秋天，冒襄和吴应箕主持桃叶渡大会，南京城内的东林遗孤悉数到场，这次聚会的高潮，是曾被皇帝诏旌为孝子的魏学濂出示以自己鲜血所写的《孝经》，一时，英雄的后代们齐声痛骂阮大铖之流。尽管阮大铖以诗歌和戏剧才能百般示好于复社，甚至不惜花费巨金撮合侯方域与秦淮名妓李香君的爱情，但在一片道德英雄主义的苛责声中，不甘寂寞、好谈兵法的阮对江南士林的折节下交被目为一个野心勃勃的阴谋家的伎俩。在当下的南京城里，阮被看作一个毒瘤式的臭名昭著的危险人物，这样一个逆案中的祸首，在南京谈兵说剑，招摇过市，时日一久难免遗祸无穷。为了彻底铲除之，南京城里的复社名士们秘密策划了一场驱阮运动。

　　1638 年 8 月，名士们发布了一张名之为《留都防乱公揭》的大字报，誓驱逐阮大铖等"逆党"人物，并发动全城士子进行了一场声势浩大的签名。在 148 人签署的名单上，顾杲（顾宪成的儿子）、黄宗羲、魏学濂、冒襄、吴应箕、陈贞慧、侯方域、方以智等为首者不是东林遗孤便是复社名士。此帖一出，阮大铖在南京城里再也待不下去了，不得不搬住到南门外的牛首，来往的也只剩下死党马士英等几个人①。据说他曾遣心腹四处收买檄文，没想到愈是去收，流布愈广。多年之后他对这件让他蒙羞的事件还愤懑不已，我到底做错了什么，这班穷措大竟然如此对我！胜利了的复社名士们和一帮来南京应乡试的少年们在桃叶渡召开庆功大会，少年好事而最富

---

　　① 见冒襄《同人集》。

才华的冒辟疆作了《同人集往昔行跋》记录当时盛况。黄宗羲后来回忆，那些日子里，他和昆山张尔公、归德侯朝宗、宛上梅朗三、芜湖沈昆铜、商丘侯方域、宜兴陈贞慧、桐城方以智、如皋冒辟疆等一干朋友，"无日不连舆接席，酒酣耳热，多咀嚼大铖，以为笑乐"①。一个有用世之心或潜心于学术的士子，在这样的空气里很可能一事无成，名士们至多像吴伟业在记录那个时代生活的一篇笔记中所称的那样，登上南京郊外的山峰，"东望皖楚，忧生伤乱，泣下沾襟"②，至于如何救时，那就束手无策了，纵论国事的最后无非抽身退步，正所谓"夜半话挂冠，明日扁舟系"。后来黄宗羲也反省参加社盟的浮躁，"本领脆薄，学术庞杂，终不能有所成就"③。

当弘光朝袍笏登场，动荡一时的秦淮河恢复甚至超过了昔日的盛况，重新掌握了权力的阮大铖、马士英的反噬给书生们来了个措手不及。陈贞慧捕入锦衣卫，仅免于死。侯方域几为所擒。沈士柱、吴应箕都偷偷跑了。冒辟疆回到如皋水绘园隐居，沈寿民老死金华山中。1644年，黄宗羲随老师刘宗周从家乡到杭州，只身往南京，向福王上书，陈述政风，一不小心也落入阮大铖之手。当他被囚在狱中时，弘光朝的一班廷臣们正在钱谦益的带领下于一场大雨中商议着迎接清兵入城的种种细节。趁着陷落时城中的混乱，黄宗羲得以逃脱回到他的老家。这种种的果，前因都已在不知不觉间种下了。

阮大铖和黄尊素、魏大中、钱士升、杨维垣等都是万历四十四年丙辰科的进士，然而朋党之争却使这些同年形同水火。魏学濂为

① 《南雷文约》卷一，《陈定生先生墓志铭》。
② 吴伟业《梅村家藏稿》。
③ 《陈夔献墓志铭》，见《黄梨洲文集》，第232页，中华书局，1959年版。

报父仇，更是与阮大铖间衍生出了长达二十年的仇隙，这些人与事的纠葛，正具体勾勒出了明季党争的惨烈图景。复社夏允彝在《幸存录》一书中曾作出这样的平心之论：二党之于国事，皆不可谓无罪……东林中亦多败类，攻东林者亦间有情操独立之人。他的儿子夏完淳在此书续篇中，对阮大铖持论更宽，称其非不愿为君子，但东林中人持论太苛，遂酿成奇祸。黄宗羲对党争也持保留看法，"未有本朝国统中绝，而朋党尚一胜一负，浸淫而不已，直可为一笑者也！"

近人陈寅恪在《柳如是别传》中有一节专门论及阮大铖，对阮的文学才华表示欣赏的同时，也对东林少年持论过苛提出切中肯綮的批评：

圆海人品，史有定评，不待多论。往岁读《咏怀堂集》，颇喜之，以为可与严唯中之《钤山》、王修微之《越馆》两集，同是有明一代诗什之佼佼者。至所著剧本中，《燕子笺》《春灯谜》二曲，尤推佳作。其痛陈错认之意，情词可悯。此固文人文过饰非之伎俩，但东林少年亦似持之太急，杜绝其悔改自新之路，竟以防乱为言，遂酿成仇怨报复之举动，国局大事，益不可收拾矣。夫天启乱政，应以朱由校、魏忠贤为魁者，集之（阮大铖字）不过趋势群小中之一人。揆以分别主附、轻重定罪之律，阮氏之罪，当从未减。黄梨洲乃明清之际博雅通儒之巨擘，然囿于传统之教训，不敢作怨怼司马氏之王伟元，而斤斤计较，集矢于圆海，斯殆时代限人之一例钦？

复社的少年们可能是过于乐观了，他们过于急切地要把严酷的政治斗争娱乐化，诗酒流连中，很多人已经迅速遗忘了1636年的一次政治危机。正是那次危机使包括东林、复社在内的所有清流党人险遭全军覆灭之祸。

这年初，先是温体仁秘密授意常熟县的小吏张汉儒疏告前礼部侍郎钱谦益和科臣瞿式耜居乡贪肆不法，纵容家奴胡作非为，把钱、瞿从他们的原籍地押解至北京下了刑部大狱。温、钱本有前嫌，钱谦益又与复社首脑人物过从甚密，温体仁的计划正是借着打击此二人再兴复社大狱。马上，又有太仓县监生陆文声上京参劾吴中二张倡立复社以乱天下，图谋削弱朝廷对江南的控制。一时群小争着粉墨登场，起来攻讦复社。一个叫周之夔的苏州推官告发二张有谋逆之心，请求皇帝"立奋乾纲，大破党局"，把张溥、张采两个领头的斩首。又有托名徐怀丹者，草檄复社十大罪状，指责张溥等人上摇国柄、下乱群情，"传檄则星驰电发，宴会则酒池肉林"，把边疆不靖、国家多灾的账一股脑儿扣到了一帮书生的头上，并从个人私德等方面提出责难。

以上这些指控，或多或少都触及了一些实质性问题，但温体仁怂恿并指使如此大规模的攻击也超越了他向来恪守的谨慎界线，由此引起的反弹反而激起了文官们对处于弱势的清流党人的同情。当钱谦益和他的学生瞿式耜身陷囹圄时，朝中尚书、侍郎、御史去狱中相见并慰问的官员竟达五十多人，刚刚考中进士的复社成员陈子龙等为了营救钱谦益出狱更是积极奔走。而钱谦益为了自保，也在狱中连上两疏剖明事实，为自己洗刷无辜——"温体仁攘据揆席，虑臣姓氏尚在人口，死灰或至复燃，显示风指，阴设陷阱，必欲杀臣而后已"。

事情终于在 1637 年夏天出现了转机，钱谦益通过老师孙承宗的一个儿子的关系，说动了皇帝宠幸的司礼监秉笔太监曹化淳相助。而曹化淳之所以同意出手，是因为钱谦益曾为他的保护人、已故司礼监太监王安写过一篇精彩感人的墓志铭。温体仁获知司礼监将对自己不利，立即检举曹化淳收受了四万两银子的好处费，奏请皇帝将曹化淳一并治罪。得到皇帝的授权后，曹化淳亲赴东厂审理此案，终于审明了温体仁密谋唆使的全部内情。朱由检闻知此案审理结果，开始明白过来钱谦益狱中上疏所称"体仁有党"果有其事。让他伤心的是，眼前这位经常告发朝中阴谋的大臣，事实上所打算盘却全是为了自己，于是，钱谦益、瞿式耜无罪开释，张汉儒等则被打入死牢。1637 年 8 月 1 日，皇帝同意了温体仁的辞职请求，这个昔日的宠臣不得不灰溜溜地致仕还乡了，直到第二年去世，他都未能挽回皇帝对他的信任。

这一轮有惊无险的磨难过去，钱谦益斯文宗主、东林泰斗的名望更加卓著，但朝中自温体仁去任后，张至发继为首辅，薛国观以礼部左侍郎入阁参赞机务，对清流的攻讦一如既往。而复社同人们也终于意识到，这两人不去，不仅天启朝以来江南士人的冤案不能平反，他们自己想要在官场上有所进步也极为困难。刚刚升任东宫讲读官的陈子龙第一个发难，上疏指责张至发执行的还是温体仁时代的政策，如此这般因循踵陋，必将摧折文官集团的公忠正直的风气。复社成员、吏部主事吴昌时从北京给在籍丁忧的张溥写来一封密信，建议重新运动周延儒出山，他在信中这样说："钱谦益毁不用，文震孟入相不到三月被逐，东南党狱日闻，非周延儒复出不能弭祸。

主上于用舍独断，然不能无中援，望紧急裁夺，作出决策。"

复社为了改变被动受制的处境，迫切需要在中枢有一个强有力的后台。吴昌时之所以建议张溥把宝押在周延儒身上，一是因为周是致仕的前大学士，资历和声望不成问题；二是因为他和张溥等人参加1630年辛未科的会试时，周延儒是那场会试的主考官，按照帝国官场的人际交往规则，他们都算是周的门生。周延儒也有意借用在野的力量复出。当复社同人们积极策划周延儒的复出时，周本人也一刻没有闲着，1639年夏天，他专程从宜兴跑到常熟，在绿树红花掩映的拂水山庄拜访了钱谦益，此行的目的不外是希望获得钱谦益对他重新入阁的支持，作为交换条件，他也表示，入阁以后一定起用钱氏。自从十一年前被温体仁和周延儒联手逐出京城，钱谦益多年优游林下，中间又遭张汉儒等诬陷下狱，他也明白自己的机会不多了，因此他也决定消除宿怨，再度与周延儒携手。他热情接待了周延儒，带他游览了常熟城内著名的景点虞山和山脚下自己花了多年工夫营建的拂水山庄，从他日后写下的《阳羡相公枉驾山居即事赋呈四首》这一组诗来看，在拂水山庄的亭台园林间他们谈成了这笔政治交易。这组诗的第四首是这样写的：若问山东事，将无畏书简？白衣命悲驾，红袖泣登车。甲第功谁奏？歌钟赏尚虚。安危有公在，一笑偃蓬庐。

为了帮助周延儒重新掌握权力，复社以入股的方式筹措了六万元资金，让吴昌时在京活动打点，重点是买通皇帝身边的宦官曹化淳，由此人向皇帝建议周延儒复出。这一手段虽不光明磊落，却也是情势所迫，不好以常理拘泥之。六万元中，著名复社人士侯方域的父亲侯恂认购了一万元，阮大铖和冯铨出于政治投资也各认购了一万元。正当复社在南方紧锣密鼓地为他们选中的政治代言人筹划的当儿，在北京朝廷，薛国观因建议皇室贵戚出资助饷引起了皇帝的不满，被勒令回乡调理，内阁首辅之职的突然出缺，使形势再度变得对周延儒有利，而这正是复社及其同志盼望已久的机会。

周延儒将赴北京前，张溥和他有过一次交谈，他希望周延儒到任后履行先前订下的协议，抓好救时的十余件事，剥夺宦官和厂、卫的特权，并任命复社骨干出任要职。周延儒一一答应了，表示一定竭力为之。当周延儒北上经过扬州时，阮大铖特地设宴饯行，并送上一份厚礼，请他洗雪旧案。他送周延儒入京诗中的一句"期公尽洗荆榛劫，剩得青山与向禽"，希冀借周延儒之力翻案复起的意图已十分明显。但周延儒此次出山全系复社在幕后助推，他不想出尔反尔违背与复社订立的不准起用阉党余孽的协议，更不想触动皇帝在党争问题上的敏感神经，作为对阮大铖投资的补偿，他要阮推荐一个好友作为督抚人选，日后再由此人来转荐阮。阮大铖看眼下也只有这一条路可走，于是推荐了好友马士英①。

1641 年 10 月 15 日，周延儒抵京出任内阁首辅，朱由检对他说："以天下听先生。"这一时期的周延儒总的来说也没有让复社同人失望，实行起复、蠲逋、清狱、薄赋四事，一时获得了不菲的政声。在周延儒再相的三四年间，他所做的最为遗祸无穷的一件事，是把阮大铖推荐的马士英起复为兵部右侍郎兼右佥都御史、总督庐凤等处军务，周延儒自己也不会想到，他已经提前为南明弘光朝埋下了一颗定时炸弹。

---

① 马士英和阮大铖是万历四十四年同年考中的进士。因"擅其公帑以充赂遗，坐遣戍，寻流寓南京"，见《明史》列传一百九十六《奸臣》。在南京其间和阮诗酒唱和，过从甚密，堪称死友。

钱谦益在家中望眼欲穿地等待着一纸起复的诏书，其间还明里感谢、暗下催促地致信周延儒不要忘记前约，"一二门墙旧士，频繁传谕，谓阁下援引，不遗余力，亲承天语，驳阻再三"。但明眼人早就看出，"庸驽无才略且性贪"的周延儒是不可能把雄才峻望的钱谦益引荐入朝的，黄宗羲就这样提醒：周阁老为人贪婪忮刻，未必有此胸襟，不可不防。但钱谦益身在局中，对人事已失去基本的判断，还以为周延儒一定会遵守在拂水山庄时与他的交易约定，举荐自己出山，直到两年后的春天，一次偶然的酒宴上，他听到北京来人说起周延儒背后这样议论自己：钱牧斋只堪领袖山林耳，他才恍悟自己被狠狠地涮了一把，复出的努力又一次打了水漂。此番被愚弄和被欺骗，给刚刚跨过六十岁门槛的他结结实实上了一课，那就是政客的话和婊子的话一样都是不可信的。他写下无数充满着怨怼的诗文，向京师诸公及复社同志宣布与周延儒这个无耻小人绝交。而此时距李自成的大顺军攻陷北京城也就一年左右光景了。

四、冰河时代

朱由检刚登基时，辽东经略袁崇焕曾信誓旦旦地向他保证，五年之内收复明朝在辽东的全部失地，但两年后的冬天皇太极突然发动的一次攻击，还是没能让袁崇焕逃脱罪责。那次军事行动，皇太极一边用兵围攻宁远，一边让数万大军经由喜峰口入关，突然出现在了北京城下。1630年1月，袁崇焕以通敌罪被捕，随后被磔于市。历次的辽东战事危机，都是党争双方相互攻伐的口实，袁崇焕的被杀就曾引起一次政局动荡，被视为袁后台的阁臣钱龙锡和吏部尚书成基命也被牵累入狱。这一或许出于皇太极的离间计造成的冤案，归根结底还是在于朱由检猜忌心太重，自己茫无头绪不说，又好作聪明，果于诛杀，致使能任事的大臣越来越少，剩下在他眼前晃来晃去的全是小人和伪君子了。

在随后的十余年间，帝国在东北边境的势力日益萎缩，在凶残的满洲骑兵面前，明朝军队基本上是节节败退。每次满洲人掳掠扫荡，北直隶东部的几座城市总是首当其冲，国门前真可说是尸横遍野。然而令朱由检忧心的事还不止于此。

几乎和朱由检登基同时，在陕西省爆发了一系列兵变和叛乱，参与者主要是当地农民，还有一些驿卒、土匪和领不到粮饷的职业军人，起义军没有自己的根据地，经常分成小股部队进行劫掠。17世纪30年代初，起义军的攻势虽被遏制住，但他们之间加强了联合，活动范围波及湖广、河南和陕西交界处的大片山地。到30年代下半叶，各路义军在陕西米脂人李自成和张献忠的旗帜之下携手联合，形成了更为强大的军队，尤其是在1635年荥阳大会后，他们向东攻下凤阳，焚烧了皇陵，令朝野为之震惊。

当起义军尚未成气候时，大学士刘鸿训曾建议崇祯皇帝从皇家库藏中拨出三十万两银子解决缺饷问题，以防止更多的士兵加入叛军，但这一损上益下的主意让吝啬的皇帝大为恼火，刘鸿训差点被杀，多赖大臣们力救，才被流放到代州做一名戍卒。为镇压李自成而被任命为兵部尚书的杨嗣昌，稍后也提出了一项主张，认为朝廷无力同时应付两场战争，他建议皇帝同满洲人议和，同意割让领土和恢复边市贸易，以便集中兵力镇压内地的起义。但朝臣们一致斥责杨嗣昌违背朝廷既定的收复北土的方针，致使朱由检根本不敢采纳杨的主张。为了支付两线作战庞大的军费开支，皇帝只得增加赋税，以从民间榨取更多的银两。

1638年冬天，曾在西北平叛中以筹集和运送粮草初露头角的洪承畴替接任总督五省（山西、陕西、河南、四川、湖广）军务之职，他和陕西巡抚孙传庭一起合作，在潼关一举击溃了李自成起义军，迫使李自成带着十八个亲信逃入商洛山不敢露头。然而正当他们决定乘胜追击之际，杨嗣昌担心的东西线作战的弊病暴露无遗，满洲人的铁骑突破长城，直入中原，洗劫了天津和山东省的济南等地，因战事吃紧，洪承畴被调任蓟辽总督负责东线作战，孙传庭也被调任保定任巡抚，不久，孙被兵部尚书杨嗣昌找了个借口下狱，而代之以大言自诡的熊文灿。当时驻守安徽六安的史可法，闻警正准备率众北上勤王，行前，他在一封给夫人的信中这样说：北边破了五七十州县，不知杀了多少人。山东济南满城官员家属都杀绝了，真是可怜。看到此处，可见凡事有命。

1641年3月，趁着官军正勠力围剿张献忠部，隐伏在商洛山中的李自成突地驰轻骑奔袭河南，攻下洛阳，处死了万历的宝贝儿子福王朱常洵，还把他的尸体与鹿肉一起泡酒，谓之福禄酒。福王的封地据说有四万顷，其王府内储备的粮食更是多达数万石，起义军把这些粮食全都散给了饥民们，一时义军人马迅速扩充至数十万之众。而张献忠也从四川回师湖北，攻下襄阳，处死了明朝的另一个藩王。他和李自成不约而同的做法是把钱财和粮食全都分给了饥饿的民众，这使得他们的支持者更加广泛。杨嗣昌精心设计的名之为"四正六隅"的庞大的平叛计划被摧毁，于这年底畏罪自杀了。但他的儿子不敢把这个消息报给朝廷，只说是因病亡故了。

几乎与此同时，满洲人的攻势更加凌厉，1643 年 1 月，京师东北的重要门户蓟州被努尔哈赤的第七子阿巴泰攻陷，皇帝急令大学士吴甡前去抵御。当得知阿巴泰的退路已在通州一带被勤王的部队切断，邀功心切的首辅周延儒自告奋勇担任了这项任务。但周延儒到了通州前线后却畏敌不战，每日只与幕客们饮酒作乐。他甚至无中生有地编织了一场所谓大败阿巴泰的战役往自己脸上贴金，已经被接二连三的坏消息弄得萎靡不振的朱由检读了他描述明军将士如何勇猛杀敌的栩栩如生的奏报，喜出望外，立即为他加官晋爵。就在举朝共贺之际，阿巴泰挥师南下，穿过北直隶，一直深入到山东和苏北。直到这场浩劫临近尾声之时，崇祯帝才明白过来怯懦的周延儒一直在骗他。这年夏天，周延儒以谎报军情被革职查办。一些官员以周延儒年高位重为理由请求皇帝宽恕，朱由检拒绝了，他说，正因为此老已位极人臣，所以才不可饶恕。他下令将周处死，看在其为朝廷效力多年的分上，后来又改赐自尽。

这是一个糟糕的时代，外扰内患给这个国家的许多地区带来可怕的灾难，坏天气也来凑上一脚。如果这时出现一个具有全球视野的人，他站在更高处看险象环生的帝国，他会发现，明朝中国进入17 世纪已身不由己地卷入了全球性的经济衰退的狂潮。在天灾和疾疫面前，连士大夫们一向推崇的自给自足的简朴生活都难以为继了。

按照人口地理史家的研究，晚明的这一历史阶段相当于欧洲史上"路易十四的小冰河时代"的初期，因为太阳黑子活动的关系，这个时期是"太阳能量最小时期"，其间地球表面的气温降低到了公元 1000 年以来的最低点。年鉴学派历史学家费尔南·布罗代尔在他的巨著《十五至十八世纪的物质文明、经济和资本主义》中也表明，

17 世纪中叶的中国遭受了严重的干旱和低温的侵袭，致使北方农作物生长季节比正常年景缩短了两星期。各个地区的地方志忠实地记载了这些年气候变异导致的灾难：

1630 年，长江中下游发生严重旱灾。1639—1640 年浙江北部洪灾，既而又发生干旱和蝗灾，致使浙北一带的丝绸业遭受致命打击。据目击者的记述，这个地区在 17 世纪 40 年代初到处是乞丐和流民，甚至出现易子而食的惨状。类似的报告在帝国各个省份屡见不鲜，在一本以编年的方式记录漕运情况的小册子上，记载着 1638 年漕河干涸，1640 年"大旱，黄河水涸，流亡载道，人相食"。而科学家的研究也表明，同一时期，长江中游和淮河水域的河流冬季全部封冻。囤积、歉收和投机活动导致了粮油价格上涨，并引发了普遍性的通货紧缩。在浙江北部地区，米价由原来的值银一两，到 1641 年上升为了每石值银四两①。大多数官方史料把强迫征兵、拖欠军饷和沉重的赋税看作引发起义的导火索，放宽历史的视野，以长时段的视野观之，明帝国走到 17 世纪也实已是山穷水尽了。1641 年秋天，诗人吴伟业在南京国子监就任时所悲叹的"凉秋独夜，危峰断云，梧桐一声，猿鸟竟啸"，实是那个时代普遍弥漫于知识界的紧张、不安气息的天然流露。

---

① 傅衣凌《明代江南市民经济试探》。

五、风流债

　　就像为了在末日的号角吹响前尽享世间的繁华，大厦将倾之际，南京的才子们依然沉醉在诗酒风流中不可自拔。来自江苏如皋的诗人冒襄，是当时南京城内最出众的英俊少年之一，被倾心于他的名妓们称为"东海修影"。他先是在 1639 年赴南京乡试时结识了秦淮河畔"以才色为一时之冠"的董小宛，与之短暂欢娱后又迷上了另一位绝色美女陈圆圆。1642 年，他已经失去了陈圆圆，当他怀着一颗受伤的心到苏州虎丘参加复社大会时，命定般地与董再次邂逅。

　　这时的董小宛因家庭变故，已经债台高筑，为脱离苦海，主动向冒襄以终身相许，但冒襄自忖功名未就，只得与她相约待明年秋闱试罢，再赴偕行之约。恰巧此时钱谦益与柳如是婚后不久游罢京口，正好逗留苏州阊门外彩云里的东园，出于对美女的同情，"广大风流教主"决定成就这段好事。他替董小宛偿还了堆起来足有一尺高的一叠借据，足有三千余两银子，又出了一笔钱帮董小宛脱了教坊的籍，雇了一只船把她送到了如皋冒襄的身边。并修书一封托人带给小他许多岁的冒襄，中有"花露错海，错列优昙阁中，焚香酌酒，亦岁晚一段清福"等语，可见美妇在侧的他，浪漫情致已愈发的浓烈了。

　　1642 年中秋夜，复社陈梁约同人在南京桃叶水阁为董小宛归冒襄设酒庆贺。眉楼顾夫人、寒秀斋李夫人等名妓都是小宛旧日姐妹，自要过来庆贺。魏学濂在父兄死后，一直衣着简朴，远离声色场合，因好友李雯刚刚乡试中试，心下喜悦，也一并过来赴宴。当时金陵歌舞诸部甲天下，最为著名者为阮大铖所训练的戏班，于是重金聘阮家戏班前来上演新剧《燕子笺》。没想到阮家戏班以有家宴为由托故不来，于是众命仆从跑到阮家大门鼓噪，阮大铖求消去积怨，于是撤去家宴，命戏班前去演出。并吩咐在台上须尽力表演，演出结束还不得领赏。为示好于名士们，他还表示要亲来致意，但众人却毫不领情地拒绝了他到场。该剧构思绝妙，再加演员卖力，舞台效果颇佳，在台下看戏的每折之后都高声喝彩，赞赏歌者，同时却又与魏学濂等人交口同声丑诋作者，当剧情渐渐进入高潮，众人悲壮激昂，奋迅愤懑，或击案长啸，或拊胸叹息，或浮大白，"且饮且诟詈"，一班佳人更是哭得如梨花带雨一般，滚作一团了。多年以后，冒襄在《同人集》中如是记述这个夜晚重聚欢宴之情景：

> 秦淮中秋月，四方同社诸友……置酒桃叶水阁。时在坐为眉楼顾夫人，寒秀斋李夫人，皆与姬为至戚，美其属余，咸来相庆。是日新演燕子笺，曲尽情艳。至霍华离合处，姬泣下，顾、李亦泣下。一时才子佳人，楼台烟水，新声明月，俱足千古。至今思之，不异游仙，枕上梦幻也。

吴伟业也是差不多同时与一名叫卞玉京的妓女发生了爱情。日后以悲苦的诗风出现在世人面前的诗人吴梅村，一手香软艳词里流露出的露骨的享乐主义足以让人瞠目结舌："娇眼斜回帐底，酥胸紧贴灯前，匆匆归去五更天，小胆怯怯瞧见。臂枕余香犹腻，口脂微印方鲜，云踪雨迹故依然，掉下一床花片。"

看起来松江才子陈子龙要正经得多。据《华亭县志》记载一则逸事称，柳如是在与钱谦益婚前，最初是属意于陈的，还数次女扮男装从盛泽跑到松江来找他，名片上自称女娣，陈"严正不易近"，柳如是才不得不转归虞山钱蒙叟。1637 年，陈子龙第三次应试考中进士后，先到刑部观政三个月，然后另行分配至广东惠州，然而当他离京前往赴任时，半途中得知了继母的讣闻，按丧制，他须回乡守制三年后才能复出。他回到松江老家，和好友宋徵璧、李雯（时人称他们为"云间三子"）一起编辑出版了一部长达五百余卷的《皇明经世文编》，这部文选荟萃了有明一代五百余家的作品，内容涉及兵饷、马政、边防、火器、贡市、番舶、灾荒、农事、治河、海运、漕运、财政、盐法、刑法、钱法、钞法、税法、役法等多个方面，用他自己的话说，之所以编辑出版这本大书是有感于"三患"——朝无良史、国无世家、士无实学。同时他还整理了前大学士徐光启的一部《农政全书》。1639 年，他守制将满时，曾一度决定放弃仕途，因为他的座师黄道周在同杨嗣昌的较量中败北，被廷杖除名，发配烟瘴地面充军。但到了 1640 年春，经其祖母劝说，他还是如期离乡前往北京，准备继续为朝廷效力。到达北京后，他为黄道周四处呼吁，还打算组织公开营救，后有人警告他说，今上意图常常神秘莫测，冒昧进言只会让事情更加不可收拾，他才作罢。这年夏天，他被派往绍兴任一名专管审判和检察工作的推官，9 月正式启程上任。他在这个职位上干了将近四年，直到 1644 年初接到调任北京的命令离任。当他准备北上时，北京陷落的消息传来，他转而就任南京弘光朝的兵科给事中。在江南民间对清朝的抵抗运动全面失败后，他被逮捕，押往南京途中，投水自尽了。

　　1643 年春天，帝国的大厦已是风雨飘摇，但本朝历史上的最后一次会试还是在北京如期举行了，任主考官的是代替周延儒出任首辅的魏藻德。和以往几届会试一样，这次考试同样也是发生在江南各省举子间的激烈竞争。暮春时节，放榜出来的消息传至南京，令人向往的头三名都被复社成员所垄断，分别是状元周钟、榜眼宋之盛、探花陈名夏。当功名与灾难一起来临，复社的名士们还没有想好如何去应对，只得走一步看一步了。

六、倾覆

疮痍满目的帝国已走入生命的倒计时。1643年11月，李自成的起义军击败了孙传庭，控制了战略要地潼关，这意味着起义军控制了京城与秦故地之间除黄河以外最后的天然屏障。几天后，起义军占领陕西首府西安，李自成在幕僚们的建议下把这座城市沿用唐代旧称改名为"长安"。1643年12月30日，李自成军前锋开始渡过黄河，既而席卷山西，拱卫京城的第一道防线如此迅速崩溃，令朱由检吃惊而又愤怒，作为第一责任人，兵部尚书张国维被革职下狱。

在崇祯朝的最后几年，举置失措已使朱由检心力交瘁，事愈不顺，行事愈发地随心所欲，对臣僚的处置更是丧心病狂。历史学家孟森指责他"置相如弈棋"，全无通盘规划，想到哪下到哪，在位十七年期间换了五十任首辅和十七名刑部尚书。检视崇祯一朝，除了首辅周延儒被处死，被斩首或被迫自杀的当朝大员还有十四位各部尚书、七位总督和十一位巡抚。就是这样一个无力支撑危局的皇帝，在临死前还要把责任推诿给他的大臣们，说出君非亡国之君、臣皆亡国之臣这样的话来，孰知任用这些亡国之臣，不正是他沦为亡国之君的缘由吗？反过来说也一样。

1644年2月8日，适值农历新年的正月初一日，然而这个新年朱由检却过得分外凄凉。当大臣们天亮前去给皇帝请安时，发现皇宫大门紧闭，内侍打开宫门引他们入内，他们却突然发现朱由检正在为帝国越来越糜烂的财政状况暗自垂泪。当官员们在熹微的晨光中各自返回自己的官邸时，他们看到无数棕色或红色的沙尘自天而降，沙尘暴降临了。没有人知道，也是在这一日，在安徽凤阳，太祖高皇帝朱元璋龙兴之地发生了地震。也是在同一日，李自成在西安称帝，定国号为大顺，年号永昌。一段日子后，消息传入京师，朱由检痛哭出声，说：朕非亡国之君，事事皆亡国之象，祖宗栉风沐雨之天下，一朝失之，何面目见于地下！朕愿督师亲决一战，身死沙场无恨，但死不瞑目耳①！

恐怖的气氛如同瘟疫一般弥漫了京师，"诸臣咸思南窜"。几乎人人都预感到了末日来临。朝廷命一名官员前去统辖陕西明军时，他竟在皇上面前哭出声来，并断言，如果没有粮饷，他去了也无济于事。大学士黄景昉力主从东北前线调回吴三桂的戍边军队加强京城防务。也有人主张从蓟州召回王永吉，从密云召回唐通。在常熟绛云楼悠闲度日的钱谦益甚至建议调福建的郑芝龙北上应付危局。但大学士魏藻德等坚决反对召回这些军队，认为这样做是将领土拱手送与满洲人。鉴于陕西、河南一带驿途中断，政令无法传递，官员缺额严重，军队又无粮饷，有官员建议应放手让当地士绅组织乡兵自保，出于担心地方势力过于膨胀尾大不掉，朱由检对这些建议都反应冷淡。他现在是头痛医头、脚痛医脚，将大部分注意力都放在了京师的防卫上。

京师三大营的主力，全盛时号称七十万，但长年缺乏粮饷已使

---

① 《明通鉴》纪九十，《庄烈皇帝》。

这支部队变成了老弱之军，将领们又以市井无赖和自己家中的家奴充数，从中贪污空额军饷。再加1643年疾病的蔓延致使京军大量死亡，担当拱卫京师重任的三大营实际上已丧失了战斗力，成了一个纯属摆设的空壳子。到1644年初，粮仓空了，卫戍京城的军队几乎一年没有领到粮军饷，士兵们的意志和他们羸弱的身体一样都在急剧走向衰退，其情形正如一位将领在报告中忧心忡忡所指出的那样："鞭一人起，一人复卧如故。"

1644年4月间，户部侍郎吴履中奏称，国库存银仅剩八万两。他坚决要求将这笔钱拨给戍边军队——"若无九边，京师何以安守？"但朱由检拒绝再向边境拨饷，他打算将这笔钱全都用来加强京师守备①。但据李清的《三垣笔记》指出，当时太仓储备已不足一千三百两，皇家内库也只有四十万至五十万两。是以，当一次廷对中倪元璐谈及道德乃当前头等重要之事时，朱由检反问道：倘若道德果真如此重要，在拖欠前线军饷之时，将如何以之解救国难呢？当他们说这些话时，距二人的死期都不足一个月了。

或许还有一个办法可以避免国家遭受破亡的命运，那就是放弃危在旦夕的北京，到南京建立临时政府。这一迁都南京的动议曾在这年初由翰林学士李明睿和总宪李邦华等在德正殿进行的一次私下召见时正式提出。朱由检不置可否，只是问上天的意志如何，当李明睿答之天命微密、全在人事，人定则能胜天。李明睿的这一计划是以到孔庙朝圣的名义，取道山东，然后穿过淮安地界直奔南京，他向朱由检保证，只要圣驾到达南京，国之龙虎必起而响应，到时又可重握天下于股掌之中。李明睿还为此策略提供了一个历史佐证，

① 《甲申传信录》。

即南宋迁都临安后，又统治了一个半世纪。他强调说，类似的南迁完全适合明朝目前的形势，也完全符合天命。朱由检对这一计划颇为动心，简短答道：知道了。这次谈话之后，朱由检即与皇后周氏商量去南方，但周皇后认为这一计划没有什么好处，因为那将意味着放弃北方的宗庙。这又令朱由检踌躇了。

在把这一方案具体化并将付诸实施时，突然的变故让本就举棋不定的朱由检又改变了主意。1644年4月3日的廷议中，部分主张南迁的官员建议派遣太子南下，以加强江南防线，皇上则留下来守卫北京。这样即使京城遭遇不测，还有一个合法的嗣君继续行使领导权。这实际上是逼着朱由检为国祚的延续作出牺牲，这当然令他不快了，于是说了一句，国君死社稷是理所当然的事，我哪儿也不去。话甫出口，又忍不住满腔怨恨地加上一句，"言迁者欲使朕抱头鼠窜耶？"看到皇帝的态度突然转弯，一些本就主战的官员慷慨激昂地要求固守京城，最后投票表决时，在场的二十七位大臣竟有十九位表示放弃南迁主张。朱由检拒绝再讨论这个问题，他愤怒地指责廷臣们：诸臣平日所言若何？今国家至此，无一忠臣义士为朝廷分忧，而谋乃若此！夫国君死社稷，乃古今之正，朕志已定，毋复多言。历史学家计六奇惋惜地叹道：南迁之议寝矣。时隔不久，通往南方的道路已被蜂起的盗匪和义军阻断，这时候朱由检即便想走也走不掉了。大明朝避免覆灭的最后一线生机稍纵即逝，历史再也不会留给朱由检这样的机会了。

朱由检现在把满腔希望寄托在了大学士李建泰身上。李建泰是山西曲沃人，家境富有，担心家乡被祸，他自告奋勇提出自筹资金征募一支军队，回援家乡山西。被接二连三的打击搞得心灰意懒的朱由检大喜，加李建泰兵部尚书衔，赐尚方宝剑。在正阳门外举行了隆重的出征仪式，内阁五府、六部、都察院和京城文武悉数到场，鸿胪赞礼，御史纠仪，一切都搞得煞有介事。朱由检还亲自奉金卮三次向李建泰敬酒，称他的这次行动是"代朕亲征"①，最后，他登上城头目送这支大军在鼓乐和旌旗的伴随下缓缓西去。

刚一出城，李建泰所乘肩舆的杆子突然不祥地折为两段，这似乎预示着他的这次出征终将劳而无功。大军以蜗牛爬行一般的速度日行三十里，一路上，这班由京城中的地痞、无赖和市井游闲组成的乌合之众纷纷溜号。还没出河北省境，他的手下就只剩五百多人。更为可笑的是，李建泰的士兵只有谎称是李自成的部下，才能从沿途的集镇得到食物。再加消息传来，山西曲沃已破，家赀尽没，李建泰惊悸得病，也就无心再往西了。而此时，朱由检还在紫禁城里翘首以待他大捷的消息。

4月7日，大顺农民军攻占大同，并继续向北推进占领了宣府。此时，横亘在这支怒潮般的起义大军与京城之间的，只剩下唐通和太监杜勋指挥的据守居庸关的一支部队。情势紧急，部分京城守军开至城外扎营，各城门设置路障并安放了葡萄牙大炮。宦官们也被武装起来，由皇帝宠幸的王承恩率领把守通往紫禁城的主要道口。现在，迫于无奈的皇帝终于向全国下达了动员令："各路官兵，凡忠勇之士，倡义之士，有志封拜者，水陆并进。"而在朝廷高层，一个不吉利的消息在流传，说是象征皇帝命运的那颗星辰在一日日下移。到了这个时候，连十五岁的皇太子朱慈烺都看出来了，靠这点力量保卫京城，希望实在太渺茫了。当时他正与东宫讲读讨论《论

① 《明通鉴》纪九十，《庄烈皇帝》。

语》的第一篇，当读到"不亦说乎？不亦乐乎？"一段时，他不由得沉思良久，既而痛楚地说道："二'乎'字可玩。"讲读官也只好尴尬地笑笑。

对生活在 17 世纪 40 年代北京城的许多人来说，明王朝的结束是在 1644 年 4 月 25 日一个微雨的夜里。

4 月 22 日，朱由检照例主持早朝，正当他们讨论为居庸关守军增拨给养时，一名信使闯入殿中，带来居庸关失守、大顺军已挺进至京城西北六十五公里处的昌平县的消息。举朝顿时一片惊恐，直到此时他们才真正意识到，京城倾覆已是朝夕之间的事。第二日一早，朱由检主持了最后一次正式朝会。他步入大厅，登上宝座后，环顾群臣，不禁潸然泪下，"诸臣亦相向泣，束手无计。"

此时，李自成大军的前锋正策马越过北京西郊，并于午后开始攻打西直门。可能是出于害怕承担弑君罪名的顾虑，他的攻击未用全力。佯攻了一会儿，李自成还派了在居庸关投降的宦官杜勋代表自己入宫谈判。杜勋曾是皇帝亲信，此时却已投了新主，身份的突变使他们的会谈变得尴尬而又艰难，杜勋代表大顺王提出要求，一是承认他的王位并划定封国范围，二是赐银，作为报偿，李自成则负责平定国内其他义军，并为明朝抗击入侵辽东的满洲人。这些条件对朱由检确实很有诱惑力，但他也不愿为此承担"偏安"的罪名，于是转而向参与谈判的首辅魏藻德发问，让他帮着拿个主意，魏却仍沉默不语，拒绝为此决定分担责任。朱由检气得浑身发抖，却又无可奈何，杜勋刚一离开，皇上就当着魏藻德的面猛击龙椅，并将其一把推倒。

如若朱由检答应了李自成提出的条件，也就很可能没有后来的清军入关了，以后的中国历史很大程度上就要改写，但历史从来都由不得假设。

4月24日清晨，天下着蒙蒙细雨，大顺军加大了攻城力度，很快就攻陷了外城。李自成将营帐移至彰仪门外，命架飞梯攻西直、平则、德胜三门，守城门的太监们潜谋内应，曹化淳打开了彰仪门，义军蜂拥而入，至夜幕降临时，李自成的军队已占领了南城。朱由检望着满城烽火，叹道：苦我民耳！可是此时叹惜民瘼又有何用呢，要是他早存此念，国事也不至于沦丧到如此地步。

在大顺军最后攻入紫禁城之前，留给朱由检的时间已不多了。他回到乾清宫，派人把两个儿子送到了外戚家中，然后开始料理自己的后事。在历史学家计六奇的记述中，这一夜的朱由检表现得像一个输光了的赌徒一样疯狂。他来到后宫，命令后妃们在他死之前全部自尽。周皇后顿首说，妾事陛下十有八年，卒不听一语！随后回到房中自缢而死。朱由检看到她的尸体，只说，好！又召来十五岁的公主说，尔奈何生我家！遂"左袖掩面，右手挥刀，公主以手格，断左臂"。公主昏倒在地，但没有死。皇上又至西宫，令袁贵妃自缢。贵妃从命，但绳子断了，她又苏醒过来。皇上见其未死，就连刺了她三剑，直到手发抖拿不住剑为止。既而又召来其他几位所御妃嫔，一一亲手杀死。最后他跑到其母张太后的寝宫，跪着请她自缢①。

做完了这一切，已是4月25日的凌晨，只是此时的天色是黎明前最深的黑。朱由检敲响了上朝的钟，却没一个大臣前来。他感到了深深的孤独，如同涌上来的潮水一般呛得他透不过气来。直到生命的末途了，他还在责备是大臣们的不负责任导致了王朝的覆灭。"诸

---

① 见计六奇《明季北略》，张岱《石匮藏书》所载与此相近。

臣误朕也，国君死社稷，二百七十七年之天下，一旦弃之，皆为奸臣所误，以至于此。"当他在太监王承恩的陪同下登上紫禁城背面的煤山时，还在为赴难之际群臣竟无一人相从而愤愤不平。

他在御花园半山腰的一棵松树前把自己吊死了，这时造反的军队正潮水一般涌过京城的郊区，向东城发动攻击。自缢前，他写下了一份遗书。他穿着蓝绸袍和红裤子的尸首被一个宫廷内侍发现时，这封遗书也散落在侧，其文曰：

朕自登极十有七年，东人三侵内地，逆贼直逼京师，虽朕薄德藐躬，上干天咎，然皆诸臣之误朕也。朕死无面目见祖宗于地下，去朕冠冕，以发覆面，任贼分裂朕尸，文武可杀，但勿劫掠帝陵，勿伤百姓一人。百官俱赴东宫行在。

后来读到这封遗书的臣子们，恐怕都会有一种别样的沉重感受，他们会在内疚和羞愧的交织中检讨自己苟活于世、没有随皇上而去，在内心里承认自己有罪。事实上在朱由检走上煤山自缢之前，已有十三名甚至更多高级官员为帝国的灭亡自杀殉葬，他们中有户部尚书倪元璐、右副都御史施邦耀、左都御史李邦华等，随后在获悉皇帝的死讯后，又有范景文等四十名官员陆续自杀。施邦耀自缢后又被仆人救活，再想自杀时大街上已满是大顺军士兵，他连上吊挂绳子的地方也找不到了，于是命仆人买来信石和烧酒，一路疾走着一边吞下这两者的混合液，终于血管迸裂仆地而亡[1]。他在自杀前自撰的一联"愧无半策匡时难，惟有捐躯报主恩"，正可视作魏斐德所称的"节烈派"的普遍心态。而倪元璐死时还带上了家人十三人，他留在书桌上的遗言里声明，尽管南都事尚有可为，但他此时赴死

----

[1] 《明通鉴》纪九十，《庄烈皇帝》。

正是得其所哉，"死，吾分也"，"勿以衣衾敛，暴我尸，志我痛。"

用自杀来报答皇帝和王朝给予他们的恩惠的官员毕竟是少数，更多官员选择的是在观望中苟活。当大顺军攻破北京城时，时在京城的魏学濂正想变服南归，但据说他在夜观天象后，整夜绕床而行，忽然开悟了一般大叫一声"一统定矣"，次日一早，就与同年、复社名士周钟等人计议起了如何投效新朝。当他在混乱中于金水桥畔遇到正惶惶不可终日的同僚陈名夏、方以智等人时，还劝告他们不必急着以一死报君恩，并称东宫和定、永二王俱在，义旅旦暮可至，让他们少忍以待。"死易尔，顾事者有可为者，我不以有用之身轻一掷也！"在好友韩霖的引荐下，魏学濂被特授为大顺军的户政府（相当于户部）司务，掌理草场军需。日后形势的瞬息万变，远远超出了他的预期，为了逃避道德责难，他不得不诡称已于李自成登基的6月3日自尽，并悄悄潜返故里隐居了起来①。

钱谦益在1644年明帝国的最后一个月被起复任用，但当他在江苏常熟接到这一迟到的诏令，北京已经沦陷了。后来北兵渡江，柳如是劝他一起殉国成全大节，还自己先行跳下了院中池塘，出于对死亡的恐惧和对红尘的留恋，他拒绝了。此后——尤其是归顺清朝做了贰臣后——他一直被深深的耻辱感折磨，"肠热之念，知耻之心，交哄于中，不得不决"。1646年，他被清政府委任为礼部右侍郎、充《明史》副总裁北上，不及半年即以老病告假还乡。在他离乡的这段日子里，柳如是和一个旧情人故情复萌，红杏出墙，但他还是原谅了她，原因是当此国破君亡之际，士大夫尚不能坚持节义，他

---

① 见黄一农《两头蛇——明末清初的第一代天主教徒》，对魏学濂在1644年的行迹考之甚详。

又怎能以不守身责一女子，他认为比起投池自尽、不肯北上这两件事，夫人实在要比他清白多了。

高皇帝在九京，不管亡家破鼎，那知他圣子神孙，反不如漂蓬断梗。十七年忧国如病，呼不应天灵祖灵，调不来亲兵救兵。白练无情，送君王一命。伤心煞煤山私幸，独殉了社稷苍生。

这是孔尚任《桃花扇》中，驻扎在武昌的左良玉闻到京师陷落时的一段唱。孔尚任写作是剧已是半个多世纪后的 1699 年，然而对明朝的覆亡还是掩不住的失望与惋惜，或许这就是文化遗民的心绪吧。

七、余声

1679 年，即康熙十八年的重阳之夜，此时距"名姬董白"香消玉殒已过去二十八年，距阮大铖在浙西仙霞岭中风堕马而死更是过去了三十三年，昔年的复社名士冒襄在如皋水绘园中与友人一道观赏李玉新作的传奇《清忠谱》。

该剧的内容是叙述东林党人周顺昌在天启年间遭党祸一事：1626 年，东厂奉阉党之命派缇骑至吴县逮捕周氏，士民数万人执香为其乞命，缇骑狐假虎威，终至激起民变，后追究此变，有颜佩韦等五位义士挺身认罪，延颈就刃。虽然不齿于阮的为人，冒襄对他的文学和戏剧才华却一直青眼有加。观戏毕，他感慨万千地对众人说：诸君见此，视为前朝古人，唯余历历在心目间。

两年前的 1677 年，冒襄在一次短途旅行中经过吴县时曾过访周顺昌的两个儿子茂藻和茂兰。应门的老仆年轻时曾伴随两位公子参加桃叶渡大会，见是冒襄造访，兴奋地进去通报，故友渡尽劫波，再度秉烛而谈，然而世事却如白云苍狗，转瞬间已面目全非。当年"饰车骑、鲜衣裳，珠树琼枝，光动左右"的翩翩佳公子，如今为了糊口不得不带着家伶组成的戏班到处赶场子演出。而在他的戏班中担纲主唱的，竟然是当年阮大铖所训练的家伶。戏梦人生，真真幻幻，这世事也真是说来堪惊。

到了 1685 年，七十五岁高龄的冒襄在自家宅第招待友人观赏阮大铖当年的名剧《燕子笺》，当优伶们谢幕毕，面对空空如也的舞台，前尘往事忽然尽涌心头，遂赋诗一首：

> 燕子笺成极曼殊，当年看骂动南都。
> 非关旧恨销亡尽，细数同声一个无。

跋

镜中世界

有一个人终生迷恋着镜子又害怕镜子，他说，"镜子窥伺着我们"——我们打量着它，同时显现的却是一张瞧着它又被瞧着的脸。很多年里，我一直把这个叫博尔赫斯的南美洲作家当作我写作的导师。历史之镜，它反映着，结束了又开始，它最为晦暗、坚硬的部分，最强大的理性也无法穿透。在那里，古老而又日常的生活的每一处肌理，都像是一个精心制造的、虚幻而又深刻的镜中世界。它对我的魅惑有多大，我就和他一样有多少的怕。

这个选集里的文字大都指涉历史——这庞大而又虚无的存在。从最早的《寻画记》（20世纪末发表于现已消失的一本文学期刊），到晚近的一篇《扬州一梦》，整个写作时间跨度十五年。现在有机会把它们集在一起看，忽然想起的是李商隐《碧城》中的一句——星沉海底当窗见，雨过河源隔座看。

星何以沉？原来是夜空幽蓝，深邃一如大海。能看作星沉海底，说起来还是心外无物的从容。雨声如钹，如鼓，却是岸上置座，隔着安全的距离静观。历史的天空星沉雨过，那些纷繁的人和事进入眼里，其摇曳多姿，全在这一"当"一"隔"的虚与实间了。

纪实与虚构，正是历史写作的"任督二脉"，其悠然相会处，正是李义山向往中那个叫"碧城"的自由世界：那里，名和物各归其位，一尘不染，人和事都有开端，有高潮，也会有终结。

但历史经常会丢三落四，会人为涂饰，会虎头蛇尾，那个"碧城"，如同一场只留下苦涩回忆的晚唐爱情，怎么也找不见的。好在丢失了的历史，会在小说织体的细节里涌现出来。

——所以虚构就是再现往事，它是我们的第二次机会。

书中写到的画家、诗人、隐士、海盗、皇帝、刺客、书商、政治家、隐逸作家等，循着草蛇灰线，其本事或可一一追溯、考据到要离、王子猷、徐渭、董说、朱厚照、祁彪佳、张潮、康有为、罗伯特·赫德、苏曼殊、穆时英和晚明的东林党人……但所谓羚羊挂角，相由心生，他们不过是心灵世界的一个镜像。也正因为此，历史呈现出了第二个维度，一个由智性和诗意交织构成的全景式的维度，历史写作也从劳役一跃而成为一场欢庆。

希望这本小书有如那座有着无数镜子的神秘建筑——"万镜楼"，用镜子之间彼此折射的光，为读者诸君打开通向这个青青世界的窗口。

作者